天狗文庫

いのうえやすし

井上靖 文集

[日]井上靖 著

杨萌 译

北之海

KITA NO UMI

重庆出版集团
重庆出版社

KITA NO UMI
by INOUE Yasushi
Copyright © 1968-1969 by The Heirs of INOUE Yasushi
All rights reserved.
Originally published in Japan.
Chinese (in simplified character only) translation rights arranged with
The Heirs of INOUE Yasushi, Japan
through THE SAKAI AGENCY and BEIJING KAREKA CONSULTATION CENTER.
Simplified Chinese translation copyright © 2021 by Chongqing Publishing House Co., Ltd.
All rights reserved.

版贸核渝字（2020）第065号

图书在版编目（CIP）数据

北之海 /（日）井上靖著；杨萌译 . —重庆：重庆出版社，2021.12
ISBN 978-7-229-16083-8

Ⅰ.①北⋯　Ⅱ.①井⋯　②杨⋯　Ⅲ.①自传体小说—日本—现代
Ⅳ.① I313.45

中国版本图书馆 CIP 数据核字（2021）第 203457 号

北之海
BEI ZHI HAI

[日] 井上靖　著　　杨萌　译
责任编辑：魏雯　许宁
装帧设计：谢颖设计工作室
责任校对：刘小燕

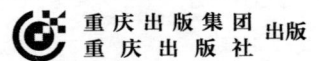

重庆出版集团 出版
重庆出版社

重庆市南岸区南滨路162号1幢　邮政编码：400061　http://www.cqph.com
重庆出版社艺术设计有限公司 制版
重庆市国丰印务有限责任公司 印刷
重庆出版集团图书发行有限公司 发行
E-mail:fxchu@cqph.com　邮购电话：023-61520646
全国新华书店经销

开本：890mm×1230mm　1/32　印张：16.25　字数：326千
2021年12月第1版　2021年12月第1次印刷
ISBN：978-7-229-16083-8
定价：96.80元

如有印装问题，请向本集团图书发行有限公司调换：023-61520678

版权所有　侵权必究

目录 / Contents

001 上卷

春/002

绿叶/059

夏/115

潮/167

城下町/235

287 下卷

金色四角星/288

无声堂/357

夏日落幕/405

港/469

499 译后记

501 附录　井上靖年谱

上卷

春

一九二六年三月,洪作从沼津中学①毕业。一毕业,洪作就穿上了带袖兜的和服。升中学五年级时,身在台北的母亲曾给他寄来一件带袖兜的藏青底白花纹和服,可他一天也没穿,一直放在箱子里。如今他拿出来穿上了。

中学时代,洪作几乎一直穿着粗棉布的学生制服。虽然有两三件窄袖的藏青底白花纹和服,但还是穿制服更方便。不管弄得多脏、磨得多破,只要是制服,就不必觉得害臊,别人见了也不会觉得扎眼。即使身上的制服破烂不堪,也不会被任何人看作是穷人家的孩子。

因为衣着破烂,即便在学校,洪作也很引人注目。在寄宿的寺院里,有个比洪作大四岁的姑娘,名叫郁子,开始总为洪作补衣服、洗衣服,但很快就甩手不干了:"你就这么凑合到毕业吧。我觉得就这样破着还比缝补了顺眼呢。真想把这身衣裳给你在台北的爸妈看一看呀。"

她语气中多少含着一些对洪作父母的指责。不管离得多远,对孩子穿衣方面总该多上点儿心。虽然终究不能明说,

---

①现为静冈县立沼津东高等学校。日本旧制中学学制为五年,教学内容相当于现今初中后期及高中阶段的课程。

但郁子的话锋中有时却流露出这层意思。

然而这方面的责任不能全都归到洪作父母身上，洪作得负主要责任。母亲在来信中说，衣服要是小了、破了，就做新的，需要多少钱尽管说，她随时汇款。这样的信应该已经写过不止一次两次了。

可是，洪作却从没要过做衣服的钱。这并非不得已，只是他总觉得要钱怪麻烦的。三年级以前他一直穿自己的制服，四年级的时候，他拿到了毕业生不要的制服。

洪作自己没有去毕业生那儿要制服的胆量，这差事由同班好友藤尾代办。洪作的这类委托，对于藤尾而言不在话下。他目测一下洪作的身高，便去找跟洪作体格差不多的毕业生，不花一分钱就把制服拿回来了。

升五年级的时候，藤尾也为洪作从毕业生那儿要来了制服。

"没爹妈的孩子真麻烦啊。"藤尾说了这样的话。

从中学毕了业，不管对一直以来穿着的破衣烂衫有多留恋，也不能再穿了。洪作第一次穿上了袖兜和服。虽说家在沼津的少年一般从中学四年级左右就开始穿袖兜和服，洪作已经看惯了，可自己穿上却觉得别扭。

洪作并非是因为到了该穿袖兜和服的年纪而穿，而是因为没有其他可穿的，这才不得不穿上它。按理说中学毕了业，应该继续升学，穿上新制服，洪作也分别在四年级结束和今年毕业时报考了静冈高校①，但两次都落榜了。即便没

---

①全称静冈高等学校（旧制），位于静冈县静冈市，1949年并入静冈大学。日本旧制高等学校的教学内容相当于现今大学的通识教育课程，学制为三年，只招收男生，中学修满四年即可报考。

能考上静冈高校，也可以选择升入一所跟自己学力相称的学校，可是洪作却总觉得没有那份干劲。和洪作一样，木部和藤尾也都没有考上静冈高校，但木部将要升入东京一所私立大学的预科，藤尾也考进京都一所私立大学的预科。金枝报考第一高等学校落榜了，升入一所私立医科大学的预科。

想要升学的人，就算没考上志愿院校，也都在某个高校落了脚。一般来说，即使打算明年重考一次，也都会先把学籍落在某个学校。因为他们厌恶那种没有学籍、不从属于任何学校的落榜生生活。因此，木部、藤尾和金枝都有可穿的新制服。只有洪作没有。

去故乡伊豆的亲戚家复习一年吧。如果被亲戚拒绝了，大不了还像现在一样，寄宿在沼津的寺院，在沼津度过自己的失学生活。对于洪作而言，东京的生活并没有那么吸引人，在沼津或伊豆逍遥自在更合他的心意。

洪作知道，如果不认真努力地复习，明年也考不上国立高等学校。可他并没有那么纠结于此。他想，至少先让自己自由自在地玩到夏天吧。

郁子曾说："你家里人到底是怎么想的？你都中学毕业了，他们也没来信让你回家？"这话里也隐含着对洪作那住在台北的父母的指责。

"去了台北也没好处，又不能一直住在台北，那还不如待在这儿呢。"

"你不想见爸爸妈妈、弟弟妹妹吗？"

"不想见。"

"嚄，你可真行。"

"我说的是真心话。"

洪作并不想见父母。他觉得，如果可以的话，最好别见。上小学的时候就是这样，升入中学以来也是如此。

洪作的父亲是陆军军医，因此几经辗转调任，从长子洪作的出生地北海道旭川，到东京、静冈、丰桥、滨松，直至现在的台北。

洪作五岁时离开了父母，被托付给身在老家伊豆的外祖母。当时母亲正怀着洪作的妹妹，没人帮她，这才把洪作送到外祖母那里，不过是权宜之计。然而之后不知怎的，事情总耽延着，他便一直在外祖母身边生活。大约是外祖母舍不得放手，洪作也越来越离不开祖母，因此洪作远离至亲，在伊豆度过了小学时代。小学六年级时外祖母辞世，洪作去了父亲的工作地滨松，报考中学落榜，进入小学高等科[①]学习。他与家人一起生活了一年，后来升入了滨松的一所中学，但随着父亲赴任台北，洪作又与家人分别，来到家乡附近的沼津，度过了中学时代。这是为了避免洪作跟着父亲四处转学——虽说去了台北，但父亲的工作性质特殊，恐怕不知何时又要调任。

洪作转到沼津中学是在第二学年初。所以说，从小学到中学的大部分时间里，洪作都不知家庭氛围为何物。虽然小学时代生活在外祖母身边，但这个外祖母是当医生的外曾祖

[①]日本旧制小学分为寻常科和高等科，寻常科学制为四年，修满后可选择进入高等科学习，学制为两年。

父的妾室，在外曾祖父死后才入了洪作家的户籍。因此虽然从户籍上来讲她是洪作的外祖母，但两人并无血缘关系，换言之她是外人。可洪作却被这个身为外人的外祖母疼爱着，而洪作也恋慕着这位身为外人的外祖母。

洪作和外祖母这样一起生活，多少有些交易的味道。外祖母一手把洪作养大，从而稍稍巩固了自己并不稳定的地位；洪作则通过向这位外祖母尽忠，无止境地索取她的爱。

总之，洪作和外祖母一起住在家乡的土仓房里，度过了童年时代，并没有什么不如意。村里人或亲戚有时会说："你真可怜呐，成了那个要强老太太的人质了。"虽听人这么说，洪作却并不觉得她要强，也不觉得她心眼坏。外祖母非常温柔慈爱。也许自己真的是她的人质，但当这人质颇受优待。

而到了中学时代，洪作开始寄宿，这下完全没人管他，他过得自在极了。

从幼年到少年的这段时间，与其他同龄人相比，洪作的生活多少有些奇特。只有在滨松的两年间，他作为家庭的一员而生活，之后他周围完全没有了家庭的氛围。

可是洪作既不是继子，也不是养子。洪作是父母的亲生儿子，而且也从父母那里得到了嫡长子所应得的一切待遇。然而如果旁人冷静观察，也许会发现他们跟其他家庭有些许不同。

自己的孩子不在身边，自由成长，不知不觉间已经长成了青春期的少年，父母对于该如何对待这个孩子，一定多少感到些迷茫；而洪作也不知道该如何与自己的父母相处。

当被郁子问道："你不想见爸爸妈妈、弟弟妹妹吗？"若要如实回答，他就只能说："不想见。"他是真的不想见爸爸，不想见妈妈，不想见弟弟妹妹。见面也许并非坏事，见也无妨，但对他来说并不是非见不可。见与不见，无关痛痒。相较而言，似乎还是不见为妙。见了面，作为儿子，总得关心父母，还得听父母的话。这种事实在麻烦，让人心烦。

"你也太不着调了吧。"金枝曾经这样说过。他是洪作的朋友之一，五年级第三学期初，他听说洪作不拆他母亲从台北寄来的信，已经攒了两三封了，于是发出这番感慨。当时洪作回答："上面写了是报平安的信。"说着把还没拆封的信朝金枝一亮。上面确实写着"平信"。所谓平信，是指没有什么特别的事情，并不紧要。洪作觉得，既然母亲特意在信封上写了这两个字，那应该就没必要那么急着拆封。即使不看，洪作也知道，母亲的信里写着对他考高校的期望，写着为了以后能当医生，高等学校要选理科乙类。对于洪作而言，这是他不愿看到的信。不想看的信可以不看，这是不生活在父母身边的少年的特权。

中学毕业还不到一个月，洪作已经明显感觉到自己的生活完全变了样。上中学的时候，自己每天都跟藤尾、金枝、木部他们见面，无论白天还是黑夜，大部分的时光都是和他们一起度过的。可是到了四月，他们之间的来往一下子断了。大家都在为开启新生活做准备，而且因为已经脱下了中学制服，所以不能像从前那样成群结队地在大街上闲逛了。

洪作穿着和服，久违地上了街。一直以来洪作都觉得自己是沼津人，可如今这座集镇却异乎寻常地有一种冷冷的疏离感。街头巷尾依然能见到中学生的身影。一直以来他们都是自己的学弟学妹，然而现在却没有这种感觉了。基本上没人停下脚步向自己问好。自己没穿制服，所以谁也不认识谁了，但这并不是唯一的原因。

即使是熟识的学弟学妹，大部分也都眼看别处，佯装不知，就这么走过去了。以前洪作是学长，所以得向他行礼致意，如今他毕业了，已经不是什么学长了，还行什么礼？每个人的脸上好像都在表露着这样的心声。

一直以来在洪作他们面前显得很弱小的四年级学生，如今大模大样、大摇大摆地走在街上，不知何时已经端起了最高年级学生的架子，让人觉得他们连身量都膨胀了一圈。此外，那些压根不认识洪作的新生也泛滥成灾、随处可见，他们制服上的金属纽扣闪闪发光。看到这些，洪作不得不认识到，自己的时代已经过去了。

总而言之，随着洪作中学毕业，作为学长的权利和光荣皆被剥夺，连一直以来自认为属于自己的镇子，如今也不得不拱手相让了。

洪作去了御成桥边的藤尾家，可他去京都找寄宿的地方了，没在家。洪作又走到火车站附近的木部家，可木部也在四五天前被将要升入的私立大学的运动队召去了，三月末去了东京，现在还没回来。

洪作最后去找金枝，可金枝发低烧，正卧床休息。若是从前，洪作会毫无顾忌地穿过院子绕到后门，直取金枝房间。可如今身着和服，这么做就有失体面了。

洪作久违地向千本滨走去。踏着白沙穿过松林，浪花翻涌的大海透过松树林的间隙映入眼帘。海边没有一个人影。洪作漫步海滩，向狩野川入海口的方向走去，眼看快要到了，又折返回来。虽然已经入春，但海风还是冷冰冰的。

洪作走向一个被风塑成的小沙丘，坐了下来。一片别墅区背朝这里，里面的别墅除了夏天以外，总是大门紧闭，无人居住。因此在宽阔的千本滨上，唯独这里寂静清幽。之前洪作他们一起来这里的时候，金枝曾说："别墅这东西，开着门的时候是死的，关着门的时候却是活的。"藤尾接道："有道理，开着门的别墅庸俗不堪，关着门的别墅却是有思想的。"听了他们的对话，木部即兴作了首诗："开着门的别墅是喋喋不休的小姑娘，关着门的别墅是苍老的贵族遗孀。"

听着三个人各具特色的表达，洪作深感钦佩。

此时，洪作正坐在那关着门的别墅后面的沙丘上。金枝、藤尾、木部，很快都要离开沼津了。他们的家都在沼津，他们生在这里，长在这里，如今却要离开他们的家庭。这真像是展翅离巢。

洪作茫然地望着大海。以波涛汹涌而闻名的骏河湾，今天也翻涌着大浪，然而无论是潮水的粼粼波光，还是涨退起伏，都让人感受到了春天的气息。

"我该怎么办呢？"

洪作陷入了思考。如果不回到台北的父母身边，住在哪里都一样。但是，能去的地方很有限。或者继续住在沼津备考，或者回家乡伊豆，去找有几间房的亲戚，寄人篱下，度过一年的失学生活。之前洪作倾向于继续寄宿在沼津的寺院里，可如今他有些动摇了。洪作强烈地意识到，当所有的朋友都离开了沼津，这座集镇也许会变得非常冷漠。

洪作在沙滩上躺下，睡意渐渐袭来。为了躲避太阳光的直射，洪作弯折手肘，以袖兜遮脸。这番用处，让洪作觉得袖兜很是方便。

不知睡了多久，洪作被人声吵醒，睁开眼睛一看，只见三个身穿中学制服的少年把自己包围了。洪作马上认出其中一人是远山。他和洪作虽不同班，却是一个年级的，今年考试不及格，没能毕业。

"呦，我还奇怪谁会睡在这儿，原来是你啊。"远山说。

洪作和远山交情不深，但因为同是学校的柔道运动员，一起去外校参加过两三次比赛。另外两个人虽然不知道名字，但也面熟。他们总穿奇装异服，像是不良少年，在学校很引人注目。

"你还在沼津呐？"远山问着，在洪作旁边坐了下来。另外两个少年也跟着坐下了，其中一个从口袋里掏出一盒烟，烟盒递到远山的手上，又递到了洪作手里。

"进了哪个学校？"

"哪儿都没进。"

"没学上了？"

"嗯，算是吧。"

"什么算是吧，既然你哪个学校都没进，那就算是正儿八经的失学人口了。你家在哪儿?"话一出口,远山就好像突然反应过来似的:"哦哦,你没父母了。"

"别胡说八道。我爸妈都健在呢。"

"哦,是吗。那不好意思哈。我记得谁这么说过来着。那你什么时候回家?"

"我不回家。我家在台北。"

"行啊你,可真不错。有家,但是不回,离家远远的,这真是太理想了。你打算待在沼津?"

"还没想好。待在沼津也行,可是没人做伴。"

"你得复习吧?"

"现在开始复习,到时候就全忘了。我打算玩到八月份。"

"那你来训练场吧。冢本走了,那些小屁孩太难带了。"远山说。冢本是学校的柔道老师,今年春天辞职了。

说起柔道,洪作想,如果每天中午都去中学的训练场酣畅淋漓地杀两三个小时,估计日子就不会无聊了。远山因为留了级,恐怕现在已经坐上了柔道队队长的交椅。既然是队长请自己去的,自己便可以大摇大摆地出入训练场。况且现在没有柔道老师,没人需要顾忌。

可是,来去训练场的路上,恐怕会在校园里碰见老师,这多少有些麻烦。不过这也不是什么不能忍受的事。

"好,我去训练。"洪作说。

之后洪作和远山他们一起离开了千本滨,去了街上的一家中华面馆。

"和毕业生在一起,你们尽管光明正大地进去。你们不是自己要去的,是毕业生请客,带你们去的。"远山对两个少年说道。

"我可不请客啊,我没带钱。"洪作说。

"这小子带了。"远山的眼神指向两个少年中身材矮小的那个。他制服外套最上面的两颗纽扣没有系,看着挺像个不良少年,可是脸上还有几分稚气。听远山说,他身手敏捷,很会打架。两个少年都要升三年级了。

"让三年级的学生请客太不像话了。远山,你掏钱吧。"洪作说。

"不要紧,不要紧。"远山说。"你要是觉得不合适,就让他借你呗。这小子身上可揣着巨款呢。是从亲戚那儿借的。"

那个少年便从口袋里掏出一摞钞票:"您别客气,尽管用。"真是十分慷慨。

"收起来,你这傻小子。"洪作用毕业生应有的口气说道。和这种将要变成不良少年的学生交往,对洪作来说还是第一次。比起一直以来与爱好文学的藤尾、金枝等伙伴的交往,倒是别有一番趣味。

洪作当天回到寺院,对正在打扫院子的郁子说:"我的东西就继续放在这儿啦。"

"你要一直住在这儿?"

"嗯。"

"师父会怎么说呢。"郁子说。郁子一直把自己的父亲称作师父。

洪作决定每天都去中学的柔道训练场。学校的课程大约三点钟结束，所以队员过了三点半才在训练场集合，开始训练。

洪作三点从寺院出发，横穿沼津街区，走过御成桥，穿过田间小路，向学校正门走去。这是他中学时代每天上学往返的路线。

洪作重新穿上了从前的中学制服，但没穿皮鞋，而是趿拉着木屐。和中学生的不同之处，只在于没戴学生帽、没穿皮鞋。洪作身材矮小，混在四五年级的学生里，完全看不出是毕业生。

"那家伙，明明已经毕业了，却还是一副在校生的样子，又开始来上学了。"四五年级的学生肯定在洪作背后说着这样的闲话。可是，一旦碰面，就好像不能装作不认识似的，必须说声"来啦"或是"嗨"，打个简短的招呼。以前见面都要行礼，但他们似乎觉得如今没必要做到那一步了，就以这样的态度敷衍过去。低年级的学生则像从前一样，紧张地向洪作行礼致意。

如果打招呼的是熟人，洪作便也回一句"嗯"或"呦"，若是不认识的，洪作便一律无视。

到了训练场，在队员中间，洪作就可以摆架子了。洪作在毕业前是参赛选手，而且是这些队员们的前辈，所以他们都向洪作行礼。被行礼的感觉真不错。

去训练场训练了十来天，洪作已经完全融入了队员们的生活。练习结束后，洪作会和这些学弟们一起去宿舍的浴室洗个热水澡，然后和几个人一起上街，去中华面馆。这种时候远山通常与他们同行。

"和学长一起，你们尽管光明正大地进去。"远山总是对其他人这样说。洪作虽然的确是学长，但是几乎没掏过钱。

"学长肚子饿了，你们请客。"远山这样说，便有人付钱。远山自己也从没结过账。

"本来我跟洪作一样，也是毕业生。只是我后来没毕业而已。你们要拿我当毕业生对待。"远山总说这种不着调的话，可是没人讨厌他。他虽然痞气，但品性不坏。

洪作刚上四年级时就成了柔道选手。校际比赛选五个人参加，洪作不是打头阵，就是当副帅。他身材矮小，并没有什么绝招，但他擅长打比赛，在赛场上总是获胜。

"你这么小的个子，怎么赢的比赛呢？"四年级的时候，柔道老师曾一脸认真地问他。

"碰到外校那些不认识的对手，总是感觉自己会赢，不觉得会输。我只想着怎么获胜。"洪作回答。这不是假话。无论对手多么高大，抓住对手柔道服衣领或袖子的那一瞬间，洪作只考虑如何摔倒对方。对手似乎比自己强大、自己会不会失败之类，洪作从不去想。

"真可惜啊，你在学习上也这样就好了。"柔道老师感叹道。的确如此。一到考试，无论是期末考试还是入学考试，还没拿到答题纸，洪作就觉得已经没希望了。英语，语文，物理，化学，无论什么科目，洪作都觉得不行。他没有半点儿自信。也正因如此，洪作虽然参加了静冈高校的入学考试，但从一开始就没觉得自己会考上。他只是试一试而已。

藤尾和木部也没考上静冈高校。但他们心存侥幸，觉得并非没有考取的可能。可洪作从一开始就没有这种念头。先优哉游哉地复习个两三年，到时候总会有出路——这才是洪作的想法。所以洪作没有先在其他私立大学安定下来，也没寄希望于明年，去上什么补习班。洪作并不纠结于这些问题。报考国立高校，也是因为住在台北的父母心心念念，洪作不忍打碎他们的美梦。洪作考入滨松中学时名列前茅，因此他的父母以为他现在依然是优等生。这令洪作很是为难。

柔道则与学业不同，洪作很有自信。洪作觉得只需稍作练习，便闭着眼也能拿下初段。四年级的时候洪作在学校里已经系上了黑带，他觉得把这当作讲道馆①的黑带也不错。到中学的训练场训练了十来天，入学考试的事情已经从他脑中抹去了，取而代之的是黑带。

藤尾、金枝、木部、洪作四人久违地相会，是在四月下旬。大家很快都要离开沼津，前往东京、京都，升入各自的新学校。这次聚会就算是中学时代的散伙饭了。地点定在清风庄的二楼。清风庄是一家炸猪排店，就在千本滨的入口处。洪作他们第一次去是在去年秋天，对店里炸猪排的美味

---

①柔道研究、教学的权威机构，位于日本东京，由现代柔道创始人嘉纳治五郎于1882年创立，旨在普及柔道，同时负责柔道段位的评定。

久久不能忘怀,此后谁要是有钱,四人便会光顾,成了常客。当然,中学生出入这种地方是被禁止的,他们总是从后门进去。

"这儿可不是你们来的地方。"胖胖的老板娘总这样劝告,但还是端来啤酒和饭菜。

"能吃到这种炸猪排的店,估计在东京也不多。"藤尾是公认的美食家,他这样说,没人反对。基本上也没人了解其他餐馆的情况。在清风庄,他们有生以来第一次吃炸猪排,不好吃是不可能的。藤尾煞有介事地称其为日本第一美味,大家便一致认同,全无异议。

如今,他们已经中学毕业,不再有所顾虑,可以大大方方地走进清风庄,不必再为避老师眼目而从后门进出了。

洪作来到清风庄二楼时,其他人都还没到。胖胖的老板娘走过来,用她那颇男人气的口吻确认道:"木部、金枝和藤尾都会来,是吧?"老板娘无论对谁都只称呼姓,唯独对洪作,不知为何不以姓相称,而是"洪作、洪作"地叫他的名字。

"说是木部和金枝去东京,藤尾去京都?托他们的福,沼津这地方都上档次了。关于你我倒没听说,你有什么打算呐?"老板娘问道。

"我打算留在沼津。"

"都毕业了,为啥还留在沼津啊?"

"在这儿复习。"

"复习?!真的会复习吗?可别又交上什么坏朋友,成天游手好闲。"

"怎么可能。"

"这可说不准。要我说，还是回到父母身边靠谱。毕竟你有父母嘛。"老板娘擦完桌子，出去了。

木部到了。木部身材矮小，朝气蓬勃，几乎擅长所有的运动。他今天身穿一件飞白花纹窄袖和服。

"呦。"木部打声招呼，走了进来。"我刚游完泳。"说着便像筋疲力尽一般，仰面躺倒在草垫上。

"你一个人去的？"

"嗯。"

"水很凉吧？"

"可凉了。金枝和藤尾都还没来啊。要不咱先点上菜吃着吧，我饿了。"木部随即拍了拍手。很快，老板娘就走了进来："还是个小屁孩呢，别像大人那样拍手叫人。"

"先给我们上点儿吃的吧。"

"等人到齐了再说吧。去了东京，一定得收收心，好好学习啊。"

"我知道，我知道。"

"不许躺着说话。坐起来说。"

"烦死啦。"木部坐了起来。这时藤尾走了进来。藤尾穿着带金属扣子的大学制服。一进屋他就脱下了外衣，说道："今天是饯行会。阿姨，可得给我们做点儿拿手菜啊。"藤尾长得偏胖，无论是体格还是说话语气，都像个成年人。

"别用这种高高在上的语气说话，明明是花父母的钱。

你刚才说钱行会,给谁钱行啊?"

"给所有人。"

"洪作说要留在沼津哦。"

"是啊。只有这小子想送也送不走。阿姨,他就托付给您啦。"

"我可不干。"

"您别这么狠心嘛。光吃寺院里的饭是会营养不良的,您得时常让他吃顿炸猪排。"

"这是买卖,只要给钱,随时可以吃啊。"

"钱嘛,洪作总归不富裕。"

"那就记你账上。"

"啥?!"藤尾仰面向后一倒,一抬腿便翻了个跟斗。

看到藤尾的绝技,木部问道:"你会这个吗?"说着便把胳膊贴在草垫上,抬起腰部,胳膊缠住双腿。

"行了行了,别闹了,都这么大的人了。"老板娘训斥着,走出房间,不一会儿又端来了啤酒。

"这酒算我请客。为你们钱行嘛。"

此时,轮到洪作一展身手。他身子向前一折,双腿向上一伸,打了个倒立。

藤尾、木部和洪作三人正喝着啤酒,金枝穿着带袖兜的飞白花纹和服来了。

"刚才碰见一个超靓的女生。"金枝一进门就说道。

"哪儿呢?哪儿呢?"藤尾立刻站了起来,透过窗子向街道张望,"根本没有啊。"藤尾手搭凉棚,吟道:"佳人何在?"

"怎么可能还在呢。刚才那位不是矫揉造作型的,超级可爱。"金枝说着,以手托腮撑在桌上。"我最近啊,常对美女动心。我知道,这么发展下去可不行。但是,这就是青春啊,没办法。"

"你这是发情了。"木部说。

"我讨厌发情这个词。"洪作说。洪作确实厌恶这种无视为人尊严的用语。

"那这应该叫作什么呢?你不也在发情吗?"

"怎么可能。"洪作认真起来,生气了。

木部表现出非常不耐烦的神情:"我真是服了这个少年清教徒。他讨厌发情这个词。一听到这个词,他就感到心痛。可是他自己偏偏正在发情,这便是可悲之处。你啊,既然说了那样的话,那么以后一旦背负上情欲,就没法在漫长的人生路上走下去。你知道和情欲抗争是怎么回事吗?逃是逃不掉的。无论怎样逃避,情欲都会追上你。只能坦然面对。你把发情这个词吼上几百遍,这样它就什么都不是了。它算什么?"

然后,木部大声吼道:"发!情!"

"别喊了,干吗呀你。"金枝说。

"发!情!"木部又吼了一声。他脸色发青。

洪作知道木部发了狂。他神色异常,令人感到吃惊。

"行啦行啦,你们真让人糟心。一个听到'发情'就生气,一个大吼着'发情、发情'。那就说是春心荡漾吧。这么说总行了吧？"

"这个词我也不喜欢。"洪作说。

"那怎么说才好呢？"藤尾问道。

"我回去了。"洪作站了起来。洪作真的打算走了。

"别生这么大的气嘛。"金枝说道。他是最冷静的。

"今天是中学时代最后一次聚餐了。别为这种无聊的小事生气嘛。"

"不，我要回去。"洪作觉得，既然自己已经说了要回去，就不得不回去了。这时老板娘走了进来。

"你们这是在干什么？"老板娘环视着在座的人。

"这家伙生气了，说要回去。"

"洪作要回——为什么啊？"

"木部说他发情，他就生气了。"金枝回答。

"你们净谈论这种无聊的事！既然是饯行会，你们就搞得像样一点嘛。菜正在做呢，做好了你们自己来端。"

"好，那我去切卷心菜。"木部说。

"卷心菜不是现切的，是提前切好，放在笸箩里。到时候只是把它抓到盘子里而已。"藤尾说道。

老板娘十分佩服："你真懂行啊。"说着便拍了拍洪作的肩膀："行啦，别傻站着了，下楼来帮忙吧。"

肩膀被拍的一瞬间，洪作感到自己别扭的心绪一下子恢复正常了。

洪作来到楼下，木部也走了下来。洪作端着汤盘，木部端着盛着汤的锅，两人回到二楼。

"辛苦了，辛苦了！"藤尾说，"今天吃的是套餐，有汤有鱼有肉。咱这儿很少有人点套餐，所以老板很激动，要好好露一手。听说他因为想着今天的事，昨天晚上兴奋得睡不着。"

"果戈理的《外套》！"金枝说道。但另外三个人都没懂他的话。他们猜想果戈理的小说《外套》里的主人公恐怕和这家店的老板有相似之处，但其余的就不知道了。在这种事情上，无人能与金枝匹敌。金枝读了太多的外国小说和诗歌。在文学方面，学校里的老师都逊他一筹。

大家围坐在桌前。金枝站了起来，拿起汤锅，用一个大勺子往每个人面前的盘子里舀汤。

"这个叫法式清汤。"金枝说。

"真的？"木部问道。

"我觉得是。因为这个汤很清。我在外国小说里看到过好几次了。"

木部马上尝了一口，说道："哪有这样的法式清汤？法式清汤肯定不是这样的。这不就是咱每天喝的味噌汤吗？区别只在于是用盘子盛的，没用碗。是吧藤尾，这是法式清汤吗？"

"稍等，稍等。"藤尾尝了一口。"确实是西式的汤。不过，我对汤没什么研究。"

"这个就叫法式清汤。是很清澈的汤。反正都是人喝的。不管是哪个国家的汤，都不会有啥大区别。即便是日本，也既喝清汤，又喝浓汤。"

"浓汤是啥？"

"也是汤的一种。你可以理解为味噌汤里加牛奶。我也没喝过，不太清楚。去了东京，可以喝个够。上野有家餐馆叫精养轩，芥川写过那里的舞会。去了那儿，就会看到菜单上写着各种各样的汤。我猜是这样。"金枝说。

楼下响起了拍手声。

"来喽。"藤尾回应着，马上下了楼，很快拿上来一篮子面包。拍手声又响了，这次下去的是洪作。

"把黄油和果酱拿上去。抹在面包上吃。可别舔。吃不完就剩下。"

"知道。黄油可能会剩，果酱可剩不下哦。"洪作说着，走上楼梯。大家喝起了啤酒。

突然，藤尾"嘘"了一声，示意大家安静。"我听错了？"他竖起耳朵。

"你听错了。"木部的表情耐人寻味。"人家晚上上班，还没来呢。——木部，我们要分别了。你什么时候去东京呀？"木部的后半句模仿了女孩子的语气。

"你可真够讨厌的。"金枝说。洪作也觉得木部的这种行为令人厌恶。

四个少年自然地轮换着，每当楼下响起拍手声，便有人下楼去。大家都异常顺从，很是勤快，嘴里说着"得嘞，我去"，麻利地起身而去。有一次木部空着手回来："人家说压根没拍手。刚才是谁说楼下拍手了？"

"谁都没说啊。是你自己应了声，自己要下去的。傻瓜。"话刚出口，藤尾突然正色道，"这次是真的了。"

楼下传来年轻女子的声音。

木部两眼放光："来了？"

"千真万确。"藤尾点了点头，"那么，这次我下去吧。不过，如果有人想去的话，我也可以把机会让给他。各位同僚意下如何？"

"你去吧。"木部爽快地说。藤尾立刻站起身，可似乎又改变了主意。

"我不去了。"藤尾说。他又坐了下来。

"真没办法。那我替你去。还会被她吃了不成。她又不是什么妖魔鬼怪。"

木部下了楼，久久没有回来。

"这小子，干吗去了？"金枝问道。

"不可以嫉妒。"藤尾说。

"我去看看。"洪作起身下楼。洪作并不像其他三人那样心系那位出现在楼下的女性。他更关心炸猪排。他真想快点享用美味。

楼下只有老板娘一个人。

"木部呢？"洪作问道。

"在后院劈柴呢。"

洪作鼓足勇气，问道："那玲子姑娘呢？"

"真是的，连你都春心萌动了？去后院，替木部劈柴去。"老板娘说。

开什么玩笑，洪作心想。这时木部回来了。

023

"她去澡堂了。"木部放低了声音,只有洪作能听见。"我现在正在为佳人效力。我在替她劈柴。"说完他把后厨水罐里的水倒进玻璃杯,痛饮了一番,又从后门出去了。

对于这场中学时代的散伙饭,所有人都非常满意。喝了汤,吃了炸鱼和炸猪排,还喝了咖啡。菜上齐后,他们又喝起啤酒。十七岁的玲子身上系着白围裙,坐在桌边。

据藤尾所言,就算在东京和京都,这样的美少女也不多见。对此,没人表示反对。的确,与沼津两所女校的学生相比,玲子更加楚楚动人。

藤尾管玲子叫"小玲"。藤尾来店里的次数最多,所以也跟玲子最熟,但"小玲"这个称呼还是让洪作多少感到不快。木部也许也反感藤尾的叫法,所以他直呼"玲子"。因为是直呼其名,所以他对玲子的言行显得比其他人粗鲁几分。但他并非心怀恶意,也非冷漠无情。

金枝称呼玲子为"姑娘"。洪作对她没有特别的称呼,既不叫她"小玲",也不叫"姑娘",更不直呼"玲子"。玲子在旁边时,洪作总觉得别扭,言行举止都不自在。玲子不在时他更愉快。

日暮时分,楼下来了客人。在二楼都能听到他们的声音。玲子不再上来作陪,二楼的房间显得冷清无聊。最无所顾忌的藤尾有时站起身来,冲楼下呼唤:"小玲!"这样喊了两三次,木部训斥道:"闭嘴。别这么亲昵地叫她。"

藤尾也许是被触怒了,他回到房间,说道:"那我直呼玲子?你玲子玲子地直呼其名,我听了不舒服。你可别说你不是故意这么叫她的。"

"行了行了。"金枝说,"叫小玲怪怪的,叫玲子也不好。"

"那像你一样叫她姑娘,用这种莫名其妙的称呼,既不得罪人,又掩盖了你内心的想法,这样就好了,是吗?"

藤尾对金枝也反唇相讥。酒精让他变了一个人。

"怎么称呼都行啊,这无关紧要。"洪作说。

"这儿轮不到你插嘴。说起来,你冲她大大方方地说过话吗?你不是什么都说不出来吗?"藤尾这样说,洪作无可反驳。藤尾说的是实情。

这时,木部突然笑了起来,笑得上气不接下气。

"有什么好笑的!"藤尾呵斥道。

"不好笑吗?这不好笑吗?算了,不管这些啦。咱们走吧,去千本滨散散步,我想大声唱歌。"木部说道。金枝和洪作都赞成。

"怎么样,这位老爷?就这么办吧。"木部说。

"你说什么?"藤尾还在生气。这时老板娘上楼来了。

"你们该回家啦。你们还是孩子,跟其他客人可不一样。"

"知道了,我们正要走。"木部说。大家走下楼梯,从一桌桌客人之间挤了出去。到处都不见玲子的身影。

洪作和木部肩并肩走向千本滨。藤尾和金枝走在后面,与他们稍微隔了一段距离。

温热的海风迎面吹来。

"终于,也要跟你说再见了。"木部说。

"什么时候进京?"

"后天。去东京可能也好不到哪儿去,但家里我真是待够了。你要一直住在寺里吗?"

"估计是。"

"听说你天天去训练场。跟远山他们混在一起,你可就废了。你很容易受别人的影响。把你留下,在这一点上我多少有些担心。"

"少用这种长辈似的口气和我说话。"

"不,我是认真的。金枝和藤尾都这么说。连前川老师都说过。——洪作那小子,明明已经毕业了,还每天来学校玩。"

"前川老师这么说的?"洪作感到心烦。没想到自己在老师们那里是这样的名声。"那我不练柔道了,改成游泳吧。"

"你别净想着玩。你可是落榜生。虽说我也是。"木部说。

在千本滨入口处,金枝和藤尾赶了上来。藤尾的心情彻底好转了。他用一种独特的、哀伤的声调,吟唱着大家去土肥旅行时木部写的歌:

"游女徘徊红霞映,日暮几多愁。"

也许藤尾是借着唱木部的歌,向刚刚吵了架的木部发送重归于好的信号。

洪作也喜欢木部的这首歌。乡野渔村的黄昏景色在眼前浮现。木部在土肥旅行时创作的诗歌之中,还有一首是洪作喜欢的:"人妇悲戚如游女,正因孟春至。"当时大家住在旅店里,年轻的老板娘虽然对中学生喝酒多有非难,但还是一次又一次地为木部和藤尾把酒斟满。两人十分感激,在店里住宿期间,如骑士一般为老板娘效力。

木部的歌,唱的就是那位老板娘。看到这首歌时,经木部一说,洪作觉得旅店老板娘身上的确有一种娼妓般的妩媚,而且确实不难让人联想到初春时节。

木部没有参加任何运动队,但是一旦参赛队员不够,他就会被拉去救场。无论是网球,棒球,还是剑道,木部一旦参赛,就会尽到救场的责任。他行动敏捷,做任何运动都很灵活。他打架时也很机敏。碰上那些从东京来参加修学旅行的中学生,他会冷不防把人家揍一顿,然后逃之夭夭。

有着如此性格的木部,却很擅长作短歌①。只有在作歌时,他才会认真起来,出神地思索着。他想出的歌谣总有一种与年龄不符的老到。

"喂,藤尾,我替你作了首歌。"木部说。藤尾一向任性肆意,凡事都要争个第一,但在短歌方面,他自认输木部一筹。

"什么歌,唱来听听。"

"好,那我唱了。"木部深沉地吟唱起来。这曲调之前曾经听过。木部唱歌总是声嘶力竭,但这次却声调低沉,轻轻地唱着:

"抛却是非恣意骂,吾辈正年轻。"

木部的歌声比藤尾的还要哀伤。不觉间,这歌声中掺杂进了海浪的声音。

四人来到了海边。正值晚春时节,落日后的微明笼罩着

---

① 日本古典诗歌和歌的一种形式,各句分别有五、七、五、七、七个音节。

海滩，但海面上一片昏暗。在黑色海面的衬托之下，翻涌的浪花像某种白色的生物，令人悚然。

"今天晚上，咱们就要暂时作别了。"木部语气平静，"虽然我和金枝都去东京，但我觉得我们可能不会再见了。"

"喂喂，别说这种丧气话。"藤尾说。

"不，我说的是真的。除了洪作，咱们三个从小学的时候就在一起。但是现在咱们要分开了。分开好。金枝不应该再找我，我也不应该再去找金枝。我这人放荡，而且以放荡为美，恐怕早晚会作出让金枝看不惯的事。而金枝严于律己，总是向着穷人，往后他也只会做自己认为对的事。"

"不是这样的。"金枝说。

"你别说违心话了。你很聪明，可一到关键时候你就含糊其辞。你可能是不好意思说实话，但这可是个坏毛病。不仅是和你金枝，我和藤尾也要分开了。"

"什么分不分开的，像两口子吵架似的。"藤尾说。

"不，藤尾，我和你也要分开。你要去京都，我要去东京，我想这正是个好机会。咱们都各自拥抱自由吧。托你的福，我从小学时代起就不自由。要是没交你这个朋友的话，我会成长得更好。"

"你胡说些什么？"

"不，是真的。其实你也一样吧。你一写诗，我也写诗。我写了首歌，你就也要写。你偷家里的钱，我就效仿。我喜欢上一个女孩子，你就也坠入爱河。今天在这里，我要跟你藤尾说再见了。"

自从走上海滩，木部的醉意似乎就开始泛上来了。

"我也要和大家告别了。"洪作突然说道。"和金枝告别，和藤尾告别，和木部告别。"

"啥？这可真麻烦了。"藤尾夸张地长叹一声。

"大家彼此间都受够了。"洪作说道。

"嗯，没错。"木部说。

"这就叫分崩离析。一直以来都很亲密的团体，因为某种内部作用力，自内而外开始崩溃，眨眼间便四分五裂。这样也好，不是吗？"

金枝接着说道："木部，洪作，既然话已经说到这份上了，那咱们就提前说好了，以后不要互相写信。这一点一定要遵守。"

"怎么可能写信呢。要写也只给女孩子写，写情书。"

"我也不会写的。"洪作说。

"你肯定是不会写的。毕竟你连父母的信都不回。不过，给父母的回信还是要写的。你这样的孩子，父母也是会担心的。"藤尾说道。

"有这闲工夫，不如去写情书。"洪作说。

"你哪有写情书的对象？说起来，你喜欢过哪个女孩子吗？照我说，你不正常。我们现在正是青春期。上天特意设计了青春期，让我们去喜欢女人。这是一段可以无所顾忌地喜欢女人的时期。在这方面，你很怪。"藤尾说。

"开什么玩笑。"

"难道不是吗？总之你很奇怪。"

"没错，这值得研究研究。"木部说。

四个人走在海边濡湿的沙滩上。木部有时走到水滨，小小的浪花翻涌而来，他便跳到一边，不让海水打湿自己的脚。他一边走一边重复着这个动作。

"说起来，"藤尾说，"你啊，明明都毕业了，还穿着破破烂烂的中学制服。在路上总会碰见女生吧。我妹妹就来问过我'他是落榜了吗？'训练场你想去也无妨，可是你总得有个毕业生的样子，别穿得跟中学生一样。"

"我没戴帽子，也没穿皮鞋。"

"这不是废话吗？都毕业了，还戴中学生的帽子？你倒戴上试试！真是个疯子。"藤尾说。

"唉，总而言之，洪作这家伙啊，一直以来和我们在一起，所以还好，但从今往后可真让人担心。没人监督他了。我们虽然也教他做坏事，但到头来其实是替他父母照顾了他。他这样子真让人不敢放手。"木部说。

"啊哈哈哈！"金枝突然放声大笑。

"说的没错。竟然还煞有介事地和我们告别，这叫什么道理？毕了业，一时见不到我们，就已经开始天天去中学的训练场了。在这儿待着，他肯定会多年如一日，穿成那样去训练场。学校里的学生毕业了一届又一届，到时候他会变成一个笑话。——你拿出你的情欲来，情欲！收起你的食欲，拿出情欲！"

听到食欲这个词，洪作不可思议地感到了饥饿。刚吃完炸猪排还没多久，他就饿了。

"我啊,其实跟你们所认为的正常人有点不一样。"洪作说。

"哪里不一样?"木部问道。

"哪里我说不清楚,总之我不会再受你们的影响,我要自由自在地为自己而活。"

"嗬!"藤尾表现出一副十分惊异的样子,向前跑去。木部也发出一声怪叫,向前猛冲。藤尾的西装和木部飞白花纹的窄袖和服在夜色中渐渐模糊,很快就看不见了。只剩下金枝和洪作两个人。

"你和木部都作了诀别宣言。其实这样做是对的。我也觉得今天晚上是我们友情的结束。大家各自走自己想走的路就好。我会像刚才木部说的那样,走自己的路。"金枝平静地说。至于金枝究竟要走向何方,洪作似乎可以预想。金枝给过洪作各种各样的书籍杂志,都是左翼的。有一本名为《告青年》的油印册子,上面写着作者的名字——克鲁泡特金,是个外国人。这本书藤尾读了,木部也读了,但真正认真读的只有金枝。这些都是金枝身在东京的哥哥让他读的。

"不过啊,干什么都行,但对柔道着迷可就太没劲了。还不如对姑娘着迷呢。"

"你说的姑娘,是指餐馆里的那个女孩?"

"是。"

"她算是美人吗?"

"是不是美人,你不知道吗?"

"不知道。"洪作是真的不知道。在这方面,连洪作自己都意识到,自己是异于常人的。

四个人走到了靠近狩野川入海口的地方,又折了回来,向松林的方向走去,最后在沙滩的一个角落里坐了下来。

"喂,那儿是不是有一对男女?"木部望着右手边方向。

"哪儿呢?哪儿呢?让在下为您辨别。晚上我看得远。"藤尾说。然而相距太远,不是夜色中人眼所能辨别的。只勉强能够看出有两个人影在海边移动。

"你去看看吧,木部。"藤尾说。

"不看也知道是一男一女。在这种地方,怎么可能是两个男的在漫步?"木部说道。

"总之,在下对这种事情十分感兴趣。"藤尾站了起来。

"别去了。"最明辨是非的金枝想要阻止他。

"我去那儿借个火。洪作,你跟我一起去。"

"我不去。"被洪作拒绝后,藤尾站起身,向着人影的方向走去。没过多久,就听到藤尾唱起了若山牧水的歌。这是最后一次听到藤尾的歌声了,洪作心想。

藤尾许久不见回来。

"那小子是不是聊起天来了?"金枝说道。经他这么一说,好像还真是这样。远处的人影似乎已经变成了三个。

很快,三个人影开始一起向这边靠近。

"真烦人,藤尾把他们带过来了!"木部说。藤尾高亢的歌声再一次响起。

"真是为所欲为啊,这家伙。"金枝说道。藤尾做这种事的确毫无顾忌。想想他的所作所为,说他为所欲为也并非言过其实。

藤尾带来的是一对年轻男女。

"想拜托你们关照的,就是这小子。"藤尾向这对男女说道,继而转向洪作,"喂,洪作,我给你介绍一下。"

洪作站了起来。

"这两位今年刚结婚,是一对正经的年轻夫妇。刚才是谁那么没礼貌,说人家可疑?"

"我可不知道。"洪作说。

"不是你啊?那是木部?"藤尾又转向那对夫妻说,"他叫洪作,拜托你们了。他就寄宿在你们家附近的寺院里。他毕竟不在父母身边,麻烦你们多关照。"

藤尾带来的这对夫妻是小学老师。

"从寺院往鱼町去的那条路上,不是有个烟草店吗。那后面有个二层小楼,我们就住在那里。有空来玩吧。我们刚到沼津,没什么朋友。非常欢迎你来。"年轻男子这样说道。不知道藤尾跟他们说了什么。

"洪作,跟人家打个招呼啊。"藤尾这样讲,洪作便说了一声"请多关照"。能够和素不相识的人轻而易举地拉近关系,并且博得对方的信任,这是藤尾的才能,也是他的绝技。

"这小子经常把扣子弄掉。到时候还请您帮他缝上。"木部从一旁插嘴道。

"缝扣子这种事,需要的话请随时来找我。"年轻的太太笑着说道。"复习会很辛苦吧,打算考哪里呢?"

"还没决定。"

"这方面麻烦你们也给他参谋参谋。毕竟他一个人留在沼津,没人管他可不行。"

"是让我们监督他吗?在这方面我可完全没自信。"年轻男子接着说道:"那,藤尾,我们就先走啦。"

年轻夫妇向洪作他们告别,走开了。

"真服了你。"金枝说。

"我之前见过他们一次。他们不记得我了,可我还记得他们。我在今冈书店碰到他们订有关禅宗的书,当时我想,没想到沼津也有这么脱俗的人。"接着,藤尾又对洪作说道,"你要跟人家搞好关系。他们看上去不错。你时不时地去一趟,蹭人家一顿晚饭什么的。有主妇在,什么事情都很方便。说不定偶尔还会帮你洗个衣服呢。"

"他们叫什么名字?"洪作问道。

"那我就不知道了。人家不是说住在烟草店后面的二层小楼吗?你去了不就知道了。你啊,真让人操心。"藤尾回答。

"这样一来,就不用再担心洪作,可以放心地离开沼津了。"木部说。

"再给我多介绍两三个人嘛。木部,你姐姐不是嫁人了吗?告诉我她家在哪儿。"洪作说道。

"不行,不行。你之前在我家吃过一顿饭,所以会这样说。可是你在我家人那儿完全没信誉。他们现在还觉得我成绩不好都赖你。"木部说。

夜晚的寒气开始渗入身体,四个人离开了千本滨。一进街区,藤尾就说:"咱们再去见小玲一面吧?"

"别去。"木部反对。金枝和洪作也反对。藤尾那馋涎欲滴的样子令人厌恶。

大家走到了火车站对面，把木部送到家门口，在这里与这位少年歌人作别。

"到夏天之前，我是不会和你见面的。你好好学习，别忘了自己落榜生的身份。"木部对洪作说道，接着又转向藤尾："让你去京都，真是不放心，但是也没办法。你多保重。"木部走进了窄小的家门。

"光说不听，说完就走，转眼就不见了。"藤尾说。事实的确如此。三个人离开了这里。与木部就此别过了，洪作想。

晚春时节温热的微风迎面吹来。天色已晚，路上快要不见人影了。

大家走到了金枝家门口。"我去东京的日期还没定，但从明天起我就得去店里帮忙了。咱们就在这儿分手吧。洪作，别光去训练场，得好好学习。我已经解放了，不用再为考试复习了，但你还没学上呢。——再见啦。"金枝也迅速地走进了家门。

"接下来你送我，然后回寺院。"藤尾说。

"我最亏了。"

"这是理所应当的嘛。因为我们都要离开沼津了，只剩下你一个人在这儿。按照礼节，你该把大家都送回家，作最后的告别。"

藤尾悠然走在沼津的主干道上，大声唱着中学的校歌：

"春江水暖，狩野川畔……"

到了家门口，藤尾问："在我家住一晚？"正门已经关了。

"不了。"洪作说。若在以前，他会毫无顾虑地留宿。然而毕业之后，他总感觉不好意思登门了。

"你什么时候去京都？"

"后天。来火车站送我吧。"

"好。"

"小玲也来送我。"

"那我不去了。"洪作说。送走藤尾以后，只剩自己和玲子两个人，恐怕会很尴尬。年轻女孩对洪作来说，是个大麻烦。他不知该如何应付。

"那，咱们就在这儿告别吧。我妈说让你常来玩。就算我不在，你也要来露个面啊。"

"嗯。"洪作虽然答应了，但他并不想去朋友不在的朋友家。

"我虽然去了京都，但夏天之前应该会回来两三次。因为不常见到你我会担心嘛。那，回见啦。"藤尾转身离开，但很快又折了回来："奇怪，我心情好沉重啊。我知道抛下孩子的父母是啥心情了。"

"你心情沉重？我倒是神清气爽呢。"

"你有钱吗？"

"没钱。"

"你别说得这么直白。你说没钱，我也没有啊。"

"那你就别问。——再见了。"

这次洪作先转身走了。洪作心想,终于,自己跟朋友们也分别了。告别了木部,告别了金枝,也告别了藤尾。

——那么,我该做什么呢?

洪作思忖着,向着寺院的方向,走在空无一人的大街上。

一种无以言表的空虚寂寥,攫住了刚刚与朋友分别的洪作。这无疑是孤独感,然而洪作并没有意识到这是孤独。自幼年起,洪作就与家庭氛围无缘,因此,他的孤独与常人有所不同——并非孤身一人时的感触,而是一种难以言说的寂寥、凄凉之感。

藤尾他们觉得处于青春期的洪作和他们有所不同,然而洪作不会和女孩子交谈,其实是因为他没有和女孩子交谈的经验。寺院里的女孩郁子,是洪作身边唯一的年轻异性。可以说,除了郁子,洪作没跟其他女孩子交谈过。

——那么,我该做什么呢?

其实,该做的事已然明了。洪作应该复习。只是所谓的复习,被洪作任意搁置在一旁。他想偷懒,便会肆无忌惮地松懈下去。没人督促他学习了。只要不打开母亲寄来的信,洪作就可以完全屏蔽督促他学习的声音。从前他受着中学老师的监督,但如今他也已经摆脱了那种监视。

——嗯,还是练练柔道吧。

练完柔道,去学校宿舍的浴室洗个热水澡,这似乎是洪作现在最有兴致做的事。

洪作依然穿着破烂的中学制服走在大街上。这身衣服虽然毕业后一度不好意思再穿，但洪作如今已经完全不在意了。

寺院里的郁子可能也放弃了，洪作穿成这样，她也不再提意见了。

"真是拿你没办法。罢了，你就这么穿吧，不过，至少把头发留长一些，怎样？"郁子说。

"我不干，我才不留头发。"

"可是，不做点改变，怎么能跟中学生区别开呢？"

对于洪作来说，跟中学生一样也无所谓。

在沼津的街道上走着，有时会碰到老同学。他们都没升学，有的帮忙操持家里的营生，有的在别处上班，总之都在社会上占据了小小的一席之地。大家像商量好了似的，都为自己还没适应的西装打扮感到不好意思。也有人头发正在蓄长。

"呦，真像样！"洪作说。

"听说你还住在寺院里。"

"来玩啊。"

"等有空就去找你。"

"就今天吧。"

"这可不行。上了班，就只有周日有空了。"

"请个假不就行了。"

"可不能这么随便，和上中学的时候可不一样了。真羡慕你啊。好好复习，明年考上大学就好啦。"

"能考上当然好,但是有可能考不上啊。"

"要是考不上的话,你怎么办?"

"能怎么办?没法办。考不上只能维持现状。有烟吗?"洪作碰到老同学,总要搜刮香烟。有的人会爽快地掏出烟来,也有的会说:"我呀,早戒了。公司领导不让抽!"也有人上学的时候不抽烟,一毕业却抽上了。当这种刚开始吸烟的人,手法颇不熟练地从口袋里掏出烟盒,洪作便说:"你们啊,抽烟还太嫩了。都给我吧。"说着便把整盒烟都夺去了。

新的朋友取代了那些爱好文学的伙伴,把洪作包围了。他们每天都在训练场见面。柔道队以留级的远山为队长,此外有五六个核心队员。这些少年都是五年级的学生,学习成绩差得步调一致,但都很单纯,没有坏心眼。

洪作得了一个从未有过的新称呼——阿洪。他们都"阿洪"、"阿洪"地叫他。被比自己小一两岁的家伙这样称呼,洪作最初感到反感,很不愉快。

"谁都管我叫阿洪,什么阿洪!也太小瞧人了!以后谁再敢这样叫我,我饶不了他!"洪作曾对一个五年级的学生这样说道。过了两三天,远山跟洪作说:"听说你让人别再叫你阿洪了。叫阿洪不是挺好的吗?我觉得这称呼里可是含着八分的友爱,两分的尊重。去问了问其他人,大家也都这么说。大家自然而然地开始叫你阿洪,你让大家改口也改不过来了。现在连一年级的小屁孩儿都管你叫阿洪呢。"

"两分的尊敬是什么意思?尊敬我什么?"

"当然得尊敬了,你是毕业生嘛。"远山说,"一般人毕了业不会再踏进学校半步,可你却每天都来。练柔道,玩单杠,在宿舍的浴室洗澡,和大家一起上街——究竟毕没毕业,完全看不出来。这除了尊敬还能说啥?我觉得大家对你都佩服得很。"

远山说了这样一番话。这种事情究竟值不值得尊敬另当别论,但他对洪作的友爱之情,似乎是货真价实的。

不管怎样,虽然洪作一开始对"阿洪"这一称呼十分反感,但不知不觉间也就习惯了,不再介怀。

"阿洪,阿洪!"从训练场回家的路上,洪作听到背后有人呼唤。回头一看,是人到中年的化学老师。

"啊,老师好。"

洪作和这位宇田老师并肩走着。

"在复习吗?"

"是的。"

"明年考哪里?"

"还没决定。"

洪作不擅长这种交谈。

"总之我不会选择考试科目里有化学的学校。"

"我想也是。这么考虑没错。"宇田说。

"你上学的时候不怎么爱学习。"宇田一脸严肃地说道。这位化学老师从没笑过。他自己虽然不笑,有时却会说出惹人发笑的话,有种睥睨一切的感觉,很有意思。洪作想,如果这个人不是化学老师,自己一定会喜欢他的。

"可是这回不学习可不行了。"

"……"

"学习虽然重要,但不能熬坏了身体。大家好像都学得太猛,把身体搞垮了。今年毕业生里落榜的大约有三十个人,好像都在复习。秋本、斋藤、花井他们都在东京上补习班,前一阵来信说,为了学习,连睡眠时间都压缩了。"

"可以想象,他们是会这么做的。"洪作无可奈何,只得这样附和。洪作觉得刚才老师提到的这些同学,是会做出这种事的。

"你也是,再怎么拼命学习,也不能把身体熬坏了。"

"嗯。"

"睡眠时间也许不得不压缩,但睡得太少也不行。"

"嗯。"

"前一阵星见同学给我写信,说不在桌前学习的时候,总翻开英语辞典背单词。"

"这像他的作风。他背英语辞典,一旦背下来,就把那页撕下来吃掉。"

"嚯,吃辞典?"

"是的。但那家伙还是没考上。他现在恐怕也在吃吧。明年他也还是考不上。"

"不要讲别人。——小心你自己考不上。"

"没事的。"

"没事的,没事的,你这'没事的'可靠不住。毕业前我说,化学考不到九十分就会落榜,你说'没事的'。"

"嗯。"

"可是，结果还不是'有事'！"

"我没考到九十分吗？"

"考没考到，你自己不知道吗？"接着，宇田又说道，"你'没事的'，只是你的身体。"

"没错。"

"我可不是在夸你。"

"我知道。"

"没听说过光练柔道，就能考上大学的。"

洪作"噗嗤"一声笑了出来。宇田也笑了。

"欸，你笑了，老师。"洪作说。以不苟言笑闻名的老师竟然笑了。

"什么叫'欸，你笑了'！"老师迅速收敛了笑容，恢复了原本睥睨一切的神情。

"可老师是绝对不会笑的。"洪作说。

"你凭什么下这样的定论？"

"可事实就是如此。同学们都认为老师是不会笑的。"

"你们真讨厌。如果遇到好笑的事情，我也是会笑的。可是，哪有什么好笑的事？没有好笑的事，能笑得出来吗？你说是不是？"老师说。

"话虽如此。"

"你也只是在感到好笑的时候才笑吧？"

"嗯。"

"不好笑的时候也笑，那是你们历史老师。"

"三河老师不好笑的时候也会笑吗?"洪作问道。

"我不知道。你去问他本人吧。"接着,老师又说,"办公室里的老师都说你在逍遥快活,看来确实如此。逍遥快活也没什么不好。至少比不好笑的时候还笑的家伙强。"

此处化学老师又一次提及三河,抛出一句辛辣的讽刺。两人走上了御成桥。

"今天水涨了。"老师驻足俯视着狩野川的水面。今天河水的水位确实高于往日。

"我经常想,要是水流再大些,这条河就像样了。"

"是吗?"洪作的表情有些意外,"我觉得这条河很美。"

"嚯,这条河很美?!嚯,美在哪儿?"

"缓缓流淌,就很美啊。总之很有气度。"

"除了这条河,你还认识别的河吗?"

老师把洪作问住了。富士川、天龙川和安倍川,洪作都是在火车上惊鸿一瞥,算不上"认识"。

"不认识了。"

"我猜也是。你不认识其他的河,所以才会觉得狩野川很美。美丽的河可不是狩野川这个样子。筑后川①才美呢。河水悠然地流淌着。逝者如斯夫。——你知道这句话吗?"

"不知道。"

"你真是什么都不懂啊。五年的时间全荒废了,真是可怕。"不带一丝笑意的老师说道。

---

①日本一级水系筑后川水系的干流,位列一级河川。位于日本九州地区,发源于阿苏山,自东向西流经熊本、大分、福冈、佐贺四县,注入有明海。

"告诉你，筑后川才不像这条河这样寒碜。在久留米看到的筑后川，水位高涨，河水茫茫一片。到处都是防洪闸。河水清澈，连河底的水藻都清晰可见。水藻总见过吧？"

"见过。"

"在哪儿见到的？"

"三岛的河里也能看见水藻。"

"嗯。"

"三岛那条河的源头就在三岛大社①后面，水很凉，很清。河底的石子和水藻都清晰可见。我大致能想象到，筑后川就是那样的河吧。"

"开什么玩笑，你竟然把人家跟三岛的涓涓细流相比，筑后川可要哭了。筑后川是大河，在日本屈指可数的大河。提到大河，你可能会想到县内的富士川、天龙川、大天井川之类。可是，即使同是大河，品格也不同。——逝者如斯夫。"

老师久久倚在桥栏杆上，没有要离开的意思。他虽然轻蔑地称狩野川为小河，然而却一直望着河面，看上去也不是不喜欢。

"您老家在久留米？"

"对。不过，只是小时候住在那儿。"

"在久留米住到多少岁？"

"住到上小学之前。"

---

①位于日本静冈县三岛市的神社，历史悠久，自中世起受到武士阶层的崇敬，源赖朝曾在此祈祷源氏复兴。三岛市与沼津市相去不远，均位于静冈县东部。

"还是小孩的时候。"

"对。"

"您偶尔回去?"

"不回。"

"为什么?"

"父母和兄弟姐妹都不在,回去也没什么意思。小学的时候,暑假回去过一次。那是唯一的一次。"

"这样的话,老师,您对筑后川的印象也不太可信。就算只有两米宽,在小孩眼里也是大河。"

"没这回事儿。你不能以己度人。我自小失去了父母,跟其他孩子不太一样,很老成。我上小学的时候已经读了《论语》,知道孔子是何许人也。"

"……"

"'逝者如斯夫'也是小学时记住的。虽然年幼,但站在大河之畔,总会想起这句话。"

"您是说孔子,还是您自己?"

"当然是我。"

洪作看到老师的脸上再次浮现出笑意。

"老师您又笑了。"

"人啊,觉得好笑的时候就会笑。"

"刚才很好笑吗?"

"当然好笑了。站在河边时,被同样的感慨所触动,在这一点上,我和孔子是相同的。"

老师离开了桥身,向前走去。下了桥,老师问道:"要不要去我家?"

"去您家?"

"嗯。你忙吗?"

"我倒是不忙。"

"我想也是。你有什么可忙的。"

"……"

"来吧。"

"好。"洪作答应了。真是飞来横祸。

"你这表情,好像很不情愿啊。"

"怎么会呢。"

"总之,跟我走吧。既然已经毕了业,来老师家也不会受什么罚。我当时可是一让再让,给了你及格分呢。"

老师这样说着,走进了街角的水果店。洪作站在店门口。老师夹着用报纸包好的一包东西,从店里走了出来,向洪作问道:"你喜欢牛肉还是鸡肉?"

"两样都喜欢。"

"两样都喜欢我也不会两样都买。那就牛肉吧。"

"好。"

"稍微绕点路,有一家便宜的店,咱们去那儿买。"

洪作和老师并肩走着。

"我小时候父母就死了,你好像也是吧。"老师说。

"我父母都健在。"

老师看向洪作,一脸疑惑:"是吗?那,真对不起!可是我听谁说过,你是个孤儿,学费是你亲戚出的。"老师顿了顿，又说："哦，那么，学费也是你父母出？"

"是的。"

"学费他们都有按时寄吗？"

"嗯。"

"你父亲是干什么的？"

"是军医。他是台北驻军医院的院长。"

"是你亲生父亲？"

"是的。"

"哦，这样的话学费是不会缺的。可是，我之前是听谁说的？"

"是不是藤尾？"

"藤尾？"稍作思索，老师说："没错，是藤尾，绝对是他。"

"是吧，肯定是藤尾。"

"你怎么知道是藤尾？"

"我猜就是他。他会说这样的话。"

"我真是被他给骗了。就因为他的话，我才多给你打了分，让你及格。是你让他这么干的吧？"

"我没有。"

"你们干的事，真让人捉摸不透。"老师说。

两人朝着火车站的方向走去。

"老师，肉铺在哪儿啊？"洪作问道。

"啊，把要紧事给忘了。怎么都走到这儿来了？对不住，咱往回走吧，去买肉。"宇田说。两人眼看就要到火车站了，又折了回去。路上老师买了鸡蛋,由洪作拿着。

"人啊,总是会做这种浪费生命的事。正常的话现在都该到家了。这趟至少毫无意义地浪费了十五分钟的时间。"

"不过,不然也不会买到鸡蛋。"

"鸡蛋本来就打算买,又不是临时想到的。——你这种想法,就是典型孤儿式的。"接着,老师又问道,"你知道人的定义是什么吗?"

"人是会思考,用两条腿走路的动物吧。"

"要是再加上一条——不停地浪费生命,我觉得就更完整了。"

"也有不浪费生命的人吧。"

"几乎没有。你现在也在浪费生命。如果直接考上高等学校,就不用浪费时间重新备考了,可现在呢,你也不好好学习,真是可悲。你是从早到晚都在浪费时间。我也在浪费。在沼津这种地方,找你这样的人作伴,知道吗,这怎么想都是一种浪费。不过,像这样浪费时间,也算是人之常情吧。也有个别的人不浪费时间。虽然很少,但也还是有的。教导主任就属于这极少数人。凤毛麟角,很可贵。"

"教英语的菅沼先生也属于这极少数人之一吧。"

"菅沼君属于浪费生命的那类,知道吗?如果非要找出一个不浪费生命的,那也应该是另一位英语老师。"

"三原吗?"

"不许直呼老师的名字。"

"那,是三原先生吗?"

"不是，教英语的老师不是还有一位吗？"

"池上先生吗？"

"对，是池上。对他你倒是可以直呼其名吧。就算我不说，你们好像也都是直接叫他的名字。"

"没有直呼其名，我们叫他阿上，前面加了'阿'。"

"阿上？池上的上？"

"是的。"

"上先生也是一个可贵的人。他不浪费时间，简直像个死脑筋。他不懂浪费为何物。因为不懂浪费，所以也不懂英语。"

老师变得健谈起来。他似乎越说越起劲了。

眼看就折回到通向御成桥的那条路了。

"还往前走吗？"洪作问道。已经路过两家肉铺了。

"说的是啊。"宇田的回答有些莫名其妙。他停下脚步，向四周望了望，问道："你吃甜食吗？"

"吃。"

"那顺便也买些点心吧。虽然我觉得家里有。"

说着，宇田走进了旁边的点心铺。洪作也跟着走了进去。

宇田买的东西不像是化学老师会买的。他买的是豆形软糖。洪作之前一直以为这种小小的软糖是小孩子吃的，所以在接过袋子的时候感到有些不可思议。

宇田出了点心铺，继续往回走。此时此刻，洪作觉得无论怎么看，都像是离目标肉铺越来越远了。

"老师，我们是不是走过了？"

"没有。"

"可是……"

"不要只追问别人肉铺是不是已经走过了这种事。要追问，就追问有价值的问题。老师们在办公室里都议论说，今年毕业的学生里面没几个好的。好像确实如此。"

"呃。"

"不过，嗯，你这样的，在那些不怎么样的毕业生里面，还算是强的吧。"

"谢谢老师夸奖。"洪作回答道。没想到这位化学老师还有这么有趣的一面。恐怕金枝、藤尾和木部都不知道，洪作心想。

"你好像特别地无忧无虑。"

"没有没有。"

"不，你好像确实是这样。要不然你也不会被老师们表扬。"接着，宇田又说："马上又要经过一家肉铺，为了不让你误解，我提前说明一下。我说的那个便宜的店不是这家。是另一家。这家肉贵。"

两人从这家价格贵的肉铺门前经过，又向前走过了约十家店铺，在便宜肉铺的门前停住了脚步。

"你进去买吧。"

"我买吗？"

"像你这样的，比起吃价高的肉，吃得少，更乐意吃便宜肉，吃得多，对吧？"

"……嗯。"

"有三个等级的肉。你去买两斤三等肉。我先慢慢往前走着。"宇田把钞票递给了洪作。

宇田家在火车站后面。沿着火车站的木栅栏走了一段路，再走过铁道口，眼前的景象就变得破败起来，令人感觉仿佛来到了城镇的背面。农户风格的住宅和职工宿舍似的木板房混杂在一起。洪作和伙伴们很少涉足这片区域。

走过铁道口时，化学老师说出了与洪作此时感受正相反的话："虽说同属沼津，但这附近挺不错吧。"

"嗯。"洪作含糊地应了一声，心想，不是开玩笑吧？

"从这儿看，富士山真美啊。"

宇田停住了脚步。在这里的确可以看到美丽的富士山。这里与富士山之间没有任何遮挡物，只有坡度低缓的平原，让人感觉是站在富士山山麓的原野上，仰望近在咫尺的富士山的丰姿。

"还是富士山漂亮啊。"

"嗯。"

"每天早晚都能见到富士山，这是沼津唯一的可取之处。除此之外再没有别的优点。不过，值得庆幸的是，无论什么地方，至少都会有一个优点。"

"嗯。"

"在学校教职工厕所旁边看到的富士山也很美。"

"嗯。"

"学校无聊透顶，只有一点好处，就是能看到富士山。

不过跟在这里看到的还是没法比。从这儿看富士山,最美的时候是黄昏。就是从现在开始的一个小时。"

"嗯。"

除了"嗯"、"嗯"地应声之外,洪作不知道该说什么。洪作从未关注过富士山的美。洪作是从小看着富士山长大的,对富士山没有特别关注过。富士山的美是理所当然的。要是富士山不美了,那才奇怪呢。

"好了,请进吧。"宇田说着,迈步向前。原来两人驻足之处,就是宇田家门口。

"就是这儿吗?"洪作惊奇地问道。

"别这么大惊小怪的。"宇田先一步走了进去。这是一座二层小楼,只有房前围了一排低矮的茶梅篱笆。洪作站到了门口。

"进来吧。"

宇田话音刚落,又响起了一个年轻的女声:"请进!家里脏,请不要嫌弃。"

洪作站在未铺地板的玄关,向这位年轻女子打了招呼。说是打招呼,也不过只是鞠了一躬而已。若是知道对方的身份,便能寒暄一番。可这位究竟是老师的太太,还是老师亲戚家的女儿,实在难以分辨。

洪作走上了二楼。这里好像是宇田的书房,窗边放了一张书桌,沿墙立着三个书柜。书柜里的书满满当当,显示出一个教师的房间所应有的威势。

洪作来到窗前,迎面便是富士山。宇田说黄昏时分的富士山是最美的，的确如此。浅蓝色的富士山，鲜明地浮现在傍晚湛蓝色的天幕上。简直像是一幅画。比起在中学校园里看到的，这里的富士山显得更加高大。

宇田穿着和服走进了房间。

"洗澡吗？"

"我在宿舍的浴室里洗过了。老师您请便。"

"我已经洗完了。"

"好快啊，您已经洗完了？"

"简单地洗了洗。像乌鸦洗澡一样，一冲了事。"宇田走到了窗前的洪作身边，"接下来的每一分钟，富士山都会变换表情。"接着，他又说道，"坐吧。"但眼睛仍注视着富士山。

宇田自己先坐了下来。

"抽烟吗？"

"嗯。"

宇田把烟盒和烟灰缸放到了榻榻米上。

"什么时候开始抽的？"

"三年级结束的时候。"

"真拿你没办法。酒呢？"

"酒只能喝一点。是最近才开始的。"

"我想也是。要是从三年级就开始喝酒，恐怕就一发不可收拾了。"

"第一次喝啤酒是四年级的时候。藤尾从他家里偷来啤酒，在我的寺院里喝的。"

"不要用'偷'这种字眼。——什么叫你的寺院?"

"就是我寄宿的寺院。"

"那你就该这样说明白。说起来,你这不还是从四年级就开始喝酒了?"

"没有,那次喝醉了,很难受,所以之后就不喝了。藤尾他们喝啤酒的时候,我都喝汽水。"

"是吗?你说的话好像也不怎么可信。"

"怎么会。"

"不,我觉得就是。总之,你交的朋友不怎么样。物以类聚,就是说不着调的人会聚到一起。那些家伙走了,学校也终于安静了。"宇田突然话锋一转,"煮好了吗?"他使劲吸了吸鼻子。的确,楼下煮肉的香味已经飘到了二楼。

楼下客厅里,两人围坐在寿喜锅旁。榻榻米上铺着草席,上面有一个小炭炉,小炭炉上放着锅。

年轻女子端来了啤酒。"这样东西就都上齐了吧。"说着,她也坐了下来。

宇田把啤酒倒进自己的杯子里,又把洪作的杯子斟满了。

"你也来点儿,怎么样?"

"好呀。"女子拿起酒杯的手特别白皙。洪作心想,手这样白的女人恐怕不多。

"你叫阿洪,对吧?"

"嗯。"洪作有些局促。

"喜欢喝啤酒?"

"喜欢。"洪作说。对方好意款待,不说喜欢可不礼貌,洪作想。

"明明刚才还说不会喝。你就是在这些地方让人觉得不可信。"宇田说。"肉好了。敞开吃吧,不够的话,你就再去帮我买。"

"好,那我就不客气了。"洪作松了松皮带。

"你在干什么?"宇田问道。

"我把皮带松了松。"

"嗬,真有气势啊。你的朋友们也都这么干吗?"

"只有我和木部。这么做,就有一种要大吃一顿的劲头。没有大餐的时候我们不松皮带。"洪作说。

"真好啊。吃东西都这么有干劲呢。那位木部同学,下次也一起带来吧。"女子说。

"他去东京了,不过夏天会回来。邀请他的话他肯定会高高兴兴地来赴宴的。他能每天都来。"

"每天来我们可受不了。"宇田说。

"每天来也没事的。非常欢迎。我最喜欢请年轻人吃饭啦。"

"真可惜,早知道的话大家都会来玩的。"洪作说。他真心觉得很可惜。但他还是看不出这位女性究竟是何人。既然她和宇田两个人生活在这里,那么视她为宇田的太太总没有错,然而她过于年轻,过于漂亮,说的话过于活泼,不像是化学老师的妻子。刚才洪作一声"太太"都到了嘴边,但还是咽了下去。

"我可以问您一个问题吗?"洪作下了决心。宇田望向他，示意他问。

"……是老师的太太吗？"

宇田仿佛不明白洪作的意思似的，瞥了一眼旁边的女子，问洪作："你是说她吗？"

"嗯。"

与此同时，这位女子也开口了："你是说我吗？"

"嗯。"

"天呐，真讨厌。你以为我是什么人呢？"

"我想大概是老师的太太……"

"嚯，真是奇了。你以为我们是什么关系？情人吗？"

"不是的。"

"那是什么？"

"是不是亲戚，或者女儿什么的。"

"女儿？我的女儿吗？"

"是的。"

"真服了你了。你是不是压根看不出女人的年龄啊？你好好看看她的脸。"

老师的太太使劲憋住笑，说道："请看。阿洪说的没错。我吃亏啦，嫁给这么老的人。"

"不老。"洪作说。

"别说这种莫名其妙的话。我怎么带了这么一个不懂礼貌的人回来。别说废话，专心吃肉。你不是把皮带都给松了吗？"

"我在吃。"即使宇田不这么说，洪作也没停筷子。

"在我这儿还好，在别人家，可不能把人家妻子说成是女儿。会给人家添堵。"

"我以后会注意的。"

"当成女儿还算好的，当成人家母亲可就麻烦了。这类事情，即使心里觉得疑惑，也不问为妙。话说回来，当着本人的面，问人家这是不是你老婆，也太没礼貌了，而且可笑。这种事都判断不了，真够愁人的。中学教育也多少负有责任。连三河都能教历史的学校，就是容易出这种问题。"

"别这么说。"太太呵止了宇田。

"问题严重啊。——拿啤酒来。"

"我不喝了。"洪作说。

"你不喝我喝。"宇田说。

锅里的肉见了底，洪作准备告辞之际，宇田挽留："吃饱了就走可不好。"

"可是，我该告辞了。老师，您有点儿醉了吧?"

"是。"

"没想到您酒量这么小。"

"是。"

"三河和池上酒量大吗?"

"不许直呼老师的名字。我讨厌他们，所以说他们的坏话。可就算我说了他们的坏话，你也不能附和我。一附和就卑鄙了。再怎么说，老师都是老师。"接着，宇田又说道，"你有很不错的地方。但是，也有不足之处。不足得让人感到不可思议。其中，第一条就是你不知道努力为何物。你努力过吗?"

"没有。"

"不可以回答得这么直白。这不是值得骄傲的事。"

"我是真的觉得没有过。"

"第二条,你不懂得自律。你自律过吗?"

"自律?"自我约束的事,想来想去似乎的确没有。"没有过。我觉得没有。"

"我想也是。不可能有。想干什么就干什么,想说什么就说什么。你太优秀了。神仙都服你。"

"……"

"像现在这样,你再复习多少年也考不上。柔道什么的倒是无所谓,要紧的是备考,你要好好学习。"

"是。"

"一会儿回家以后,马上到书桌前学习。虽然学了也不一定有用,但总比不学强。"

"……"

"化学这科,严格评分的话,你是零分。"

"我不会报考要考化学的学校。"

"你有这种想法,可就没希望了。"

"行啦,别说了。"太太从旁说道。

"不行。这种青年也有父母。"

"这话太狠了。"洪作笑着说。

"你这种人啊,跟你说什么你都没反应。不过,有空常来玩吧。今晚就先放你走了,回去吧。"

听了这话,洪作便向老师的太太告辞,起身走了。

绿叶

进入五月，洪作的生活也安定了下来。沼津这座集镇又像从前一样属于洪作了。从前，洪作总和藤尾、木部、金枝他们一脸嚣张、大摇大摆地走在这座集镇上，如今那些伙伴们不在了，洪作通常是独来独往。虽说是孤身一人，但他却像是领主走在自己的领地上一样，对沼津不再有任何的疏离感和拘束感。

在街上遇到的中学生，都会向洪作行礼致意。因为洪作每天都去训练场，所以学生们似乎都对他表现出格外的敬意。一二年级的学生里，好像还有人真的把洪作当成了留级的学长，这从他们敬礼的方式上就能看出来——他们抬手放手的动作异常地紧张。

同样地，只要洪作想，便不会缺少玩伴。他完全可以被五年级的学生众星捧月。然而，即使是洪作这样的人，对此也心怀警惕。他感到自己出于本能，不得不警惕。他只与远山交往，尽量不让其他人与自己走得太近。一方面是为了避免自己的生活被打乱，另一方面，他再怎么毫无顾忌，也还是多少在乎身为毕业生的体面。

和沼津这座集镇一样，中学仿佛也成为了洪作的领地。

洪作感到，校园、教学楼、训练场、宿舍、食堂、浴室，都像从前一样，属于自己了。

对于学校里的老师，洪作也自然而然地产生了一种亲近感。在校期间，老师似乎总是令人发怵，但现在不会了。刚开始去训练场的时候，洪作总想尽量避免遇见老师，但如今已经没有了那样的心境。洪作已经不在乎会遇到谁了。

在校园里相遇，大部分老师都会主动向洪作打招呼，有的老师问他："学习忙起来了吧？"或是："英语用的什么参考书？"

对此，洪作会回答说自己还没开始复习，目前是锻炼身体的阶段。也有的老师会像与平等的成年人寒暄一样，问道："现在正是好季节。训练场里应该很舒服吧？"或是："你那在台湾的父母还好吗？时常来信吗？"

上学时所厌恶的老师们，以洪作如今的处境来看，都一点也不讨厌了。对方在洪作这里已经没有任何权利了。

对洪作而言，在沼津度过的失学生活十分惬意。不仅现在惬意，以后还会更加惬意，因为夏天的脚步近了，不久就可以纵身大海。

不过，洪作也不能从早到晚都在大街上闲逛、在千本滨漫步。明年参加入学考试的事情毕竟装在脑子里，它有时会瞅准时机，不怀好意地低声私语：

"已经五月份了。夏天将至，然后会转瞬即逝，秋风就要起了。到时入学考试不就迫在眉睫了吗？"

"英语没问题吗？做个单词本什么的，如何？不管去哪儿，至少得把单词本带在身上。"

"代数和几何是你的弱项。说实话，你恐怕只有三年级学生的实力。现在可不是你悠闲练柔道的时候。"

一听到这样的声音，洪作就感到厌烦。他想把这声音甩开，然而它却阴魂不散。

洪作受到这声音的恫吓，决定上午代数几何，下午英语，晚上语文，按照时段在书桌上翻看不同科目的参考书。下午的时间虽然分配给了英语，然而因为三点钟要去训练场，练柔道便占去了很大一部分时间。

回到寺院通常已是黄昏时分。晚饭过后，白天的疲劳催生睡意，因此翻开语文参考书格外需要毅力。

一天，从训练场回来的路上，洪作碰见了宇田。

"开始学习了吧？"

"在学呢。"

"效率高吗？"

"还行吧。"

"有什么不明白的地方，就来问老师，随时可以来老师办公室。"

"这恐怕不行吧。"

"没关系的。并不会因为你毕了业，老师就不教你了。既然你无偿照料柔道队，学校也该为你做点什么。"接着，宇田又说道，"前一阵校长说了，多亏你来，训练场现在很讲纪律。"

"真的吗？"洪作吃惊地问道。他觉得这不可能。自己不过是随心所欲地来，随心所欲地练习，又随心所欲地回去，仅此而已。

"听说你每天点名，不是吗？"

"我没有。我只对远山说过至少出勤要严格要求。"

"校长说的就是这个吧。总之他感谢你。"

"可不敢当啊。"洪作说。虽然被表扬了，但他并不怎么高兴。

"篠崎君放学后安排了一段时间给五年级的几个学生答疑。你也抽出些练柔道的时间，参加一下，怎么样？"宇田说。他提到的篠崎，是教代数的老师。

"呃。"这不是一个应该欣然接受的提议。

"我可以替你去拜托篠崎君。"

"嗯……可是，篠崎老师那儿恐怕不行。"

"没什么不行的。"

"不行不行。"

"这不是你说不行就不行的事。"

"不，不行。我惹他生过好几次气。"

"惹他生气？"

"而且不是一次两次。"

"你真是不着调啊。不过都是过去的事了。他不会记仇的。我替你向他赔礼道歉。"

"不仅仅是因为这个。——太奇怪了吧，我一个毕业生混在五年级学生里。"

"虽说是毕业了，也不过只是个形式而已。你不是没人管吗？没人管吧？怎么，你觉得不好意思？"

"是有一些，而且，不管怎么说，多少要顾及面子。"

"没什么面子不面子的。"

"老师可能没有。"

"你有吗？真是让人吃惊。你有面子？"宇田顿了顿，又说，"再来我家吃饭吧？"

"今天就不打扰了。"

"不用客气。"

"我不是客气。总之，今天不打扰了。"洪作说道。蹭一顿晚饭虽好，然而他感觉今天还是不去为妙。他不知道老师会说出什么话来。

这件事之后，过了两三天，洪作见到了年轻的代数老师篠崎。他似乎已经从宇田那里了解到了情况。他对洪作说：

"有什么不懂的问题，可以随时来问我。"接着，他又说道，"明天一个学弟有事来找我，他在我母校上学，他也在练柔道。让他去你们训练场，行吗？"

"行。他是哪个高校的？"

"四高[1]。"

"是参赛选手吗？"

"好像是。"

"他厉害吗？"

"这我不清楚，不过我觉得他应该不会很厉害吧。虽然

---

[1] 全称第四等学校（旧制），位于石川县金泽市，1949年与金泽大学合并。日本旧制高等学校的教学内容相当于现今大学的通识教育课程。

现在是二年级的学生了,不过听说他是上了高校以后才开始练柔道的。"

"哦,是这么个人啊。"洪作说。既然如此,那人实力不会很强劲,洪作心想。

第二天,洪作一到训练场就跟远山说:"今天有个四高柔道队的选手要来这儿练习。"

远山已经知道这件事了:"刚才听篠崎说了。不过那人虽然是柔道队的,但似乎不是参赛选手。我赢他一轮,然后交给你,你赢了他以后,再给川田他们。"

"别说大话,到时候反而被人家赢了。"

"不会的。听说他还没入段,不会是什么厉害人物。即使不能摔倒他,也不至于被他摔倒吧。"

远山信心满满,一副迎战踢馆者的架势。

练习进行了大约二十分钟后,篠崎带来了那个四高的学生。既然是高等学校柔道队的,至少该是个魁梧的人吧,然而出人意料的是,他是个身材矮小的年轻人,看起来很单薄。他头发蓬乱,怎么看都与柔道沾不上边。他眼里闪着冷光,但那苍白的面颊上,还残留着少年的青涩。

"我叫莲实。"他向上前迎接他的洪作和远山鞠躬致意。"我可以在这儿练习吗?有两三天没穿柔道服了,难受得很。"

远山为莲实找来一身柔道服,对四年级的沼本说:"你上。"远山似乎觉得自己先陪莲实练习的想法有些欠考虑。

沼本走到了坐在训练场角落里的莲实面前。莲实马上站了起来,两人开始自由练习。沼本一使招式,莲实便毫无反抗地任由自己被摔倒在地。由于对方被摔的次数过多,沼本似乎觉得自己如果不同样被摔的话不太合适,因此莲实一旦使招,沼本也就势倒下。

这样的练习进行了约十分钟,沼本回来了,说:"他立技①完全不行。我一开始以为他是故意被我摔倒的,但后来发现不是这样。他是真的被我摔出去了。"

"这样啊。真是来了个怪胎。"远山现出惊讶的神色,流露出讽刺意味。

话音刚落,莲实便走到洪作面前:"请指教。"说着便鞠了一躬,又道:"听说你是毕业生?还请手下留情。"

莲实摆好了架势。洪作一把抓住莲实柔道服的衣领,然而莲实瞬间重心下移,猛地拽过洪作的上身。莲实的两腿像章鱼脚一样缠住了洪作,洪作眨眼间便翻倒在地,右臂肘关节被反拧。

洪作未做反抗,便被对方拿下一本②。两人再次对阵,情况相同。洪作被莲实以寝技③猛然拽倒,倒地的一瞬间,自己的右臂便被莲实的两腿夹住,动弹不得。一招关节技④

---

①指以站立姿势进行的攻防技法。
②柔道中有效得分的一种。自1926年起,日本全国柔道比赛规则渐行统一,认定比赛中运动员获得一个一本即为获胜。根据国际柔道联合会2018—2020年裁判规则,发生以下四种情况即判定施方获得一本:一、使用投技以相当的力量和速度把对方摔成大部分背部着地状态;二、使用固技时,对方发出信号认输;三、使用绞技或关节技时,充分显示出技术效果;四、使用压制技使对方在25秒钟内不能摆脱控制。
③指以躺卧姿势进行的攻防技法。
④柔道寝技的一种,指通过攻击对方肘关节来控制对方的技法。

便定了胜负。

第三回合,洪作十分警惕,没去抓莲实的衣领。洪作感受到了一种强烈的屈辱感。他无论如何也要把对方摔到地上。

很长一段时间,洪作与莲实互相盯着对方。洪作瞅准时机,抓住对方衣领,刹那间洪作感到胜算不大,但他仍孤注一掷地使用了跳腰技①。正如方才沼本所言,莲实似乎不擅长立技,他颇为夸张地倒在了地上。然而技术效果并没有达到一本。与此同时,洪作被自己所投摔的对手又一次猛然拽倒在地,下一秒便被紧紧地压制住了。

洪作奋力起身,然而却动弹不得。这个标准的压制技②已经决定了胜负。

"形成压制。"洪作听到了远山的声音。不久,远山的声音再次响起:"停。"

洪作仍想继续练习,他无论如何也要打败对方才肯罢休。然而,远山对他说道:"喂,你嘴角出血了。"

洪作用手抹了一下,果然有血。估计是把嘴唇给咬破了。

"你去漱漱口再回来吧。"莲实说。虽然心有不甘,但洪作不得不中止练习。

远山接替洪作与莲实对练。

洪作去训练场旁边的水龙头下漱了口,再回来时,他发

---

①柔道腰技的一种,属于立技中的投技。当对方身体失去平衡时,利用自己的弹跳力,腰部和单腿侧面紧贴对方身体,将其顶起并摔倒。

②柔道寝技中固技(即固锁技法)的一种。当对方仰卧在地时,压制对方,使其后背及至少一侧的肩部着地,保持一段时间。

现训练场起了变化。所有的柔道队员都停止了练习，坐在训练场边上。宽敞的训练场中央，莲实与远山如同决斗一般，瞪大眼睛盯着对方。

一个三年级的柔道队员说："远山学长已经输了两局了。第一次是一上来就被锁住了脖子，第二次是被压制住了。"与洪作一样，远山也被打败了。时间还不到五分钟。

不服输的远山，满脸通红，伺机攻击对手。从他大幅度耸动的肩膀来看，他恐怕已经气喘吁吁了。

莲实则很平静。他的体格与远山相差甚远。高大的远山一旦靠近，矮小的莲实便向后退去，看上去就像猫捉老鼠，然而似乎是老鼠更强。

远山就像追逐老鼠的猫一样追逐着莲实，终于抓住了莲实柔道服的衣领。刹那间，远山想要用一招大内刈①，然而莲实却猛地趴到了地上。

远山想把莲实拽起来，再使招式，然而莲实再次趴了下去，突然紧紧搂住远山的脚。

至于之后发生了什么，大家都一头雾水。只见远山突然仰面倒地，与此同时莲实起身了，本以为他会避开远山的腿，绕到远山身侧，然而出乎意料的是，两人纠缠在一起，在铺垫上翻滚着。当两人停止翻滚之时，远山脸朝下伏在地上，莲实则紧紧压着他的上半身。

---

①柔道足技中的一种，属于立技中的投技。即双手牵拉对方上身，同时单腿从对方两腿间贴脚跟插入，钩住对方小腿向外侧用力，使对方失去平衡仰面倒地。

很快，莲实放开了远山，站起身来。远山仍一动不动。莲实抱住他，将他拖起来，在他后背上拍打了两三下。大家这才意识到，远山昏了过去，不省人事了。

远山很快缓过气来，仿佛不知道自己身上发生了什么，神色茫然。练习中止了。

"练习的时候一旦昏过去，很容易演变成习惯性昏厥。最好还是不要昏过去。"明明是自己把远山勒昏了，莲实却这样说道。

这位莲实的出现令柔道队员们感到惊异。大家不明白那样瘦弱的高校生为什么会这么强。远山和洪作在立技方面显然优于对方，然而眨眼间两人都被打败了，而且是惨败。远山沮丧极了。他在众人面前出了丑，那沮丧的样子，几乎让人目不忍视。他在更衣室里，一边脱柔道服，一边说道："我们是因为不懂寝技，所以吃了亏。"

"没错，你们不懂寝技，所以我赢了。你们要是学会了寝技，像我这样的立马就会成为手下败将。"莲实说。

洪作邀请莲实一起去宿舍的浴室。洪作觉得自己从未遇到过这样有魅力的年轻人。体格瘦弱却实力强劲，然而看上去却完全不像个强者。言谈也彬彬有礼，并不逞威风。

"你多大了？"在浴室里洗澡时，远山问道。

"十八了。"莲实回答。他比洪作和远山还小一岁。这也出乎两人的意料。

三人洗完澡出来，代数老师篠崎来了。

"我有事不能奉陪了，你们一起去吃顿寿司怎么样？"说着，篠崎把钞票递给了远山。

"可以进寿司店吗?"远山问道。

"既有毕业生又有高校生，一起去应该没问题吧。"篠崎说完，又转向莲实，"失陪了。你是要坐夜车回去，对吧?"

"嗯。"

"路上小心。"

"再见。"莲实鞠了一躬，把篠崎送到浴室门口，便转身回来了，说道："这位老师真好啊。"

"你们之前就认识吧?"

"不，是第一次，今天是第一次见。他中午请我吃了饭。有学长照顾可真好啊。"莲实说。

"他说让我们去吃寿司，给了钱。"远山说。

"真不好意思啊。"莲实说道。很快，他又说："那，咱们去吧。我肚子饿了!"

三人并肩走出了校门。莲实身穿棉布便装，脚踏木屐，学生帽塞在裤子口袋里。

"虽然老师让我们吃寿司，但吃其他的也行吧?"远山问洪作。"去小玲那儿喝啤酒吧。还是去那儿好。"

"好，就这么办。"洪作说。家里刚刚寄钱过来，三个人一起下馆子也负担得起，洪作心想。

"不吃寿司了，改吃炸猪排，行吗?"洪作问莲实。

"吃什么都行。既然是别人请客，我不会挑剔的。吃炸猪排好啊。炸猪排，棒得很。大块的炸猪排，我一口气能吃三块。"莲实说道。说出这样的话来，他的确是个比洪作他们小一岁的少年。

"喝啤酒吗?"远山问。

"啤酒?因为在练柔道,我平常滴酒不沾。不过,今天为你们破一次例。"莲实说道。这番话倒像是高校生的言谈。

三人走进位于千本滨入口处的清风庄。

"哎呀,洪作!稀客呀。"老板娘的声音立刻传了过来。她一看见远山,便又说道:"什么,你也来了?洪作,这可不行,不能和这种人混在一起。否则你明年也考不上学。"

"别说得这么难听嘛。"远山说,"今天带客人来了。我们替学校老师陪高校生来吃饭。你可得好好招待。"

三人上了二楼。玲子没有出现。老板娘上楼来,把目光投向莲实:"这位是客人?"

"没错。"洪作说。

"这高校生真招人喜欢。多大啦?"老板娘问道。

"别打听人家年龄。"远山说,"比我和洪作小一岁。"

"果然年轻。今年上的高校?"

"去年。"莲实回答。

"这么早就上高校啦。"说完,老板娘又转向远山和洪作,"你们都得好好努力。就是因为练什么柔道,才会落榜,才会没学上。"

老板娘像往常一样毫不留情。洪作点了啤酒。三人等待上酒的时间里,莲实说道:"洪作君今天被我压制住的时候,身体转动的方向错了。那样转绝对起不来。其实我今天用的压制技,在我们那儿是初学者的技法。我那个压制并不是没有破绽的,所以比赛的时候我们不用这种。因为马上就会被对方破解。"

"是吗?"洪作说。

"是的。如果往另一个方向转动马上就能起身。要不咱们试试吧?"莲实站了起来,把桌子推到一边,就地仰面躺下,说道:"你过来压制我试试。"

洪作抱住莲实的脖颈,用袈裟固①压制住了他。

榻榻米和拉门晃动起来。这样扑腾了两三次,莲实摆脱了洪作的压制,说道:"看,这样就破解了。"

"还有就是,练习的时候是我先躺下,然后把你们拽倒的,对吧?当时你们两个人的动作都净是破绽。我就像是拧婴儿的胳膊似的,想怎么样就怎么样。——你们明白吗?我来演示一下吧。"

莲实再次仰面躺到榻榻米上。远山站着,朝莲实弯下腰去。莲实仰起上半身,抓住远山上衣的袖子,说道:"当时就是这样,对吧?看,腋下没夹紧,这样就会完全受制于人。腰部也没有一点防备。这简直像是求我把你们摔倒。这样就胜负已分了。根据杠杆原理,我的腿只要在这里一用力,不管你愿不愿意,都得翻个跟头了。看!"

远山没作挣扎,听任莲实把他摔翻在地。虽说没作挣扎,但远山毕竟身材魁梧,如此翻滚,难免发出扑通一声响。榻榻米和拉门都晃动起来。

---

①柔道压制技的一种。使对方上仰,单手绕到对方后颈处,用单臂抱住对方脖颈,另一只手臂夹住对方的手臂,腰部紧贴对方身体,压制对方。

老板娘冲了进来："干什么呢，你们！"

老板娘一脸震惊地环视房间，说道："这里不是训练场！"

"对不住。"莲实说着，站起身来。远山也站了起来。

"在这种情况下……"莲实话说到一半，又咽了回去，转向老板娘问道，"我们不会再演练了，只嘴上说说应该可以吧？只嘴上说说。"

"真是服了你们。"老板娘的身影消失在拉门后面。她刚才应该是把啤酒放在门外了，所以她很快便端着啤酒再次走了进来，"明天到了训练场再讲这些吧。来，把桌子搬回原处。——你也在练柔道吗？"老板娘把脸转向莲实。

"是的。"

"你已经进了高校，所以不要紧，可洪作还没学上呢，总练柔道可不行。不过，洪作毕竟已经毕业了，还算好的，远山可是连业都毕不了，留级了！"

远山面露不悦："把酒放下就赶紧走人，快点儿！"

老板娘下楼后，莲实说道："这个人真有意思。她这种人会变成柔道迷的。金泽也有这样的大婶，每天都去训练场看别人训练呢。"

顿了顿，他又说道："我有亲戚在吉原[1]，他们家的老爷子去世了，我来参加葬礼，顺便来沼津中学和静冈中学，看看有没有优秀的柔道选手，打算带到四高去。"

"静冈中学你也去了？"

"去了。一共十个选手，排成一排，轮番上阵，我一个

---

[1]日本静冈县东部城市，东临沼津市，1966年并入富士市。

不剩地全锁喉了。"

"嚯。"除了惊叹，无话可说。只看莲实今天的破竹之势，就知道他并非在说大话。这个矮小的青年恐怕的确一个一个地锁住了中学柔道队选手们的脖颈。

"这里的中学生对寝技一窍不通，所以连我这样的，都能轻易获胜。怎么样，你们要不要来四高练柔道？苦练三年，就会变得很强了。你们擅长立技，和我这种不懂立技的人不一样，你们练寝技，会成为真正的寝技高手。"莲实说道。

"来，先喝一个吧。"洪作把三个杯子都斟满了啤酒。

"你喜欢啤酒吗？"莲实问。

"不喜欢，不过还是会喝。"洪作答道。

"实际上，喝酒就练不好柔道。容易疲软，人就废了。你们抽烟吗？"

"抽。"远山答道。

"抽烟也不行，对练柔道的人来说。烟和酒是不能沾的。就算没人管，大家也都不沾。"

"为什么？"远山问道。

"练习的时候会很难受，所以就算有人让我们喝，我们也不喝。"

"训练强度那么大吗？"

"嗯，可以说强度很大吧。早上练，中午练，晚上还练。"

"嚯，那学习怎么办？"

"学习？我们才不干那种没意义的事呢。我们来学校不是为了学习。"

"那你们是为了什么呢?"远山问道。

"当然是为了练柔道。我跟今年刚入学的一年级学生说,不要想着来这里是为了学习,要想着是为了柔道。"

"嚯。"又一次,洪作除了惊叹无话可说。

"那这三年里只练柔道,是吗?"

"是的。"莲实这才举起杯来。"今天我破例,喝!"说完,他一饮而尽。

老板娘端来了下酒菜。

"真好啊。'不要想着来这里是为了学习,要想着是为了柔道。'真想进这样的学校啊。"远山说。"洪作,你考四高吧。我也想考,可是我考不上。洪作不是没有考上的希望。可我是不行了。"

"没这回事儿。"莲实说。

"不,是真的不行。我脑袋空空。"这简直不像是远山平常会说出的话。

"脑袋空空也没关系,来吧。"

"没希望啊。"远山说。

"脑袋空空根本算不了什么。进了柔道队,大家的脑袋都会变空,里面什么也没有了。这是好事。"

"可是,至少得先考上吧。"

"能考上的。来金泽吧。每天,中午来训练场和我们一起练习,早晨和晚上复习功课。我们也都希望你们能考上,所以会支持你们的。而且,不用心急,就想着花三四年的时间通过考试。学习三四年肯定能考上的。如果不行,就花五六年的时间。一旦入学，直接就可以参加比赛。"莲实说。

"等等。"老板娘插嘴道，"哪有你这么劝人的？虽说花上三四年，恐怕连傻子都能考上了，可是……"

"但是也有考不上的。事实上，今年的考生里有个叫大天井的。这个人来金泽已经四年了。今年又没考上。我们都大失所望。这个人但凡入了学，马上就可以坐到仅次于主将和副将的位子上。他从中学时代就是有名的选手。"

"他多少岁了？"

"你是问大天井吗？这个嘛，大概二十三四了吧。他很强的。四高现在的选手，最开始都是由他陪练的。立技擅长，寝技也擅长。我们刚进四高的时候，都以为他是四高的学生。但是，怎么看都不太像，所以又以为一定是已经毕业的学长，回来提携我们。无论是谁，大家都管他叫大天井学长。而他呢，对四高的选手们都加'君'字来称呼。"

"这考生真不得了。"远山说。聊到这里，远山的脸上露出了憧憬的神情。

"这样的考生有好几个吗？"洪作问道。

老板娘立刻从旁说道："可不能起这种念头！"

"现在有三个。像大天井这样的是特例。一般人在金泽只会待上三年左右，能考上最好，考不上就算了。"莲实说。

"这些人里面，今年有人考上了吗？"

"没有。今年参加考试的净是些非常懈怠的人。英语里不是有一对单词叫'passive'和'active'嘛，就是'被动的'和'主动的'。"

"嗯。"

"我们给那些应考的人讲解,他们就说:'哦,就这么回事儿啊,这不也没什么复杂的吗?'完全不往脑子里记。不过这些人里面有一个柔道很厉害的,立技和寝技都很强。"

"那个人也没考上吧?"

"嗯,他自己说还要再考一年,但是他父母过来把他带回去了。不过我觉得他就算再待一年,也很难考上。"

"去年有谁考上了吗?"这回是远山问道。

"去年嘛,是我入学那年,也是一个考上的都没有。"

"前年呢?"

"前年也没有。"

"那就是从来没有人考上过,是吗?"

"不,从前有过。是个有名的选手,叫金子大六,那人在金泽备考了两年,入学那年在决赛中把第六高校的主将给摔了。还有铃川三七彦,他也是全盛时期的主将,当年一边在四高的训练场练柔道,一边复习功课。铃川能不能考上,对四高柔道队来说至关重要。这个人也从一年级起就是高专运动会[①]上的明星。"

说完,莲实转向洪作:"怎么样?既然你天天去中学训练,那还不如来四高的训练场。白天练习,晚上学习。不会耽误学习的。你是个小个子,要是练寝技的话,会成为高手。"

---

①即"高等专门学校体育大会",即面向高等学校和专业学校学生举办的综合性运动会。日本旧制专门学校相当于现今的高等专科学校。

"不行，不行。"老板娘从旁插嘴道。"要是去了，还不知道会发生什么事呢。"

老板娘冲楼下拍了拍手。

"你们俩要是都能来金泽就好了。"莲实一边说着，一边时而举杯喝酒。杯子里只有很少量的啤酒，然而他的脸已经红了。

玲子走了进来："欢迎光临。"

远山马上说道："我把你喜欢的人带来了。谢谢我吧！"

"哎呀！"玲子表现出气恼的样子，"我没有喜欢的人！"

"你撒谎，你不是说过喜欢洪作吗？"

"我怎么会说那种话？我只说比起远山，我更喜欢洪作。"

"喜欢他胜过喜欢我，那他不是你全日本最喜欢的人了吗？"

玲子不再理睬远山，冲老板娘说道："可以上菜了吧？"说着便逃也似的起身出去了。洪作感到脸颊发烫。因为即使是开玩笑，洪作也从未被选为异性喜欢或是讨厌的对象。

"女人也沾不得。"莲实说道。这话十分突然，但也正因为突然，听起来格外坚定。

"我们尽量不和女人搭话。妈妈、妹妹什么的自然另当别论，但其他的女人我们一概不接近。只当这世界上压根没有女人。"莲实说。

"可是，这恐怕做不到吧？人类有一半都是女人啊。"老板娘用一种男性化的口吻说道。

"没错。这让我们很为难。无论去到哪儿，都有女人在。"

"那当然,这是肯定的。到底为什么那么怕女人呢?"

"如果想着女人,就没法训练了。就当没有女人!"

"别这么激动啊。"

"不,这不是我的话。我进了柔道队,学长一上来就这么告诉我。他说,接下来的三年就当这个世界上没有女人。真的。如果不这么想,就没法练柔道。为了保护头部不受伤,得把头发留长。但是如果像普通人那样留长头发,训练的时候会很不方便。所以要在恰到好处的地方,咔嚓一剪。然后就会变成像我这样。"莲实说道。经他这么一说,洪作发现他的发型的确很奇怪,像个鸟巢。

"如果想着这个世界上有女人存在,就没法顶着这样的发型走在大街上。"莲实说。

"原来是这样啊,你的发型是很奇怪。原来是为了不让头部受伤才剪成这样的啊。"老板娘仔细端详着莲实的头发。"干什么都不容易啊。不过,我觉得就算顶着这样的发型,也会有女孩子喜欢的。不该那么绝望。"

"不,我们的鼻子会破,耳朵也会破。鼻子受伤的情况还比较少,耳朵是一定会破的,无一例外。柔道队里没有一个人的耳朵是完好的。你们看,我就是。"

莲实稍微侧了侧脸,把耳朵从乱蓬蓬的头发里露出来,展示给大家看。所有人的目光都聚焦在莲实的耳朵上。

"瞧,是不是像木耳似的?"莲实说。

"真的诶。"老板娘感叹道。端来炸猪排的玲子,也把盘子放在桌上，来看莲实的耳朵。他的耳朵已经没有了原来的形状，成了一块让人看不出本来面目的肉，正如莲实所说，如今似乎只能形容为木耳。

"来，你们看，这只也是。"

莲实把另一只耳朵也展示给了大家。同样也已经变成木耳了。

"想着世界上没有女人，耳朵变成了这样也会满不在乎。如果想着女人，任谁也不愿意把耳朵弄成这样。"

"耳朵为什么会变成这样呢？"老板娘问道。

"在铺垫上蹭的。无论是谁进了四高的柔道队，不出十天，都会变成这样。就算不是两只耳朵都受损，也至少会有一只耳朵变成这样。不过，说起来，还是两只都坏了比较好。之所以这么说，是因为有时候需要根据情况灵活使用脑袋的两侧。我给你们演示演示。"

莲实站起身来，把桌子推到角落里，让远山仰面躺在榻榻米上。

"无论是要压制他，还是要锁住他的脖子，我都必须从远山身体的侧面贴上去，但远山会用腿阻挠我。遇到这种情况，我就会用头攻过去。"

莲实避开远山的腿，用侧脸贴着远山的身体滑行过去。

"喏，你们瞧。"莲实说道。莲实的确半张脸蹭在榻榻米上，冲到了远山胸前。

"可是，身体发肤，受之父母啊。"老板娘说。接着，她仿佛突然醒悟似的，说道，"别练了！这儿可不是训练场。"

三个人把桌子搬回原处,开始吃炸猪排。

"不过话说回来,为什么非得那么拼命地练柔道呢?"老板娘问道。

"不知道。"莲实大口吃着猪排,回答得很简略。

"不知道?练柔道的不是你自己吗?"

"可我确实不知道啊。"

"怎么会不知道呢?"老板娘似乎从未这样执着过。

"我不知道,真的不知道。想也想不明白,所以就不去想了。——什么也别想!"莲实抬起头来。"不仅是我,大家都是如此。大家都什么也不去想。进入四高柔道队的当天,学长就跟我们这样说。——不要想着来这里是为了学习,要想着是为了柔道!就当这世界上没有女人!听着,什么也别想!"

说完,莲实把剩下的炸猪排全都塞进嘴里:"真好吃啊,这个!"

老板娘拍了拍手,叫来了玲子,让她再添一份炸猪排。

"这份算我请客。"老板娘说道。过了一会儿,她突然叹了口气:"不管怎么说,这学校也太难混了。竟然会有人去这种地方。不学习,光练柔道!"

"是吧,我也这么觉得。所以,不能去想。一旦细想,就练不了柔道了。我们并不想成为柔道家。我们的目标只是在高专运动会上拿到冠军。但是,我们想创造出一种训练量决定一切的柔道。我想这种柔道是存在的。到底有没有这种柔道,如果我们自己不去尝试,就永远不会知道。我想试一试。

像我这种人，个子矮，力量弱，完全没有天赋。进了四高，才第一次穿上柔道服。除了让训练量来说话，我没有别的办法。怎么样，要不要助我们一臂之力？我还能参加两次高专运动会。我想在这两次中拿到冠军。你们也权当人生中没有这三年，在四高的训练场度过这段时光，如何？"莲实说道。

洪作沉默着。虽然沉默着，但他已经被莲实的这番话深深打动，一种微醺的感觉包围了他。这一次，老板娘也没再说"不行"。莲实苍白的面庞和热情的语调中，有一种力量，让老板娘说不出那样的话了。

吃完第二份炸猪排，三人走出清风庄，洪作和远山送莲实去坐下行的东海道线列车。

"与其在这里备考，还是去金泽更好吧。周围净是高校生，也是一种良性刺激。"莲实一边走一边说道。

"我考虑考虑吧。"洪作说，"还要跟父母商量一下。"

"跟父母商量可就不好办了。那样恐怕就来不了了，除非瞒着父母。"

"我不会跟他们说实情的。"

"即使不说实情，恐怕他们也不会同意。你直接来金泽，然后再写信通知父母，怎么样？这样的话，他们同意也好，不同意也好，反正你已经在金泽了。"莲实说道。

"你就这么办吧。"远山从旁插嘴道。洪作沉默了。

"总之都是复习，在哪儿都一样。如果是我的话，我就这么办。"远山也许觉得这是别人的事，所以这样不负责任地劝说道。

"如果能去的话,我会在八月份前决定的。"洪作在心里计算着写信跟父母商量并收到回信所需的时间。

"要来的话最好趁早。七月底京都有高专运动会。那之前一个月的训练强度非常大。你最好和我们一起参加运动会前的突击训练,然后跟我们一起去京都。从京都回来以后,暑期集训就开始了,时间是七月底到八月中旬,这个集训希望你一定参加。"

"运动会结束以后还要训练吗?"洪作问道。

"是的。如果在运动会上拿了冠军,夏天的训练相应地也会很充实。如果没拿冠军,就要为明年做准备,训练量会非常大。到时候连宿舍的楼梯都上不去了。"

"那怎么上楼呢?"

"……"

"爬上去?"

"等训练结束了,我会去能登的中学当教练。你要是和我一起去的话会很有意思。能登是个好地方,而且鱼特别好吃。白天练柔道,晚饭可以饱餐鲜鱼,然后想睡多久就睡多久。"莲实说道。莲实所说,似乎与备考生的生活毫不沾边。学习时间是不可能有的。

"你暑假不回家吗?"远山问道。

"回啊。"莲实回答。"虽然回去,但只在家待两三天。最好不要在家里待太久。待得时间长了,会成为常态,爸爸妈妈也会习以为常。如果让他们觉得暑假就是不该回家的,就好办了。"

"洪作从不回去。他家里人在台北。"远山说。

"从不回去?"莲实吃惊地看向洪作。

"嗯。"洪作应道。

"那可真好啊。你比任何人都有资格进四高柔道队。我们过年和放春假的时候,毕竟还是要回家的。虽然只回去两三天,但总归是要回去。不回去的话父母会唠叨个不停。我有一个朋友,也是柔道队的,他妈妈对集训时间知道得一清二楚,到了集训结束那天,会来金泽接他,把他领回去。"莲实说道。

"我要是去的话,学习时间能保证吗?"洪作试探着说出了对自己而言最重要的问题。

"没问题的。不过,八月的集训最好要全程参加。这段时间里进步会很显著。如果来了金泽,八月份的集训无论如何也要参加啊。"

"那段时间里没法学习了吧。"

"恐怕是不行。根本没有学习的时间。等到了九月份再学习吧。到时候就算你自己不想学,我们也会让你学。我们会轮班到你住的地方监督你,看你到底是不是在学习。偶尔还会带好吃的慰劳你呢。"

"从九月份开始就能专心学习了吗?"

"白天最好还是来训练场练一个小时吧。就稍微摔两下,不会影响学习。剩下的时间就专心学吧。"

"这不是很理想吗?"远山怂恿道。

"我刚才提到的大天井他们,不管怎么制止,他们也一味地练柔道,不去学习。无论什么时候去他宿舍,他都在睡觉。我们劝他,他反倒生气了,说:'要不是走背运,我早就是你们的学长了!'"莲实说道。

到了火车站,莲实说:"不用送我进去了,还得买站台票,浪费。我在金泽等你们。过几天写信联系。"

莲实走进了检票口。洪作感到,一个潇洒直爽的人似乎突然从身边消失了。

洪作回到了自己在寺院的房间,总觉得兴奋,久久不能入睡。莲实这个比自己还小一岁的青年,与自己至今为止遇到的所有同龄人都不一样,很不一般。他身上有一种不同于金枝、藤尾、木部他们的独特的气质。

比洪作小一岁,却已经是高校二年级的学生了。看来他中学四年级结束就考上了高校。然而,他身上却丝毫没有优等生们通常会有的傲慢。柔道之外的话题,学校也好,课程也好,金泽这座城市也好,他一概不谈。这一原则被彻底贯彻。

"训练量决定一切的柔道。"

一想起这句话,洪作就感到浑身发麻。为什么这么短短的几个字会有这么大的魅力呢?

莲实心目中的柔道,一定完全不同于自己和远山他们心目中的柔道。烟不能沾,酒也不能沾,甚至——

"就当这个世界上压根没有女人!"

莲实的确说了这样的话。对于洪作而言,这句话也极富魅力。每天，女人都会在自己眼前闪现一两次，而且是伴随着自己无法控制的欲望一同出现。无论怎样努力，女人总挡在自己眼前，挥之不去。

"就当这个世界上压根没有女人！"

的确，如果能认为这世上没有女人，自然是最好不过了。然而，不管怎样坚称女人不存在，女人实际上都是存在的，因此这原本行不通，但是认为不存在，总比认为存在要好。就当玲子也不存在。不可以认为她存在。她不存在。

洪作辗转反侧。他想去练莲实所说的训练量决定一切的柔道。莲实他们只练柔道不学习，这似乎远比不练柔道只学习更适合于洪作。

不过，要想这样练柔道，必须先要考入四高。这很难办，然而无论如何，一定要克服入学考试这道难关。如果不做出十二分的努力，恐怕是考不上的。也许正如莲实所说，与其在这里备考，还不如去金泽。洪作反复思考着。

第二周的周日下午，洪作去宇田老师家中拜访。宇田闻声来到玄关，对洪作说："出去走走吧。"说着便走出了家门。他身穿一件飞白细花纹的和服，腰间缠着布腰带，让人感到书生气十足。

两人并肩走上了低缓的坡道。周围很快就不见了民宅，眼前是一片空旷的原野，与富士山的山麓平原相连。其实这里也有几个村落，但被茫茫原野所包围着，隐匿于其中了。不愧是宇田引以为傲的地方，从这里望去，富士山的确无与伦比。

"找我有什么事吗?"宇田问道。

"嗯,我有事想跟你商量。"洪作回答。

"嚯,商量什么?"话音刚落,宇田又接着说道,"你不该说'想跟你商量',而该说'想找您商量'吧。"

"嗯。"

"正好。我也正想和你联系呢。你先说吧。"宇田说。

"是这样,我打算明年报考四高。"

"嗯。"

"我想,反正要考四高,不如现在就到金泽去。"

"四高好像是在金泽。你想现在就过去?"

"嗯。总之都是要备考,我觉得与其在这里备考,不如去金泽。"

"为什么呢?"

"对我也是一种良性刺激。"

"良性刺激?什么良性刺激?"

"大街上就有四高的学生,我想我会不得不学习的。"

"这算什么良性刺激!"宇田脱口而出,"不管怎么说,你突然说想考四高,这太奇怪了。为什么非选四高不可呢,近一点的地方也有高校。静冈高校不行吗?静冈高校不是挺不错吗?你今年报考静冈高校落榜了,应该再考一次,一雪前耻。"

"可是,我觉得金泽更好。"

"奇怪啊你。"宇田说着,把脸缓缓转向洪作,"你突然想去四高,总得有个理由吧?是为什么呢?"

"我想进那儿的柔道队。"

"柔道队？嚯！"接着,宇田又说,"我明白了,明白了。前一阵好像有个四高柔道队的选手来咱们这儿。原来如此。是他劝你去？"

"他倒是没劝我。"

"他劝你去也无妨。听他的劝,参加考试,如果考上了,岂不是很好吗？但是,没必要现在就去金泽。你刚才说去金泽才更能受到良性刺激,可并非受了这种刺激就能好好学习,就能轻松考取。再说了,你为什么想进四高的柔道队呢？"

"创造出训练量决定一切的柔道,是四高柔道队的信条。我觉得很有意思。"

"创造出训练量决定一切的柔道？嚯！"宇田似乎也颇感兴趣,"原来如此。我也觉得这说法很有意思。这么说,进了四高,你打算只练柔道了？"

"也不一定。"

"一定。不是吗？"

"嗯。"

"你报考四高,这没问题。考上以后去练训练量决定一切的柔道,也没问题。把学习抛到脑后,白白浪费一生的时光,也没问题。人有选择的权利。"

"嗯。"

"照你想的去做吧。"

"嗯。"

"去做吧。不过,我反对你现在就去金泽。就算真有刺激,也不见得是良性的。听你刚才说的话，我总觉得有些可疑。你是不是打算一边备考，一边去四高的训练场训练？恐怕是四高的学生劝你这么做的，对吧？反正我是这么理解的。"

洪作一声不吭。事实正如宇田所说。

"其实，为了你的事，我给你父母写了封信。两三天前我收到了回信。听说你现在不给你父母写信了。收到钱了也不说一声，对吗？"

洪作依然沉默着。宇田所说仍是实情。

"给你父母写信，似乎是多管闲事，但我觉得应该这么做。这是我个人的想法。从我这个旁观者的角度来看，有时候真不明白你到底是怎么想的。前一阵在办公室里和两三个老师谈起你来，大家都说搞不懂你。毕了业也不回家，在沼津游手好闲。说是打算明年考高校，可看上去完全不像是在学习，还和在校期间一样，大摇大摆地到学校的训练场来，和中学生一起玩。学校准许你毕业，你倒好像不乐意似的。"

"不是的！"洪作打断了宇田。

"怎么不是？今年毕业的学生里，只有你到现在还是一副中学生的打扮，每天来学校，无所事事。不是只有你一个人这样吗？"

在这一点上，宇田说的没错，洪作心想。

"老师们经过讨论，最后一致认为，说到底，你什么也不考虑。"

"不是这样的。我一直在考虑。"

"你在考虑？偶尔考虑考虑，也无非是：既然在沼津也是无所事事，不如换个地方，去金泽无所事事，那样好像更有意思。"

"噗嗤"一声，洪作笑了出来，说道："这话过分了吧。"

"一点都不过分。事实不就是这样吗？今天你第一次找我商量事情，结果就是说这些。正如老师们说的，说到底你什么也不考虑。可是，你已经到了毕业的年纪，还什么都不考虑，这怎么行？大家都这么想。"

"所谓'大家'到底指谁啊？是那些老师吗？"

"是谁都无关紧要。你之所以会这样胸无大志，游手好闲，根源还是在你的家庭。没人监督你。你没爸没妈，也没有弟弟妹妹。虽然你既有爸妈，也有弟弟妹妹，但看上去跟没有一样。你爸妈，说起来真不愧是你的爸妈，跟你颇有相似之处。他们好像完全不考虑儿子的事，只管寄钱而已。他们好像觉得，儿子随意学习就好，随便考个高校就行。儿子中学毕了业，也不让他回家，也不让他在家学习。在这些方面，你爸妈古怪得很。"宇田说道。他刚才还颇为客气地称"你父母"，然而不知不觉间便刻薄起来。

"不过话说回来，你爸妈至少给你写了信，可是你却不回信。回不回信还不是问题所在，问题在于，你压根不看信。——这不是我说的，是你母亲在来信中写的。"

宇田似乎教训得越来越起劲，他不再信步闲游，而是在草丛中站定。他抄着手，扬着头，仿佛在仰望富士山，然而他的目光好像并没有落在富士山上。

"除此之外，信上还写了什么？"洪作问道。

"你不该这么问。你真不懂事。你应该先说:'您给我父母写信了吗?谢谢您的关心!真是不好意思!'先道谢,感谢的话说完了,再问信上写了什么。不是吗?我也不是因为喝多了或是为了图好玩而给你爸妈写信的。是因为没人关心你,我看不下去,所以才主动肩负起提醒你父母的责任。"

"对不起。"

"你脸上的表情可一点儿都没有抱歉的意思啊。"

"不,不是的。"

"谁知道呢。"

"不,是真的。没想到您这么别扭。"

"别扭?不许说这么没礼貌的话。你真是一点儿礼貌都不懂。"宇田顿了顿,继续说道:"虽然有点偏离正题了,但你刚才说我别扭,没错,我确实是有别扭的地方。——我坐下说吧。"

宇田环顾自己脚下的这片草丛,似乎想找个合适的地方坐下。洪作把粗棉布制服上衣脱了下来,铺在草丛上,对宇田说道:"请坐。"

"不用了。"宇田客气道。

"没关系的。这衣服本来就不是我的。之前一直是木部穿着,我最近正想着该把它扔了。"

"扔了你穿什么?"

"我还有两三件。藤尾从毕业生那儿要来的。"洪作说。

"那好,在你扔之前,我就先垫着坐一下了。"宇田在洪作的衣服上坐了下来。洪作穿着长裤和无袖运动衫,站在宇田身边。原野上的风吹拂着肌肤，十分惬意。

"你刚才说我别扭，没错，我好像确实是有别扭的地方。我老婆也经常这么说我。我小时候就失去了父母，在亲戚家长大。虽说是寄人篱下，但是我并没有什么悲惨的遭遇，也没有被苛待。现在想来，我似乎一直很受疼爱。然而，你听着，我到底还是埋下了性格扭曲的种子，说起来，人真是很可悲。仅仅因为我不是被父母养大的，我的性格就扭曲了。我总是会想，这种情况下，如果是我爸爸妈妈，是不会这么说的吧？因为他们不是我的父母，所以才这么说的吧？小时候的这种思维，在我心里根深蒂固，直到如今，仍会时不时地冒出来。"

宇田用平静的语调，开始描摹自己。洪作默默地听着。

"性格扭曲是不行的。在人类所有的感情中，这是最让人瞧不上的一种。可鄙。没出息。我朋友在事业上取得了成就，上了报纸。我也和人家一起高兴就好。可是，我却高兴不起来。我想，他都能出名，我应该更出名才对。可是根本不是这么一回事。不管怎么说，人家出名是因为付出了相应的努力，而我却没有。我之所以会想这想那，就是因为性格扭曲。我想，我要是也有钱有闲就好了。没错，有了金钱和时间，我就能全身心投入到事业中。可是，我生来就没有这样的条件，这就无可奈何了。没有钱，也没有时间。假设自己拥有原本没有的东西，这种想法本身就很可笑，你说是不是？"

"我觉得是。"洪作回应道。他觉得总是沉默也不好，所以附和了一声。

"真是个废物啊。"

"废物？您是说您自己吗？"

"是。"顿了顿，宇田又说，"你倒是一点儿都不别扭啊。"

"嗯。"

"一点儿都不。你的确一点儿都不别扭。你哪怕稍微别扭一点点，都比现在强。"宇田说道。

洪作觉得自己不能再稀里糊涂地随声附和下去。

"那么，我应该别扭一点？"

"不，不是的。"

"可是，您刚才不是这么说的吗？'哪怕稍微别扭一点点，都比现在强。'"

"不，那是我别扭的表现。我只是让你看看什么叫别扭。"宇田说，"之前我妻子说，我好像无论如何也不能像你那样。我性格扭曲，总是纠结，想不开。可你却很阳光。阳光得不可思议。这也许是天生的。可是到底为什么会有这样的人呢？"

洪作用心听着，默不作声。

"为什么会有这样的人呢？我觉得值得研究。你倒是说句话啊。"

"嗯。"

"落榜了也满不在乎，还大摇大摆地来学校闲逛，每天和中学生在训练场上摔来摔去，还去宿舍的浴室洗澡。——

你最近不是连食堂都开始吃了？"

"我只在食堂吃过两次。"

"只有两次，也已经很了不起了。以正常人的思维干不出这种事。对于明年考高校的事，你也完全不放在心上。一般人的话，会想明年要是又没考上该怎么办，多少有些担心。可你却完全没有这些心思。明明有父母，却完全不想见。你还有弟弟妹妹吧？"

"有。"

"我想，单单是不想见家人这一点，别人就无法企及，令人佩服！"

"嗯。"

"明明已经毕业了，却不想和家人一起生活，这到底应该作何解释？"

"这个嘛，我想并没有什么深层的原因吧。"

"你看，你这语气，仿佛在谈论别人的事似的。在这些方面，你真是与众不同。我真是羡慕极了。像我这样的人是做不到的。"

"嗯。"

"不过啊，我话虽这么说，可未必全都是在夸你。"

"我想也是。"

"你明白吗？"

"这我还是能明白的。"

"我个人觉得，如果就这么放任你不管，你啊，恐怕永远都上不了高校。只要父母给你寄钱，你就能逍遥自在，游手好闲,每年只徒增岁数。等到当年的同窗都快大学毕业了,你还在沼津无所事事。在学校会碍眼,在沼津镇上也会碍眼。其实现在已经够碍眼了。所以,我才看不下去了,给你父母写了信。"宇田把视线投向原野低洼处民宅的方向,"咦,那不是我妻子吗?"

洪作也向那个方向望去。那无疑是宇田的太太。洪作站了起来,高高举起裸露在无袖运动衫外的手臂,为宇田太太指示方向。作为回应,宇田太太也高高举起了一只手。

宇田太太渐渐走近了。只见她一手拎着水壶,一手提着一个包袱。

"我带茶来了。这里真舒服啊。"

太太放眼眺望着无边的原野。过了一会儿,她把水壶放到了草地上,解开包袱,从里面拿出了茶杯和一包点心似的的东西。

"什么啊这是?"宇田指着那包点心问道。

"是红豆面包吧。"洪作脱口而出。

"没错,答对啦。"太太说道。

"嘀,你在这方面反应倒很快嘛。"宇田对洪作说道。

"我猜好吃的一向很准。"洪作说。

"不知道这值不值得夸奖,不过这也算是一种才能吧。不管是什么才能,有总比没有强。"顿了顿,宇田又说道,"我们继续刚才的话题。你母亲回信了。她让我劝你去台北,在父母身边学习。她说从小就把你托付给了别人,她不在你身边,所以没能好好教育你,恐怕你说话也不太讲规矩。寺院里的姑娘写信说,你似乎多少有些不良倾向。总之她想让你回到她的身边,让我好好劝你回台北。——你母亲文笔很好。"宇田说道。

"这可真让人为难啊。"洪作说。

"回父母身边,有什么为难?"

"不行啊。去了台北就没法学习了。"

"怎么会没法学习呢?在父母身边才能好好学。去台北不是坏事,去吧。"

"不行啊。"

"怎么不行?既然父母这么说了,就必须听他们的。父母让你回家,这不是很好吗?没人跟我说过这种话,我没有这样的经历。我很羡慕你。"

"问题在于,去金泽学习,和去台北在父母身边学习,哪个更好。对我来说,回父母身边是不行的。爸爸会时不时地出现在我眼前,妈妈也是,弟弟也是,妹妹也是。到了固定的时间,大家要围坐在一起吃饭,我受不了,我受不了这种事。洗澡水热好了,就不得不洗。电话响了,就不得不接。做着这些事,还能学习吗?"洪作变得雄辩起来,"我觉得和家人在一起,根本就没法学习。即便我不说话,也会有人来搭话。对方跟我说话,我就不得不回答。而且,要应对的并不是一两个人。爸爸会找我说话,妈妈也会,弟弟也会,妹妹也会。我要一一作答。这太麻烦了。"洪作滔滔不绝。

"真令人吃惊。你等等。"宇田打断了他。

"先休息一下,喝杯茶吧。"宇田太太说道。洪作把红豆面包掰成两半。宇田拿起茶杯，喝起了茶。过了一会儿，宇田开口了。

"真令人吃惊啊，你的这番主张。"宇田从容不迫，开始反驳，"只能说太令人吃惊了。你刚才说的，是对家庭的否定。没法学习不过是个借口，总之你不想去台北。你不想作为家庭的一员来生活。你刚才说洗澡水热好了就不得不洗。令人吃惊！你说到了吃饭的时间就不得不和大家一起围坐在桌前。令人吃惊！你说家里人找你说话你就不得不回答。令人吃惊！你说家里人会在眼前晃来晃去。还是令人吃惊！一个了不起的青年诞生了。不知道这是教育之罪，还是社会之罪，总之，一个可怕的青年诞生了。"宇田顿了顿，拿起红豆面包，"说到底，你对父母和弟弟妹妹毫无感情。原来如此。既然是这样，你自然是毕业了也不想回家。"

"不，我对他们有感情。我想见父母，也想见弟弟妹妹。"

"那你去见他们不就行了吗？"

"如果去了，见到他们就马上回来的话，我就去。"

"你没必要马上回来啊。在父母身边学习就好。反正一旦考上了高校，就又得离开父母了。"

"可是，在父母身边我没法学习啊。"

"你不去怎么知道能不能学？"

"肯定没法学。"

"你怎么就能断定呢？再说了，没法学习有什么关系？反正你在这里也没法学，都是一样。"

"所以我想去金泽……"

"去金泽不行！"这次是宇田下了断言，"去了金泽，还不知道会发生什么事情。简直是放虎归山。你啊，还是回台北，回你父母那里。"

"我做不到。"

"什么叫你做不到？父母好不容易叫你回去。作为儿子，听他们的话是理所当然的。没什么做得到做不到的。"

"那我考虑考虑再作答复。我回寺院好好想一想。"

"不行，不行，要考虑的话就在这里考虑，马上考虑。考虑五分钟，就做决定。"

"你就听洪作的吧，他也有他自己的想法。"宇田太太说道。

"你别插嘴。这事与你无关。"宇田说。

"那我想想。"洪作说，"这个我拿走了。"洪作拿起两个红豆面包装进裤子口袋，又把茶一饮而尽，起身从宇田夫妇身边走开了。

洪作沿着缓坡，慢慢地走向原野的高处。穿过杂草丛生的地带，来到印着车辙的小路上。走到小路的尽头，眼前的原野一马平川，远远地可以看见几处村落里的丛丛绿树。洪作虽然已经在沼津生活了好几年了，但还是第一次来这里。

现在必须认真考虑了，洪作想。但其实并没有什么好考虑的，唯一需要考虑的，就是如何让宇田同意自己去金泽。去台北是不可能的。自己去了台北之后，恐怕会被要求报考台北当地的高等学校，成为走读生。如果父亲提出这样的要求，洪作不相信自己会有拒绝的勇气。洪作完全不知道该如何应对自己的父亲。

洪作坐在了草地上。这里距离宇田夫妇所在的位置并不远,然而视野却开阔很多,令人感觉仿佛位于高原之上。洪作沐浴着阳光,仰面躺在草地上。风吹过来,却没有一丝寒意。鸟鸣声不绝于耳,鸟儿似乎就在不远处茂密的灌木丛里。

洪作吸完两支烟,站起身来。这时,宇田太太的身影映入了洪作的眼帘。洪作迎了过去。

"原来你在这儿呀?我丈夫还说你恐怕不会回来了。"太太笑着说道。她的话提醒了洪作。

"我还没考虑好。容我再想想,再做回复。我过几天再去老师家拜访。"

"哎呀,你不回那边了吗?"

"今天就先告辞了。"

"那你一会儿要去哪里呢?"

"天黑之前我打算随便走走。前面好像是我朋友的村子,我还没去过呢,想去看看。"

"那我们在家里等你。你来吃晚饭吧。"

"不了,今天就不打扰了。"

"没关系的,你不用对我丈夫那么敬而远之。他虽然说话难听,但人不坏,你跟他多聊一聊就知道了。不过,我也觉得待在父母身边是最好的选择。"

"我也这么觉得。"洪作说。

"你骗人。不许说这样迎合的话。"接着,宇田太太又问,"你一会儿来吗?"

"今天还是不打扰了。"

"可是,你的上衣还在那边。"

"没关系。"

"怎么会没关系呢?"

"请帮我扔了吧。那件衣服我早就打算扔掉了。"

"你口袋里有东西吧?"

"什么也没有。口袋破洞了。"

"唉。"太太深深地叹了口气,"你就穿成这样回寺院吗?"

"我经常穿成这样走在大街上。"

"你果然还是回台北比较好。"太太留下这句话,便朝下坡的方向走去了。

洪作避开了宇田家门前的路,斜穿过原野,来到了沼津的郊区。

刚才自己总算延长了回复宇田的时间,但突然出现在自己眼前的问题还没有解决。

"到台北来。"如何应对母亲的这个要求,真是个难题。事情之所以会如此发展,都是因为宇田自作主张给母亲写信。自己当初接受宇田的邀请去他家吃饭,根本就是个错误。然而如今再怎么后悔,也于事无补了。

我决不去台北。金泽的生活与台北的生活相比,简直就是天壤之别。

"训练量决定一切的柔道。"这是莲实的话。自己从未听到过这么有魅力的言辞。莲实让自己把高校的三年时光奉献给四高柔道队。为此,必须要先通过入学考试。如果去了金泽,似乎能够为此而学习。无论是多么高强度的复习,自己似乎都能承受。在沼津是做不到的,但是去了金泽,却一定可以。

台北!跟富有魅力、历史悠久的城下町相比,台北是一座多么让人不自在、不自由的城市啊。虽然让人不自在、不自由的,不是台北这座城市,而是在台北的家,但洪作坚决不想去台北。洪作对台北产生了抗拒。

想想父亲,再想想母亲,洪作觉得实在难以与他们一起生活。仅仅是被家里人的几双眼睛注视着,就会十分不自在。自从懂事以来,洪作就再也没有经历过这样不自在的生活。他一直以来都是一个人,逍遥自在,茁壮成长。即使远隔万里,他也能充分感受到父母的爱。即使一个人生活,他也从未渴想关爱,从未感到寂寞。

走进了沼津的街区,洪作便对自己只穿一件无袖运动衫感到有些不好意思了。其实并不冷,自己也并不邋遢,只是没穿外衣而已。不穿外衣的人应该到处都有吧。

洪作走在街上,搜寻着没穿外衣的人。一旦真的开始找,便怎么都找不到了。即使偶尔出现一个,也身着衬衫。没有人潇洒地穿着无袖衫。穿着无袖衫在大街上跑来跑去的,只有小孩子。

洪作正要迈进寺院的大门,突然停住了。他看到有一个男子在钟楼附近游荡,看上去很像是宇田。刚才分别的时候宇田穿着和服,但现在这个貌似宇田的男子穿的却是便装。洪作躲在门边阴影处,想分辨那人究竟是不是宇田。

那人低着头走来走去,不时伸展两只胳膊,像是在做体操。这与宇田在中学校园里的形象别无二致。而且,洪作之前从未见到这个人在寺院里出现过。

洪作下定了决心。虽然有些过意不去,但事到如今已是无可奈何了。

果然是宇田。洪作一走近,他似乎就注意到了。他在一处站定,点燃了一支烟。

"吓我一跳。"洪作以这句话开场。

"你是否吓了一跳,与我无关。"宇田说,"我把你母亲的信带来了。你不妨读一读。信和上衣都交给寺院里的人了。我走了。"

宇田只说了短短几句话,便向大门走去。他脸上并无愠怒的神情,态度也一如往日,但话一说完便快速离去,这似乎是内心并不平静的表现。

"老师!"洪作想要叫住宇田,但宇田头也不回,径直走出大门。

洪作立刻冲进寺院的玄关。他想,若要追上宇田,化解他的怒气,似乎得先穿上外衣才算妥当。

没必要进自己的房间,外衣就放在玄关的地板横框上,外衣上面是一封信。

洪作把信塞进裤子口袋里,抓起外衣,冲出门去。

出了寺院,洪作小跑着穿过港町狭窄的道路。这里的店铺并不多,但也许是太阳快要落山的缘故,此时行人颇多,嘈杂喧嚷。

"洪作!"

卖乌冬面的老板娘唤道。洪作最怕应付这位老板娘。她只要见到洪作,便会控诉洪作的一位名叫相原的同学还欠着她的饭钱。洪作与相原只是普通同学而已,并没有什么交情。洪作没有受这般牵连的道理,而且他连相原毕业后去了哪里都不知道。

"洪作!"

老板娘喊了第二声,洪作停下了脚步。

"有话以后再说。我现在有急事。"

"有急事?你就骗人吧,你哪会有什么急事?"卖乌冬面的老板娘说道。这话似乎不该置若罔闻,然而洪作没有理会,向前走去。港町的道路弯弯绕绕,不知转过了几个街角,洪作听到身后有人喊:"寺里的小伙子!"喊他的是当木匠的老人。

"得便的时候来一趟,有件东西托你捎回寺里。"

"好!"

"你嘴上说好,可靠不住。我之前就拜托过你吧?"

"好!"

"什么好!"

"知道了!我现在有急事。"

"你能有什么急事?你每天不是都在闲逛吗?我这儿有

红薯，吃了再走吧？"

"红薯？现在不是吃红薯的时候！"

现在的确顾不上吃红薯。洪作跑了起来，但他马上停下了，回到了木匠老人那里。他觉得木屐的绳带快要断了。

"借我一双草履。看，我的鞋带快断了。"

老人的目光落到洪作的脚上，说道："进店里，让我老伴给你换一根。"

"我现在有急事，我真的很急。借我一双草履吧。"

"那，你穿这双走吧。"老人指了指脚下的草履。洪作用自己的木屐和老人的草履作了交换。

"你这汗脚，别把鞋弄脏了。"

"没事的。"

"真不让人省心。你到底急什么？"

洪作没有理会背后的声音，这次真的飞奔起来。洪作穿过了港町。一进入鱼町，道路变宽，行人也多了起来，让人感觉进入了市区。

仍然看不到宇田的身影。路上虽然多少耽搁了一些时间，但宇田应该不至于走得这样快。穿过鱼町，洪作来到了一个十字路口。不知道宇田是否拐了弯，洪作选择径直向前。他想，如果在路上见不到宇田，就直接去他家。

街上亮起了灯。薄暮时分，华灯初上，洪作总会感到心头一紧。今天，这种感觉格外强烈。他心头一紧，甚至隐隐作痛。

洪作跨进宇田家的院子，正好碰见宇田太太从后门出来。

"老师还没回来吗?"洪作未作寒暄,直接问道。

"哎呀!这是怎么回事?他去你那儿了呀!"太太回答。

"我见到他了。我在寺里见到他了,但是他先走了,我就追到这里来了。"洪作断断续续地说道。从车站一口气跑到这里,他已经上气不接下气了。

"你为什么要追他呢?"

"我惹老师生气了,想向他道歉。"

"他一般是不会生气的。"

"可是,他刚才应该是生气了吧?"

"不,我觉得他没有生气呢。他说必须让你尽快看到你母亲的信,所以散步的时候顺便去找你了。"

"是吗?"

"你见他的时候他生气了?"

"我觉得是。"

"真想看看他生气的样子啊。我觉得他偶尔生生气也无妨,可他却很少动气。恐怕一年也就只有一次吧。"

"那可能是我想多了。"

宇田太太一副事情已经解决了的样子,问道:"在这儿吃饭吧?"

"嗯。"

"那进来吧。"

"我去找找老师吧。"

"不用啦。他又不是小孩子,我想他很快就要回来了。

你先洗个澡吧。"

"洗澡?"

"正好水烧好了。你先洗,等我丈夫回来了,让他也赶快洗洗。既然是要吃饭,最好还是清清爽爽地吃,对吧?"

"嗯。"

"那就这么办吧。"

洪作几乎像是在遵从宇田太太的命令。他把木匠老人的草履脱在玄关的水泥地上。

宇田太太拿来了毛巾和肥皂。洪作被领到了盥洗室,在那里脱掉了外衣和无袖衫。小小的浴室里刚好放下一个澡盆。

洪作迈进了澡盆。

"水烫吗?"宇田太太的声音从木拉门后面传过来。

"水温正好。"

洪作惬意地泡在澡盆里。啊,宇田的太太真好啊,洪作心想。无论是宿舍的浴室,还是寺院的浴室,都没有这么舒服。

洪作正想着该从澡盆里出来了,突然听见了宇田的声音。

"什么?他在泡澡?!"

洪作停下了正在拧毛巾的手,侧耳听着宇田的话。

"嚯,他在泡澡!"宇田的声音再次响起,之后声音放低了,不知说了什么。

"真棒!了不起!让人佩服!"宇田的话再次传进洪作的

耳朵。话里究竟是钦佩还是恼怒，一时难以判断。

洪作走出了浴室。自己的衣服已不知去向，取而代之的是一件浴衣。洪作猜想宇田太太的意思是让自己换上浴衣，但又觉得有必要确认一下。经过一番犹豫，他终于冲客厅喊道："我可以穿这件吗？"

"穿吧。那儿不是有件浴衣嘛。"太太回应道。

洪作穿上了这件浆洗过的、挺括的浴衣。这是洪作第一次穿浴衣。忘了是什么时候，母亲曾经从台北寄来两三件，但都原封不动地搁在箱子里。

洪作走进客厅，只见宇田坐在靠近外廊的位置。他抬头看着身穿浴衣的洪作，说道："你动作也太快了吧？"

"嗯。"洪作在榻榻米上坐了下来。"老师是走哪条路回来的？"

"你可真懂礼貌。"

"我是追着老师过来的。"

"这我知道。你为什么要追我？"

"我想跟您道歉。"

"为什么道歉？"

"因为您生气了。"

"我没有生气啊。要是生你的气，恐怕会一发不可收拾。有生你气的工夫，还不如去考虑其他的事。"

"嗯。"

"我不会生气的。"

"嗯。"

"我真是服了你了。你这种人啊，就叫极乐蜻蜓①。"

"极乐蜻蜓？"

"你听过这个词吗？"

"没有。"

洪作真的没有听说过这个词汇。不过，他觉得自己大致知道这个词的意思。

"人在心里有愧的时候，容易疑心生暗鬼。你也是这样吧？"

宇田起身走向盥洗室。在宇田洗澡的这段时间里，洪作一直坐在外廊上。宇田太太拿来了啤酒，正要开瓶盖，洪作说道："我等老师来了一起喝吧。"

"他这就要出来了。你先喝吧。"

"可是……"

"没关系的。没想到你这么客气。"

太太将杯子斟满啤酒，又回厨房去了。洪作心想恭敬不如从命，便拿起酒杯。身穿浴衣，坐在外廊，饮着啤酒——这样的事似乎从未有过。这也许就叫作舒坦，洪作心想。

不一会儿，宇田便穿着浴衣走了过来。

"真是太舒服了！"洪作想以这句话，表达自己现在有多满足。

"来，我也喝。"宇田也坐到了外廊上，"怎么样？决定了吗？"

---

①日本俗语，形容游手好闲者像是在极乐世界里翩然飞舞的蜻蜓一样，无忧无虑，无牵无挂。含有讽刺意味，偏贬义。

"嗯？决定什么？"

"你说决定什么？今天白天咱们俩就在讨论你是否该回到台北，回到你父母身边。你说要考虑考虑，我以为你要去别处转转，结果你就那么走了！你应该已经做出决定了吧？"

"呃。"

"打算怎么办？读了你母亲的信，你是怎么想的？"

"呃。"洪作想起自己刚才在寺院的玄关把信塞进了裤子口袋，"我还没读。"

"为什么不读？"

"不，我会读的。我肯定会读的，只是刚才没来得及。我直接跑出来追您了，真的没顾上。"

"信放哪里了？"

"我塞进裤子口袋了。"

"塞进？你怎么回事！竟然把母亲的来信胡乱一塞？你有工夫洗澡、喝啤酒，说什么'真是太舒服了'，不如读一读母亲的来信，如何？"

宇田看上去多少有些不悦，五官都歪扭了。据宇田太太所说，宇田一年难得生气一次，然而这一年一度的事情，现在似乎正在发生。

"对不起。"

"不用跟我道歉。到台北跟你父母道歉去，跟你父母道歉！"

事情朝着不利的方向发展。

听到宇田太太通知饭已备好，洪作和宇田搁置了仍未解决的问题，坐到了饭桌前。

"又是寿喜烧啊，真好！"洪作说。

"只是你来的时候碰巧都吃寿司烧，我们可不是总吃这个。你不要阴阳怪气。"宇田说道。

洪作想表达的是，老师这次又请自己吃寿喜烧，自己满足极了。可宇田似乎不是这么理解的。

"老师，您确实是有点别扭。我没有阴阳怪气，绝对没有。"洪作说道。他觉得该说的话就要说出来。

"是吗？那我就刚才的话向你道歉。"宇田说。

"就是嘛，我怎么会阴阳怪气呢，人家白白请我吃饭。"

"什么叫白白请你吃饭？你真是不会说话！果然你还是应该回台北，回你父母身边！"

这时宇田太太过来了，问道："事情决定了吗？"

"是指去台北的事吗？"洪作不知该如何作答。宇田从旁说道："他好像还没决定。"

太太说道："说起来，这压根不是决不决定的问题。既然你母亲让你回去，不管你愿不愿意，都得回去。不是吗？"

"嗯。"

"那你就这么办吧，好吗？"

"嗯。"

"哎呀，太好了。那事情就这么定了。既然决定要回去了，还是尽快为好。什么时候走？"

"嗯。"

"回去的日期以后再定也行。总之，既然你这么决定了，今晚就算是饯行啦。"

"嗯。"

"这样的话,光有寿喜烧还不够,我再去买点生鱼片吧。饯行就得有饯行的样子。"宇田太太说完,便起身走了。

"真了不得。"宇田说,"女人可真了不得。眨眼间就擅自把事情敲定了。事已至此,你只能去台北了吧?"

"嗯。"洪作已经彻底放弃抵抗了。

"来,喝吧。"宇田说道。洪作拿起酒杯。

"打起精神来。你怎么一下子蔫了?不过,既然已经决定,就只能这样做了。不要再闷闷不乐了。决定总是在一瞬间做出的。不能瞻前顾后,思来想去。——打起精神来,打起精神!"

宇田不知何时变得温柔起来,成了安慰洪作的一方。

"来,喝酒吧!"

"喝。"

然而,对于突然之间被迫选择去台北,洪作感到难以释怀。

"怎么就决定了呢?"洪作感慨道。

"不知道,但也不用想了。"

"我觉得自己没有作出答复。"

"事到如今,不能再说这样的话了。决定了就是决定了。"

这时,洪作听到了望火楼的钟声。

"起火了。"洪作说道。宇田也侧耳而听。

"好像是。听这敲钟的节奏,起火的地方应该不是很近,也不是很远。去看看吧?"说着,宇田准备起身。"晚上的火灾很快就会扑灭,不过还是值得一看。"

"那就走吧。"

两人同时站起身来。宇田把正门上了锁,对洪作说:"从厨房那个门走。"说着,自己先朝厨房走去。洪作也拿起放在玄关的木匠老人的草履,跟着走了过去。

出了门,只见几个男人从宇田家门前的路上跑了过去。附近主妇们的身影也出现在路上。

两人向着男人们奔跑的方向走去。

"好久没有火灾了。"宇田说。

"看不见火啊。"洪作说道。

"今天没风,火应该会直直地向上烧,会很壮观吧。"

洪作和宇田向火车站的方向走着,路上的人越来越多,熙熙攘攘,渐渐聚集起来。男男女女从后面赶上来,超过了两人。还有孩子跟在大人身后奔跑着。

"为你去台北饯行的晚上,竟然碰上了火灾。"

宇田的话,让洪作再次想起了要去台北的事。

"冬天起火,人们总是小题大做,无论如何也想来火灾现场看一看。夏天的火灾却完全没有吸引力。"宇田说。

"是吗?"洪作问道。

"不是吗?像现在这样闲逛,跟去庙会买盆栽,完全没有区别。"

经宇田这么一说,洪作还真有一种要去逛庙会的感觉。

"火是不是已经灭了？"

"怎么会？这不可能。恐怕正越烧越旺呢。"

"可是钟声停了。"

"不，一会儿还会响的。现在只是稍作停歇。呦，你听！响了！"

的确，望火楼的钟声再次响起。两人正沿着火车站旁边的木栅栏行进，忽然听得近处一声"哎呀"。那人问道："你们要去哪儿啊？"

黑暗中看不清那人的脸，但她无疑是宇田太太。

"啊，是你啊。——起火了。"宇田说。

"你们是要去看火灾？"

"是这么打算的。"

"可是，很远哦。听说是在千本滨方向。"

"不会吧，应该没有那么远。"

"不，刚才我在那边的确听到有人这么说。"

"这样啊。"

"家里门锁了吗？"

"只锁了正门，厨房门开着。"

"你也太不小心了。"

"根本没事。"

"火关了吗？"

"火关小了。我把寿喜锅端下来，把水壶放上去了。"

"你该回去了吧？"

洪作感到，宇田太太的说话方式中总暗含着一种命令的意味。

"嗯,我去看一眼,马上回去。"宇田说。

"你要去千本滨吗?"

"不会走那么远的。"

"洪作呢?"

"我也和老师一起去看看。马上就回去。"

"不行。"宇田夫人说,"洪作不能去。你是打算去了就不回来了吧?"

"没这回事。我是穿着浴衣出来的。我的衣服还放在你们家呢。"

"这根本不算什么,不是吗?反正那衣服你白天已经抛弃过一次了。怎么看你都像是打算逃跑。"宇田夫人说,"好了,回去吧。话说回来,身为学校的老师,还去起火的地方看热闹,像什么话呀!"太太说话时既不冲着洪作,也不冲着宇田。

"那就回去吧。半路被抓住,真不走运。"宇田对洪作说。两人转身往回走。没走多远,宇田突然停住了:"钟又响了!钟声很急啊!怎么办?"宇田现出非常遗憾的神色。

"不许去看!不许!不许!"太太推搡着宇田。宇田只得无奈地迈步向前。

"自己一心想去,半路却被别人强行制止,这滋味不太好受啊。"宇田说道。太太没有理会,一声不吭。

"既然已经往回走了,就只能这么乖乖地回家了,但我觉得不该就这么回去。如果刚才继续往前走,现在应该都快到起火的地方了。还能顺便去海边散个步。"

"你可真固执。既然你那么想去,那就去吧。"

"都走到这儿了,还说这些干什么?"

"现在改主意还不晚呢。——你听,钟声又响了!"宇田太太语带讥讽。

到家的时候,望火楼的钟声已经停了。刚才一时间人声嘈杂的门外,也已完全恢复了原本的宁静。

"来,咱们给洪作饯行。"宇田太太说道。太太的话,让洪作又一次想起了将去台北这件并不愉快的事。

"是啊,给洪作饯行。来,痛痛快快地喝吧!我认命了!"

所谓"认命了",似乎指的是想看火灾而未能得逞。

"你发的什么牢骚?也太婆婆妈妈了。"宇田太太说道。

"这难免让人郁闷吧?喂,洪作,连你都是一副郁闷的表情。"

"嗯。"

"洪作才没有郁闷呢。不可能郁闷。对吧?"

"嗯。"

"好不容易下定了决心,就不能再反悔了哦。我明天给你母亲写封信。"

"嗯。"

洪作只得点点头。虽然清楚自己不擅长和异性打交道,但洪作却未曾想到自己会这样毫无招架之力。

夏

六月中旬，洪作决定结束沼津的生活，去台北，到父母身边备考。这并非是迫于化学老师宇田的劝说不得已而为之，也不是因为宇田太太强行为他钱了行。

是因为莲实从金泽来信了。

"我之前虽然劝你到金泽备考，但仔细想想，这未必是最好的选择。如果意志非常坚定，那另当别论，否则，你可能反而会受到四高学生懒散生活的影响，和他们一起玩乐度日。但我也不建议你继续待在沼津。前些日子我虽然只窥见了你生活的一个小小的切片，但由此推断，我觉得你以后如果每天都像现在这样度过，无论如何也考不上高校。既然你父母住在台北，我觉得你还是应该到台北去，在你父母身边学习，才能充分做好应考的准备。所以我恳切地劝你去台北。"

"虽说我劝你回台北，但你如果去了台北，到头来报考了台北的高校，那就麻烦了。因为我之所以劝你去台北，是希望你能够考上四高。我也会给你父母写信，寻求他们的理解，但也希望你能意志坚定，不要本末倒置。"

莲实在信中大致写了这些内容，此外还附有一位名叫大天井的人的来信。大天井是在金泽备考多年、年纪颇大的备考生。洪作刚看到大天井这个名字时，还不知道这是何许人也，但拿起他的信，读着读着，就想起他是莲实所说的那位豪杰。

"我很高兴有了一个伙伴，但你最好不要来金泽。来了没什么好。我在金泽待了那么久，身上都快长青苔了，但还是考不上。要是考题靠谱，我会头一个被录取，可是每年的考题都乱七八糟，一年不如一年，净考一些无聊的问题。可是，我明年会考上的。我打算从今年八月一号开始学习。去年开始得有点晚，今年我要提前开始。你呢，也别在沼津闲逛了，赶快回你老爸老妈身边，吃有营养的东西，把劲都使在学习上，不能用到别的方面。莲实说，你虽然个头小，但如果专练'送襟①'，会成才的。好好学习，考进四高。进了四高，努力练习。别辜负大家对你的期待。"

读了大天井的信，洪作很是吃惊。他还从未收到过这么傲慢无礼的来信。信中完全读不出对读信人感受的顾及。他的这封信似乎既不是以开玩笑的心态写的，也不是酒后写的，看上去他是一本正经、非常认真地写下了这封信。

收到莲实来信的第二天，木部从东京回来，打算在沼津住一晚。他来寺院找洪作。木部读了大天井的信，也大吃一惊："真是个不得了的人物！"说完，木部向后一倒，仰面躺在榻榻米上。他把两手枕在脑袋下面，说道：

---

①即送襟绞，绞技的一种，属于寝技中的固技。从侧面或后面双臂环抱对方，上身贴紧对方后背，双手抓住对方衣襟用力勒紧，压迫对方喉部。

"不管怎么说，你都与文学无缘，与哲学无缘了。跟备考也无缘喽。你还是听人家的劝告去台北吧。你啊，去金泽试试！去了就糟了。大天井都敌不过你。你会比大天井还厉害。大天井会自愧不如，登门求教。"

"恐怕确实会这样。"洪作说道。

"你自己知道啊?"

"怎么会不知道。"

"不，你不如我了解你。大天井的脑子里还绷着备考这根弦。"

"我也有这根弦。我每天都看参考书。"洪作说。

"那是因为你现在在这里。你去金泽试试。你想得倒美，一边练柔道一边学习。你不妨试试，我觉得你根本做不到。学习一定会被你抛到脑后。你这人啊，想干什么就干什么，不想干的事绝对不沾。你会想，考试总会有办法的，然后就只练柔道。你的成长经历比较特殊，所以你跟普通人不一样。——还好你要回到台北的父母身边。我也赞成你这么做。莲实老师劝告你，大天井参谋劝说你，我也像他们一样，劝你这么做。你丝毫不要有去金泽备考的念头。"

木部用一贯的半开玩笑的方式这样说道。然而，洪作却从中感受到了真情。接着，木部说了一句令洪作意想不到的话：

"听说，你去阿宇家了?"

所谓阿宇，是指化学老师宇田。

"嗯，他请我吃了两次饭。这老师真是个好人啊。金枝，藤尾和你恐怕都不知道，他是个出色的人。"洪作说。

"别开玩笑了。——阿宇在他家给你饯行了吧？"

"你怎么知道？"

"我当然知道。他给我写信，让我回沼津一趟，劝你去台北。"

洪作自从饯行事件以来，一直避免和宇田见面。如今他的面容又浮现在洪作眼前。

"他很担心你。他在信里说，既然连饯行宴都办了，你当时似乎也确实打算去台北，但只靠饯行恐怕不能约束你，只怕你之后会依然故我。"木部说道。事情的确如此。

"我并不是来劝你的。我只是受阿宇之托，来转达他的话。——不过，你还是去台北比较好吧。"

"好，去台北。"洪作说道。既然宇田这么担心，自己便不得不听从他的话了，洪作心想。"好，去。老子去。"

"你少用这种口气说话。——什么时候走？"

"尽快。"

"把出发的日期定下来。我得给阿宇回个话。"

"可是我现在决定不了。"

一旦最终决定要去台北，就必须先回伊豆山村的老家探望一下。自己的住处距离众多亲戚散居的地方，也不过只有两三个小时的路程，然而仔细一想，自己已经有一年多没露面了。那里既有母亲的娘家，也有父亲的老家。祖父母和外祖父母都健在，还有很多叔叔阿姨。堂亲表亲的兄弟姐妹，多得不可胜数。总之，伊豆半岛天城山北麓狩野川沿岸，散落着自己的十几家亲戚。

无论平时怎么吊儿郎当，既然已经决定要去台北，便不得不去打个招呼。如果不声不响地去了台北，亲戚们一定会生气的。那些算得上是亲戚的亲戚们，恐怕无论男女老少，都会嚷嚷起来，批评指责。洪作突然觉得很好笑。

"你笑什么？说起来，真是不可思议啊。大家都在为你担心。连那位名为莲实的人物，连大天井，连阿宇，都在担心你。甚至连我都开始担心你了。"

木部说完，便回去了。

两三天以后，洪作给住在台北的父母写了一封信。他重写了好几遍。因为在告知父母自己决定回台北的同时，还要请求父母余外多寄些钱。虽然重写了很多次，但最终读起来，给人的印象仍然是"我要听你们的话去台北了，作为交换，你们得给我一笔钱。"

六月末，洪作前往伊豆，探望亲戚。他仍是那副打扮，身穿中学的粗棉布夏季制服，不戴帽子，脚踏木屐。他想，自己马上就要去台北了，不知何时能再回乡探望，至少得跟亲戚们打个招呼。再者，去了台北，父母问起在伊豆的亲戚们的情况，自己如果一句都答不上来，未免太不像话，因此有必要走几家亲戚。

洪作没带提包。手巾挂在腰上，牙刷用手帕包着，装在上衣口袋里。洪作在三岛坐上了开往大仁的轻铁列车。三岛的大社前住着一位伯母，洪作中学二年级时曾有一段时间由这位伯母照顾。但洪作打算最后再去伯母家，先去见其他亲戚。洪作最不好意思去的就是这位伯母家。洪作记不清伯母邀请过自己多少次，总之他一次都没应邀。伯母一定是彻底生气了，从去年秋天就再也没向洪作发出过邀请。

从三岛上车，经过大约一个小时，洪作在大仁站下车了。他在大仁换乘开往下田的巴士。坐上公交，洪作立刻感到车上弥漫着家乡的气息。车上的人有着和家乡人相似的面孔，说着和家乡人相同的方言。

每当嗅到家乡的气息，洪作往往并不会感到怀念，而是会被一种不可思议的羞愧不安的情绪所笼罩。他并非做了什么愧对家乡的事，但不知为何总是心情沉重。直到中学三年级之前，洪作每次坐上这趟车，心里都会充满即将踏上故乡热土的喜悦之情，可那之后这种心情却渐渐转为阴郁了。

"你可是汤岛的洪作哇？"

一个女人突然搭话。一股恶寒瞬间席卷了洪作全身。正是因为如此，洪作才讨厌坐这趟巴士。

"是的。"

洪作把脸转向发问的人。那是一个五十岁左右的女人，看上去不怀好意。

"俺就说嘛。俺就觉得是你。俺看你是想蒙混过去，俺可没那么好糊弄。你长大啦。你是不是好久没来啦？你不是住在沼津吗，为啥不来？"

洪作沉默着。车内乘客的目光都注视着洪作。对方并非恼怒，她是在用这种方式表达关爱。

"你长大啦，是个好小伙子。该娶媳妇了吧？"

开什么玩笑，洪作心想。这人看着并不面熟。洪作回想起很多相似的面容，但与面前这个人都不完全吻合。

这时，另一个人的声音从洪作背后传来。

"你是住在汤岛海边的那小子？"

"是的。"

洪作扭头看向问话的人。这次是一个佝偻着身子的老人。他的面容似乎有些熟悉，又好像没有见过，洪作搞不清楚。

"你现在住在哪儿？"

"住在沼津。"

"上中学？"

"是的。"

"啥时候毕业？"

"今年春天已经毕业了。"

"是嘛。你爸爸妈妈现在在哪儿？"

"在台北。"

"哦。可真够远的。你从小就不在父母身边。"

"是的。"

"阿缝婆养大的那孩子，就是你吧？"

"是的。"

"阿缝婆走了多少年了？"

"六年了。"

"都这么多年了！那么，今年或是明年该做法事了吧。

转眼间已经是死去的人了,不过,说起来,她可真是个要强的老太太。也正因为她要强,年轻的时候是个美人。——原来你就是住在汤岛海边的那小子。"

老人将最初的话又重复了一遍,就不再说话了。他那样子仿佛是该说的都已说完,此外已无话可说了。

巴士沿着狩野川在下田街道上行驶,扬起阵阵白沙。车站异常地多,刚行驶没多久,就又到站了。车站上完全不见乘客的影子,但巴士仍一丝不苟地每站都停。

"洪作呀。"

刚才问话的女人又来搭话。恶寒再次向洪作袭来。

"你上中学,你爸妈每月给你寄多少钱?"

"我不知道。"

"不知道?呦,这小子,话说得可真阔气!"

"我真的不知道。需要钱我就向三岛的亲戚要。至于我爸妈给亲戚寄多少钱,我不清楚。"洪作说道。其实,从三岛的伯母那里拿生活费是三年级以前的事,之后父母都是从台北直接寄钱给洪作,但洪作故意隐瞒事实。他不愿意说出具体的金额。

"钱寄给亲戚,可危险呐!人家就是偷偷扣了你的钱,你也不知道。"

洪作想在下一站下车,不管下一站是什么地方。他走向下客门。

巴士停住了,洪作下了车。他不知道这是哪里,但比起在车上回答无聊的问话,洪作宁可步行。下车以后,洪作判断出面前是月濑村，距离家乡汤岛约有八里地，自己正站在月濑村村头。必须注意的是，这个村子里住着两家亲戚。一家务农，一家酿酒。两家的房子都建在街道边。虽说早晚都要拜访，但洪作还是觉得应该先去汤岛，在外婆家落脚，然后再来这里。

洪作从这两家亲戚的门前快速走过。所幸没人出来。

出了月濑村，洪作走进一个叫做门原的村子。这里也有一家亲戚，是父亲的老家。这家对洪作而言是个鬼门关，但房子远离街道，坐落在山脚下。在这里不需要格外小心，只要不走背运，应该就不会碰见这家人。

洪作走在横贯门原村的下田街道上，街上没有一个人影。洪作木屐踏地的声响，掺杂在流经村边的狩野川的水流声之中，除此之外再没有别的声音。这是一个分外寂静的村落。

洪作一走出村子，就拐进了一家小卖部。他想喝汽水。

"有人吗？"洪作站在店门口，冲里面喊道。

"来啦！"店里的人应道。与此同时，一个矮个子女人一边说着"那我就先走啦"，一边从店里走了出来。洪作立刻倒退着出了店门。那女人无疑是伯母。

伯母从店里走了出来，把视线投向洪作，立时停住了脚步。洪作也望着伯母，呆住了。洪作感觉时间仿佛凝固了。终于，伯母走了过来，用非常冰冷、低沉的声音问道："这不是洪作吗？"

"伯母。"洪作不愿报上名字，只得以称呼对方回应。结果伯母一动不动,仍用那低沉的语调说道:"你怎么会是洪作呢。还想骗我,我是不会上当的。洪作怎么会路过门原的伯父家而不入呢?"

说完,伯母终于笑了笑。一口墨齿①使伯母看上去如同鬼怪。伯母快步走开了。洪作只得跟在她后面。

洪作一边走,一边从后面注视着伯母矮小的身躯。伯母走路内八字,步子迈得很轻盈,但因为步幅很小,因此走得并不快。洪作不时需要停下来,以调整和伯母之间的距离。

然而伯母完全无视自己的存在,洪作想。伯母从小卖部门前走上低缓的坡路,走到了街道上,路过许多家农户,却不曾回过一次头。她应该不会不知道洪作跟在自己身后,然而她走路的样子让人以为她毫无察觉。

从街道拐进小路,伯母停下了脚步。因为邻居家的女人推着板车走了过来,伯母要给她让路。

"这是要去哪儿哇,还推着车?"伯母向对方搭话。

"俺去拉柴火。"那女人回答。

"不管怎么说,你可真有干劲哇。这世上可是有人年纪轻轻的不上学,整天瞎逛呢!"

伯母说完,继续向前走。洪作厌烦极了。这正是伯母的讨厌之处,洪作心想。

---

①日本古代习俗,以黑色浆液染黑牙齿。最初流行于贵族妇女,至中世亦流行于公卿及武士家族的男子,但后来逐渐演变为已婚妇女的标记。进入明治时代(1868年)以后,作为文明开化的一步,染齿的习俗逐步废止,但在民间仍残存了一段时间。

然而，既然已经撞见了伯母，就不得不跟在伯母后面了吧。自己就像被拴上了绳子牵着走一样。在旁人眼中，这情景也许就像轮船拖着驳船。

伯母拐过两道弯，来到自家的茶梅树篱前。她从土仓房旁边经过，走进前院。洪作也跟着她走了进去。

伯父从正屋走了出来。他眼望着洪作，像看到了什么稀奇的东西，自言自语般的低声问道："这是小洪吗？"

"是不是小洪我不知道，是在小卖部门口捡的。大概他已经忘了自己父亲的老家在门原。这也就是让咱碰巧在小卖部给撞见了，咱要是不在的话，他肯定直接经过门原村走了！"说完，她这才第一次回头，冲洪作说了一声"对吧"，像是在寻求洪作的回应。回过头来的伯母嘴角有一丝笑意，在洪作眼中仍像是鬼怪的面孔。

伯父则等到伯母把要说的全都说完，才缓缓开口："捡到的一方还算好，被捡到的才惨呢。多为难啊。"

确实为难。

"伯父，您胖啦。"洪作说道。他想不到合适的问候语，于是说了一句无关痛痒的寒暄。

"胖了？！我从今年春天才长胖了些，去年秋天瘦得厉害，我从夏天就生病了。"伯父说。

完了，洪作心想，然而为时已晚。果然，伯母说道：

"小洪怎么会知道这些？伯父是瘦了还是胖了，他全都不知道。这也难怪，人家把咱们忘得一干二净啦。这也就是叫咱碰见了，要是没碰见，他肯定连来这儿的路都不认得了。"

伯父听了，说道："就算忘了来这儿的路，我生病的事他总知道吧？"

"他能知道什么？不进这个家门都多少年了？"

"多少年"这个说法太夸张了，但洪作没有吭声。

"他虽然不进咱家的门，可我给他写信了。生病的事我可告诉他了。"

"噢，生病的事告诉他了？！这么说，小洪知道我生病了？"

"知道不知道，是他的事，咱也不清楚。"

"可是，信是你写的吧？"

"信虽然写了，可人家有可能不读啊。"

"世界再大，恐怕也没有不读伯母来信的人。"

"按理说不会有，可如今世道不同了，这样的人也不少见。"

"咋会呢？"

"真的，没骗你。经常能碰到呢。"

"不过你侄子里可没有这样的人。"

"是啊，我侄子里应该没有这样的。要是有，咱家的脸可就丢尽了。"

伯父和伯母一唱一和，就像旁边没有洪作这个人一样，悄声交谈着，洪作不得不洗耳恭听。仅仅对伯父说他胖了，就招致这样的反应。一旦不慎说了不合适的话，就会引发一场灾难。

"不管怎么说，稀客来了，你做点儿牡丹饼什么的吧。"

伯父这才停止和伯母的交谈，第一次说出承认洪作来访的话。而伯母也用多少有些快乐的语调说道：

"捡回来这么个怪东西，托他的福，咱这当伯母的要忙起来了。既然捡回来了，就不能扔掉了。——牡丹饼明后天再说吧，今天做寿司。"

这便是伯母说话的周密之处。看来她不会同意洪作只住一晚就走。

洪作明白自己逃不掉了。一旦被囚，再怎么挣扎反抗都是徒劳。

"我想在这住两天。今明两天，让我睡在土仓房二楼吧。我后天回去。"洪作说道。还是一开始就把回去的日期说清楚比较稳妥。

"后天你回哪儿去？"伯父问道。

"去汤岛，在汤岛住两天，就回沼津，收拾收拾准备去台北。"

"你要去台北？"

"我觉得比起住在沼津，去台北才能好好学习。"

"这是明摆着的事。——好，原来你是要去台北。你决定了，是吧？"

"是的。"

"嗯，这样挺好。"

这时，一旁的伯母突然说道："净说好听的！——他伯父，你可别被他给骗了！"

接着,这张魔鬼的面孔终于笑了,说道:"别说什么只住两天,住个三四天再走吧。"

"这可不行。我真的要去台北。"

"要是真去倒好,只是不知道你要去的是哪个台北。你爱去哪儿就去哪儿吧。"伯母说道。对洪作来说,伯父是个不好对付的人,但伯母更难对付。不过这也是洪作咎由自取,在伯父伯母那里,他已经完全没有信誉了。

"那,既然你要去台北,就提前给祖先们上个坟吧。明天你去扫扫墓。"伯父说。

"好,让我干什么都行。"

"从来都是我在盂兰盆节前扫墓,今年就让小洪来吧。"

"好。我现在就可以去。"

"今天你先扫土仓房吧。"

"土仓房也要打扫吗?"

"打扫你睡觉的地方。打扫干净了,睡个好觉。"

不管怎样,土仓房的打扫和墓地的清扫是逃不掉了。

"那我现在就去扫扫土仓房。"洪作说。

"哎呀,既然来了门原,就不用那么勤快了。先进屋喝杯茶。恐怕不合口,你凑合喝吧。连屋都没让你进,就吩咐你打扫土仓房和墓地,你那在台北的父母非恨我们不可。来,进屋吧。"

伯母走进正屋。洪作也跟着走了进去。

洪作在门原村的伯父伯母家久违地度过了不同寻常的三

天。一旦不慎说错了话，伯父伯母那独特的讽刺就会向洪作袭来，有时言辞比较委婉，有时尖锐得令人吃惊。无论是吃饭还是喝茶，洪作都不能放松警惕，掉以轻心。

然而，处在伯父伯母你来我往的独特对话的风暴里，洪作也并非不能感受到自己是置身于骨肉亲人的关爱之中。针尖不停地刺扎着洪作的全身，但其中也有关心，责备和教诲。

洪作第一天打扫了散发着一股霉味儿的土仓房，把自己用的被褥拿出去晒了。晚上他早早睡下，因为第二天早晨要在八点的早饭前起床。

第二天洪作去扫墓。这是洪作第二次来到这里的墓地。他一个人打水、除草，还清扫了墓前的小路。

洪作扫墓这天，傍晚时分，伯父来到了墓地。

"真干净。扫墓这事儿，让人说不出来的畅快。怎么样，你现在应该知道扫墓的乐趣了吧？"

"嗯。"洪作应道。

"你明天趁便再干一天吧。"伯父说。

开什么玩笑，洪作心想。

"已经没有要干的活儿了。这里基本打扫完了。"洪作说道。

"你看，这个石墙就快塌了，我原以为必须得请人帮忙。你要是能顺便把这事儿干了，那就好啦。"

伯父目光所至，是一面石头围墙，用来隔开上一层别家的墓地。不过是垒了三层石头，几乎称不上是墙，看上去的

129

确岌岌可危。要想重新把它垒好,恐怕需要付出一整天的劳动。

"你一个人要是干不了的话,我帮你。"

"没事,我一个人能行。"洪作不得不这样说道。其实问题在于,即便伯父来帮忙,显然也不起什么作用。

因为墓地石墙整修一事,洪作原定留宿两晚,如今改成了三晚。

第三天,洪作脸和手都弄得黑乎乎的,正忙着拆墙垒墙,伯母送来了便当和茶。

伯母一走进墓地就说道:"哎呦,祖先们恐怕都大吃一惊——小洪给我们扫墓啦!平时拿筷子都嫌沉的小洪,竟然又除草,又垒墙!祖先们恐怕都惊呆了,觉得不好意思呢!"

洪作擦了擦汗,点上一支烟。

"这么能干,真是个好小伙子。去台北太可惜了。我真想让你永远留在门原,打扫村里的墓地!"

"开什么玩笑。"洪作说。

"哎呦,你恨死伯父伯母了吧?你脸上清清楚楚地写着呢!"伯母笑道。

"我没感激你们,但是也没恨你们。——这些是替台北的父母做的,这么想的话,就觉得理所当然了。"

"呦,说得好听!"

"我真是这么想的。"

"那你明天再干一天吧。还有活儿想让你干呢。"

"不,我不干了。"

"你看你看。"伯母一副忍俊不禁的样子，笑着说，"你恐怕心里想着再也不来门原了吧？不过，等盂兰盆节上坟的时候，伯父伯母可以向祖先们汇报了，说是小洪把墓地打扫得这么干净。我们可以说，那个亲戚们都觉得难对付的孩子，把这里打扫得这么干净。"

"亲戚们都觉得难对付？"洪作问道。伯母这话应该问个清楚。

"伯父伯母可不这么认为。为啥会这么想呢？——虽然你从来不挨着我们，可我们都觉得你身上有很可贵的地方。从小就不在父母身边，我们想照顾照顾，可是你自己却满不在乎，觉得完全不需要。人啊，生来都有自己的天性，江山易改，本性难移。可不管怎么说，如果生来就是极乐蜻蜓，可就糟了。无可救药了。——这话不是伯母说的，是你伯父说的。你伯父是个好人。要是不好好孝敬你伯父，小洪，你可是会遭报应的。"伯母说道。

被人称作极乐蜻蜓，这是第二次了。

在伯父伯母家住了三个晚上，洪作离开了门原，前往汤岛。路程不足八里地，洪作选择步行，在下田街道上走着。时间正是下午两点，稍一走动就浑身冒汗。洪作脱下外衣搭在肩上，身上只穿一件无袖运动衫。从门原到汤岛的路上没有什么亲戚，无论什么装束都不必顾忌。

汤岛住着好几家亲戚。关系最近的当属外祖父母家。洪作的母亲是他们的长女，洪作应该没有比他们血缘更近的亲戚了。

洪作的童年是在汤岛度过的，但并不是外祖父母养育了他。洪作和阿缝祖母住在离母亲本家有一段距离的土仓房里。洪作管阿缝叫"外婆"，两人相依为命。村里人称呼洪作的"外婆"为"阿缝婆"。虽然见面时叫"阿缝大婶"，但背后却用"阿缝婆"这个多少有些冷淡的称呼。当时外曾祖父已经去世了，但阿缝毕竟是外曾祖父的妾室，从位于伊豆半岛尖端的下田，来到了这个村子，直至外曾祖父去世之后仍住在这里。村里人看待她的目光不可能是温和的。

阿缝虽然矮小，但有着乡下人里少见的端庄容貌，难怪她年轻时独占了外曾祖父的爱。她总是打扮得整洁得体，举止也干脆利落。

乡下人思想守旧，且阿缝就生活在外曾祖父正妻一家人的眼皮子底下，受着村里人的冷眼度过了一生，因此她性格强硬，这是理所当然的。她从外乡来到这个充满敌意的村子，外曾祖父的爱情是她唯一的依靠。如果不够坚强，这种生活是难以想象的。

洪作被她收留时，距离外曾祖父去世已经过去约十年了。洪作上小学三年级时，身为正妻的外曾祖母也去世了，当时她已近八十岁高龄。外曾祖父和外曾祖母都离开人世，只剩下阿缝一个人。爱与恨，在她身边，都尘埃落定了。

外曾祖父临去世时，作为对她一辈子作妾的补偿，以分家的形式让她另立门户，并且把自己最疼爱的孙女，也就是洪作的母亲，以养女身份纳入她的户籍。这便是外曾祖父为她做的事。此外，新建的房子和宅地也给了她。虽说是给了她，但却不在她的名下，而是在洪作母亲的名下。据说外曾祖父还给了她一笔钱，好让她在自己死后不至于受穷，但具体的数目却无人知晓。既有传言说她得了一笔巨款，也有传言说她最终什么也没有得到。

总而言之，阿缝切实得到的，唯有得以冠上外曾祖父的姓氏这一事而已。虽说有住的房子和宅地，但那是所谓自己的养女、洪作的母亲的财产。没有一件物品是阿缝可以自由支配的。

被托付给如此境遇的阿缝，洪作得到了充分的珍视，在她的疼爱下渐渐长大。

洪作渡过了村口的小桥。终于回到了童年时代生活的家乡——这个念头让洪作突然心头一紧。

洪作从下田街道拐进了一条古街，这是一条陡峭的上坡路。

"咦？呦！真是难得一见啊，这不是小洪吗？"迎面走来的农妇停住了脚步，"你长大了！认不出来了！你都长胡子啦？"

洪作伸手捂住脸颊，说道："我才没长胡子呢。"该反驳的话不反驳，村里会起流言。

又一个人停住了脚步。这人是老铁匠。他仔细端详着洪作的脸，说道："哎呦！这不是仓房的少爷吗？"

洪作曾住在土仓房里，因此被说是"仓房的"，也并不奇怪，但"少爷"这称呼却让他感到别扭。洪作有生以来第一次被人称作少爷。他的打扮可与少爷的身份不匹配。他只穿着一件无袖运动衫。

"哦,你是来上坟的?这真是难得,你外婆肯定会高兴的!她恐怕现在正在坟墓里,踮着脚朝这儿看呢。哎呀呀,这真是太让人感动了!是来上坟的。原来如此。你外婆恐怕已经从坟墓里出来了,正跌跌撞撞地走下墓地的坡道呢!"

洪作吃了一惊。这老人一心认定洪作回乡是为了上坟,喋喋不休地说出一些诡异的话来。不过,老人说什么阿缝婆在坟墓里踮着脚,什么她正跌跌撞撞地走下墓地的坡道,倒让洪作觉得似乎是真的。老人说的话,有一种不可思议的真实感。

两三个人向这边跑来。她们都是住在附近的大婶。她们好像早就得知了洪作要来的消息,一边跑,一边或是整理着和服的衣襟,或是取下挂在脖子上的手巾。正因为会这样,洪作才不愿意回乡。

"我刚才去告诉你外婆了。难为你那么忙,还回来看她。"一个人说道。根本没必要尽快告诉外祖母自己回来了,可是也没有不能通报的道理,所以并不能责怪人家。

"我不忙。"洪作说。

"你现在住哪儿?是不是已经大学毕业了?"一位大婶问道。

"还没。"

"还没?真慢呀!"

"我中学刚毕业,大学还没开始读呢。"

"骗人！你大概已经当官了吧？"

看来她们没那么容易对付，洪作心想。他迈步向前走去，大家都跟着他。

外祖母在家门口迎接洪作。不过才六十岁左右，她的腰已经有些弯了。

"外婆。"洪作唤道。

"小洪？邻居跟我说你来了，我还不敢相信呢，没想到是真的！今天早晨我还梦见你了，正跟人家说着呢。我看你健健康康，哪儿都好好的，我真高兴！"

说完，外祖母又冲跟在洪作身后的邻居家的大婶们说道："耽误你们工夫了，谢谢啦！托你们的福，小洪回来了！——来，进来吧，喝口茶！"

接着，外祖母连连说着"请进"、"请进"，把大家都让进了家门。两三个人站在玄关的水泥地上。外祖母在厨房和玄关之间往返了两三次，端来了茶和点心。

有人说："不管怎么说，真是件喜事。洪作长大成人，回乡来了！做外婆的也可以放心啦！"

也有人说："真是神得很，我总感觉洪作大约今天会来。结果，我出门办事，一看，对面来的这不是洪作吗？吓了我一跳！"

真是信口开河，洪作心想。

邻居们走后，外祖母在佛龛前供上明灯，面向佛龛喃喃地嘟哝着什么。然后，她像自言自语般低声说道："你外公这个人，从年轻的时候就是这样，关键的时候总不见影儿。

小洪好不容易回来了,他上哪儿溜达去了?"说完,外祖母走向井边去取汽水。

洪作仰面躺倒在榻榻米上。在沼津,洪作很少随意躺卧,但回到家乡的外祖父母家,躺下似乎是最自然不过的事。

"外婆,今天随便吃点儿就行了。"

洪作对拿来汽水和杯子的外祖母说道。现在外祖母一定正在考虑要做什么好吃的,脑子里已是一团乱麻。

"说什么呢!小洪回来了,怎么能不做些好吃的!"外祖母念叨着,"你外公这个人,我想让他帮忙的时候,他没有一次在家。真让人糟心。"

外祖母陪着洪作,刚喝了一口汽水,就匆匆忙忙地要站起身来。

"你去哪儿?"

"我很快就回来。"

"你是要去买东西吧,为了我。哎呀不用了,你坐着吧!"洪作说道。

正在这时,外祖父回来了。他个子很矮,现在一脸的醉相,鼻子泛红。他一看到洪作,便说:"是小洪吗?没吃什么好东西,长得倒胖!有人脑子和身体都不行,你倒是走运,身体好!"接着,他又说,"歇得差不多了,就给我打洗澡水去。"

外祖母说道:"这是干吗?小洪刚进家门。今天就让小洪当一天客人吧。"

"客人?！真是来了位贵客！明明都中学毕业了，却不回老家。——让老师担心，让寺院里的人担心，让住在台北的父母担心，让我担心！——按理说，我该让他滚出去，可我要是跟他说'滚出去'，他肯定就真的出去了。我连一句'滚出去'都没法说！"

洪作"噗嗤"一声笑了出来。

"外公，您担心我啦？"

"你说什么？你觉得我不担心吗？蠢货！"

"这个嘛，我觉得你多少是会担心我的。"

"你既然这么想，为什么不露面？"

"我今天这不是来了吗？"

"不管怎么说，你就是个不靠谱的东西。——他外婆，把啤酒冰上。他再不靠谱，既然回来了，至少得让他喝瓶啤酒。真是费钱！"

"哼。"

"你笑什么？"

"是你自己想喝啤酒吧？"

"这个，我确实也想喝。"外祖父说道。外祖父无论说什么话，都是一副苦大仇深的样子。各路生意他都曾尝试过，然而全部以失败告终，如今已经什么都不做了。用外祖母的话来说，外祖父什么都不干的时候，日子最好过，真是不可思议。

外祖父这张愁苦的脸，是失败连连的往昔生活的产物，而外祖母容忍一切、无论发生何事都认为错在自己的性格，也是往昔生活的产物。外祖父越失败便越傲慢，与之相反，外祖母却越来越软弱，越来越善良。

洪作来到后门外的井边，开始往洗浴桶里打水。以前水井是提水式的，两三年前改成了水泵抽水井，打洗澡水变得轻松多了。

浴桶里的水满了，接下来要把水烧热。洪作把柴火扔进炉灶，然后便叼着一支烟，在旁边踱步。

洪作烧水时，外祖母不时走过来，说道："好不容易回来一趟，还让你受累。多亏你，外公外婆能洗个省事的澡了。"

"烧洗澡水根本不算什么。我在门原还打扫了两天墓地呢。"洪作说。

"总不至于让你打扫墓地吧？真是作孽！那儿的伯父伯母，把小洪当成什么了？你外公也是。小洪不愿意回来也是理所当然的。我们小洪得学习，可是却还要烧洗澡水、打扫墓地。他们这样做，谁会愿意靠近他们？——真可怜呐。"外祖母说道。她脸上流露出无比怜悯的神情。她的话是发自肺腑的。

外祖父也到井边来过一次。他似乎从外祖母那儿听说了洪作在门原留宿三天的事。

"听说你扫了墓？真不愧是你门原的伯父伯母干的好事。那对夫妻，见了人只会发牢骚，真是够呛，没想到还会让你打扫墓地？了不起！——话说回来，你怎么先去了门原？你搞错顺序了吧？没错，门原是你爸原来的家，可你爸是倒插门，他是这个家里的人。——你既然回乡，应该先到这儿来，如果还有时间，再去门原。按照关系的远近亲疏，顺序理应是这样。那对夫妻也真是够呛。蠢货！"

最后的那句"蠢货"，不知是冲住在门原的伯父伯母，还是冲洪作，恐怕是涵盖了双方。

"外公，我这次决定去台北了。"洪作说道。

"台北？！"外祖父的表情突然严肃了起来，"你说你要去台北？孩子去父母身边，这是最正常的事。你要是这样决定了，那是再好不过的。这是好事，好事。"外祖父流露出放下心来的神情，"不管怎么说，这都是好事，好事。在你的问题上，你爸你妈都有点不正常。当爸妈的不正常，你这做孩子的自然也就不正常了。想想看，哪有父母和孩子那么多年都不住在一起的？不住在一起，互相之间也没有想见对方的心思，真是不可思议，怪得很！——老婆子！"

最后的"老婆子"是一声大喝。外祖父似乎想向那位"老婆子"汇报，匆匆忙忙地朝正屋走去。

洪作率先享受了自己烧热的洗澡水。已经好久没有感受过露天沐浴的惬意了。

外祖母时不时过来加水添柴。

"行啦，你别过来了！"洪作想把外祖母赶走，可外祖母不肯听他的话。

"行啦行啦。"洪作生气地说。可外祖母好像并不在意。

"我给你搓搓背吧。"外祖母说。

"不用！"

"什么不用，恐怕平时没人给你搓背吧？"

"我怎么能让别人给我搓背呢？"

"我给你搓，你试试。"

"外婆真是啥都不懂啊。"

"我不懂什么了？"

"我也不知道你不懂什么，总之你啥都不懂。"

洪作只得这样冷酷地说道。究竟为什么讨厌外祖母在身边，他自己也不知道，但他的确感到厌恶。他想，一定是自己讨厌在骨肉至亲面前赤身露体。即便这个人是外祖母，也会让他厌恶。

然而，想要把自己的这种心绪传达给对方却很困难。小时候从未有过这样的感觉，这种情况是从两三年前开始的。自己每次回乡，洗澡时总会起这样的争执。

洪作曾对藤尾说起过，连他也不理解。

"你真是个怪人。我无论在老爸面前还是老妈面前，光身子都不觉得难为情。你可真不正常。"接着，藤尾对这件事给出了他特有的解释。

"你之所以会这样，是因为你起了春心了。"

"是吗？"

"我认为这是一种性变态现象。一般来说，一个人对于在别人面前赤裸身体多少会感到抗拒，在这一点上你却完全相反。在我家的时候，你不是光着身子也满不在乎吗？可你却不愿意让你的亲人看见你的裸体，这在世界范围内都是一个罕见的事例，值得作为实验材料，让性学家来研究。究其原因，我想是因为你在成长过程中一直不在家人身边。虽说即使没有父母，孩子也会长大，但这孩子恐怕多少会有些与众不同。"

听藤尾这么一说，洪作也觉得或许真是这样。不管是出于什么原因，厌恶就是厌恶。既然对外祖父和外祖母都感到讨厌，那么对于父母以及弟弟妹妹，一定更会觉得厌恶了。

洗完澡后，洪作久违地和外祖父、外祖母围坐在桌前，共进晚餐。餐桌放在靠近外廊的地方，所以可以一边吃饭一边观赏庭院，畅快的心情难以言喻。

"亮堂堂的，真惬意啊！望着院子吃饭，真是奢侈。"洪作说道。

"这有什么奢侈的？你总说怪话。"外祖父说着，把啤酒杯送到嘴边。

"寺院里吃饭总是在厨房，一年到头暗乎乎的。"

"你就是因为远离父母，过着这样的日子，所以脑子才坏了。这次回到父母身边，过正常人的生活，估计你也就变成正常人了。"外祖父说。

外祖母从旁说道："你不用把什么话都说得这么难听吧。小洪好不容易下决心要去台北了。"

"就算是下了决心，也没什么好佩服的。这不是理所应当的事吗？这样一来，我也能驱除晦气了。这么多年了，白天夜里，我都挂心。一直以来，父母不像父母，孩子不像孩子，真是没道理。一想到这些，我就愁得慌！"接着，外祖父又说，"事情之所以会变得这么荒唐，也是那个阿缝婆不好。全都是那个老太婆的错！"

"不能全赖阿缝婆婆。"外祖母说道。只要有人一提到阿缝婆婆，洪作就会警惕起来，从小就是这样。如果对方说阿缝婆婆的坏话，洪作便会想要开战。刚才也是这样。虽然外祖母好心袒护阿缝婆婆，但外祖父却出言不逊，无情地攻击阿缝婆婆。洪作想，如果外祖父再说一句阿缝婆婆的坏话，自己就要挑起战端。

"那个老婆子真是够呛。还好已经死了，要是再多活几年，可就糟了！"外祖父说道。

"我这个夏天就在这儿学习吧。"洪作没有接茬，说了一句无关的话。

"在这里学习是什么意思？"

"这里凉快，我觉得能提高学习效率。"

果然，外祖父变了脸色。

"你不是要去台北吗？"

"哼。"

"什么！"

"我怎么会去那种地方。"洪作以一种满不在乎的语气说，"台北那种地方，只有傻子才会去呢。我没决定去台北。我只是试着想了想而已。试想和决定是两码事。"

外祖父"呼"的一声，喘了一口粗气。他拿起放在身旁的湿手巾，叠成好几层，放到了头顶上。外祖父生气的时候，总是会做出这种奇怪的举动。他张了好几次口，终于发出怒吼："蠢、蠢货！"

"我不知道你这家伙会蠢到什么程度。我不能让这么蠢的孙子待在家里。你给我出去。"外祖父说道。但他立刻便改口了："让你出去，你恐怕就真的出去了。那样就没法收拾了。真是难办。"

"我凭什么出去？我特意回来见外婆。我回来不是为了见外公，而是为了见外婆。"

"你为什么要见外婆？"

"我有事要跟她商量。"

"商量？不会是商量什么好事。"接着，外祖父又"呼"地吐出一口气，"老婆子，肯定不是什么好事。如果是要钱，你一分也不许给！"

"不是为了钱。是比钱更重要的事。"

"那是什么？"

"我要跟外婆商量去台北的事。如果外婆让我去台北，我就去。如果外婆不让我去，我就不去了。"

外祖父"呼哧"喘着粗气，把湿手巾从头顶上拿了下来，擦了擦脸，然后说道："老婆子，你跟他商量吧。"如果这是柔道比赛，洪作现在已经拿下一本了。

洪作和外祖父争执的时候，外祖母一直一言不发，神情悲哀。这时，她说道："去不去台北，小洪自己决定就好。小洪从小就不在父母身边。虽说中学毕业了，但也不可能马上就想去找父母。这不是任何人的错，但事情就是成了这个样子。如果你无论如何都不愿意去，那就不去了。只是，常回汤岛来，免得大家担心你。"

外祖母看上去像是把心中所想径直说了出来。对于外祖母说的话,外祖父肯定不满意,但他只是皱了皱眉头,没有作声。

"如果不愿意,就不用非去台北。从小时候直到现在,你一直都不在父母身边,现在突然让你们一起生活,哪有那么容易。以后你自然会对父母渐渐地亲近起来。你们是骨肉至亲,没必要担心。"外祖母说道。这话与其说是对洪作说的,不如说有一半是说给外祖父听的。外祖父依然是一副苦大仇深的样子,呼了好几口粗气。

"我决定去台北。下个月就去。外婆,你不用担心我。"洪作说道。外祖父基本已经被压倒了,洪作也不想再继续气他。

"既然小洪说要去,那就再好不过了。"外祖母说。

"是啊,这才像亲子呢。蠢货!"

话一出口,外祖父担心刺激洪作,立刻改口道:"小洪也不怎么聪明,但他那住在台北的父母更是够呛!蠢猪!"

洪作把啤酒斟满了外祖父的杯子,也给自己倒了一杯。外祖母去井边拿井水冰好的啤酒。

"我刚才看你喝了好几杯了。少喝点儿没什么,喝多了可不行。"

"没事的。"

"你想都不想就说没事,可你根本没有经验。"

"外公倒是应该少喝酒了。要是中了风可就麻烦了。"

"所以我不喝酒了,改喝啤酒。"

"啤酒也是酒啊。要是猝死了怎么办？"

"猝死就猝死，没什么不好。"

"你倒是没什么，外婆多可怜啊。外婆简直像菩萨一样，不能让她伤心。"

"这次见你，我发现你别的不行，这张嘴倒是能说会道了。你是想给我提意见吗？我这一辈子，谁都给我提过意见。终于连你这当孙子的都来训我了。不过，喝酒确实不行。酒确实不是个好东西。我就败在酒上。你可得节制。我现在就算节制，也已经晚了。"外祖父说道。

第二天，洪作想向外祖母要土仓房的钥匙。他犹豫不决，好几次话到嘴边，又咽了回去。不过是说一句"给我钥匙"而已，但他却总觉得开不了口。

洪作想去土仓房看一看。自己和阿缝婆婆在那里生活了好几年。如今土仓房已经无人居住，只堆放着一些破烂儿。洪作并没有非进土仓房不可的理由。他只是想进去看一眼。

然而，作为洪作来说，对于外祖父、外祖母多少有些顾虑。因为这样做只会表明自己如今仍惦念着阿缝婆婆。对于外祖父和外祖母来说，阿缝婆婆是敌人。她年轻时扰乱了一家人平静的生活，到了晚年又抢走了洪作，仍是他们和睦家庭的破坏者。

现在距离阿缝婆婆去世已经过去六年了。洪作童年的每一天都是和阿缝婆婆一起在土仓房度过的。如今即便洪作想再回土仓房看看，外祖母应该也不会在意，然而洪作却莫名地心虚。

午饭吃得很晚。饭后，洪作鼓足勇气，说道："外婆，把土仓房的钥匙借我吧。我去土仓房看一眼。"

"土仓房太久没打扫了，现在恐怕净是老鼠屎吧？——你去瞅瞅吧。去了台北，就要暂时告别土仓房了。去瞅瞅吧。那是你和阿缝婆婆一起生活的地方。"外祖母说道。

村里人管外祖父母住的房子叫本家，管母亲名下那套如今租给外地医生一家人住的房子叫外宅。洪作和阿缝婆婆曾经就住在这外宅的土仓房里。

洪作没从医生一家的家门口进去，而是绕到了旁边的农田。正屋和土仓房虽然同在一片宅地上，但两者以一条水沟为界，让人感觉土仓房是完全独立于正屋的。正屋的院子里满是青苔，布置得多少有些庭园的味道，然而土仓房周围却完全是农户后院的感觉。土仓房后面有一个旋转的水车，利用的是一条环绕宅地的小河的河水。附近农户的人们出入水车小屋，轮流碾稻米、磨面粉。

洪作沿着田间小路，来到水车小屋的旁边，走进比农田地势更低的土仓房的宅地。

洪作用一把大钥匙，打开了土仓房厚重的大门。散发着霉味儿的潮湿空气从阴暗的屋内飘散出来。洪作走上了狭窄陡峭的楼梯，急忙打开手边的窗户。窗户上嵌着几根铁栏杆。外祖母说这里恐怕已是老鼠屎成堆，然而实际上却很干净，好像有人打扫过似的。二楼有两个房间，大小分别为四叠①半和三叠，但由于中间没有拉……以将其整体视为一个面积约为九、十叠的……

洪作把房间另一头的……也嵌着细细的铁栏杆。总而言……两扇相向的窗户。

洪作在那扇窗边的榻榻米……下来。每次来到土仓房，洪作都感到二楼太窄、太暗。他觉得以前不是这样。可是，土仓房是不会自己变小、变暗的，自己从前的每一天恐怕都是在这狭窄昏暗的地方度过。

"小洪。"

洪作感到阿缝婆婆的声音从什么地方传了过来。从前只有洪作和阿缝婆婆两个人住在这里。靠近楼梯的房间里挂着一盏煤油灯。擦拭灯罩，是洪作每天放学回来后必做的事。

洪作把放在房间一角的小书桌挪到了窗边。这张桌子也很小，甚至让洪作怀疑自己从前如何能在这张桌子上学习。洪作记得，自己升入小学那天，这张桌子被送了过来，是在三岛的家具店买的。

除了这张桌子以外，洪作不记得自己曾拥有过别的书桌。现在在沼津用的桌子是寺院的。之前由亲戚照料的那段时间里，洪作用的桌子也是借的。

洪作坐在小小的书桌前，身子前倾，试着把手肘撑在桌子上。土仓房里很是昏暗，但窗外的景色却是一片明亮。呈

---

①一叠即指一张榻榻米的大小，日本各地区间有一定的差异，东日本地区一叠约为1.54平方米。

阶梯状延伸的稻田上洒满了初夏的明媚阳光。放眼望去，可以看到远处邻村院落里的丛丛绿树。而这一团团的绿意，由下田街道连缀了起来。房子，树林和街道，都沐浴着明媚的阳光，静悄悄的。

洪作觉得一切都没有变。洪作望见了远处那仿佛浮在半空中一般的小小的富士山，感到自己似乎很久没有看到真正的富士山了。这是真正的富士山。与之相比，在沼津看到的富士山虽大，却称不上是真正的富士。自己如今正在眺望的富士，才是真正的富士山。

透过窗子向右看，可以看见一棵石榴树。花已经落尽，一部分树枝快要够到窗子了。自己从前就是这样一边望着茂盛的石榴树，一边舔着铅笔写作业。

"别学了。给正是贪玩年纪的孩子布置作业，老师到底是咋想的？"

洪作听见了外婆的声音。

"呐，我把糖块放这儿喽。含着糖块学习吧。不过是吃几块糖而已，咱们小洪长不了虫牙。"

洪作还听见了外婆的这番话。洪作辜负了外祖母的期待，如今有着一口不怎么值得骄傲的牙齿。洪作牙齿不好，责任似乎就在阿缝婆婆。

然而，洪作一想到阿缝婆婆，便感到一股难以言表的暖意从心底涌了上来。土仓房里到处都是阿缝婆婆，在这儿出现，又在那儿出现。衣柜还放在原来的地方，区别只在于，从前里面放着阿缝婆婆和洪作的衣服，如今已是空空如也。

屋里还有小小的茶柜，小小的餐桌。不管怎么说，它们看上去都太小了。难道从前就是从这么小的茶柜里取出餐具，摆在这么小的餐桌上吗？

"外婆。"

洪作试着小声说道。他想向阿缝婆婆汇报些什么，然而却没有什么值得汇报的事。没有引以为傲的事，也没有能让她高兴的事。可是，洪作时隔这么久回到土仓房，无论如何也想向阿缝婆婆汇报些什么。

"外婆。我考中学的时候落榜了。考高校也是，四年级的时候考了一次，毕业的时候又考了一次，两次都没考上。"

"没关系，没关系。不要咱的学校，咱还不去呢。"阿缝婆婆的声音立刻作出了回应。

"就因为这个，我去哪儿都不受待见。在门原也是，受尽了挖苦。"

"没关系，没关系。你那住在门原的伯父伯母懂什么？对于那些人，他们想说什么就让他们说去。他们说什么，咱都不听。只要咱不听，就不会生气。来，外婆给你耳朵里塞个软木塞。"

"住在汤岛的外公也生我的气。我可惨了。他不分青红皂白就训了我一顿。"

"啊，是那个干啥啥不行的老爷子吧？要是被那老爷子夸了，这人也就完蛋了。"

"我这次决定去台北了。"

这次洪作没有听到阿缝婆婆的回应。

"没办法。我也不想去，可不去实在太不像话了。我肯定更愿意一个人逍遥自在，可是我爸我妈好像都很担心，怪可怜的，所以我决定要去。"

阿缝婆婆的声音再次响起。这次她的语调与之前有些不同，很沉静——"这样啊。你要去台北，到父母身边？既然他们是你的亲生父母，这也是没办法的事。这就是所谓的世俗人情嘛。嗐，没办法。你去吧。去了也别怯，得大大方方的，端起架子来。咱又没做错什么。你本来应该由父母养育，但是却由我一手带大，仅此而已。我话说在前面，所谓父母，不管是哪里的父母，都没有好心眼。他们一心以为自己的孩子会成为自己希望的样子。咱们小洪是长子，将来是要继承家业的。咱没什么好怯的。吃最好的吃食，穿最好的衣服，端起长子的架子来。不过，你一个人去，真让我放心不下。干脆，外婆我和你一起去吧。有我这老太婆跟着你，就没什么可担心的了。他们要是为难你，我就显灵。"

"可是，外婆已经去世六年了啊。要是能长寿些就好了。我现在回到汤岛，也觉得一点儿意思都没有。"

"呜呜，呜呜。"

阿缝婆婆的声音转为呜咽。

"咱们小洪说的话多可爱，多让人感动啊。外婆我也想再活几年。我想活着，永远陪在咱们小洪身边。我死不瞑目。我想活到咱们小洪当上大官的那天。"

洪作不再跟阿缝婆婆说话了。他坐在窗边。只要不跟阿缝婆婆说话，就不会听到她的声音。

第二天，洪作登上了墓地所在的熊山。村子正中央的药材铺旁，就是山的入口，一条坑洼不平的石头路从那里向山脊延伸。洪作空着手。外祖母让他带上水和线香，但他嫌麻烦，所以就什么也没带。

洪作在通往墓地的路上攀登了约三分之一的路程时，一群孩子从后面追了上来，大约有十个人。年纪最小的估计上小学一年级，年纪最大的是上五六年级的孩子王。他们一定是知道洪作要上熊山，想和他一起去，所以跟来了。证据是，孩子们一会儿跟在洪作后面，一会儿又跑到洪作前面，但从未远离洪作。有几个孩子手里拿着捕蝉的竹棍。竹棍的顶端粘着胶，以此来捕捉停在树上的蝉，操作起来必须十分谨慎、敏捷。不过，孩子们应该能出色地完成。

"喂，你们要去哪儿？"洪作问道。

两三个孩子走了过来，其中一个答道："我们要去小洪家的祖坟。"

被称作"小洪"，洪作有点儿不知所措。

路上，孩子们捉到了两只蝉。洪作也借来孩子们的竹棍，好几次锁定目标，然而全部以失败告终。还是孩子们更擅长。

洪作来到位于墓园入口处附近的外曾祖父、外曾祖母的墓地，只在墓碑前鞠了一躬。少年们跟在洪作后面，也学着他的样子，一一鞠躬。

阿缝婆婆的墓地在这个村属墓园的尽头，与外曾祖父母的墓地隔得很远，洪作不得不在大片拥挤的墓碑间穿行。

到了阿缝婆婆的墓地，洪作仍然沉默着在墓碑前鞠了一躬。孩子们也一个个老老实实地在墓碑前站定、鞠躬。鞠完躬，他们便蹑手蹑脚地离开了墓地。因为附近树上响起了蝉鸣。

在阿缝婆婆的墓前，洪作脱了上衣，坐在地上，点上了一支烟。这里没有墓园常有的阴暗。凉风习习，不时吹拂在微微冒汗的皮肤上，很是惬意。

阿缝婆婆的墓地与外曾祖父的墓地离得很远，在洪作眼里显得很是孤寂。洪作脑中浮现出阿缝婆婆时常提到的"世俗人情"一词。

"外婆，这也是没办法的事。这就是世俗人情嘛。"

洪作没有说出口，只在心中喃喃自语。洪作从未对阿缝婆婆说过这种大人的话。

"说的没错，说的没错。"

洪作似乎听到了阿缝婆婆的声音。

"外婆，你寂寞吗？"

"这有什么寂寞的。就像咱们小洪说的，这是世俗人情嘛。"

洪作站了起来。孩子们的欢呼声乘风而至。孩子们不知什么时候跑到墓地的右手边方向了。

洪作一看，只见孩子们都模仿他的样子，大家全都脱了和服，全裸或半裸着在墓碑间奔跑穿梭。大孩子们有时像跳马一样，遇到高矮合适的墓碑，便一跃而过。跟在他们后面的一二年级的小孩们跳不过去,有的绕过墓碑,有的费力跨过。

若是放任孩子们自由活动,就会发现,与其说这里是墓地,不如说这里更像是游乐场。明媚的阳光洒落下来,清风吹过,不时摇动着墓地周围各种树木的叶子。

洪作已经寄托了对阿缝婆婆的哀思,觉得应该离开这里了。可是孩子们玩得正开心,对于要不要打断他们,洪作犹豫了。

就在这时,这座山中游乐场发生了骚动。孩子们一边纷纷"哇"地大叫,一边朝洪作跑来。一个孩子喘着粗气,说道:"西平村的老头儿来啦!"一个大孩子大喊:"快跑!"一边喊一边跑了起来。孩子们都跟着他,把和服或是缠在脖子上,或是从头顶披下来,奔跑着从墓碑间穿过。

"喂!"大人的呵斥声乘风飘来。

孩子们作鸟兽散后,一个老人现身了。洪作也认识这位西平村姓久米的老人。他穿着工作服,脖子上挂着手巾,手里拿着柴刀。

"喂!这群小鬼!"

久米爷爷冲着孩子们逃走的方向又一次大喝一声,然后向洪作走来。

"你是洪作吧?"久米爷爷问道。

"是的。"洪作回答。

"我一看就是。你跟你妈妈七重长得一模一样。实在是太像了!怎么能这么像呢。——你什么时候来的?"

"两三天前。"

"哦。今天是来给阿缝婆婆上坟?"

"是的。"

"做得好。你外婆性子倔,大家都不待见她,她只对你尽心尽力。捧在手里怕摔了,含在口里怕化了,她特别疼爱你。——你做得好。你外婆肯定很高兴。她现在恐怕正从墓里起身,在犹豫要不要出去呢!"久米爷爷说。

"出去?往哪儿去?"

"来这儿啊。来这儿看看你。她还能去哪儿?"接着,久米爷爷又说,"话说回来,你和七重长得真像啊。简直就是一个模子里刻出来的!"

久米爷爷仔细端详着洪作的脸。这是洪作第一次听别人说自己长得像母亲。此前从来没有人对洪作说过这样的话。

"有那么像吗?"

"岂止是像,简直是长着同一张脸。"

久米爷爷从腰间拿出烟袋,把烟草塞进烟管。吸完一袋烟后,他好像猛地想起来似的,说道:"那群小鬼,调皮捣蛋,弄倒了两块墓碑!"

"您今天来这儿干什么?"

"我们家的墓地被旁边墓地的树给盖住了,我想把那树砍了。"接着,久米爷爷又问,"你现在住在哪儿?"

"沼津。不过,我马上就要去台北了。"

"是去你父母那儿?"

"是。"

"不要去！年轻的时候最好远离父母。求学期间待在父母身边的人，都成不了才。"久米爷爷说道。他的想法似乎多少有些与众不同。

至今为止，各路人等都劝洪作去父母身边、和家人一起生活。远离父母的忠告，洪作还是第一次听到。

"你从小就离开了父母。虽说不在父母身边长大的孩子，性格会比较别扭，但你却很自在。自在得甚至有些过了头。你无忧无虑，一张脸总像春天似的。"

"真讨厌。"洪作苦笑道。洪作虽然不明白所谓"春天似的脸"到底是什么样，但却觉得难以安然接受久米爷爷的说法。

"不是的，我不是在说你的坏话。人呢，有春天脸，也有秋天脸，还有冬天脸、夏天脸。你那住在门原的伯父就是冬天脸。没必要干什么事都那样皱着眉头吧，可他总是眉头紧锁。他们夫妻俩真是合脾气。夫妻俩都一天到晚嘟嘟囔囔地发牢骚。他们可能也有过人之处吧，不过呢，总归是有点太那个了，是吧？"

"那您呢？"

"我？我是夏天脸。一年到头不休息，就这样干活儿。活到现在，每天都流着汗。然而却从没走过运。嗐，我这一辈子，跟钱恐怕是没有缘分。不过，这是命中注定，没办法。可是呢，我不抱怨。夏天脸挺好。只要钻进阴凉里，就凉快了，还能睡午觉呢。"

"那我外公呢？"

"啊，是说你这里的外公吗？这个嘛，他也是夏天那类的吧。他一直以来都流着汗。以后也是。你外婆呢，是秋天脸。从年轻的时候嫁到这儿来，她就是秋天脸。她就是爱操心。以前可是个美人儿，但有些穷苦相。人啊，爱操心是不行的。她净担心别人的事。对于别人的不幸，她寻根究底，最后全都归罪于自己。在这一点上，她真像是菩萨。可是再怎么像菩萨，在这个世上也过不好。一年到头不停地受累。担心这个，又担心那个，明明自己的身体最重要，却不爱惜。从这一点上来看，你是春天脸。你特别的无忧无虑，即便是自己的事，也懒得费心。"

久米爷爷把烟草塞进烟管里，每吸一两口，就立刻在手掌上"嘭嘭"敲两下。

"即便是自己的事，你也懒得费心。你是不会劳心费力的。多好啊。"

听到这里，洪作又觉得久米爷爷的看法有误了。虽然不能说完全不对，但的确多少有些谬误。

"我也是会操劳的。"

"这个嘛，人生在世，总得操点儿心。但是，你是不会受累的。劳苦在你这儿成不了劳苦。劳苦会败下阵来。"

这时，孩子们的声音随风飘来。

"小洪！洪作哥！"

孩子们配上曲调，呼唤着洪作。洪作站起身来，把视线投向声音传来的方向。只见孩子们聚集在墓园另一侧的角落里。

"等一等!"

洪作也按着节奏大声吼道,又在久米爷爷身边坐下了。他没想中止和久米爷爷的谈话。他很愿意跟久米爷爷聊天。

"长着春天脸的人没那么多。不操心不受累,是个好性情。不过,春天脸有个不好的地方,那就是容易游手好闲,虚度一生。虽说不会受什么穷,但很容易终生一事无成。虽说没什么不好,但人生在世总得做点儿什么。"

接着,久米爷爷稍稍变了语气,说道:"我想,人啊,一生之中必须得迷上点什么。不管是什么,为之着迷,是人最好的活法。为女人着迷也行,为了挖到金矿一辈子在山里游荡也行。这样就能死而无憾了。"

"要是碰到能为之着迷的东西就好了,可是……"洪作说道。

"什么都行,去找吧。你还年轻,对什么着迷都行。"

"现在能让我着迷的,只有柔道。"

"柔道?你?"久米爷爷把脸转向洪作,"竟然喜欢柔道,真是怪。你这么小的体格。"他接着说道:"竟然喜欢柔道,这有点……就没有比这更好的爱好了吗?——不过,这也行吧。反正都是靠父母养活。柔道也行。总强过和小孩在墓地里玩。"

久米爷爷提到了小孩,所以洪作站了起来,像刚才一样,按着节奏又一次喊道:"等一等!"孩子们已经移动到比之前近得多的地方了。

"嗐,趁着还能靠父母养活,尽管随心所欲吧。以后就不能再让父母养着了。能靠父母养活的时候，就尽管靠父母吧。"久米爷爷说道。能说出这样的话，也是他的与众不同之处。

"靠父母养活着，做你喜欢做的事吧。"

"这可不行啊。"洪作说。

"什么？说这种冠冕堂皇的话可没用。像我这样的，没法靠父母，十三岁就出来当搬运工。结果一辈子都改不了行。能靠父母养活，是老天爷的恩赐。不要有顾虑，尽管用他们的钱，营养自己。得到充分的营养，长大成人。这是你的运气。"

"运气？"

"对，所谓运气，是你无论如何也改变不了的。运气只能是与生俱来的。我没运气。这个村里没有一个人有运气。话说回来，要是有运气的话，谁会在这种山村里过一辈子？正是因为没运气，大家才会在这大山里，一辈子忙忙碌碌。你从小是被'咱小洪、咱小洪'地唤着长大的。和我们那儿的小鬼们不一样，你生来就有这些。成长过程里，你父母出人头地了。该升学的时候就有学可上。这些都是自然而然的。这就叫运气。这运气会不会越来越好，就要看你今后怎么做了。必须好好珍惜自己的运气。你要是不纠结于一些小事，目光放远些，运气也许会更好。说不定三十来岁就功成名就，成了大富豪。到时候我会去找你，你可得借钱给我。这种时候，你要是拒绝，运气就会离开你。你要是毫不吝啬地把钱借给我，以后可就了不得了。你会成为纪伊国屋文左卫门①那样的人物。听明白了吧？"

仿佛这是一个结论一般，久米爷爷一股脑儿地说完，便站了起来。

洪作也站起身来。呼唤声响起。只见孩子们在墓碑间穿梭。他们一边奔跑，一边挥舞着捕蝉用的竹棍。

下了熊山，回到家中，洪作发现四五个邻居家的大婶在厨房里忙碌着。洪作没进屋，绕到水井旁，问正在那里洗涮的外祖母："今天是要请客？为什么？"

"还问为什么，当然是为了你。"外祖母说道。

"为我请什么客？"

"你这次要去台北，总不能不声不响的。"

"天呐！都请了什么人？"

"说是请客，不过只请了亲戚们，还有几个邻居。"

"真烦人啊。我去台北，根本没必要请客吧。在长野的叔叔会来吗？"

"他要来的。"

"我真不愿意让他来啊。那住在持越的婶婶呢？"

"她也来。"

"烦死了，那个婶婶我也不喜欢。那住在新田的叔叔呢？"

"他也来。"

---

①纪伊国屋文左卫门，生卒年不详，为日本江户时代（1603—1868）中期幕府御用商人，一代巨富。

"一个像样的人都没请!"

"说什么呢!"

"请客什么的根本就没必要嘛。外婆动不动就请客。所以才受穷。"

洪作心里不痛快。他不知道自己究竟为什么会这么不痛快,但他就是异常地生气。

外祖母神情有些悲哀,说道:"我是不是做错了?不该通知大家。"

"根本就不应该通知他们!"

"是吗?确实不对。我没跟你商量就做主了,对不住。——这下事情难办了。"外祖母真的现出不知所措的神情,说,"事到如今,是不得不请客了,可小洪又不乐意。"

看着外祖母的神情,洪作也觉得她确实有些可怜。

"席上会有寿司吗?"

"有啊。你最爱吃的。"

"那行。我就忍忍吧。毕竟能吃到寿司嘛。"洪作说。

"我这当外婆的,真就像你说的一样,太喜欢请客,净惹麻烦。"外祖母似乎松了口气。听到这句话,洪作觉得外祖母的说话方式越来越像阿缝婆婆了。

这时,一个来家里帮忙的大婶走了过来:"今天真是谢谢啦。"接着,她又说,"听说你今天去给阿缝婆婆上坟了?这个那个的,真够你忙的。"

傍晚时分,亲戚邻居们都到了。来的人不论男女,基本上都是老人。

"这次得恭喜洪作了。我都不知道该怎么说了，总之真是好事一桩！"有人一进门就这样说道。

相反的，也有人进门时似乎颇为遗憾地说道："洪作这次要远走高飞，外公外婆一定很伤心吧？"

还有人说："这是好事。这样一来，洪作就明白人世间是怎么回事了。他会明白不能总是待在外公外婆身边。俗话说得好嘛，要想孩子赢，送他去远行。对孩子，终究得放一次手。"这说法真是奇怪。洪作是要去父母身边，进行这番寒暄的人似乎误解了这一点。

"听说你要去那么远的地方，路上一定要小心啊。这是我的一点心意，就当是补贴路费吧。"还有人这样一边说着，一边拿出装着饯行礼金的纸包。不打开看也知道，里面不止是补贴路费的金额。几乎所有人都带来了饯行的礼金。外祖母每次都恭恭敬敬地收下，供在神龛上。

也有人寒暄道："外公外婆一定操了不少心吧。我听说台湾这地方比满洲还要远，说来似乎没必要特意到那种地方去，不过，既然父母在那儿，那就没办法了，作为孩子还是必须要去的。我老婆会向长野的地藏菩萨祈求洪作一路顺风，从今天就开始去。"

还有人言辞颇为严厉："小洪，真了不得啊。听说你终于要去台北了？真是了不起！终于下定决心了。这下我们可有得看了。真想看看你以后会怎么样！就像大姑娘出嫁似的。也不知道你爸妈是个什么脾气，恐怕连家里味噌汤的味道都跟这儿不一样。不过，你就忍忍吧。就把那儿当成是自己真正的家。把他们当成是自己的亲爹亲娘。他们本来就是你的亲爹亲娘嘛。说起来,真是了不得!人啊,要紧的是凡事都要想得开。你得好好忍耐!"

对于所有的寒暄,外祖父都一概回复:"托您的福。"再没有其他的花样。然后,他仍旧以那副苦大仇深的表情说道:"是好事还是坏事,我也不知道。这是小洪自己做的决定。"

楼下两个房间之间的拉门被卸了下来,宴席就摆在这个合二为一的大房间里。一个个食案被摆成一个缺了一边的"口"字型,大家都各自随意入席。因为房间里没有壁龛,所以也就没有上座下座之分。

酒席开始了,白天负责掌勺的几位大婶也落座了。服侍的工作由三四个邻居家的姑娘承担。

"这个魔芋是谁煮的?酱油放太多了!"有人说道。

"肯定是坂下家的。要不是恨儿媳妇恨得牙痒痒,可煮不了这么咸!"有人回答。

那位坂下家的大婶说道:"给我儿媳妇吃的可不是这种。怎么会用酱油呢?浪费!我用辣椒煮三天三夜,让她吃!"

虽说是宴席,但并没有什么美味佳肴。除了什锦寿司饭比较可口,这宴席的可取之处唯有菜品丰富而已。

无论男女,大家都喝了酒。席间正聊得热火朝天之时,突然传来一声"晚上好"。一个声音异常洪亮的不速之客闯了进来。

"晚上好!"在大门的玄关大喝一声之后,这人便滔滔不绝起来：“这是出什么事儿了？是有什么喜事吧？我们家和这家可是世交，连出现了一只老鼠都要互相通报。也不知怎么就到了今天这个地步，这家有喜事庆祝，我却不知道。弄成现在这个样子，不仅对不起祖先，我在村里也抬不起头来。让我在这玄关吊死算了。"

席间鸦雀无声。

"别这么说，进来喝酒吧。"外祖父说道。

"连摆的是什么席都不知道，怎么能进去喝酒？"对方回答。

于是有人说道："洪作要去台北了，所以请客。你快进来吧，进来吧！"

又有位大婶说："谁敢把你忘了？——洪作他外婆让我去通知你们家。都走到你们家门口了，我又突然想到，还要让你破费买钱别的礼物，还是别告诉你为好，所以就没进去。这可是我说的，没有比这更千真万确的了。好啦，快进来吧。不是请你来的，所以也不用你送礼，这多好，赚大了！这可是我的功劳。好啦，来痛痛快快地喝酒吧。"

"别的我不知道，既然是洪作要去台北，那我就不得不进来了。"

这位不速之客慢腾腾地进了屋。

没过多久，又出现了一位不速之客。这次是个女人。她从厨房的便门进来，大声寒暄道："我听说洪作这次要出远门了？"说着，她掏出装着礼金的纸包，"这是我的一点心意。收下吧！"

外祖母出去道谢,请她进来,然而对方却没有要进来的意思:"又没人邀请我,我可不能进去。我就先告辞了。"

这时有人说道:"你啊,既然带来了礼金,蛮可以摆谱嘛。你客气什么?把礼金放下就走,这可亏大了。——你怎么能干这种吃亏的事?"

"不管多么吃亏,没被邀请的人总不能进屋吧。"不速之客说道。

"那就这么办吧。"一个人说,"听着,你进来吃够礼金的本就走,不就行了吗?你包了多少钱,没人知道,但是你自己知道。按照你给的礼金数额,相应地吃吃喝喝,然后再回去。你要是包了一大笔钱,就待到明天早晨。要是只包了一点点,那就光吃点魔芋什么的就走吧。"

"不,我……"

"你怎么这么固执呢。听着,咱话说在前头,如果你就这么回去了,大家都会以为,说是饯行礼金,其实里面只有块儿八毛。这你也无所谓吗?——嗐,别这么犟,快进来吧。小洪就要走了,你再见见他吧!"

开什么玩笑,洪作心想。他不知道对方是哪儿来的老婆婆,他可不想和这样的人见面。

"既然你说让我再见见洪作,那我就不得不进去了。那不好意思了,各位。"

这么说着,这位老妇人走进了屋。她的腰弯着,身体像是折成了两段。饭菜马上端到了她的面前。这时,对面有一个人说道:"婆婆,您好好看看小洪的脸。这就要分别啦。

小洪年纪轻，以后日子还长呢。您可不行啦。再怎么硬撑也不行喽。有今天没明天，日子不多了！"

说这话的是之前那位不速之客。他憎恨这位老婆婆带来礼金，使这礼金成为席间谈论的焦点，因此以这番话解恨。可是，老婆婆完全不予理会。因为她一入席，耳朵就突然听不见了。无论人家跟她说什么，她都装作听不见。

洪作离开了这个不知何时才能结束的宴席。他想，自己已经陪坐了这么久，应该可以离席了。他走进厨房，胡乱穿上放在那里的木屐，就这样出了门。他走上了屋旁一条长长的缓坡，向小学所在的方向走去。路边的住宅都静悄悄的，只有外祖父母家吵吵嚷嚷，喧闹声在远处都能听到。

洪作走进了小学校门。今晚没有月亮，但校园里并不暗。微微发亮的光线飘荡着，只有漆黑的校舍浮现其上。

洪作很久没有走进夜色中的校园了。小时候，他经常在夏夜里到学校后面捉萤火虫。

>萤、萤、萤火虫，
>快快来这边。
>那边水好咸，
>这边水好甜。
>萤、萤、萤火虫，
>快快来这边。

孩子们唱着这首歌，追逐着小小的青白色的光点，跑到这儿来，又冲到那儿去。

洪作走向运动器械的区域，飞身抓住单杠。洪作小时候，这里是没有单杠的。如今单杠旁边还设置了浪桥。

洪作吊在单杠上，感到自己终归也要告别这所学校了。一直以来，即将要去台北的实感从未向洪作袭来，然而不知为何，此时他却感到自己马上就要告别这所故乡的学校了。

洪作快步在校园里转了一圈，便向回家的路走去。

"晚上好。"迎面走来一个人，向洪作问候道。

"晚上好。"洪作回应。

"是洪作吗？"这是一个女人的声音。

"是的。"

"听说你要去台湾了。——路上小心哇。到那儿以后，替我像你爹娘问好。你恐怕要有一阵子不回汤岛了吧？"

"嗯。"

"下次回来的时候恐怕就出人头地了吧。到时候得成为县知事那样的人物。阿缝婆婆不在，真是太可惜了。不过仔细想想，要是婆婆还在的话，你也没法带她走。她晕车，不好办。那可够让你费心的！"对方说道。

洪作不知道她是谁家的大婶，但她的话让洪作心头一紧。洪作觉得，她似乎是代表全村，来做临别赠言。

潮

去伊豆拜访了亲戚之后，洪作回到沼津的寺院，只见书桌上放着三封信。此前从未有过三封信同时光顾的情况，洪作意识到自己突然变得忙碌起来了。

一封信是母亲从台北寄来的。信笺上是密密麻麻的钢笔字。

"你决定要来台北，真是太好了。可以坐的船有很多，比如信浓丸、扶桑丸和香港丸，但扶桑丸最大，所以我觉得选扶桑丸比较好。校级以上军人的家属坐一等舱，所以希望你乘船时不要穿得太不像样。军人家属买船票半价，所以只需要付二等舱的票价。乘船的一切事宜都由我来安排，你尽快把大致的来台时间告诉我。不知道你会有多少行李，书桌、书柜什么的都没必要带来，不如送给寺院，毕竟你一直以来蒙寺院照顾，你说呢？也不知道你有多少书，要是有很多，我觉得你可以先打包寄过来。啤酒箱那么大的包裹，无论寄多少个，邮费都不会太贵，所以你最好把书一本不落地都寄来。台北也有大书店，一般的书都能买到，不过毕竟不是日本本土，以防万一，你还是把书都寄来吧。"

信的前半部分基本就是这些内容。读到一半，他感到母亲的预测完全失误了。书桌是向寺院借的，书柜压根没有。至于书，即便想寄，以洪作所拥有的数量也根本不值得。洪作总共只有十本书，放进书包里就能拎走。

洪作继续浏览信的后半部分。"船上应该会有服务生帮忙擦皮鞋，但最好还是带上鞋刷和鞋油。此外，一定要给餐厅服务生以及房间里的服务生小费，至于金额，要和其他乘客商量一下，不用比别人多付，但也不要比别人少付。还有，船上有医生，能应对急症，不必提前准备什么，但晕船药最好还是带上。最近新出了一种防晕船的药，叫汐袭克，听说药效很好，不要忘了买。不要操心去买什么特产。不过，最好还是给弟弟妹妹带点儿小礼物来。他们一定会高兴的。"

读完了信，洪作真想仰面倒在地上。

洪作又一次瞪大眼睛扫视着母亲的来信。她也太不了解自己的孩子了。刚入中学那会儿，洪作还擦擦皮鞋，可自那以后直至今日，皮鞋再也没有沾上过鞋油那么讲究的东西。继而洪作又想，小费是怎么回事？要是给服务生小费，恐怕人家反倒会难为情，自己才是想拿小费的那一方呢。还有，信上说要给弟弟妹妹带礼物，这也是个难题。如果母亲指定某件物品，那自己买了带去便是。可是母亲让洪作自己做主，这简直比解几何难题还伤脑筋。他完全没有思路。

"所以我从一开始就不愿意去什么台北。"

洪作出声地自语道。去台北一事，突然变成难以承受的重担，压向洪作。

另一封信是藤尾从京都寄来的。

"我七月初要回沼津。学校放假到九月中旬，所以我打算痛痛快快地游泳。前半段在沼津游，在伊豆的三津游。后半段去逗子。去逗子游泳，这还是第一次，我有个有钱人家的朋友，是个纨绔子弟，他家住那里，所以我打算去那儿。我把你也带上。再叫上在东京的木部，咱们在逗子快快乐乐地度过夏天的后半段。要是逗子令人失望，咱就立马离开那里，去兴津游泳。我在兴津也有朋友，他家住别墅，所以咱得自己做饭，但听说那儿有好几个姑娘。其实也可以一开始就定下不去逗子，直接去兴津，但是逗子也有其难以割舍的地方。听说那儿有小艇，还有帆船。虽说我朋友的爸妈也在，让人郁闷，不过他有个漂亮妹妹，也住在家里。总而言之，吸引人之处在于小艇、帆船和妹妹。我很快会去拜访你，到时候咱们慢慢制定计划，高高兴兴地度过这个夏天。你好好游泳，好好学习。我呢，打算好好游泳，好好玩。毕竟我已经没有入学考试要参加了。"

藤尾的信上只写着玩乐的事。这信充满了诱惑。字里行间腾起浓郁的海滨的味道。

"真想游泳啊。"

洪作这次仍然出声说道。去台北，与在沼津、三津和逗子游泳，有着多么大的差别啊。

"真想游泳啊。"

然而，不能在这诱惑面前败下阵来，洪作心想。宇田已经给自己饯行了，家乡也为自己办了饯行宴。一切都已经太晚了。

最后一封信是莲实从金泽寄来的。

"上一封信中,我劝你去台北,你考虑得怎么样了?我们现在正在进行高专运动会前的突击训练。我瘦了很多,但身体状态很好。距离运动会开幕只剩下半个月了。胜败交由天定。从七月二十号起,我们就要开始暑期集训,为下一年度做准备了。到时,如果你还没去台北,要不要来参观我们训练呢?我们承担你在金泽的一切费用。既然你明年要报考四高,在那之前不妨来金泽这片土地上看一看,何况感受一下四高柔道队的氛围也并非没有意义。要事就是这些,信就先写到这里吧。"信上这样写道。

据莲实说,高专运动会是在七月中旬,似乎是十五、十六、十七号三天。这么说来,不论胜败,他们一回到金泽就要马上开始暑期集训了。

洪作将莲实的这封来信反反复复读了好几遍。与藤尾相比,莲实的诱惑对洪作而言更具吸引力。

洪作把三封信摞在书桌上,在榻榻米上仰面躺倒。他想,虽说台北不得不去,但要是想在去台北之前先去一趟金泽,也未尝不可。确实,金泽是自己明年要报考的高校的所在地,去这座北陆地区的城下町看一看,并不是浪费时间。如果把这当成是游乐,那当然不行。但如果把这当作是为了提前适应而探访,那这应该也可以算是备考的一部分。

"啊,真想去啊。"洪作仍出声地自语道。

"走!"洪作猛地坐了起来。他打算去。他觉得必须去。

去了以后，马上回来就行了。等到回来以后，再马上出发，去台北。问题很简单——自己能不能抽出两三天的时间去金泽。

洪作把莲实的来信又读了一遍。信上说他正在做突击训练，人瘦了很多。洪作试着想象莲实消瘦的面容。从莲实那原本就不胖的身体上，再减去些肉，便成了一个精灵似的奇怪生物，只剩下双眼炯炯有神。既精悍，又可怖。

精灵轻飘飘地在训练场上游荡，在接触到对手的一刹那，便完全变成了另一种生物。电光石火之间，只见他骨碌碌地翻倒在地，跳来跳去，又再次倒地。动作猛然停止之时，对手已经口吐白沫，不省人事。

这样的莲实浮现在眼前，洪作凝神屏息，一动不动。

第二天，洪作去了训练场。他已经好几天没来了。训练结束，他正要去宿舍洗澡，在训练场旁边偶然碰见了宇田。

"好久没练了，今天又穿上了柔道服。"洪作说道。这话有些辩解的味道。

"你到底什么时候去台湾？"宇田问道。他的语气里则有几分责难的意味。

"我打算七月底出发。"

"真够磨蹭的。"

"我昨天刚从伊豆回来。后面不用再回老家了。"

"我想也是。你是回去通知你要去台北的事吧？"

"是的。"

"这种通知有一次就够了。没人三番两次地去打招呼。"

"嗯。"

"既然已经回乡打过招呼了,那应该就没必要继续留在沼津了吧?"

"嗯。"

"你还是尽快动身为妙。继续在这儿吊儿郎当,会遇到各种各样的诱惑。藤尾、木部之类的狐朋狗友,说不定会回来找你。"

"嗯。"

"那些家伙来了,你就没心思学习了。既然已经决定,就该尽早去台北。要是跟藤尾、木部他们一起游泳什么的,明年你还是哪儿都考不上。"

"我不会去游泳的。我绝对不与他们为伍。"

"既然如此,那你就尽快离开沼津,如何?从现在直到夏天,沼津会变得很热闹,在这里根本没法学习。这里会变成一个浮躁的集镇,令人生厌。那些从东京来这儿度假的人应该就快到了。"宇田说道。正如宇田所说,沼津这座集镇在七、八、九三个月里会被那些东京来客们占领。沼津将不再为沼津。沼津这座集镇的人将隐去身影,餐厅、咖啡馆都将被洗海水浴的游客侵占。连书店都会被东京的学生占据。那些一脸嚣张、大摇大摆地走在街上的人,一看便知是来自大城市的衣着光鲜的人。

"等出发的日期定了,告诉我一声。"宇田说完便走了。然而,洪作觉得自己七月底前无法动身。他要设法找到一个将出发日期推迟到七月底的借口。

在浴室的入口处，洪作被远山叫住了。今天远山罕见地没有出现在训练场上。

"我这几天一直想找你，可你总不露面。你干什么去了？"远山问道。

"我回老家了。"洪作说，"倒是你，今天没来训练啊。"

"我在考试呢。现在没工夫练柔道。我都快愁死了。"远山现出苦闷的神情。

"都第二次了，应该不难了吧。"

"怎么可能不难？这次还不如去年呢。不过，我觉得老师会给我及格分的，毕竟我这是第二次了。总不会两次都不及格吧。"

"这可不好说。"

"你能不能别说这么恶毒的话？——唉，也没什么，不管通没通过，都只不过是一场期末考试而已，没什么大不了的。"

"你说你想找我，是什么事？是想让我教你英语吗？"洪作问道。

"我英语还没差到要向你请教的程度。我英语可比你强。"接着，远山意味深长地笑了："实际上是有件重要的事。你听了别吃惊。玲子让我安排你们见面。她说她无论如何也想见你。"

"骗人！"洪作说。

"我就知道你不会相信。我一开始也不相信。我想她一准是把人搞错了，但好像并不是这样。我问了很多，好像确实是你。——我真是大吃一惊。她总给客人端炸猪排，似乎脑子不太好了。——真是讨厌啊，她说要见你！"

接着，远山发出"啊"的一声怪叫："这个世界真是太疯狂了。玲子竟然想见你！"

"那然后呢？"洪作问道。

"她既然恳求我让你们见一面，我就答应了。既然她求我，我能有什么办法呢。——你去千本滨见她吧。"远山一脸认真地说道。

"见面干什么？"

"这我怎么知道。既然她想见你，那应该是有什么事吧。"

"我不想去。"洪作说。他自己也感觉到血正在往脸上涌。

"她那样的人，我不想见。"洪作红着脸说。

"你真的不想去吗？——你这不是脸红了吗？"远山仔细盯着洪作的脸看。在洪作眼中，此时的远山看上去不怀好意，面目可憎。

"你真的不想去吗？"

"不想。"

"那好。你要是真不想去的话，我今天晚上就去告诉她。你刚才好像说，她那样的人你不想见，对吧？那我就这么转告她。行吧？"

"……"洪作沉默了。

"玲子那姑娘，恐怕会哭吧。人生中第一次喜欢上一个人，可对方却说不想见她那样的丑八怪。她恐怕会不停地哭吧。光哭还算是好的，说不定会在千本滨跳海呢。既然被人说成是丑八怪，除了跳海，好像也别无选择了。"

"我什么时候说她是丑八怪了？我不会说那样的话。"

"哦，原来如此。你没说她是丑八怪。可是，你相当于是说了。你说你不想见她那样的人。你确实这么说了吧？"

"……"

"'她那样的人'这种说法里，就包含着那种意思。说起来，什么叫'她那样的人'？玲子可很清纯啊。也许在你眼里不是什么正经人，可是她有一颗纯洁的心。你看看她的眼睛，看看她的嘴角，看看她的那种笑容。藤尾也好，木部也好，大家都被玲子深深地吸引。"

"你不是也被吸引了吗？"

"没错，我是被吸引了。我喜欢她！"

"那你去见她吧！"

"你说让我去见她？你是让我替你去。那真是谢谢你了！我每天都去吃炸猪排，每天都见玲子。好……"远山环顾四周，"你竟然敢说她的坏话！你如果不想见她，直接说不想见就行。——'她那样的人'是什么意思？我只是如实地把她的想法转告你而已。她可连一块炸猪排都没请我吃。我要替玲子教训你！"

远山不知何时变得激动起来。谈及玲子，远山看上去似乎被一种难以言说、不可思议的激动情绪攫住了。远山脸色铁青。洪作也从未见过远山如此激动。

洪作茫然地看着远山解开外衣的扣子。

洪作看到，解完扣子的远山，突然变成了一个袭击者。远山摆出伺机进攻的架势，缓缓向右边移动。他的眼睛充血了。

"喂，等等！"面对向右迂回的远山，洪作也相应地向左移动。洪作多少有些理亏。他很清楚，远山之所以如此愤慨，原因正在于自己。

"喂，等等！——你别生气啊！"

"晚了！"远山说，"事到如今，你还有什么好说的？别逗了！"

"等等！"

然而，对方没有要等的意思。

洪作只见对方猛地上前了两三步，刹那间左脸便感受到了重重的一击。洪作打了个趔趄。紧接着，右脸也挨了一记重击。

洪作吃了两记重拳后，像是变了一个人。因为不战斗就会被打败。要么胜，要么负。如果不愿意接受失败，那就必须要赢。

洪作摆好了架势。左脸又吃了一拳。接着右脸也受了一击。不可思议的是，洪作毫无招架之力。每当他向右或向左踉跄之际，远山的拳头就飞过来了。洪作怎么都避不开对方的拳头。

远山有着擅长打架的名声，他自己也引以为傲。什么在千本滨和从名古屋来这里修学旅行的中学生斗殴，揍了三个人却成功逃脱；什么参加邻村的祭典，和当地的青年们打架，打掉了对方的门牙……诸如此类，常常听远山讲起。

若论柔道，则明显是洪作更胜一筹。洪作和远山练习时总是你赢我我赢你，但洪作自信如果动起真格来，自己一次都不会输。如果对远山使用左侧的跳腰技，轻轻松松就能把远山高大的身躯摔出去。所以洪作很少对远山使用左侧的跳腰技。他多少顾及远山的感受。大多数时候他用左侧背负投①的招式进攻。有时能顺利地将远山摔出去，有时将他背到背上后就被拆招了。远山是洪作练习背负投的好搭档。

因此，洪作无论怎样被殴打，都不认为自己会输给远山。洪作觉得只要抓住远山的身体，就能设法打破困局，然而却无论如何也触不到远山。远山过于敏捷。

洪作猛地扑向远山，两颊立刻"嘭嘭"地受到重拳击打。他身子向一侧歪去，紧接着又被击中。

洪作觉得再这样打下去，自己迟早会倒在地上。他的意识渐渐模糊了。这完全是单方面的战斗。

不知何时，两人的打斗吸引了十几个学生远远地围观。

洪作倒在了地上。他不知道自己是怎么倒下的，但当右脸不知吃了第几记重拳之时，他的身体轻飘飘地浮了起来，似乎并没有上浮很高，但他自己也知道，他是侧身倒在地上了。

洪作就这样躺在地上。起身太艰难了。还是躺着更省

---

①柔道投技中手技的一种，即过肩背摔。破坏对方的平衡后，将其背在背上，越过肩膀摔出。

力，感觉很轻松。

洪作看见远山的脸出现在上方，正望着自己。远山大口大口地喘着粗气，似乎想说什么，但因为气喘而说不出口。

"怎、怎、怎么样！"远山说，"玲、玲、玲子她！"

远山双手叉腰，以一个胜利者的姿态站着。

洪作已是筋疲力尽。他从下面仰望着远山的脸，但却一动也不想动。也许，他不是不想动，而是动不了。

"给我水。"洪作说道。

"你说什么！"

远山一脚踢在洪作头上。感到痛的一瞬间，洪作紧紧抱住了远山的脚。没错，战斗还没结束，洪作心想。

多亏远山这一脚，洪作从精神恍惚的状态中清醒过来。

洪作抱着远山的脚，坐了起来。远山的拳头从上面落下来。洪作已经无法松开对方的脚了。洪作紧紧抱着对方的一只脚，弯着腰，不知何时把对方背在了后背上。远山的身体贴着洪作的后背转了一圈。

洪作想把倒在地上的远山拽起来。远山一站起来，洪作就使出了一招扫堂腿，对方跪倒在地后，洪作便从上面击打了两三拳。

洪作抓着对方，绝不松手。对方再次站了起来。洪作又使出了不知什么招数，两人扭打在一起，倒在地上。

两人在地上翻滚着。当这一动作停止之时，两人同时站了起来。洪作的手离开了对方的身体。突然，洪作挨了对方的一记重拳。他踉踉跄跄，又一次跌坐在地。

洪作的眼中，映出远山背靠松树树干的形象。他微微张着口，气喘吁吁，那样子似乎意味着暂时休战。他上衣的一只袖子被扯掉了。

洪作呆呆地望着倚在松树树干上的远山。那是让自己拼尽全力奋战至今的对手，然而不可思议的是，自己并没有那是敌人的感觉。虽说并非感受不到敌意，但如果对方不袭击自己，他便不想主动攻击。

远山用挂在腰上的手巾不住地擦拭着自己的嘴角。远山的嘴角流血了。洪作想起，刚才把他按倒在地时，曾从上面毫无章法地挥拳猛击。

洪作就这样坐在地上，晃了晃头，又用手按了按脸。到处都疼。

学生们散成一个大圆圈，把坐在地面上的洪作和倚在松树上的远山围在里面。最开始只有十来个人，不知不觉间增加到约三十人。他们似乎是来上补习班的，肩上都背着书包，是三四年级的学生。

"滚！"远山冲那些人大喝一声，大圆圈立刻崩溃了。大家似乎都要离开，但没走多远，又都停了下来。

"混蛋们，站哪儿干吗呢！"远山粗声粗气地发出怒吼，学生们又迈动步伐，但这次他们仍然没走多远就停下了脚步，回头向这边张望。

这时，洪作看到宇田从对面走了过来。烦人的家伙来了，洪作心想。宇田身后跟着两个学生，看来是他们去老师办公室汇报了洪作和远山打架的事。

宇田缓步向这边走来。他的走法与平常没有两样，却让洪作觉得心里发毛。

洪作想站起来，然而腰部一阵剧痛，所以他仍坐在地上。事已至此，站不站起来，已经没什么区别了。

远山则慌慌张张地捡起被扯掉的袖子，套在胳膊上，把纽扣扣好，准备迎接宇田。洪作已经毕业了，但远山仍是在校生。差别就在这里。然而，现在这么做也已经于事无补了。旁人一眼便可以看出远山的袖子被扯掉了，也一眼就可以看出他嘴角流血了。

洪作就这样坐在地面上，从口袋里掏出香烟，叼在嘴上。他其实并不想抽烟，但却不由自主地采取了这样的态度。

宇田来了，站在洪作和远山之间。他先把目光投向洪作，目不转睛地望着他，接着又把脸转向远山。对远山，他也同样久久地凝视着。远山垂着头，态度很老实。一垂下双臂，被扯掉的那只袖子便向下滑，远山只得用另一只手按住，怎么看都是一副残兵败将的惨相。

"抽得很爽吧？"洪作耳边传来宇田的声音。"和朋友打架，把对方打败了，这时候点上的烟，是什么味道？我没有过这样的经历。想必很爽吧。"

洪作把烟在地面上捻灭了。

"这里是中学校园，你把烟蒂扔在这里可不行。"

洪作马上把烟蒂捡起来，别进柔道服的腰带里。

"我真不知道你打架这么厉害。我早就听说远山喜欢打架，但你的事我却一无所知。你能把远山打败，真是了不起。"宇田说。

"我没被打败！"远山抗议道，"我怎么可能被这种家伙打败？"

"嗬。"宇田抬头望着远山说，"你嘴角在流血。擦擦吧。"

远山用手掌一抹嘴："只是嘴唇破了而已。"

"你袖子也被扯裂了。"

"袖子裂了没什么大不了。他吃了我两顿拳了。再来一顿，他就要卧床不起了！"

"卧床不起？"

"再来一顿揍，他就背过气去了。"远山说道。

"开什么玩笑！"洪作打断了他，"你这号人怎么可能让我背过气去？——那咱再来一局。我断了你的胳膊！"这次，他真的想把远山的胳膊折断。

"这可真有意思。你就这么干吧。让我开开眼。"宇田说，"我既没见过有人打架背过气去，也没见过谁弄断别人的胳膊。你一定得这么干，让我开开眼。"

说完，他看看洪作，又看看远山。"来，打吧。不要有任何顾虑。"宇田说，"来，打吧。你们还磨蹭什么？都别端着了，赶快开打吧。我真想见识见识什么叫让人背过气去，什么叫弄断别人的胳膊。"

接着，宇田冲那些不知何时又走回到近处的学生们说道："你们也可以观摩观摩。说不定有什么值得参考的地方。"

宇田一跟他们说话，他们便像被训斥了似的，慌忙向后退去。

洪作完全被宇田治服了。他坐着没动，向宇田低下了头："对不起。"

远山也说了一句"对不起"。说完，他挠了挠头。

"你们不用向我道歉。我没有任何理由要求你们道歉。——怎么，你们两个都不打了？你们不打架了？"

"嗯。"洪作点点头。

"那可太遗憾了。我还想着好不容易有热闹看了，可你们竟然说不打了，真让人没办法。"

接着，宇田又冲那些站在不远处围观的学生们说道："他们好像不打了。你们等再久也没什么可看的。——回去吧！"

听了宇田的话，学生们这次真的走了，只剩下宇田、远山和洪作三人。

"你们到底为什么打架？"宇田问道。

"我也不知道是为什么。正说着话，远山那家伙突然就生气了，突然就发火了。"洪作回答。

"站起来说。你打算这样坐到什么时候？"

"是。"

洪作准备站起来，可再一次感到腰部一阵剧痛。如果硬要站起来，也不是站不起来，但他感到有些犹豫。

"怎么了？"

"我再这么坐一会儿。"

"你站不起来?"

"我能。"

"那就请你站起来。"

"是。"

洪作两手撑着地面,想要起身,但马上又放弃了,说道:"我还是再这么坐一会儿吧。"

宇田低头看着坐在地上的洪作。

"你是站不起来了吧。"

"我能。"

"可你这不就是站不起来吗?真是个傻瓜。你恐怕是腰骨折了。真是服了你了。"接着,宇田又说道:"你先暂时在这儿坐着吧。既然站不起来,那么除了坐着,也没有别的办法了。坐上两三天,恐怕就能再站起来了。我已经不想再跟你们这种愚蠢的人打交道了。我要走。你这个烂摊子就让远山收拾吧。"

"真没出息啊你,站起来!"远山走了过来。被扯掉的那只袖子也许不知何时已经被他塞进裤子口袋了,他现在只有一只袖子,看起来很是古怪。

"这家伙,硬要用柔道的招式对付我,我给拆招了。我心一横,把他抱起来,摔在地上了。说起来,打架的时候用柔道的招式,压根行不通。打架的时候,揍了人家赶紧跑掉就行了。这家伙,一点儿经验都没有,还拿自己当武士呢!"远山说道。

"你说什么！"说着，洪作站了起来。他自己也不知道是怎么回事，一下子就站起来了。远山急忙向后躲闪。

"还想打？"洪作问道。

"我已经没这兴趣了。"远山说。

"嚯，你能站起来啊。"宇田似乎颇为佩服，"走两步看看。"

洪作顺从地走了四五步，说道："已经完全没事了。"

"我走了。别再打了。明白吧？"宇田说完，立刻转身向办公室走去。他的态度十分淡然。

"去洗澡吗？"远山问。

"嗯。"洪作应道。自己原本就是在正要去洗澡的时候，被远山叫住了，结果闹成这副样子。这时，洪作看到有几个学生从宿舍的方向跑过来。恐怕是因为两人的斗殴事件流传开了。

走进浴室，只见几个在学校住宿的学生正在泡澡，但他们立刻一齐从浴池里出来了。那气氛似乎是来了什么危险人物，大家都尽快退散为妙。

洪作和远山一起把身体沉到空无一人的浴池里。也许是因为身上有一些小创伤，热水从伤口渗进去，令洪作感到刺痛。远山似乎也一样。他向上举着右手，不让右手接触到热水。他嘴唇也破了，现在仍然发红。

"你的嘴还在流血。"洪作提醒道。

"嗯。"远山的表情仍很僵硬，"你脖子上也出血了。"

洪作伸手摸了摸脖子，接触到热水的脖子果然有些疼。

"喂，这边！"远山冲那些慌慌张张、还没穿好和服的学生们吼道，"你们谁把碘酒拿来！"

那几个学生手忙脚乱地夹着和服，逃也似的跑出浴室了。空空荡荡的浴室里，这下只剩两个人了。

"你刚才为什么那么生气呢？"洪作向远山搭话。

"生气的是你，我可没生气。"远山说。

"这怎么可能？是你先打我的。"洪作反驳道。事实的确如此。先动手的是远山。

"是吗？是我先打的你吗？"远山说道，"我也不知道是怎么回事，突然就上火了。"

"我真是受不了你。我说玲子是'那样的人'，你就生气了！"

"这肯定是会生气的。——明明高兴得很，却说那种怪话。"

"我怎么可能高兴？"

"你真的不高兴吗？玲子说喜欢你，你真的不高兴吗？"说话时，远山的目光再次变得锐利。他非常认真地质问着，像是在说"明确回答，别想糊弄过去。"

"我怎么可能高兴？"洪作说道。

"什么！"远山再一次发怒了。

"我已经累了。"洪作想要避免激怒对方。

"我也累了！"远山也说道。

两人从浴池里出来时，一位低年级的学生拿着一瓶碘酒走过来，战战兢兢地递给远山，问道："这个行吗？"

"行，放那边吧。然后你拿上我的衣服，去找宿管阿姨，让她把我的袖子缝上。"远山命令道。

"是要缝上袖子吗？"

"没错。让她马上缝好，你马上送过来。要尽快。赶紧的吧！"远山用威吓的语气说道。

"别这样耍威风！"洪作说。

"我不是在耍威风。我在生气。——我一会儿要去见玲子。"远山说道。那个低年级的学生抱着远山的衣服出去了。

"我也跟你一起去。"洪作说。

"哼，你想去，是吧？"

"我怎么可能想去？我只是不想让你说出一些怪话来。我不知道你会说什么。"

"那是自然。我肯定会说怪话的。"

"我不想被人误会，所以跟你一起去。"

"误会？你不想被谁误会？"

"玲子。"

"什么？你说不想被玲子误会！"接着，远山又说，"真没想到。你不想被玲子误会？怎么可能会有误会？我会如实地告诉她。我会跟玲子说，你就是这么说的。"

"我跟你一起去。"

"想跟我去的话，就跟着吧。"

"我跟你一起去。"

洪作感到，自己已经底气全无了。然而，他只能坚持和远山一起去。无论怎么想,洪作都觉得必须避免远山和玲子单独见面。

洪作寻找刚才被热水浸泡的伤口,涂上碘酒。脖子上有两处,胳膊上有三处。

远山也一样。他身上的小伤比洪作更多,单是背上就有十处。

"向后转。"洪作说道。他把碘酒涂在远山的后背上。

"轻点儿!"远山说。

"你脸上也有伤。往这边转。"洪作说。

"开什么玩笑。"远山直起身子说道。

洪作拿着柔道服,就这样光着身子回到空无一人的训练场。洪作在这里穿上了粗棉布衣服,这时远山来了。只见他外衣的袖子已经缝好了。

"喂,去一趟,吃顿炸猪排,咱们和好吧!"远山说。

"去哪儿?"洪作问道。

"你真讨人厌。你明明知道!"

"好,我陪你去。"

"你少来!"

"我不就是陪你去吗?钱可得你付!"

"行。"

"我先跟你打个招呼——到时候我可不说话。"

"不跟我说话吗?"

"不是你。"

"是玲子?"

"没错。"

"说不说话是你的自由。我不干涉。我会说话的。我说话，你可别生气啊。"

说完，远山做了一个受身①动作，翻了个筋斗，魁梧的身躯就这样摔了出去。只听见一声巨响，铺垫上下震动。远山站了起来，说道："托你的福，我浑身都疼！"

为了与之对抗，洪作也必须做点儿什么。他"呀"地一声大叫，身体向空中一跃，翻了一圈，又站定了。他在做前空翻。这项绝技在柔道队里只有洪作一人能够做到。洪作继续翻了两三个，来到了训练场的另一头。洪作在那里站定了，说道："怎么样！"

"这有什么怎么样？这算不得什么。"远山说。

"那你做给我看看。"洪作说道。

"好。"

远山脱掉了外衣。他嘴里骂骂咧咧，眼睛盯着铺垫的某个位置，终于准备就绪，助跑了五六步。

"哇呀！"

只听得一声怪叫，与此同时，远山利用反作用力，一跃而起。

洪作也感到目不忍视了。远山的身体没能在空中翻转，而是以一种怪异的姿势跌落在了铺垫上。与其说是跌落，不如说是狠狠地摔了下来。

---

①受身，柔道等格斗项目中的一种自我防护技法，指被对方摔倒时的防护动作。

远山保持着仰面倒地的姿势，没有起身。

"怎么了？"洪作走到远山身边。

"我起不来了。"远山回答。他动弹了一下，立刻眉头紧皱："疼疼疼……"

"你真的起不来了？"

洪作伸手想把远山扶起。"疼疼疼……"远山发出哀嚎，"腰骨好像断了。"他的表情不像是在开玩笑。

"你抓住我的肩膀。"

"不行。"

"真没办法。你哪里疼？"洪作伸手托住远山的腰。

"疼疼疼……"远山再次哀嚎。

"这么疼？真的骨折了吗？"

"要是骨折了，会怎么样？"远山直挺挺地躺在铺垫上，问道。

"会怎么样呢，我也不知道。"

"断了还能再接上吗？"

"这，应该能接上吧。"

"还能走路吗？"

"这，应该能走吧。"

"不会变成残废吧？"

"这，应该不会吧。"

"你别觉得事不关己，就在这儿敷衍！——啊疼疼疼……"

接着，远山又说："帮帮我！"这次，他的语气变为哀求。

"这可怎么办呢。"洪作觉得再没有比这更棘手的事了——斗殴时的敌对者,突然自己动不了了,直挺挺地躺在地上。

"办公室里应该有人吧。你在这儿等着。"洪作说道。

"你要去找老师?这可不太好。"远山说。

"那我把你家里人叫来。"

"你要告诉我家里人?"远山一脸愁容,"我妈也太可怜了。"

"我考试没通过的时候,我妈哭了。这次要是知道我的腰骨折了,她肯定又要哭。"顿了顿,远山又说道,"算了,我就待在这儿吧。就这样躺到明天,说不定就能站起来了。你在这儿陪着我吧,嗯?"远山的脸色有些苍白。

"你这副样子,怎么能一直躺在这儿呢?"洪作说。

"能躺也好,不能躺也好,除此以外都没有别的办法了。——我就这么躺着。你在这儿陪着我。"

即便远山这样恳求,洪作也不能轻易地答应下来。

"你起身试一试,一鼓作气。"

"不行。"

"起不来吗?你一下子坐起来试试。"

"我起不来。"

"这样可不行啊。还是应该把老师叫来。"

"就算应该这样,我也不愿意。"

"你要是不愿意让老师来,就让你家里人来嘛。现在抓紧治还来得及，你等到明天试试，什么都耽误了！"

"要是耽误了，会怎么样？"

"恐怕就一辈子也起不来了。"

"我要是一辈子都是个残废，我妈肯定会哭的。"接着，远山又说，"王八蛋！老子要起来！"远山露出狰狞的表情，然而他马上说道："不行！好像确实骨折了。"

"别去告诉老师，也别告诉我家里人。你是毕业生，一切都好说。可我还是在校生呢。光是和你打架，就够让我停学的了。因为我是跟毕业生打架。而且我还骨折了。"

"可你骨折不是被我打的。你不是自己把腰给弄折了吗？"

"不行，这事儿发生在我身上就不行了。光是打架这一条，我就会被学校开除。这次闯的祸也是，既然能被称为闯祸，我肯定会被勒令退学。要是让学校知道我的腰骨折了，肯定会被认为是打架的时候折的。毕竟宇田亲眼看见我打架了。"

"宇田那边没事的，我会好好跟他解释。"

"你行，可是我不行。早知道会是这样，我也毕了业就好了。"远山说着异想天开的话。

"车站附近有个正骨的。我把他叫来吧？"洪作忽然想起来了。

"那个正骨的大叔？镇上有个小哥在他家的柔道馆训练，我揍过他。正骨的大叔恐怕还生我的气呢。"远山说。

"没关系的吧，我去叫他来。"

"他恐怕不会来吧。"说完,远山用怨恨的目光,仰脸看着洪作,"唉!我之所以成了这样,全都赖你!"

洪作认为,现在只能去找那位清水先生说明情况,并请他过来。除此之外,再没有别的办法了。清水是个柔道家,开了一家柔道训练馆,同时旁边也挂着正骨的招牌。他会不会来,虽然是个未知数,但他既然挂着正骨的招牌,就是做这行的,恐怕没有不来的道理。

"总之我去一趟。"洪作说。

"你去吧,可你一定要回来啊。"远山的声音里充满不安。

"这还用说吗?再怎么说,你也太惨了。真没办法!"

"完全没辙啊。"接着,远山又说道,"回来的时候买点儿吃的。我饿了。"

"好,我买点儿红豆面包什么的。你有钱吗?"

"在外衣口袋里。"

洪作拿起远山扔在铺垫上的外衣,从口袋里掏出了几枚硬币。

"吃拉面的钱我也拿了哦。"

"你要吃拉面吗?"

"至少得先填饱肚子,不然还不知道会出什么事呢。毕竟我今天恐怕也得陪你睡在这儿了。"

"你快点回来啊。"

"你再怎么让我快,我也快不到哪儿去。我还必须向寺院通报一声,说我今天可能要住在外面。最近寺里的和尚爱管闲事。"

"又要吃拉面,又要去寺院,恐怕很晚才能回来吧。"

"我借藤尾家的自行车去寺院,我觉得应该用不了多长时间。先吃拉面,再去寺院,然后去买红豆面包,最后去正骨的地方。如果那大叔肯过来,我就把他领到这儿。"

说完,洪作意识到外面的夜幕不知何时已经悄然降临了。

"得带回来个灯笼或是手电筒。这个我也从藤尾家借吧。"洪作说。

不想,远山说道:"还有蚊香。"

"蚊香?!这个不需要吧。"

"从刚才开始蚊子就一直嗡嗡地叫。"

听远山这么一说,洪作发现远山的手确实一直在来回扇动,似乎是在赶蚊子。

"那我走了。"

"快点儿回来!"

远山的声音从背后传来。洪作走出了训练场。

出了训练场,洪作轻轻地从校舍旁经过,向大门走去。宿舍楼里亮着灯,但却静悄悄的,让人不敢相信里面住着一百来个学生。也许是晚饭的时间到了,他们都聚在食堂里。

值班室的灯也亮着。不知道今天值夜的老师是谁,但可以肯定的是,有一位老师正在里面呼吸着。

宿舍的灯也好,值班室的灯也好,校园里建筑物的灯光,从未像今天这样,让洪作感到孤寂。

为什么会感到如此孤寂呢？洪作心想。是因为刚和远山打完架吧。又或是因为他把与自己争斗的对手孤零零地撇在训练场里，自己却逃了出来。

然而，现在向洪作心头袭来的孤寂之感，似乎与这些无关，而是从其他地方涌起的。那么，这种孤寂的感觉，究竟来自于何处呢？

出了校门，洪作穿过一排樱花树，走上了一条田间小路。白天，中学生们在这条路上来来往往。然而到了这个时间，便一个人影也看不见了。

"我妈肯定会哭的。"

洪作在心里说道。这句话是突然冒出来的。这是刚才从远山口中说出的话，如今这话化成一个念头，从洪作的心里沁了出来。

"我妈那家伙，恐怕会哭吧。"

远山这样说。话有些糙，然而洪作感到，正是在这种粗鲁的表达方式之中，有什么东西打动了自己的心。

流泪的恐怕不只是远山的母亲。自己的母亲如果看到自己今天的这副样子，一定也会哭的，洪作想。无论怎么说，自己都没干什么正经事。和朋友互殴，如今正在去找正骨的人。今夜恐怕要睡在一片漆黑的训练场上。明明是备考生，这几天却没在书桌前坐下过。新的英语单词一个也没记住。宇田以及家乡的祖父母都给自己办过饯行宴了，既然如此，就该尽快去台北，可自己却一直拖延着，在这期间还和别人打架。这倒也没什么，可去台北的事还要继续耽延，因为自己必须去金泽。烦心的事一件接着一件。

"唉，我妈肯定会哭的。"

洪作在路上走着。每走几步，他就会想：

"唉，我妈肯定会哭的。"

远山的母亲恐怕会哭，自己的母亲恐怕也会哭。她会无声地落下两滴清泪，还是会泣不成声、泪如雨下？

然而，洪作闭上眼睛也无法想象母亲会怎样哭泣。他根本不知道母亲是不是一个爱哭的女人。他只是觉得，但凡是母亲，在这种时候总是会伤心落泪的。

为人母者落泪，洪作见过好几次。他见过藤尾的母亲落泪，也见过木部的母亲落泪。就连一向比较持重的金枝母亲，都曾让洪作瞧见过一次她那挂着泪的面容。为人母者，动辄会为一些小事流泪。孩子考试不及格，母亲会哭；被老师叫到学校去，母亲也会哭。

关于这些，洪作之前曾和木部谈论过。当时，木部说：

"你让你妈在这儿试试，她肯定会哭个不停了。光是看到你这副样子，就够她哭的了。看到你头发这么长，她会哭；看到你的鞋后跟都磨破了，她也会哭；看到你外衣上的扣子都掉没了，看到你光着身子就直接穿外衣，她还会哭。看到你吃了睡睡了吃，她会哭；看到你倒数几名的成绩单，她也要哭。你应该连你爸爸妈妈的年龄都不知道吧？恐怕连个大概都猜不出来。要是知道了这个，不单是你妈，连你爸都会哭呢！"

如今想起木部的这番话，洪作觉得，如果母亲会为木部所举出的这些事例而落泪的话,那么看到自己今天的样子,她恐怕会昏倒在地。

洪作渡过了御成桥。已经完全是黑夜了。狩野川的水面上,倒映着两岸人家的灯火。不知为何,不仅学校的灯光让洪作感到孤寂,连街上的灯火都显得寂寥凄清。

洪作走进中华面馆,吃了两份拉面。练完柔道,又打了一架,然后还在训练场做前空翻,洪作比平时多消耗了好几倍的体力,因此今天的拉面格外美味。

走出中华面馆,洪作来到前面的点心铺,买了红豆面包。接着,他去藤尾家借自行车。一走进藤尾家的店铺,正在店里的藤尾母亲便一脸惊奇地说道:"哎呦,这么快,已经得到消息了?"

藤尾的声音从里屋传了出来。

洪作昨天刚读了藤尾的信,没有料到藤尾已经回来了。然而里屋传来的无疑是藤尾的声音。

"他回来了?"洪作问道。

"刚进门呢。然后你就来了!真是吓了我一跳。"

"我是来借自行车的。"

"不信,我不信!这样的借口可骗不了我。"藤尾的母亲似乎认定两人已经联系过了。

这时,藤尾似乎是听到了洪作的声音,从里屋走了出来:"呦!"他身上穿着大学校服。

"这么快就来了!谁告诉你的?"藤尾也是一副惊讶的表情。

"没人告诉我。我是来借自行车的。我不知道你回来了。我昨天才刚看到你的信。"接着,洪作又说,"远山的腰骨折了,现在躺在中学训练场里。他动不了了。"

"远山?"

"对。他现在一个人躺在黑漆漆的训练场。总得想想办法,他怪可怜的。"

"嚯,怎么现在还躺在训练场?"藤尾点上了一支烟,说,"你先进来再说。"

"进来吧,那么久没见了。"藤尾母亲也这样说道。说完,她便进里屋去了。

"我现在没工夫。"

洪作把事情的经过简要地向藤尾说了。藤尾始终一脸严肃地倾听着,最后终于笑了笑,说道:"空翻没翻好,把腰弄断了?真有意思。好,我也帮忙。"

藤尾能插手这件事,于洪作而言无异于神兵天降,给洪作打了一剂强心针。

"才刚回沼津,就忙起来了。"

藤尾进了里屋,大约五分钟后,他再次出现。和他一起出来的母亲说道:

"那么久没回来了,今天好不容易回家,怎么着也得吃顿晚饭吧。别的我不管,至少今晚哪儿都别去!"

"我现在没时间。朋友骨折了,我得救他去。"

"不行,不行!——洪作,你也在这儿吃晚饭。"

"实在是不能久留了。"

"你真坏!"

"不是,我朋友真的骨折了。"

"我会信你的鬼话?"藤尾母亲说道。

藤尾很快出了家门,洪作也跟在他后面。走到了大街上,洪作说:

"真烦人。我彻底成了坏蛋了。"

"误会很快就会消除的。谁让远山那小子这么会挑时候呢,偏偏这时候骨折了。不过这事实在有意思,他现在竟然一个人躺在训练场上。让他先这么躺会儿吧。要是马上就把他救出来,他长不了记性。"藤尾这样说道。

"我其实真的是来借自行车的。"

"借自行车干什么?"

"去寺院。我想打个招呼,说我今晚不回去了。"

"你个傻子。你打算陪远山一起睡在训练场?那种地方,怎么能睡得着?——算了,都交给我吧。首先要做的,是去找正骨大夫,说服人家去训练场。其他的都要等这件事定了以后再说。"接着,藤尾又说,"木部可能也回来了。去叫上他吧?"

"木部还没回来呢。"洪作说。

"那,还有没有其他人在呢?再来两三个人,会更有意思。这么稀奇的事,光咱俩参与,可惜了!"

两人朝车站的方向走去。

"乡下真好啊。安静。"藤尾说,"这个夏天要痛痛快快地游泳,游个够!"

"我要去台北了。"

"什么？你要去你爸你妈那儿？"

"嗯。"

"这可不像是你的主意。"

"本来就不是我的主意。"

"那是谁的？"

"我周围人的。除了我之外，所有人都让我去台北，去父母身边。"顿了顿，洪作又继续说道，"我明年打算考四高。所以多少得复习复习。"

"你变得这么正经啦。不行的。说起来，你根本没在学习吧？你去了台北也是一样。还不如做点切实的打算。你考我的学校吧。虽然有入学考试，但也跟没有一样。因为连我都考过了。要说自由，没有比这个学校更自由的了。整日逍遥自在。我深切地觉得，你不适合公立学校。你从小到大，一直都是为所欲为。你去公立大学试试，待一天你就厌倦了。"藤尾说。

两人向着车站的方向前进，中途向左拐，来到一座挂着"清水正骨堂"招牌的房子前。虽说是正骨堂，却跟普通的住宅几乎没什么两样，夹在烟草店和文具店之间。唯一的不同之处在于面向街道的房间被改造成了训练场。这个训练场入口处的柱子上，挂着"清水正骨堂"和"清水柔道馆"两块门牌。

两人推开了大门。右手边是所谓的训练场，其实不过是个铺着铺垫的约二十叠大小的房间。里面有些镇上的青年，正两人一组，自由练习。

"晚上好。"藤尾大声说道。一个青年立刻停止了练习，就这样穿着柔道服来到了玄关。

"我们有个朋友骨折了，想请清水先生出诊。"藤尾说。

"老师不在。"青年说道。据他说，清水去滨松参加亲戚的祭奠法事，要等到明天才能回来。

"既然不在，那就没办法了。他明天什么时候回来呢？"洪作问道。

"请稍等。"

青年从走廊走进了里屋。很快，一位中年妇女走了出来，似乎是这家柔道馆的老板娘。她正在给孩子喂奶，衣冠不整。

"真是不巧。我丈夫要是在的话，一定马上就过去。可他今天早晨就出门了。"

"他明天大约几点回来？"洪作问道。

"明天镇上有集会，他应该会在那之前赶回来。"老板娘说。

"真不好办。沼津还有其他正骨的先生吗？"

"虽说也不是没有，水平可不好说。正骨一定得找技术好的人。"接着，她又问道，"是哪里的骨头呢？"

"腰骨。"

"腰骨？！哎呦，要是让不靠谱的人给治，恐怕会落下终身残疾！必须送到靠谱的地方好好治疗。"

"哪里是靠谱的地方？"

"你们把他送到这里来吧。——这里还有空房间。通风好，榻榻米也是新换的。比起一般的旅店还舒服呢。"老板娘突然滔滔不绝起来。

"那，看情况，也许明天把他带来。"

"明天也行，不过既然他的腰骨折了，最好还是今晚就过来。这样的话，明天老师回来了，头一个就先给他正骨。"老板娘说道。可是，若要现在把远山运到这里来，很是困难。即便今晚把他运来了，也不过是让他在这里睡觉而已。如果只是让他睡觉，那跟让他睡在训练场上也没什么区别。

"我们明天再带他来吧。"洪作说。

"那我就把房间给你们预备下，你们可一定得来——我恭候你们的光临。多谢关照。"

老板娘抱着婴儿鞠了一躬。她最后道谢的时候，让人感到说不出的怪异。

两人走出了清水正骨堂。

"对面有家寿司店。以后每次来探望，都能吃到寿司。"藤尾说。清水正骨堂的正对面果然有一家寿司店。这家店似乎提示了他。

"咱们先找个地方垫垫肚子吧？"藤尾说道。

"好啊。"洪作也不是不赞成。虽然刚才吃了拉面，但他仍未满足。可是，想到躺在训练场的远山，洪作又觉得不能那么优哉游哉地去吃饭。

"可是，远山还在等着我。恐怕他现在正在挨蚊子咬呢。"说完，洪作想起远山拜托他带蚊香的事。

"对了,得把蚊香带回去。——还有手电筒。"

"那家伙净给人添麻烦。好吧,先去吃点儿什么,再去买东西,然后去训练场。最好让远山那小子自己待一会儿。那小子平时很少动脑子,让他借此机会稍微思考思考吧。让他思考思考人生,思考思考为人的真谛。"

"他怎么可能思考什么人生呢?他现在只惦记着红豆面包。"

"想吃,红豆面包。红豆面包,想吃。吃红豆,吃面包。对吗?"

"什么啊这是?"

"谷崎润一郎的《恋母记》里不是有吗?——想吃天妇罗。想吃。天妇罗,吃天,吃妇罗。"藤尾说道。

洪作在御成桥附近的商店里买了手电筒和蚊香,这次和藤尾一起走进了刚才吃拉面的中华面馆。

"欢迎光临。"老板大声招呼着。他一看到洪作,立刻说道:"咦,你怎么又来了?年轻人真是了不得!"

洪作并不是想要反驳老板的说法,但还是只点了一份烧麦。藤尾则点了叉烧面。

因为两人是久别重逢,因此藤尾提议喝一瓶啤酒,然而洪作终究不能响应。

"啤酒以后再说,咱们还是先去训练场吧。"

洪作催促着藤尾,走出了店门。

走过御成桥,便不再是街市了,周围一下子冷清下来。再往前走一段,便一户人家也没有了,道路两旁是一望无尽的农田。两人走在路上,有时萤火虫会挡住前路。每当小小的青色光点飞到眼前,洪作便会追逐一阵。而藤尾则看也不看,用他一贯的、独特的歌声,唱着一首似乎是在京都的新生活中学会的歌:

"若要去琉球,须得着草鞋,只因石子遍原野。"

无论是什么歌,经藤尾一唱,都会变得很悲凉。藤尾反复唱着这首歌。

"若要去琉球,须得着草鞋,只因石子遍原野。"

洪作把"琉球"听成了"梨球"。

"梨球是什么意思?"洪作问道。

"是琉球。琉球,听不清吗?"

"我听你唱的就是梨球。"

"是吗?"

藤尾像是在确认自己的咬字,这次用有些低沉的声音,把句尾拖长,缓缓地唱了起来。

黑暗中有两三个人结伴,与藤尾和洪作擦肩而过。只听见其中有个人说道:

"别号丧!"

藤尾止住了歌声。"吓我一跳。"藤尾说,"说我号丧,还挺恰当。不服不行啊。"

若是平时,藤尾肯定会大吼一声:"什么!"猛地上去揪住对方。可今天他却一反常态,十分稳重。

"要是在这儿打起架来,远山就可怜了。"藤尾这样说道。

两人在田间小路上拐了个弯,冲着前方的校门走去。这时藤尾停止了他的"号丧",低声说道:"远山那家伙,现在会变成什么样呢?"

"我也不知道他变成什么样了。总之你跟我进去就是。"洪作说着,便走到了前面。他穿过校门,绕过老师办公室所在的教学楼,沿着一条石子路向训练场走去。

"怎么没有灯啊。宿舍已经熄灯了?"藤尾喃喃地说道。洪作心想,宿舍九点熄灯,应该还没到时间,不过自己毕竟吃了两次饭,很难断言现在到底几点了。

两人来到了训练场门口,向里面张望。门开着,可里面漆黑一片,寂静无声,让人感到黑暗正张着大口。

"远山!"洪作低声呼唤着自己的斗殴对手。没有回应。

"远山!"洪作又喊了一声。

"奇怪。"洪作说。他打开了手电筒开关。训练场的铺垫在黑暗中浮现出来。微弱的灯光在那铺垫上爬行。

手电筒的光线终于在前方捕捉到了一个物体。只见远山躺着,外衣从头上披下来。

"远山!"洪作唤道。然而没有回应。洪作感到一股莫名的不安。藤尾似乎也有相同的感觉。

"喂!"藤尾喊了一声,"他怎么不动啊?"

两人走到远山身边,低头俯视着这令人心里发毛的躯体。洪作手电筒的光一会儿照着远山的上半身,一会儿照着他的下半身。

"奇怪啊,这家伙。"

"难道已经死了？"

"不会吧。"洪作俯下身来，唤道，"喂，远山！"这样呼唤了不知多少遍。对于触碰远山的身体，洪作有些发怵。就在这时，外衣被一下子掀开，远山的脸现了出来。他的身体猛地一动，似乎要坐起来了。

"啊，疼疼疼……"远山嘴里吐出这样的话来。

"什么嘛，你没死啊？"藤尾似乎松了口气，"那么疼吗？"

"你谁啊？"远山问道。

"我把藤尾带来了。"洪作在铺垫上盘腿坐下。

"我饿了。你带什么东西来了吗？"远山问道。

"我买了红豆面包。你凑合凑合吧。"

洪作撕开了红豆面包的包装袋，拿出一个放在远山手里，剩下的搁在远山脑袋旁边。

"这不是没蚊子吗？"洪作说。

"刚才还一直嗡嗡地叫呢，现在是没有了。"远山回答。

"就算是蚊子，机灵的也都撤了。待在这种地方不知所措的也就只有你这号人了。说起来你可真是个人才。今天晚上竟然要睡在这儿了。"藤尾说道。

"正骨的事怎么样了？"远山一边大口吃着红豆面包，一边问道。洪作说明了情况，说今晚先睡在这里，明天早晨叫藤尾家里的青年帮忙把远山运到正骨的地方。

远山立刻确认道："你们今天晚上会在这儿陪我吧？"

"开、开什么玩笑！我只是来探望而已。"

"洪作会陪我的吧?"

"我吗?我今天晚上也不能陪你了。我明天一早过来,趁学校开始上课之前把你送出去。"洪作说。

"别这么无情嘛!我不想一个人待在这儿。"

"你不愿意也没办法。谁让你动不了呢?睡着了就没事儿了。我们进来的时候,你不是已经睡着了吗?"

"我怎么可能睡得着?我盖着衣服,是为了堵住耳朵。这里很瘆人的!——铺垫沙沙地响,而且还有萤火虫,在那儿飘来荡去的。"远山说道。经他这么一说,洪作也感到一个人待在这儿恐怕确实有些恐怖,似乎会有妖魔鬼怪聚过来似的。到了深更半夜,还不知道会出现什么东西呢。然而,只能让远山一个人睡在这儿。

"别说这种没出息的话。你远山不是天下第一吗?"洪作说。

"求你了,嗯?陪陪我!"远山再一次用哀求的语气说道。

洪作一会儿打开手电筒,一会儿又关上。他怕一直开着会把电耗尽。

"好想喝水啊。"一片黑暗之中,远山说道。这并不是无理的要求。

"好。"洪作站起身来。训练场旁边有一个用泵水井的洗衣房,里面总放着一个水桶。洪作打算用它盛水。

"茶碗和杯子都没有吧?"藤尾说。

"有个水桶。"

"跟饮马似的。"

"这个时候，就将就一下吧。"洪作用手电筒的光照着脚下的路，走出了训练场。他向水井走去，但突然关掉了手电，在黑暗中停住了。因为他听见远处传来了人说话的声音。

洪作感到有一伙人正朝这边走来，他马上蹑手蹑脚地返回训练场。他冲着藤尾和远山所在的方向"嘘"了一声，提醒他们注意。洪作在黑暗中朝他们爬去。

"别出声，别出声！有人来了！"

洪作正说着，只听见训练场门口传来一声大喝："谁啊！谁在那儿！"

听到那破锣一般的嗓音以及"谁啊"这一问法，洪作立刻明白了这声大喝是出自于谁。不仅是洪作，藤尾和远山应该也明白了。是釜渊，那位因毫不留情地惩罚学生而令全校学生闻风丧胆的教导主任。

"谁啊！出来！"

与此同时，用木刀之类的东西猛烈敲击护墙板的声音响了起来。釜渊似乎还带领着住宿的学生，入口处传来几个人踩踏砂石的脚步声。

"谁啊！"

釜渊第三次大吼之时，远山应道："是我，远山。"既然远山已经做出回答，洪作便打开了手电筒的开关。微弱的光照亮了黑暗中的一片区域，洪作看到了远山站在近处的身影。虽然不知道他是怎么站起来的，但他的确站立着。

"远山？是本校的远山吗？"

"是的。"

"蠢货！除了你，那儿还有人，是谁？"

木刀击打护墙板的声音再次响起。

"谁啊！报名字！"釜渊再次发出了怒吼。

"老师，是我。"藤尾这才应声，接着一边发出怪笑，一边向训练场大门走去。这时，釜渊手中手电筒的光芒从正面捕捉到了藤尾。

"老师，好久不见！我刚刚从京都回来，从洪作那儿听说了远山的事，觉得这可是母校的一件大事，所以急忙赶来了。"藤尾说。

"是藤尾啊？你说的话，我不敢信。被你骗了五年，我是再也不会相信你了。什么母校的大事？你总说这种糊弄人的话。"

"这可怎么办。我说的都是真的！我刚刚从京都回来。刚进家门，洪作那家伙就跑来了，说远山腰骨断了，正躺在训练场上。我一听，这还了得！"

"洪作在这儿？"

"是。"

洪作听到了自己的名字，便朝釜渊走去。手电筒的光从藤尾脸上移到了洪作的脸上。

"你明明毕了业，还每天来学校玩，没想到光白天还不够，连晚上你都还在这种地方闲逛？"

"嗯。"

"什么叫嗯！你总该再回答点儿什么吧？"

这时，藤尾说道："洪作一到这种时候，就完全不行了。连该说的都说不出来。"

"你闭嘴。不管什么事，你都要插嘴。毕了业还没改吗？"

"您不相信我啊。"

"这个学校里没有会相信你的傻瓜。"

"真是被骂惨了。"

碰到釜渊，藤尾也是无计可施。釜渊把手电筒再一次照向洪作："说，到底是怎么回事？"

"傍晚的时候，我和远山来到训练场，远山那家伙学我做前空翻。可是他没翻好，把腰给弄骨折了，动不了了。然后我就去找正骨的大夫，可不巧的是，大夫不在家，说是明天才能回来。"洪作说道。

"把腰弄骨折了？！要是腰真的骨折了，不可能这么站着。"釜渊说。手电筒的光射向笔直地站在训练场正中央的远山。

"这不是没躺着吗？"釜渊说道。

"他刚才一直躺着呢。到刚才为止，他一直都起不来。真是不可思议！"洪作对釜渊说。接着，他冲远山喊道："你这不是能起来吗？"

"嗯。"远山回答，"我也不知道是怎么起来的，总之是起来了！"

"你们到底在说些什么？我真是完全听不明白。你们三个人留宿训练场，是打算商量干什么坏事吧？远山马上到值班室来。剩下两个人回去。远山还是本校的学生。先调查清楚了，再做处理。明明有地方住，还待在训练场里，像什么话！这不是中学生该有的行为。"

釜渊说完，又吩咐候在自己身后的几个住宿生："把训练场查看一遍，注意防火，锁上门以后就回去吧。"说着，他朝训练场一努下巴。

"远山，马上过来。"釜渊把手电筒递给一个学生，马上准备走出训练场。

"我没法走。"远山用凄惨的声音说道。

"你原本躺着，刚才不是站起来了吗？怎么可能走不了？懒蛋！"

"我一步也走不了。"

"你还说这种话？"

"不是，我说的是真的。我完全迈不开步。特别疼。我刚才是稀里糊涂地站起来的。"

这时藤尾说道："哇，这真是奇了！因着老师的一声大喝，你就不顾一切地站起来了。站不起来的人站了起来。这真让人高兴。奇事一桩，一桩奇事！"

"别在这耍贫嘴！"

"可是，这是个奇迹啊。"

"我倒要看看到底是不是奇迹。"

釜渊从学生那里拿回手电筒，走进了训练场。

"疼疼疼！"远山叫唤着。

"你说你的腰骨折了。"

"是的。"

"你怎么知道骨折了?"

"这只能是骨折了。左脚和右脚都迈不开。虽说是站起来了,可现在又躺不下了。"

"哼。如果你的腰骨真的断了,那就是天谴。你自找的。"

洪作听着他们俩的这番对话。

"可是,你毕竟站起来了啊。"釜渊仍纠结于这一点。

"我是这么想的。"洪作插嘴道,"我觉得远山的腰骨没完全断掉。他听见老师的一声吼,便稀里糊涂地站起来了。既然能站起来,就说明之前骨头没完全断掉。可是,站起来的一瞬间,这下是彻底断了。"

"这么说,我不该吼他?"

"不,不是这个意思。"

"可你话里不就是这个意思吗?"

"不……"

"好,既然你把这事儿赖在我头上……"

"不,我说这话不是这个意思!这可怎么办!"洪作真的不知道该怎么办才好了。他原以为性情别扭的只有宇田,没想到釜渊有过之而无不及。

"这样,你和藤尾把远山运走,去哪儿都行。不管怎么说,不能让他待在这儿。"

"现在吗?"藤尾问道。

"你不是说知道朋友出了事,立马就赶来了吗?你照顾他吧。洪作,这样行吧?"釜渊说完,立刻走出训练场,就这样离开了。住宿生们不知道该去还是该留,无措地站在那里。

"他很生气啊。"洪作说。

"还不是因为你说错了话,把他惹恼了。——说起来,都是因为远山,明明不用起来,他却站起来了!"藤尾说。

"我又不是自己想站起来的。我一想到是釜渊来了,一下子就站起来了。"远山说。

"能稍微走两步吗?"藤尾问道。

"开什么玩笑。怎么可能迈得开步?——你们帮我想想办法。这么下去的话,我早晚会倒下的!"

远山说完,突然大吼道:"在那儿傻站着的住宿生,小屁孩儿们!别在那儿发呆了,过来帮忙!"这一番大吼大叫,只能说是乱发脾气,迁怒于人。

"真没办法。虽说麻烦,可是也只能把他运到正骨的地方了。那儿的贪心老板娘,既然说过让我们今晚就带他过去,那么现在把他搬过去,她应该会高兴的吧。"

"怎么运啊?怎么说都太麻烦了。"藤尾说。

"别说什么麻烦、麻烦的。都是因为你们俩的错,才让釜渊给发现了。别把我说的像个酱菜坛子似的,什么运啊搬啊的。注意你们的措辞!"远山怒吼道。他的情绪越来越激动。

"别这么大口气!动都动不了,还要什么威风!——不过，也不能把这个酱菜坛子就这么放在这儿。王八蛋，今天真是走背运！好不容易回趟家，正想着终于能好好泡个澡，瘟神就慌慌张张地闯进来了！说起来，全赖洪作！"

藤尾也胡乱发起脾气来。冷静的只有洪作一个人。自己做前空翻，原本是事情的起因，所以自己并非完全没有责任。

"别的先不说了。"洪作以这句话为开场白，开始处理这件事。最终他们决定让那些住宿生拿来门板和褥子。

没过多久，住宿生们回来了。两个人抬着一块门板，另一个人扛着一床褥子。

洪作在门板上铺好褥子，放在了训练场的铺垫上。把远山横放在上面是个大工程。大家一齐上手去抬他。

"疼疼疼！"远山连声喊道。

"这种时候不能心软。得无情地对他，无情地。"藤尾说。

"疼疼疼！"

"知道你疼。你啊，就是平时跟低年级的学生耍威风过了头。这可是出了名的。就算你留了级，也不至于这么嚣张吧？"

"疼疼疼！"

"疼是肯定的。毕竟骨头断了嘛。不疼才怪呢。"藤尾说，"你是想让我和洪作两个人抬你吗？这可太荣幸了。——时间还没那么晚呢。让住宿的那些小子帮忙，不行吗？"

"不行！"勉强横躺在门板上的远山说，"就你们俩抬我，好吗？求你了！用住宿的那些家伙，你们倒试试看。釜渊肯定会吹胡子瞪眼！"

这时候，似乎是从住宿生那里听说了远山的情况，负责宿舍伙食的大叔和他妻子来了。

"两个人是搬不动的。我们也搭把手。远山偶尔遇到这种事，倒也好。"大叔这样说道。

门板的前端由大叔和藤尾抬着，后端由洪作和大婶抬着。这张载着远山的门板终于出了训练场，从教学楼旁边绕过，向着学校大门移动。

"嗐，算是不错了，毕竟抬着的是个喘气的。——如果是运死人，可就没这么清爽了！"藤尾说。

"远山以后也会多加小心的吧。身子是父母给的。要是不爱惜，会遭报应的。"大叔说。

"是啊。这家伙净胡来。"洪作说。

"你还说人家呢，你自己也得多注意。把人家弄伤了，你心里也不会好受。"大叔说。

"和我没关系！不是我干的。"洪作说。

"别的我不知道，打架是不对的。无论输赢，心情都不会好的。"

大叔似乎知道远山和洪作打架的事，以为远山变成现在这样，也是因为打架的缘故。躺在门板上的远山发出了抗议。

"开什么玩笑？我怎么可能输给洪作这号人？我俩和好

了以后，不该在训练场做前空翻。算了，什么都无所谓了。"接着，远山又说，"明天是个好天气。星星真亮！"

"别说这种没心没肺的话！"藤尾训斥道。

"不，星星真的很漂亮。有青蛙在叫呢。——我妈那家伙，会哭的吧。"

"这个啊，我跟你说，肯定会哭的。要是知道自己的孩子腰骨断了，被放在门板上抬着，不管是哪个母亲，都会哭的。"大婶说。

渡过了御成桥，走到藤尾家门口时，藤尾说："等一下，我让我家里人做顿犒劳饭。"

"现在不是做犒劳饭的时候。我们马上就回去了。"大叔说。

"是让远山吃的。"

"就让远山忍忍，缺一顿就缺一顿吧。做犒劳饭什么的，太麻烦你家里人了。"

"可是，我妈最喜欢做这种犒劳饭了。她会干劲十足的。"藤尾说道。

"我现在什么也不想吃。比起这个，我更想小便。你拿个瓶子来。"远山说。

"您可真客气。不过这也没办法。那我去给你拿个瓶子。"

藤尾搁下门板，走进了家门。

载着远山的门板，暂时停在了藤尾家门口。藤尾家店面的正门已经关了。

不一会儿，藤尾从旁边的便门走了出来。

"你自己拿着。"藤尾把瓶子朝远山一递，便绕到了门板前端。

"今天是何凶日？"藤尾说，"那么，各位同僚，夏夜已深，抓紧时间赶路吧。"

不知从何时起，洪作感到越来越生气。他想马上回寺院睡觉。

"我受够了。怎么着都行，赶紧把这个烂摊子处理了！"洪作说。

"别说这种任性的话！你受够了，我更受够了！本来这事应该是你一个人干，我们可是在帮你的忙！"藤尾转向大婶，"对吧？"

"没错呀。——不过，马上就到啦。"

"别说什么受够了、受够了！你们要是受够了，就别管我了。把我放下，你们走吧！"远山说道。

"就算你让我们走，我们走得了吗？"

"把我放下，你们走！"远山重复道，"行了，你们都走吧！我不想再麻烦你们了。你们都走，快走吧！"远山大发雷霆。到了这个时候，远山成了最强硬的那一个。

"你说什么呢？就算你让我们走，我们也不能走啊。"大叔说道。

"行了，没关系！把我放下，你们走！"远山说。

"闭嘴吧你！"洪作怒吼道，"既然要麻烦别人，就闭上嘴，老老实实的！"

"呦呵，洪作，你口气不小啊！看来我得再教训你一回！——啊疼疼疼！"

"你看你看，疼吧。"

"疼！"

"肯定疼啊。毕竟骨头断了嘛。既然疼是肯定的，你就别喊疼了。我们都知道你疼。疼的只有你一个人，别想寻求同情！"

"啊疼疼疼！"远山呻吟道。

"我们知道！"洪作训斥道。

"你啊，长着一张孩子脸，可说的话怎么这么残忍呢？远山喊疼，是因为他真的很疼啊。"大婶说。

在清水正骨堂前的拐角处，巡警走上前来，低头看着远山的脸，问道："这是怎么了？"

"断了五六根骨头，我们正要把他抬到那个正骨的地方。"藤尾回答。

"怎么断的？"

"撞到柱子上了。"

"柱子？这么不小心啊。"巡警说，"清水大夫那儿还没关门吧？"

说完，巡警看着藤尾的眼睛，问道："你是藤尾的儿子吧？"

"是。"

"这是你朋友？"

"是。"

"既然是这样,刚才的话就不可信了。恐怕他是喝多了酒,掉沟里了吧?"

巡警说完,迈着十分缓慢而沉稳的步伐,朝对面走去了。

"我这么没信誉啊。"藤尾说道。

"你看,你多说了几根骨头,任谁都不会信的。"大叔说。

清水正骨堂训练场的灯已经灭了,大门也上了锁。洪作敲门,连声喊道:"有人吗!有人吗!"

"谁啊?"里面传来老板娘的声音。

"刚才跟您说的腰骨折的人,我们带来啦。"洪作回答。

"不是说明天再来吗?"老板娘说。

"本来是打算明天再来的,但还是今晚带来了。麻烦您照顾!"

"真是没办法呀,都这个时间了……算了,既然带来了,就进来吧。刚才我已经说了,老师不在。——病人疼吗?"

"好像很疼。"

"不管有多疼,老师都不在。今晚只能让他忍忍了。"

穿着睡衣的老板娘打开了门。她的态度与之前大不相同。当时一再建议病人及时住进来,然而人一旦真的来了,她却十分冷淡。

"得留个人陪床。"老板娘叮嘱道。藤尾和洪作一时都难以作答。这时远山从旁说道:"陪陪我吧,嗯?"这回又是哀求的语气了。

"真是没办法啊。那,洪作,你就陪陪他吧。寺院那边,我回家以后让店里人去说一声。"藤尾说。

"好吧,那我就一起住下吧。你可别老喊疼!"洪作说道。遇到这种事,他总是很容易妥协。

这天夜里,洪作在清水正骨堂所谓的病房——训练场旁一个约六叠大小的房间里,把两张床铺并排摆好,陪远山睡在这里。被褥潮湿,很不舒服,但洪作一躺下就睡着了。

黎明时分,洪作被远山叫醒了。

"你没事吧?"远山问道。

"什么没事?"洪作问。

"你好像做噩梦了,直喊救命。"

"我怎么可能喊救命?"

"我没开玩笑。真是不该关心你。你是不是做梦杀人了?"远山说道,"你把牙磨得吱嘎吱嘎响,吵死了。"

"是吗,我磨牙了?"洪作说着,很快又睡着了。天渐渐亮起来的时候,洪作又被远山叫醒了。

"醒醒,别睡了!——你睡得够多了吧?"

"烦死了。让我再睡会儿吧。"

"你可是来陪床的,怎么净睡觉了!——我睡不着。"

"疼得睡不着?"

"不是,没那么疼。"

"那就睡吧。"

"我想睡,可我睡不着。——我昨天想了一个晚上,感觉我会被学校开除。"

"不会的。睡吧。"

"要是被开除了,我妈就太可怜了。"

"会哭吗?"

"我觉得她会昏过去的。"

"不会的。睡吧,睡吧。"

"还有,今天帮我捎个信。"

"给你妈妈?"

"不是。给玲子。我昨天想了一个晚上,我觉得,被开除的时候,只有她会安慰我。我之前以为她对你有意思,但仔细想想,她其实应该是对我有意思吧。不然的话,她不会拜托我安排你们见面。你说是不是?她利用你来试探我,事情只能这么理解。我太傻了,没想到这一点。我想,她现在正发急呢。总之,你得帮我捎个信。"

洪作从被子里露出脸来,翻身趴在床上,点上了一支烟。听了远山的这番话,洪作心里很不是滋味。他觉得远山刚才所说,更接近于事情的真相。

"见了她怎么说?"

"你就说,我感冒了,正在卧床休息,等我好了马上就去找她玩。"

"不能说你的腰骨折了吗?"

"你要是这么说,我可饶不了你。就说是感冒,感冒!"远山说道。

洪作一整天都陪着远山。快到中午的时候,正骨医生兼柔道家清水回家了。他是个头发全秃的彪形大汉。作为一个柔道家，他的赘肉似乎太多了，看上去不那么厉害，不过他为人似乎很好，是个和善的人。

清水身穿和服和袴装，没换衣服就进了远山睡觉的房间。

"听说你腰骨断了？腰骨可不是那么容易断的。——我看看。"说着便一下子掀开了远山的被子。

"你翻个身让我瞧瞧。"

"太疼了，翻不了身。"远山说。

"再怎么疼，也不至于翻不了身。——你来搭把手。"清水请求洪作的帮助。远山发出惨叫，但既然两个大男人上阵，远山的身体转眼间便翻了过来，俯卧在床上了。

老板娘拿着一个锤子似的东西走了进来。清水右手握着这个东西，从远山后背上方到腰部，一路轻轻敲击着骨头。

"这里疼吗，这里？"清水反复问道。远山做好了心理准备，紧闭着眼睛，但当锤子敲打到腰部的某一个位置时，他突然哀嚎道："疼疼疼！"

"这里疼？哦。"

清水在同一个地方敲击了好几次，使得远山连连惨叫，这才说道："好，我明白了。没什么大不了的，马上就能治好。"

他简单地说了这几句，便进到里屋去了，再一次出现时，他穿着便服，挽起的袖子用背带固定住了。那样子看上去十分严肃干练。

"再帮我一下。"清水对洪作说。

"要我怎么做?"洪作问道。

"你压住他的双脚,让他别动。他是个大体格,估计会挣扎得很厉害,你一定要死死抱住他,不让他动。要拿出给父母报仇的那股劲儿来。"清水说。

"等等。"远山说道,"很疼吗?"他的脸上掠过不安的神情。

"就算疼,也只是一眨眼的工夫。只是把脱臼的骨头复位而已。"

"我脱臼了?"

"是。只要把脱臼的骨头推回到原来的位置,立马就好了。"接着,清水说,"那就开始吧。"他像瞄着猎物一般,从上俯视着远山俯卧着的身体。

远山做好了心理准备,闭上了眼睛。清水命令洪作压住远山的脚。虽说清水让洪作把远山当成是杀父仇人,但洪作却做不到。

"准备好了吧?"

清水弯下腰,双手一按到远山的腰上,便突然大吼一声:"哈!"

"啊!"远山发出一声嘶吼,似乎是他所能发出的最大的声音了。洪作使出全身的力气,紧紧搂住远山的脚。

"哈!"清水又是一声大喝,与此同时,远山发出一声惨叫。洪作尽自己所能紧紧搂着远山。

"好,这就行了。"清水说着,直起身来。

"这就行了吗?"洪作脱口而出。

"对。复位了。"清水说道。他语气中充满了自信。若论粗暴,没有比这更粗暴的治疗方式了,眨眼间便结束了。洪作松了一口气。远山软软地趴在床上。他仍保持着俯卧的姿势,像死了一般,一动不动。

"喂,远山!"洪作唤道。

"嗯。"远山有气无力地应道。

"现在可能还有点疼,不过已经没事了。你脚动一下试试。应该已经能动了。"清水说着,点上了一支烟。他的脸上完全是一副大功告成的表情。

远山小心翼翼地动了动脚,很快便睁开眼睛,说道:"能动了!"

"能动了吗?"

"能动了!"

"太好了!"

洪作也站到窗边,点上了一支烟。

"明天就能走了吧?"远山问道。

"目前还是卧床为好。硬来的话,还会脱臼的。"清水回答。

"到底得躺多少天呢?"看上去,骨头一旦复位,远山似乎就想尽早离开这里。

"这个嘛,得半个月吧。稍有不慎,又会脱臼。直到彻底好了,才能出院。"清水说道。

"半个月!"

远山再次闭上了眼睛，不再说话了。

远山的腰骨复位后，远山和洪作吃了清水太太端来的午饭，之后两个人又都睡了。也许是昨晚睡眠不足的缘故，两人睡得异常地好。

将近傍晚的时候，藤尾来了。藤尾一走进病房，便一脸惊讶地说道："什么嘛，洪作，你怎么也睡了？这么一来，根本分不出谁是病人了！"

接着，他又说道："我刚才听这儿的大叔说了，说你腰骨复位啦。说起来，腰骨的构造很紧密，根本不容易脱臼。你能让腰骨脱臼，真是了不起呐，远山！——没想到，原来你是闪了腰啊。"藤尾说。

"我怎么会是闪了腰？是脱臼！"远山认真起来，抗议道。

"不啊，你问那大叔，他也会这么说的。他说，也可以说是闪腰了，但这么说你就太可怜了，所以他就告诉你是脱臼。"

"你骗人！"

"怎么是骗人呢？他真是这么说的。不过，怎么说不都一样吗？总之你的腰是恢复原样了。——以后可得好好保护自己。身体发肤，受之父母，不能不爱惜。你要是跟你父母说你闪腰了，他们可是会哭的！"

"你说什么！"远山怒气冲冲。但他立刻眉头紧皱，似乎是腰疼。

"洪作，这事可别跟别人说啊。就算我们不说，这种事也会马上传开的。这可不是什么光彩的事。这件事既关乎远山个人的名誉,进一步说,也关系到整个学校的名誉。毕竟他是闪了腰嘛!"藤尾故意说出会惹恼远山的话来。

"对面有家寿司店,咱们吃点儿寿司,喝瓶啤酒吧。"洪作说。

"还不如走远点儿呢。还是去玲子那儿,吃炸猪排吧。"藤尾说。

"好,咱走吧。"洪作说。

"走?你要把我丢下,自己走吗?"远山一脸怨恨地说道。

"我可是从昨天晚上一直陪你到现在。"

"别说这种不够意思的话!我住院期间,你也要住在这儿。啊疼疼疼!可能又脱臼了!"

"开什么玩笑!我要回去了。我明天再来。"

洪作站了起来。如果不横下心站起来,不知道什么时候才能回去。

洪作和藤尾离开了清水正骨堂,穿过镇中心,朝千本滨的方向走去。

"好久没见小玲了,去看看她吧。她肯定很想见我。"顿了顿,藤尾又问道,"你经常和她见面吗?"

洪作摇摇头。他确实没见玲子,所以不能说是"常见面"。

"笨蛋。你得把小玲搞到手啊。咱们这些人里,留在沼津的可只有你一个人了。"

洪作感到藤尾有些不同于以往了。从前他不会说出"搞到手"这种话。藤尾从前讨厌这种措辞，然而如今却能满不在乎地说出口了。

"功课呢也不复习，玲子呢也没搞到手。倒是陪着远山住在正骨的地方。你可真愁人啊。"

听了藤尾的这番话，洪作无言以对。藤尾说得没错。

"首先，必须得改变生活方式。"洪作说。

"对啦。再这么下去，你不会有进步的。"

"所以，我在想要不要去金泽。"

"不行，不行！这绝对不行。因为你跟别人不一样。"

"你总说我跟别人不一样、不一样，到底哪里不一样？"

"你让我说哪里，我说不出，可是你总归是和别人不一样。你随便去问个人试试，大家都说你特别。你没有自主性。"

"自主性？"

"总的来说，就是你听天由命。在这一点上你很特别。你有点儿先天不足。你小子，恐怕既没喜欢过哪个女孩，也没被哪个女孩喜欢过吧。"藤尾说了无礼的话。

"那你有过吗？"

"你也太小看人了。我上小学之前就谈过两次恋爱。木部那家伙，中学二年级的时候就写过情书。金枝曾在千本滨对亲戚家的女孩子来了个爱的告白。你可能什么都不知道，但大家都没有虚度这段青春萌动的时光。——在这方面，你很特别。因为你见了女人也不会动什么心思。"

"我也动过心思。"

"你骗人。"

"我受着情欲的折磨。"

"这个嘛，即便是你，既然中学都毕业了，恐怕也有为情欲所苦的时候吧。可是啊，你有觉得哪个女孩子喜欢过你吗？"

"没有。"

"是吧。你就是在这方面特别。女人是不会爱上你这种人的。见到小玲这样的，一般来说，正常人多少都会动点儿心思的。"藤尾说。

两人走到千本滨入口处的清风庄附近时，洪作突然说："我不去了。"这是因为洪作觉得，玲子对远山所说的那些话，似乎不一定是子虚乌有。也许玲子真的想见自己。洪作的这种感觉很是强烈。

"为什么不去了？"藤尾吃惊地问道。

"去别的地方喝啤酒吧。"

"来都来了，怎么又打退堂鼓呢？你这人真奇怪。——哦，原来你……"藤尾突然不怀好意地笑道，"原来你喜欢玲子啊！"

"怎么可能！"

"那有什么不能去的呢？"

"总之我不愿意。"

"有什么不愿意的？"

"我不愿意待在这儿。"

"好,那你在外面等着,我一个人去喝啤酒。"

藤尾走进了清风庄。遇到这种情况,藤尾总是任性又急躁。

与此同时,洪作向海边走去。没和藤尾一起行动,洪作多少有些近乎于后悔的感觉,但另一方面,他又感到心情舒畅。他打算在千本滨散散步,然后就回寺院。昨天中午从寺院出来以后就没再回去,虽然藤尾店里的青年去打过招呼,但他仍感到有些心虚。

自己没有游玩享乐,也没有无所事事。仔细想想,从昨天到今天,自己度过了一段非常充实的时光。与远山决斗,直打到自己晕头转向,以此为开端,自己被一件又一件的事驱赶着。先和藤尾去清水正骨堂交涉,又用门板运送远山,昨晚忙得不可开交,今天也是一刻不得闲。为了治好远山的脱臼,自己充当正骨医生的助手,之后便筋疲力尽地睡着了。

"我根本没有游手好闲。"洪作心想。自己没有游手好闲,然而话虽如此,却也并不能说是过着有意义的生活。

暮色渐渐笼罩了千本滨。白色的波涛在夜色中显得更加分明。海滨隐约可见几个人影,应该是晚饭后来这里散步的人。

洪作在一个沙堆上坐了下来。一股莫名的孤寂之感紧紧攫住了他的心。他觉得自己必须尽快去台北。可是,在那之前,还必须去一趟金泽。得赶紧去金泽,然后尽快去台北。

洪作听见远处有人呼唤自己的名字。

"洪作！洪作！"呼唤声乘着海风飘了过来。这声音夹杂在波涛拍岸的声音之间，时远时近。一定是藤尾在呼喊。

洪作没有应声，仰面躺倒在沙滩上。脖颈枕在被夜晚的海风沾湿的沙子上，一片冰凉。星星洒满了整个夜空。

"洪作！洪作！"

洪作仍能听到藤尾的呼唤声，但他没有应答。他想自己一个人静一静。藤尾应该是不愿意一个人喝啤酒，所以来找洪作了，但洪作却不愿意遂他的心愿。

两人在同一个中学念书的时候，这样的事情一次也没有发生过。任何情况下，比起独处，洪作都更愿意和藤尾在一起。无论待在一起多少天，洪作都不会感到厌倦。然而，这一次，两人昨晚才刚刚见面，自己却已经对藤尾的言行感到厌烦了。将藤尾与远山相比较，藤尾要聪明得多，也更能说会道，在各个方面都更胜一筹。然而，现在的洪作却跟远山更合得来。即便像昨天那样大打出手，也能很快和好如初。远山确实有些身长智短。以擅长斗殴为荣，冲低年级的学生耍威风，这些无疑都是头脑简单的表现。而且他数学和语文都不及格，以至于留了级。明明不擅长前空翻，却偏要做，导致腰骨脱臼，这也无论如何都不能说是机灵聪慧。

然而，远山的言行却让人觉得清爽，感觉不到任何的污浊之气。也许是因为和这样的远山交往久了的缘故，这次久违地见到了藤尾，洪作却感到他身上有惹人讨厌之处。从前被洪作视为闪光点的地方，如今却让洪作感到厌烦。究竟是藤尾变了，还是洪作自己变了，洪作也不明白。

洪作仍保持着仰面躺在沙堆上的姿势，侧耳倾听着。因为说话声正在渐渐靠近。说话声消失后，突然，藤尾的歌声传了过来：

"若要去琉球，须得着草鞋，只因石子遍原野。"

藤尾的歌声沁入了洪作的心田。

"若要去琉球，须得着草鞋，只因石子遍原野。"

洪作心想，如果不和藤尾说话，只听他唱这首歌，便是最好了。

歌声停住了，一个女声响起："洪作真的来海边了吗？"

那是玲子的声音。洪作一瞬间僵住了。

"真的！我骗你干什么。"接着，藤尾用半开玩笑的语气吼道，"喂！洪作！出来！"

"哎！"洪作应道。他没经过大脑思考，便不由自主地做出了回应。

"哎呦，他在！"藤尾停住了脚步，"在哪儿呢？"

与此同时，走在沙滩上的脚步声响了起来。

"哪儿呢？"

"这儿。"洪作坐了起来。

"怎么回事，你怎么在这儿？真不让人省心！"藤尾说，"刚才喊你，你听见了吗？"

"没听见。"

"你在这儿干什么呢？"

"看星星。"

这时，玲子说道："真的好美啊，今晚的小星星们。"玲子站在稍远一些的地方。黑暗中看不清她的脸，但可以判断出她在仰望夜空。

"好了，回去吧。我肚子饿了。我们还没吃晚饭呢。"藤尾说道。

然而玲子没有回应他，仍然仰望着夜空："真漂亮啊。我也想永远留在这里看星星。"

洪作站了起来。他突然感到胃的虚空。虽然星星很美，但他想先填饱肚子。

洪作和藤尾无意中让玲子走在了两人的中间。玲子也许是行走不便，打了两次趔趄。第二次的时候，她靠在了洪作的胳膊上。下一个瞬间，洪作的手便被包裹在了玲子的手掌中。玲子的手一直保持着这样的状态，这让洪作感到有些为难，又有些眩晕。海浪声突然变得澎湃。

发生了如此难办的事，洪作感到不知所措。毕竟发生的是一件令人难以置信的事情。

洪作想要把自己的手从玲子的手掌中抽出来。然而洪作感觉到，玲子更加用力地握着自己的手，不让自己抽出手来。

三人走到了沙滩的尽头，将要走入松树林时，洪作突然感到自己的手自由了。与此同时，他大步向前走去，和玲子拉开了一段距离。因为他觉得藤尾已经意识到了自己与玲子之间所发生的隐秘的事。

在清风庄门口，洪作等着那两个人走过来。玲子走到店门口，像逃跑似的绕到了饭店的侧面。洪作觉得她的动作十

231

分轻盈。

藤尾先一步走进了店里。

"大婶，人找到了。果然在海边。"一边说着，藤尾走上了通往二楼的楼梯。洪作跟在他后面。两个人在桌前相对而坐。刚一坐下，藤尾便说道：

"玲子是个好女孩。她看上去很纯洁。"

洪作没有回应。到了这个时候，洪作才回想起玲子的手的甜蜜触感。直到被玲子的手握住，洪作才第一次知道女孩子的手是那样的。说起来，只有在和寺院里的郁子姑娘掰手腕时，洪作才接触过女人的手。妈妈的手，妹妹的手，他都不曾触碰过。

玲子拿着啤酒走了进来。刹那间洪作感觉到了想要起身的冲动。他并不是有意要躲避玲子，只是条件反射似的想要站起身来。

玲子把啤酒和杯子放在桌子上，马上又走出去了。

"我刚才在松树林里差点儿就握住玲子的手了。当时那种被拒绝的感觉也很不错。她轻轻柔柔地甩开了我的手。"藤尾说。洪作沉默着。

"你倒是说点儿什么啊。你从刚才开始就一句话都没说。"

"是吗？"

"无论我说什么，你都不吭声。"

"是吗。我现在要考虑的事情太多了，没工夫搭理你。"洪作说。

"你一个人待在沼津,性格有点变了。"藤尾说道。洪作想说,变了性格的是你。

"你好像是得了神经衰弱了。在这种地方备考,和远山之类的人交往,不会有什么好结果。"

"不,我正在恋爱。"洪作说。

"欸!"藤尾夸张地做出吃惊的样子,"咚"地一声捶着桌子。

"你压根就不知道怎么恋爱吧?"

"不,我知道。"

"你说谎。你小说也不读,电影也不看,不可能知道恋爱的方法。木部可是很担心你呢。他说,必须得教教那家伙谈恋爱,不然对不起他父母!"

"不,我真的在恋爱。我心里像针扎一样疼,奇怪得很。"

"你喜欢上谁了?"

"我不能说。"

"你别敷衍我。"

这时玲子进来了。藤尾说道:"洪作这小子,说他恋爱了!"

玲子本来已经落座,但却立刻又站了起来。

"小玲,你别这么慌慌张张的。"藤尾说。

"我马上回来。"玲子说着,走出了房间。然而她很久没再出现。

藤尾走到了楼梯口,冲楼下喊道:"小玲!快来,我们要点菜!"

"来啦。"楼下传来玲子的声音。洪作向后一仰,躺在了榻榻米上。玲子的声音像电流一般通过洪作的全身。

"我有一种奇怪的感觉。赶快让我吃点儿东西。再这样下去的话,我可能就要离开这儿了。"洪作说。

"什么感觉?"

"从胃到胸口都感到刺痛。"

这时玲子出现了。

"快让我吃炸猪排。"洪作颇为粗鲁地说着,坐了起来。玲子端正地坐着、低垂着头的身影,映入洪作的眼帘。

"让我吃两块炸猪排。"洪作说。说完他立刻后悔了。他觉得自己不应该这样说。

"啊。"洪作再一次仰面倒下了。

"再把远山那家伙揍一顿吧。"

这次也是一样。话一出口,洪作立刻后悔了。

城下町

清晨，洪作在米原站下了车。他要在这里换乘北陆线，距离上车还有大约三十分钟的时间。

虽然已经是夏天了，但早晨的空气还是冷冰冰的，为睡眠不足的大脑送来清爽。洪作在站台上买了便当和茶，带着它们来到了换乘列车的站台。站台上约有二十个乘客，一看便知是北陆人，和在沼津附近见到的人有所不同，衣着、长相和口音都有浓重的乡村气息。

洪作在小小的站台候车室里吃起了便当。便当似乎是昨天卖剩的，饭粒有些发硬了。

吃完了便当，洪作便在站台上来回踱步。洪作即将在有生以来第一次置身于北陆的风景之中，但那究竟是怎样的地方，他却完全想象不出来。根据地图，列车到达敦贺以后，应该就能看到日本海了。

"惊涛咆哮，浪清水寒，北国之海。"

之前莲实唱的四高宿舍舍歌的一小节，至今仍在洪作的耳畔回响。所谓北国之海，是指日本海，与在沼津每天都能看见的太平洋相比，无论是海潮的颜色，还是波涛的姿态，恐怕都不一样吧。

"啊，日本海，北国之海！"

洪作还没有见到日本海，却已经对日本海产生了旅情。

论及旅情，在米原站下车的那一瞬间，洪作就感到了一种羁旅者的心绪。火车的换乘站，是一个让人感到寂寥空虚的地方。人们无论男女，都提着大大的行李，将孩子或背着或牵着，准备回到北方那生养自己的乡镇或村庄。很快，火车就会吐着白色的蒸汽进站，来把他们带走。

旅行即人生。不，也许应该说，人生是一场旅行。然而，这两种说法其实没有区别。现在，聚集在这里的人们彼此都是陌生人。只不过为了乘坐同一辆火车，偶然地聚在这里。上车之后，他们终究会在各自的终点下车。

——聚散离合。

真是人生即旅行，旅行即人生，洪作心想。

在一个三十来岁的女人的背上，一个婴儿正在啼哭。看着这个啼哭的婴儿，洪作再次产生了旅情。这个婴儿也会在日本北方的某个小镇或村子里长大成人吧。这个婴儿将要面临的，是怎样的人生呢？

在等待火车进站的这段时间里，洪作多愁善感，过得十分充实。

上了火车，洪作坐在了靠窗的位置上。乘客很少，车厢里基本可以说是空空荡荡。

洪作没带行李，只在腰带上挂了一条手巾。从沼津出发的时候，洪作曾把参考书和单词本装进了从藤尾那儿借来的书包里，但他最后还是决定什么都不带。反正不过是五六天的短期旅行，他觉得这期间学习与否，差别不大。自己将要去到处都是四高学生的城市，却带着参考书，洪作觉得这不是明智之举。换洗的衣服他从一开始就没打算带。身上的衣服要是脏了，洗洗就行了。

火车开出米原站没多久，琵琶湖就映入了眼帘。湖面上白茫茫一片，虽然还是清晨，但已经有好几艘小船浮在上面了。

"啊，近江海！"

洪作低声说道。

"啊，志贺海①！"

洪作又一次说道。无论是近江海还是志贺海，都是在语文书里选自万叶集或是别处的和歌里学到的，然而要紧的和歌内容却想不起来了。要是能想起来，哪怕只有一首，也能让自己初见琵琶湖时所怀有的感慨更高级些，然而现在只能以自己的感受方式来感受了。

此情此景，若是藤尾或金枝，估计立刻便会吟咏出几首万叶集中的和歌。想必木部也是如此。不过木部不会想起万叶集里的和歌，而是会马上展示自己创作的和歌。那家伙能把所见所闻，都写成诗歌。只能说他有着非凡的才能。

在这方面，自己完全不行。既不知道万叶集里的和歌，也不会自己创作和歌。说起来，他学习也不算好。如果要找出自己强于藤尾他们的地方，那便是多少会些柔道、擅用各种运动器材、会做前空翻，仅此而已。

①近江海和志贺海均为琵琶湖的古称、别称。

"多么没出息的男人啊。"

洪作骂着自己。他很少产生这种自虐的情绪,现在之所以这样,也是因为人在旅途的缘故。

洪作反复地自问自答,不觉间琵琶湖已经远去了。洪作决定睡觉。昨晚基本一夜未眠,此时睡魔凶猛地向洪作袭来,势不可挡。

洪作睡着了。每次睁开眼睛时,火车都停在某一站上,洪作便很快又睡了过去。

列车到达敦贺时,洪作睁开眼睛,通过窗户买了便当,马上又睡了。他睡得很香,连自己都觉得惊奇。再一次睁开眼睛时是在福井站,洪作在那儿买了茶,吃掉了在敦贺买的便当。吃完便当后,他再次闭上眼睛准备睡觉,然而这一次终于睡不着了。

洪作看不见日本海。有时能远远地看到一条带子似的区域,似乎是日本海,然而来不及确认,它就消失了。

也许是因为睡眠充足、头脑清醒,早晨到达米原站时的那种浸润全身的旅情,已经彻底不知去向了。

洪作一边抽着烟,一边望着车窗外的一幕幕风景。到处都是稻田,不然就是夏草茂盛的原野。说不清到底有什么差异,总之与东海道沿线的风景有所不同。农家的建筑模式也不一样,农户的分布十分稀疏。在原野上,有时会出现隆起的浑圆小丘。小丘上并排立着几块墓碑,在夏日残阳的照射下闪着白光。

车厢在敦贺附近时开始变得拥挤,空座位越来越少。洪作对面的座席上坐着一位中年妇女和一位老太太。她们兴致勃勃地聊个不停，但谈话的内容洪作却听不太懂。她们似乎在谈论亲戚家的女孩解除婚约的事，两个人时不时相视一笑。洪作听着她们的谈话，却不明白她们为什么笑，因此不能算是听懂了。

火车从福井站开出两个多小时后，洪作意识到距离金泽不远了。这种时候，没有手表很不方便。应该向藤尾借的，洪作想。

在洗手间照了照镜子，洪作发现自己的脸变得黑黝黝的了。洗手间的水龙头水流很细。洪作用这少量的水洗了洗脸，用腰间的手巾擦了，这才觉得旅途中需要肥皂。

在火车停靠的车站上，洪作买了包在竹子皮里的豆沙年糕。吃完的时候，火车开进了一个大站——金泽。

洪作下车，来到了站台。

洪作站在站台上。他之前接到莲实的来信，信上说他会到站台上迎接洪作，所以洪作在这里等着，但莲实却始终没有出现。

洪作没有办法，只好出了检票口，在车站外等候。这时，一个身穿粗棉布制服、不知底细的男人走了过来，无所顾忌地打量着洪作，然后又往对面去了。他的头发似乎很久没有打理过。他个子不高但身体强壮，无疑是个年轻人，但年龄难以判断。他的目光冷静沉稳，直勾勾的，有些骇人。不过，看他腰间挂着手巾、脚上趿着木屐，也许是个学生。

没过多久，这个衣着怪异的男人又回来了，再一次毫无顾忌地打量着洪作,然后又准备离开。这时,洪作才注意到这个男人粗棉布制服的扣子上,有着金色四角星的图案,与四高学生帽上的徽章相同。于是他向对方搭话:"莫非……"

对方回过头来,问道:"是你吗?从沼津来的?"

"是的。"

"什么嘛,原来是你!看你那副心神不定、走来走去的样子,我还以为不是呢。"对方说了颇为失礼的话。心神不定、走来走去的明明是他。

"行李呢?"

"没带。"

"空着手?"

"是的。"

"嚯,来了个不得了的人物。——钱呢?"

"钱带了。"

"我就说嘛,至少钱得带着,不然可就麻烦了。"他继续说道:"莲实有事来不了,我替他来接你。我叫鸢。"

"鸢?"

"纸鸢的鸢。我叫鸢永太郎。这确实是我爸我妈给起的名字,不是我自己胡诌的。"

"这是肯定的。我叫伊上洪作。"洪作说。

然而对方却像没听见似的,问道:"是坐电车,还是走路?"

"这个……我都行。"

"那咱们就走着去。作为犒劳,吃顿乌冬面吧?"

"好。"

"那走吧。"

鸢永太郎迈步向前走去。洪作跟在他后面。

"先吃乌冬面?"

"都行。"

"还是先吃比较合理。这个广场对面,不远的地方,就有一家卖乌冬面的。"鸢说道。

鸢永太郎穿过了站前广场,沿着电车轨道稍走了一段路,便来到了一家乌冬面馆。店里是夯土地面,摆着四五张桌子,十分昏暗。单是这昏暗,便让洪作感到这里与沼津一带的面馆有所不同。

五十岁左右的老板娘走了出来。

"我要红豆年糕粥,再来一份豆皮乌冬面。"鸢说道。老板娘的目光望向洪作。

"我要点儿什么呢……"洪作说。

"你最好和我点一样的。先吃红豆年糕粥,再吃豆皮乌冬面。这吃法天下第一。"鸢说道。洪作听从了鸢的劝说,点了同样的食物。

"今晚要给你们添麻烦了,我有地方去吧?"洪作一心想要把最重要的问题先解决了。

"你是说住的地方吗?"

"是的。"

"到处都能住啊。你住谁那儿都行。这有什么可担心的?"

"从这儿走到学校,要多久呢?"

"十到三十分钟吧。"

"这城市真大啊。"

"别说客套话。"

"可是,我看这儿有电车。"

"电车很稀奇吗?"

"不稀奇啊。"

"我想也是。这我就放心了。要是来了个没见过电车的家伙,可够麻烦的。"顿了顿,鸢又说道,"想进柔道队,你这体格可够小的。"

鸢突然伸出手来,攥住了洪作的胳膊。力道惊人。

"你有赘肉。明天就去训练场,练上一周左右,你就精瘦精瘦的了。"

"你几段了?"

"几段?别说这种小家子气的话,柔道的水平不是段位决定的。你拿到段位了吗?"

"没有。"

"那太好了。你说你有段位试试。明天的这个时候,你就被摔得像个死人一样,直挺挺地躺着了。"

这时红豆年糕粥被端上了桌。洪作还是第一次见到用大碗盛的红豆年糕粥。粥里有两大块年糕。

鸢永太郎转眼间就把这一大碗吃光了。

"其实红豆年糕粥就该吃两碗。"鸢说。

"那你要不再吃一碗?我一碗就够了。"洪作说。

"你只吃一碗，我却吃两碗，这样不好吧。"说了这话，鸢却还是大声冲厨房喊道，"再来碗红豆年糕粥！"

第二碗红豆年糕粥也转眼间便见了底，鸢永太郎又转战乌冬面。乌冬面也吃光后，他说道："托你的福，这下我舒坦了。"

"咱们走吧。结账！"鸢冲厨房的方向喊道。

"我来结。"洪作说。

"谢谢了。"

鸢先一步走出了面馆。洪作结完账后走出店门，鸢说道："要不还是坐电车吧？"

"都行。"

"那就坐电车吧。尽量为明天的练习节省能量。"

两人走向面馆斜对面的电车站，在那里坐电车。

"你身上有零钱吗？"

"有。"

"那你拿出来准备着。"

洪作把车票钱交给了售票员。不愧是享有百万石俸禄的加贺藩的城下町①，透过车窗看到的街景远比沼津气派。道路两旁的店面看上去都像是百年老铺。大街上人来人往，然而却没有嘈杂喧闹之感。

"金泽真好啊。"

"有钱的时候看上去是个像样的城市，没钱的时候就显

---

①日本江户时代，加贺藩领主的俸禄约为一百万石，高于其他大名。加贺藩领主的居城位于金泽，因此金泽作为城下町而繁荣起来。

243

得寒碜了。你最好不要现在就夸。"鸢说道。在一个叫做香林坊的车站，两人下了车。据说这里是金泽最为繁华的地带。戴着学生帽的学生们的身影随处可见。

"大家都是四高的学生啊。"洪作感到有些畏缩。

"只有我们柔道队队员才是真正的四高生。这个时候在街上闲逛的人，没一个有出息的。你看，就这体格，风一吹就会飘起来似的。头脑跟我们相比也差得远。四高生也分一等货和二等货。我们是一等货，在这儿溜达的都是二等货。"

接着，鸢永太郎又毫无顾忌地说道："看，对面走来了一个抱着书的家伙。这是三等货。花五分钱买，人家还找零呢！"

在洪作眼中，这三等品倒最像是四高的学生。

下车后没走多远，洪作就看到道路左侧有一个红砖建筑。这就是四高的校舍。

两人走进了校门。现在应该已经进入了暑假，然而仍有很多学生进进出出。洪作跟在鸢永太郎的后面，从校舍右侧绕了一个大圈。

来到训练场前，鸢说道："进来吧。"

洪作感到有些胆怯，问道："我可以进吗？"

"可以的。进去观摩观摩。我今天也只看不练。"鸢说。

这个建筑内分为柔道和剑道两个训练场，中间却什么隔断也没有。场馆内一半铺着铺垫，一半铺着地板。两边都练得热火朝天。剑道训练场上只有两个穿戴着护具的人手持竹刀，正在对阵。而柔道训练场上则有十来组人在自由练习，大家都正在铺垫上翻来滚去。

洪作和鸢并肩坐在训练场的一角。还有五六个人也坐在那里。他们都是暂停训练的人，一边休息，一边观摩。

果然全是寝技，洪作心想。没有一组人是站着的。偶尔也会有人站起来，双方伺机抓住对方的衣襟，但一方刚一接触到对方的衣襟，两人瞬间便倒在了铺垫上。

大家都像鸢一样，半长的头发乱蓬蓬的。他们的面孔看上去都不像是正常人的模样。这里活像是地狱里的鬼怪分为了两派，正在混战。

"喂！你是谁？"

一个小个子男人突然问洪作。他看上去骨瘦如柴，显得柔道服很是肥大。但他的目光十分犀利，看上去是个很倔强的人。

"他是备考生，以后想来柔道队。他刚到金泽，我去车站把他接来的。"鸢从旁说明道。没想到对方不再关心洪作的事，而把目光移向鸢，问："你是怎么回事？你见习？"

"我膝关节疼。"

"给我看看。"

鸢把一条腿伸了出来。

"什么嘛，你这不是能动吗？偷懒！"

说完，那人便走开了。鸢永太郎很是狼狈。那个干瘦的男人名叫权藤，是柔道队的领队。

身穿柔道服的莲实不知从什么地方走了过来。

"呦，你来啦。累了吧？"莲实说道。洪作松了一口气。

他觉得自己从金泽站下车直到现在,终于见到了一个靠谱的青年。

"能待几天?"

"我打算待一个星期。"

"虽然只有一个星期,但应该也足够你去了解四高柔道队的生活了。我从明天开始要去能登的中学当教练,你好不容易来了,我却不能陪你。不过,你不要拘束,最好多待几天。"莲实说。

"你明天就要走了啊。"洪作确认道。他突然感到强烈的不安。自己只依仗着莲实这个人才到这里来的,莲实要是不在,今晚的住宿首先就成了问题。

"我有地方住吗?"洪作问道。

"到处都可以住。毕竟你只住这么几天。"莲实说。

"住我那儿也行。"鸢说。

"不行不行,你那儿可不行。"

"哎呀不要紧,就住我那儿吧。——我家是开旅馆的,习惯了接待客人。"

"骗人,你家不是开诊所的吗?不行的,住你那儿绝对不行。"接着,莲实说,"我一会儿选个合适的住处。"

洪作这才注意到,莲实的右耳肿得厉害。之前在沼津曾见过莲实变形的耳朵,但还不是现在这个样子。他的右耳肿得很大,以至于让人惊觉人类的耳朵竟能肿胀到这种程度。莲实的这只耳朵上应该是缠着绷带的,但在训练的时候取了下来。他手里正拿着绷带。

这时，刚才那个干瘦的男人大吼一声："停止训练！"听到口令，大家都停止了自由练习，训练场一下子安静了下来。地狱的鬼怪们都在训练场的一侧并排坐下。大鬼、小鬼、胖鬼、瘦鬼、青鬼、红鬼，甚是壮观。

"今天见习的人太多了！从明天开始，大家都要上阵！汽水不许多喝！玉米也顶多吃三根。马上就要放暑假了，其他人都会离开金泽回家去。但你们不许想家！权当自己没有家乡，没有家！大街上的四高生没那么多了，你们会很显眼，所以要注意自己的言行举止！不许一边走一边啃玉米！"

权藤瘦骨嶙峋，很是惹眼，但他却十分有气势，威风凛凛。

训练结束后，莲实向几个队员介绍了洪作。队员们在训练场旁边的更衣室里脱了柔道服，都裸着身子，因此莲实介绍的人在他眼中都是同样的鬼怪。

"请多关照。"洪作对所有人说的都是同样的话。

有人只冷淡地说一声"哦"。也又人说道："你明年要考这里？——我劝你一句，还是考别的高校吧。进了四高，每天都穿着抹布似的衣服训练，有什么好？——你再考虑考虑吧。"

还有人说："真了不起啊，要到这种地方来！是谁把这个单纯的小子骗来的？——是莲实吗？莲实的话最好不要信呐。"说完，又突然严肃地问，"你报文科还是理科？"顿了顿，又说，"嗐，不管要进文科班还是理科班，都得学习。一旦考进来，想学习也不能了。备考期间就好好学吧！"

这时，权藤来了，问道："你明天会来训练场吧？"他眼睛盯着洪作，放着精光。他身上还穿着柔道服。

"来。"洪作回答。

"你住哪儿？"

"还没定。"

"那你住我那儿吧。"权藤说。若是住到权藤的宿舍里，恐怕大事不妙，洪作想。

"住宿的事我已经拜托莲实了。"

"不用了，去我那儿住。我考考你，看你是个什么水平。"

"考什么？"

"英语、代数和几何。"

"不行。"

"什么叫不行？"

"我这些科目都不太行。"

"可你毕竟要考四高吧？"

"嗯。"

"总之先考一考。要是真的都不行，就别考四高了，去报那些免试的学校。我刚才就在观察你，看上去可不像是个学习好的。"

洪作狼狈极了。正说话的时候，莲实领来了一个面色苍白的鬼怪。

这次莲实带来的鬼怪，是一个又高又瘦的青年，如果只看他的脸，会感到他有些脏脏的。他的头发，就像是在头顶直接扣上了一个鸟窝，让人感觉到他没做任何打理。他苍白的脸上长满了胡子，却没有剃，这也给人以不清洁的感觉。

"这是杉户，你就在他寄宿的地方住下吧。我思来想去，这家伙是最认真的，我觉得你跟他商量什么都没问题。"莲实对洪作说完后，又向杉户确认道，"行吧？"

"嗯。"杉户犹犹豫豫地应了一声，说道，"被褥需要吧？"

"当然了。你问寄宿的地方要。"

"人家会借吗？"

"要是不借给你，你就去把别人的拿来。"

"拿谁的呢？拿鸢的应该可以吧……"

"可不可以拿，那是你和鸢之间要商量的事。总之，你好好照顾洪作。"

"嗯。"

这时权藤来了。"你让他住杉户那儿？"权藤问莲实，"住我那儿也行的。"

"这可不行。"莲实坚决地说，"要是带伊上同学去你那里，他就再也不会来金泽了。不行，绝对不行。"

"这样啊，那就交给杉户了。别说些没用的，谈谈学习上的事，帮人家出出主意。"

"这不是我的强项啊。"杉户说道，但脸上却并没有愁烦的表情。"那咱们走吧。"他催促着洪作。

"麻烦你了。"洪作客套道。

"我住的地方怪脏的，鸢那儿比我还好些。——不过，还是跟我来吧。"杉户迈步向门口走去。

"喂！你又不洗澡！"莲实的声音追了过来。

"我用水冲过了。"杉户大声回答，接着又对洪作说道，"早点儿回去吃饭吧。你要是想洗澡，在住宿的地方也能洗。"他一边说着，一边走出了训练场。

洪作和杉户并肩走出了校门。然而，跟一个脏兮兮的青年走在一起，洪作多少有些难为情。

杉户出了校门，横穿电车轨道，径直来到校门正对面的一家小小的文具店。他从店门口的水桶中拿出两瓶汽水，一瓶递给了洪作，自己打开了另一瓶的盖子，将汽水一饮而尽。

"再喝一瓶？"杉户问洪作。

"我不用了。"洪作回答。

杉户自己站着喝完了第二瓶，冲店里喊道："三瓶汽水！"然后便走开了。他走到洪作刚才下车的那个香林坊的十字路口处，说道，"在这儿等一会儿吧。"

洪作没办法，只好和杉户并肩站在繁华地段的中心位置。来往行人见到杉户，都像是见到了怪物一般，远远地绕过他们二人。洪作在这里又感到了难为情。

"我们在等人吗？"站了一会儿后，洪作问道。

"我在这儿张网，很快就会有人落网了。"杉户说着，仍目视前方。虽然不知道谁会落网，但杉户所等待的猎物却迟迟没有出现。这时有三四个像是柔道队队员的人路过这里。

"呦！"杉户只打了一声招呼，便不再多看一眼，抱怨道："怎么还不来啊。"

"你在等谁呢？"

"住宿的地方饭不好吃，我想请你下馆子。可是，大家都放假回家了，在街上走的只有穷鬼。"

"不用下馆子，我吃什么都行。"洪作说。

"遇事总要有耐心，再稍等一会儿吧。来的会是谁呢……"杉户东张西望，突然说道，"啊，来了！"他立刻向马路对面走去。

"喂！"杉户叫住了一个学生。"带钱了吗？"

"没有。"对方回答。

"今天来了个客人。求你了！"杉户说。

"我真的没带。"

"别说这种寒碜的话。借我点儿钱，够吃两块炸肉排就行。我一辈子忘不了你的大恩！"杉户说。

杉户最终放弃了向这个学生借钱，对他说道："你也站在这儿，要是有你认识的人来了，你就帮我借钱。作为朋友，你能表达这么一点情意，就不会遭天谴了。"

"真没办法。表达情意的总是我啊。"对方说道，"好吧，虽然钱不能借你，但如果只是吃顿咖喱饭、炸肉排之类的，我请客。作为交换，你把化学笔记借给我一个暑假，怎么样？"

"好，我借给你。可别弄丢了！"

"不会的。好，咱们去石川屋吧。"

这个看上去十分认真的学生率先走进了旁边的一家餐

厅。杉户跟着他走了进去,洪作也只得跟在后面。

石川屋是一家宽敞明亮的快餐店,里面摆着十几张桌子,客人既有四高的学生,也有女学生,还有带着孩子的夫妻。大家的桌子上都是盛着冰激凌或红茶之类的杯碗。

三人围坐在一张桌子前。

"这是伊上同学。明年要考四高,考上了就进柔道队。"杉户介绍道。

"我叫山川。请多关照。"对方先做了寒暄,这让洪作很是惶恐。

"你想报理科还是文科?"

"理科。因为我父亲是医生。"洪作说。

"杉户是以第一名的成绩考上理科班的,你可以听听他的学习经验。"山川说。

"第一名?"洪作惊讶地望向杉户那张脏兮兮的脸。

"应该是什么地方搞错了。批卷子的人算错分了。"杉户竟很是羞涩。接着,他大声喊道,"喂,有人吗?点餐!"

"别喊啊!就算你不喊,别人也已经都在往咱们这边看了。"

正如山川所说,洪作一走进店里,就感觉到有几个顾客的目光注视着杉户。

"大家都在看着你呢。看你不是因为你是状元,而是因为你太脏了。就因为这一点,我不愿意和你来往。"

这时一个可爱的女孩子走了过来,要记他们点的餐。她满脸通红,一看便知她是在努力憋笑。

"你们要咖喱饭还是炸肉排？"山川问道。

"两样都要！"杉户说，"笔记不是都要借给你了吗？别那么小气！"

"好吧，真是没办法。来三份咖喱饭，两份炸肉排。"山川对负责点菜的女孩子说。

"什么？你不吃炸肉排？别省钱！跟我们吃一样的吧。"

"我中午在这儿吃过炸肉排了，现在不想吃。"

"那你就再点个别的。"

"你怎么这么烦人？别管我！我要是稀里糊涂地点了别的，恐怕你又要让我也请你吃！"说完，他问洪作，"刚才听他说你要进柔道队？进去可就遭罪了。"

"稍微受点累也没什么，比起这个，关键的是能不能考上四高。"洪作说。

"一点儿也不难考。稍微复习一下就行。"杉户说，"考进来以后，你就会吃惊地发现，大家学习都不行。大家都不知道自己究竟是怎么考进来的！只要稍微比别人多用点儿功，就一点儿，自然就能考上。"

"能行吗？"洪作语气中透着不自信。

"能行啊。只要比别人多用一点点功就行了。"

"可是，我哪一科都没什么基础。"

"那你这个暑假就先把基础打下来。以英语为例，要复习英语，就从一年级的课本开始。一年级的课本一两个小时就搞定了。二年级的也半天就能学完。从三年级开始会出现一些不认识的单词，所以得花上几天的时间。就这样把一到五年级的课本全都学完,英语就没问题了。不用看什么参考书,专攻学校的课本,你说怎么样?"

"能行吗?"

这时山川说道:"我也赞成用这个方法。我英语也是只复习了学校的课本。要是考试的时候出现了不认识的单词,你就当是出题人的错。但是其他科目需要看参考书。"

"参考书也只选定一本好的,然后只看它就行。要是考试的时候出现了不会的题,你就当是出题人的错。"杉户说,"我把我当时用的参考书都打包给你,只要把这些搞定,你就能考上。"

听他们一说,想要考取似乎十分容易。这时女服务员端来了饭菜。

三人正大动刀叉之时,鸢走了进来。他的目光一接触到洪作他们,便说道:"我得好好瞧瞧。"说着,鸢走到他们身边。看到桌子上盛着菜肴的盘子,鸢说:"你们真奢侈啊。给我也来一份!"说完便在空着的椅子上坐了下来。

"不行,不行!这是人家请客。"杉户说。

"嚯。"鸢向山川的方向瞥了一眼,对杉户说,"给我介绍介绍。"

"这是山川同学,和我一样是理科乙班的。"

"这个脏兮兮的家伙给你添麻烦了。我是柔道队的鸢。请多关照。"鸢说道。

"我认识你。——学校里没有不认识你的人。"山川说。

"我可以点餐吗?"鸢开门见山。

"请吧。"山川的脸上多少现出了苦闷的神情。

鸢冲杉户说道："你听好了，我提前跟你说明白，不是你请我吃饭，是山川请我。你不用发牢骚。"说完，他叫来女服务员，说道，"来两份咖喱饭。"

杉户一副抱歉的表情，向山川解释道："这家伙吃什么都以两份为单位。他的饭量是我们的两倍。"说完，他又对鸢说，"至少人家请客的时候，你该收敛收敛！"

"那，要不我只吃一份吧。"鸢说。

"不用这样，没关系的。"山川说完，把脸转向杉户，"你顺便把物理笔记也借给我吧，嗯？"

"那我也要再吃一块炸肉排。"杉户说道。洪作觉得这三人你来我往，挺有意思。然而渐渐地，他想一个人待一会儿了。昨晚没有睡熟，今天又在火车上颠簸了好几个小时，此刻疲劳和睡意向洪作袭来。

店内人们的目光仍聚焦在杉户和鸢两个人的身上，但他们却毫不在意。

走出了石川屋，山川和杉户在店门口商量好了借课堂笔记的事情，便向洪作告别道："那你好好学习吧。"说完便走了。

"真想再吃份冰镇红豆年糕粥啊。还有没有人来呢？"鸢说道。

"需要钱的话，我有。"洪作说。

"钱不能花得太快。还有明天和后天呢。"接着，鸢又说道，"杉户是个穷光蛋，有可能跟你借钱，你可绝对不能借给他!"

"你不也是身无分文吗?还说我呢。比起你来,我还算是讲信用的。所以莲实把伊上同学交给我了。我跟你可不一样,我不会随便跟别人借钱。"杉户认真起来,反驳道。

"你个傻瓜,还生起气来了!"鸢说道,"这家伙最近很容易生气。他心里净是不满。真是讨厌。——要是起了什么怪心思,就努力训练。只要努力训练,就不会有多余的力气了。要是有一分多余的力气,就用在训练上。那个脏乎乎的家伙是谁啊?是杉户吗?没错,就是杉户!"

鸢说得很大声,有几个行人回头望了过来。鸢是用领队权藤的语气说的,这一点连洪作都听得出来。

三人离开了繁华地带。走了一会儿,鸢突然说道:"我回去了。回去睡觉。"他冲杉户和洪作挥了挥手,说了一声"回见",立刻转身走了。他突然离开,多少有些异常。

"心里净是不满的是他。鸢最近烦恼得很,他不明白自己为什么必须只练柔道。"

"你是说鸢吗?"洪作很惊讶。他很难把装束怪异的鸢和这种烦恼联系在一起。

"鸢是文科班的。文科生遇事总是会莫名其妙地想得很深。你是要进理科班的,对吧?人要是学了文科,不知怎么就会变得乖僻。"杉户说。

不久两人走到一座大桥旁。

"这就是犀川。"杉户说。犀川,洪作还是第一次听说这条河。

"真是一条大河啊。"洪作说道。

"嗯。我每天都要过这条河。"杉户说。

洪作透过河面向河底望去。虽说能听到河水奔流的声音，但夜色之中，只能看出河面很是宽阔，至于河川的面容和姿态，都不清晰。两岸上灯火点点，据此可以推测出那里有一户户并排的人家。

两人渡过了大桥，爬上了一个曲折的陡坡。

"这个坡叫做W坡。应该是因为它弯弯折折的，呈W型吧。"杉户说明道。果然，稍走一段，便要拐个弯；再走一段，又要拐弯。

"肚子饿的时候爬这个坡，胃里会一阵阵地绞痛。你从明天开始，就会明白我说的不是假话。训练强度大的时候，到了这儿根本抬不起腿来。这时候就会想，我为什么非要进四高遭这种罪呢？眼泪不自觉地就流下来了。"

"真的会流泪吗？"

"会流泪的。上一年级的时候，一整个学期，我每天爬这个坡的时候都会流泪。真的抬不起腿、爬不上坡的时候，是会哭的。不过，到第一学期结束的时候，基本上就死心了，接受这一切了。我们现在都到了这个阶段，不会像鸢那样深入地思考。没什么大不了的。不过是白费三年的时光而已。"

"鸢现在上一年级？"

"对。"

"我以为他是二年级的。"

"二年级的人都是特殊材料制成的。他们身上没有一滴人类的血。就算提着他们的脚让他们大头朝下,用力晃荡他们,也流不下一滴人类的血。流下来的只有汗水。这样可就厉害了。他们只想着战胜六高。父母兄弟他们都不会想了。唯一思考的事,就是战胜六高。人生、在校成绩、考试及格与否,都不在他们的考虑范围之内。真是一群奇怪的学生,是吧?"杉户说道。杉户自己似乎也多少有些苦恼。

登上W坡后,洪作在坡顶眺望金泽这座城市。虽然只能看到城市里散落的点点灯火,但与沼津相比,这大都市的夜景要壮丽得多。

"到了冬天,下了雪,我觉得从这里眺望,景色应该是最好的。只有犀川河水泛着蓝光,其他地方全是一片银白。那时候去训练场,恐怕会很冷。柔道服会冻得硬邦邦的,把它拿到火盆边上烤,衣服变柔软了,但袖筒里仍结着冰。"杉户说。

"为什么会结冰呢?"

"是前一天的汗结成冰了。自由练习的时候,冰就化了,和刚呼出来的气息一起变成蒸发的热气。我还没经历过冬天的训练,不过大家都这么说。"

"嚯。"

"听说到时候耳朵都会肿。"

"……"

"不过,我和鸢还没到冬天,耳朵就已经肿了。在铺垫上蹭的。要是被脚踢了,痛得简直能跳起来。耳朵眨眼间就会内出血，很快就肿起来了。一旦肿起来，就完了。每天都要放血消肿，每天都会再一次肿起来。渐渐地，耳朵就变硬了。有的像鸢那样总带着血污，有的没那么严重。像鸢那样变得硬邦邦的，就不再是人的耳朵了。"

"那你呢？"

"我还算好的。我还有耳朵眼。鸢的耳朵可就厉害了，两个耳朵眼都长死了。变成他那样，可就糟了。长着这样的耳朵，一般来说是娶不上媳妇的。我这种程度，应该是能不能娶到媳妇的分界线吧。领队权藤的耳朵，你明天看看。他也娶不上媳妇。就连莲实也娶不上。可怜呐，大家都得一辈子打光棍。"

陡坡之上是一片住宅区，非常寂静清幽。拐过了两条巷子，便来到一座二层建筑前。

"我就住在这儿。"杉户说，"我的房间在二楼。大婶是个好人，但是老板爱唠叨。进屋的时候要用抹布擦擦脚，还有就是上下楼梯要轻一点，这两件事一定要注意。还有是什么呢……对了，不能在二楼上瞎折腾。这楼本来就是临时建的，稍一折腾就跟地震似的。"

杉户说完，打开了玄关的门。

"我回来了！"杉户的语气异常乖巧。

"我回来了！"杉户又说了一遍，站在玄关的土地上。这时，里屋传来一声"来啦"，很快一位五十多岁的大婶便走了过来，把一块抹布放在了地板的横框上。

"这么晚才回来。饿了吧？"

"我吃过饭了。"

杉户用抹布擦了脚以后才走上地板,洪作也照样做了。

"这人叫伊上,是柔道队托我照顾的。他也睡在我屋。有被褥吗?"杉户说道。洪作没有说话,向大婶点头致意。

"被褥倒是有。"大婶看了洪作一眼,立刻又把视线移向杉户,问道,"只住今天晚上吗?"

"你住几天?"杉户问洪作。

"大约四五天吧。"洪作回答。

"那倒没问题。"大婶说,"晚上要按时回来,别太晚了。"

大婶这样说着,让人感到有些啰嗦。

二楼是两个由拉门隔开的房间,一个八叠大,一个六叠大。六叠大的是杉户的房间。房间里有一张书桌放在窗边,还有一个书柜靠墙立着。看到杉户的风采姿容,自然会以为他的房间很是杂乱,然而他的房间却出人意料地整洁。书桌上的小花瓶里还插着花,让人觉得它不该属于这里。

"真干净啊。"洪作深感钦佩。

"楼下的大婶真啰嗦。"杉户说,"大家都说进了这个房间就会感冒。鸢那家伙,一坐到这儿就说肚子饿。"

这时大婶进来了。"洗澡了吗?"

"还没。"

"那你赶紧洗吧。好好冲洗干净了再进澡盆。热水别用太多。"

"好。"

"洗完了澡，从楼下把被褥搬上来。不要大声说话到太晚。"

"好。"

无论大婶说什么，杉户都乖乖地答应。大婶走了以后，杉户说："不管她说什么，都不用听，不管她说什么，都只管'好、好'地应着。——这是诀窍。"

洗澡间在楼下厨房的旁边。洪作先洗，杉户后洗。从洗澡间出来后，洪作把大婶拿出来的被褥搬到了二楼。大婶也来到了二楼。

"我可以睡在这个空房间吗？"洪作问道。大婶一副不容商量的表情，说道："这是接待客人的房间，不是你们的屋子。"

"那我该把床铺在杉户的房间，对吧？"

"那当然啦。因为你是杉户的客人，不是我们家的客人。"

"好，那我就睡走廊吧。"洪作说。

"为什么要睡在走廊呢？"

"我和别人一起睡恐怕会睡不着。我从来没有和别人睡在一个屋子里过。"

大婶立刻露出古怪的神色："你也是柔道队的吧！"

"不，我不是。我还没进四高。"

"哎呀，你是备考生？"

"是的。"

"原来是备考生啊。也是，我看出你和那些邋遢的人有些不太一样。那你也像那个叫大天井的人一样，想考进四高练柔道喽？"

"是的。"

"哦。这可不容易啊。你一直住在金泽吗？"

"我今天刚到。"

"那你要一直住到考试的时候，是吧？"

"不，我这次只是来观摩一下，马上就回去。"

"哦，这样啊。那我有话要跟你说。——你也有父母吧？"

"有。"

"那我有话要跟你说。我也可以直接写信给你父母。"大婶改变了语调，"说起来，"大婶那气势仿佛要把洪作吞掉似的，"上学是因为想要学习吧？是因为想要好好学习，考上大学，成为了不起的人吧？怎么能考上了学却不学习，把头发弄得乱糟糟的，成天只练柔道呢？你好好考虑考虑，你想变成杉户那样的人吗？那人一开始也像你一样，是个正常人。才一个学期，就变成现在这样了！要是不学习，任谁都会变成这样的。你好好看看他，是不是呆头呆脑的？"

正说着，手拿湿手巾的杉户走了进来，看上去的确呆头呆脑。

"杉户，你不许把这个人拉进柔道队。"大婶说。

"我才不会呢。"杉户把湿手巾挂在了墙面的钉子上，说道，"那，你请我们喝点茶什么的，完了就睡吧。昨天有亲戚带什么东西来了吧？带来的是什么呢？"

"亲戚也是我们家的亲戚，不是你的亲戚！"

"你说的没错。——不过，带来的是什么呢？真好奇啊。是不是蛋糕呢？"

"唉！"大婶似乎已是无话可说，把脸转向了一边。

"我猜对了吧？"

"就算猜对了，那又怎么样呢？"

"我已经好几年没吃过蛋糕了。"

"你说什么呢？"

"真的。不过，没事。我还是睡吧。"

"想睡你就赶紧睡。"

大婶冷若冰霜，说完便下楼去了。洪作迫不及待地想钻进被窝。洪作正要铺床，杉户制止了他："稍等一会儿吧。肯定会有蛋糕吃。"没过多久，正如杉户所料，楼下传来了大婶的声音：

"想喝茶的话，请吧。"

"你看！我说得没错吧？那咱别辜负人家的一片好意，走吧！"

杉户走出了房间，洪作跟在后面。在楼下的饭厅里，两人享用了蛋糕。这期间，大婶讲起了自己年轻时的往事。谈到这些，大婶的心情很是愉快。在楼下度过了约三十分钟的时间，两人回到了房间，钻进了两张并排铺好的床铺里。

"大婶人真好啊。"洪作说。

"为了把她驯化到这种程度，我可是受了不少的辛苦。现在能松一口气了。她虽然性格很好，但现在正是拼命反抗的时期。所以她不停地唠叨。不过早晚会好的。鸢那儿可就更厉害了。他那儿的大婶已经完全受了他的感化,变得十分粗鲁,上街也大摇大摆的。下次带你去鸢寄宿的地方看看。那大婶之前非常温柔,现在说话都粗声粗气的了。"

杉户的声音渐渐远去了。对洪作而言,十分充实的一天即将结束。杉户说着话,洪作想要回应,但却不由自主地陷入了沉睡的池沼。

九点钟,洪作睡醒了。也许是火车上长时间的颠簸所造成的劳累现在才发作,洪作此刻感到浑身酸痛。洪作躺在床上,回想着昨天发生的事。和鸢一起吃了乌冬面;在一个叫做石川屋的餐厅,一个名叫山川的学生请自己和杉户吃了饭;在训练场观摩了群鬼的自由练习;见到了一个名叫权藤的严厉领队;听许多柔道队队员说了一些粗野的话;然后又来到了杉户寄宿的地方,洗了澡,吃了蛋糕,睡了觉。从到达金泽起,各种各样的事情接连发生。

而在此之前在火车上经历的种种,怎么也不像是和这些一同发生在昨天的事,似乎已经是好几天以前的记忆了。

不管怎么说,这里是金泽。自己远道而来,如今正迎来自己在金泽的第一个早晨。洪作侧耳倾听。什么声音都没有。因为没有防雨用的木板套窗,阳光直接照射在玻璃窗上,明媚的光线让人想到正午时分的炎热。

杉户穿着一件无袖运动衫,抱着薄被,睡得不省人事。他那样子怎么看也不像是人类的睡姿。

"杉户。"洪作呼唤道。已经九点多了，洪作觉得可以叫醒他了。杉户猛地从床上坐起来："几点了？"

"九点了。"

"我要睡到十二点。"

话一说完，杉户便倒在床上。他似乎被蚊子咬了，用手到处抓挠，但很快就再一次响起了均匀的呼吸声。

洪作起床下楼，去洗澡间旁边的盥洗室洗脸。大婶的声音从厨房的方向传了过来。

"有牙刷吗？"

"没有。"

"有肥皂吗？"

"没有。"

"有手巾吗？"

"有。"

"我想也是，总不会连手巾都不带。是挂在你腰上的那条吗？"

"是的。"

"你书包什么的全都没带，是吧？"

"嗯。"

"空手来的？"

"是的。"

没过多久，大婶拿着肥皂和牙膏牙刷走进了盥洗室，说道："现在就这个样子，以后可怎么办呢？——那儿要是弄湿了，可得擦干才行。"

洪作在楼下的饭厅里独自吃了早餐。他喝了两碗味噌汤，吃了两个鸡蛋和三碗米饭。他看到桌子上有两个鸡蛋，便都吃下了肚，后来才知道其中一个是给杉户的。

吃过了早饭，洪作出门散步。他走到昨天登上的W坡，在那里眺望犀川以及整座城市。犀川很美。她像拥抱着白色的河滩一般，弓着身子，呈现为一条长长的蓝色带子。与沼津的狩野川相比，犀川要宽阔得多。水量是否丰富，要站在岸边才能看清，如今只能看到水波在上午太阳的照射下闪耀着白光。到处都有水流淤塞的地方，也到处都有水流湍急的浅滩。

金泽的街市在犀川的对岸铺展开来，城中建筑皆是黑瓦。这座城市绿意盎然，几乎有一半都掩映在绿树之下。城市的尽头是丘陵，那里完全被绿色植被覆盖。

洪作从W坡返回，沿着巷子一直走、一直走。这感觉果然不同于走在沼津的街道上，总觉得住宅的建筑样式有些差别，街上行人的容貌也不一样。

洪作散步了约一个小时，便回到住处，杉户仍未起床。大婶走到楼梯下面，大声喊道："杉户，你也该起床了吧！"

"我已经起来了。"楼上传来了杉户的声音。

"你骗人。明明没起床！"

"我穿着衣服呢。"

"你说什么？你以为我会上你的当吗？"

"我没骗你。"与此同时，像是为了证明自己已经起床一般，杉户从楼梯上走了下来。他穿着一件无袖运动衫，头发乱蓬蓬的，脖子上缠着手巾，怎么看都像是个鬼魂。

"赶快洗脸。"

"今天吃什么？是鸡蛋呢，还是海苔？"杉户说，"我是饿醒的。"

杉户一边说着，一边走进了盥洗室。

"你要是不注意的话，也会变成他那样的！"大婶说。

"可是，杉户是个才子，他是以第一名的成绩入学的。"

"虽说是这样，不过应该是搞错了吧？"大婶完全不相信杉户。

下午一点，洪作和杉户一起出了门。训练三点开始，所以时间很充裕。因为兼六园①就在四高旁边，所以洪作想进去看看，然而杉户表示反对。

"兼六园不过是个公园而已。看了也没什么有意思的，浪费时间。"

"可是，这个公园很有名吧？"洪作说。

"不过是有个池子，周围乱七八糟长着好多树。这样的公园为什么有名，真是搞不明白！"

"兼六园是这样的吗？"

"是啊。那种地方没人会去的。"

"没人会去？"

"这个嘛，也有人去。虽然有人去，但我们这种人是不

---

①兼六园，日本江户时代极具代表性的池泉回游式庭园，日本三大名园之一。原为加贺藩第四代藩主前田纲纪的私人庭园，初建于1676年，后经多次整修、扩建，面积约为11.7公顷。

会去的。——说起来，那里已经成了考试不及格的人会去的地方，他们在那儿垂头丧气地溜达。那种地方似乎很适合于这种失意的时刻。对了，你昨天见了一个叫八代的人吧？三年级的八代。"

"八代？"洪作记不起来。他见了太多的人，分不清哪一个是八代。

"不是有个脏兮兮的人吗？脸色苍白，头发乱糟糟的。"杉户说道。然而他这番形容似乎说的就是他自己。

"这样的人太多了……"

"有个特别脏的。你要是想不起来，一会儿去了训练场我指给你看。"杉户继续说道，"这个八代，每次考试不及格都要到兼六园走一走。像这样心情不好的时候，兼六园似乎是个好去处。他说总觉得在那里能得到安慰。不仅是八代，考试不及格的人似乎都会自然而然地迈步走向兼六园。所以公布成绩的日子里，考试不及格的学生们都会在公园的池子边碰头，彼此问道：'你也没及格吗？''你也没及格吗？'兼六园就是这样一个地方。一般人是不会去的。"

"哦，这样啊。"

洪作听了杉户的说明，放弃了去兼六园的想法。既然兼六园是这样的地方，那就没必要特意去看了。

两人走上了昨天渡过的樱桥，站在桥上呆呆地俯视着水流，然后走进了街区。

"离训练场越来越近了。"杉户说。靠近训练场，对于他这个青鬼来说似乎也并非一件高兴的事。

两人来到繁华的香林坊，从昨天山川请客的石川屋前经过，拐弯走向四高所在的方向。在昨天喝汽水的小文具店门口，站着两个同为鬼怪族类的学生。

　　"站在那儿的两个人是柔道队的吧？"洪作问道。

　　"对。他们俩都跟我一样，是一年级的。"杉户回答。今天在街上见到的四高学生比昨天少得多，在经过香林坊的这段路上只碰见了四五个。

　　"呦！"杉户冲站在文具店门口的一个鬼怪打招呼。

　　"呦！"对方也予以回应，于是三个鬼结成一伙，一同走进校门。洪作跟在他们后面。

　　四高的训练场名叫无声堂，一行人来到无声堂旁边的草坪上坐了下来。没人开口说话。大家似乎都在发呆，或随意躺卧，或抱膝而坐，不知在想些什么。

　　这时又来了三个鬼。其中一个是权藤，洪作觉得只有他看上去生气勃勃。权藤用犀利的目光扫视着聚在草坪上的人，说道："还有十五分钟了。该进训练场了。"

　　大家都挪了挪身体，但没有一个人答话。权藤看到了洪作。

　　"呦，你也来了？今天别观摩了，你也参加训练。"

　　"好。"

　　洪作站起来鞠了一躬。权藤独自走进了训练场。

　　不久，青鬼红鬼们便三五成群地聚了过来。有头上缠绷带的，也有用绷带把手吊在脖子上的。

　　鸢也来了。鸢走上草坪，说着"让让、让让"，坐了下来。

"时间差不多了。"躺在草坪上的杉户坐了起来。

"还有五分钟。"鸢仰面倒在草坪上。"学校变得冷清了。宿舍里好像也几乎没人了。蝉开始叫了。啊,放暑假啦!"这话让人一下子有了进入暑假的感觉,似乎不像是从装扮怪异的鸢口中说出来的。

"大家都进来!"权藤从训练场的窗户里探出头来,这样喊道。

休息室像公共澡堂一样拥挤不堪。二十多个青鬼红鬼全都裸着身子,正在换衣服。

"你穿这件吧。"杉户为洪作拿来了一件柔道服。洪作昨天观摩时就已经发现这里的柔道服的裤型很奇怪,今天自己穿上后仍感觉很是怪异。洪作一直以来练柔道时穿的裤子都很宽松,而这条裤子则不同,长度只到膝盖,而且在膝盖下的位置有抽绳收口。裤子紧贴着大腿,简直像是紧身裤。这裤子究竟有什么优势还不得而知,唯一可以肯定的是,这种裤子是练寝技专用的。露在外面的小腿在还没适应的洪作眼中很是异样。柔道队队员们之所以看上去都像是鬼怪,也并非只是发型的缘故,想必与外露的小腿也有很大的关系。

柔道队的年轻人们一走进训练场,便在场地的一侧并排坐下。看上去他们并非有固定的位置,于是洪作也坐到了队尾。

权藤一个人坐在柔道训练场与剑道训练场交界的地方。不久,他发出号令:"行礼!"众人都朝对面挂着的"无声堂"匾额低头致礼。前方一个人也没有，因此只能认为队员们是在向匾额行礼。

这时权藤的声音响了起来："昨天有个家伙来找我，说有亲戚去世了，要中止训练回家去。亲戚也分很多种。要是叔叔婶婶之类的，还可以考虑考虑。我问了问，他那所谓的亲戚很是可疑。我说从柔道队打个吊唁的电报过去，他又说没到那个地步。最终他没回家，继续参加训练。既然是这样的结果，一开始就不要提出申请。最好不要做徒劳无用的事。对于这个人，我一会儿会安排他一挑十。——开始训练！"

权藤喊完，鬼怪们一齐站了起来，寻找对手。洪作仍坐在地上。这时，迟到的鸢坐到了洪作前面，默默地低着头。洪作站起身来，想要抓住鸢的衣领。结果鸢挡开了洪作的手，瞪着洪作："干什么，小子？"

无论怎么看，鸢的表情都不同寻常。他面露凶相。

洪作觉得鸢似乎是真的生气了。即便不是这样，他的样子也很反常，他的两只眼睛闪着绿光。虽然不知道是否真的闪着绿光，但至少在洪作眼里是这样。

然而，对于洪作来说，既然训练已经开始，不管对方是否愤怒，自己都必须抓住对方柔道服的衣领。洪作再一次伸出了手。鸢的手猛地把洪作的手挡开了。洪作很疼。鸢不是挡，而是打。

一股火从洪作心底窜了上来。洪作猛地向对方扑去。

洪作听见鸢山叫喊着"混蛋"、"开什么玩笑"。洪作始终紧紧抱着鸢,感到两具躯体在铺垫上翻滚,他时而在上,时而在下。与莲实相比,鸢体格更壮,力气也更大,但技术却不怎么精湛。莲实与自己对阵时,眨眼间便反拧了自己的关节,但鸢却没有这些有效的攻击。洪作只感到自己在和一个非常狂躁粗暴的对手搏斗。

两人互相放开了对方,都站了起来。鸢依然一脸凶狠,眼睛冒着绿光。

洪作伸出手来,想要再次抓住对方的衣领。没想到鸢发出了一声野兽般的嚎叫,一头撞了过来。

洪作发出一声呻吟,向后倒去。对方的头似乎直接撞到了自己的胃上,洪作一时起不来了。哪有这样的柔道?洪作想。这是斗殴。

直到洪作重新站起来,鸢一直都站在一旁。

"输了吧?"鸢说。

我怎么会输?洪作心想。好,既然如此,那就撇开柔道,来打架吧。在沼津与远山搏斗时的激昂情绪,此刻彻底在洪作的心中复苏。

洪作单手按着胃部站了起来,刹那间,他的另一只手抓住了对方的上衣,下一秒,洪作几乎是无意识地使出了背负投的招式。

鸢的身躯在矮小的洪作的后背上滑行出去。耳边传来一声巨响。

洪作回过神来,只见鸢的身躯躺在剑道训练场的地板上。鸢立刻起身。之后便是实打实的斗殴了。两具躯体纠缠在一起，倒在了地板上，翻来滚去。

"喂！你们干什么呢！"

等二人回过神来，只见权藤低头俯视着他们，目光锐利。

听到了权藤的呵斥，两人从剑道训练场的地板上站起身来。

"我说停止训练，你们没听见吗？"权藤说道。怎么可能听见呢，洪作心想。朝柔道训练场上一望，果然已经没人对练了。鬼怪们都像训练开始前一样，并排坐在训练场的一侧。

洪作和鸢回到了柔道训练场，在铺垫上坐下，相互低头致意。

"鸢留下！"不知谁这样说道。洪作回到鬼怪的队伍中坐了下来，鸢则仍坐在训练场的中央。这时，一个高个子的青鬼走了过去。

"我来和鸢一决胜负。"那人说道。看这态度，洪作猜想他应该是三年级的队员。

两人行过礼后，都站直了身子。

"嘘！"一声怪异的哨声响起。原来是鸢把两根手指含进嘴里吹了一声。接着，又是一声怪叫："来啊！"鸢大吼道。洪作注视着鸢的脸。和刚才一样，他的眼睛闪着绿光。把手指放进嘴中发出怪声，恐怕是鸢在激励自己——抱着决一死战的决心，向强劲的对手发出挑战。

高个子的青鬼突然躺到了地上。

"看，手没到位，腋下没夹紧。"

与此同时，鸢的躯体在青鬼的身上滚了一圈，躺到了旁边的铺垫上。他的翻滚十分缓慢。下一秒，鸢便被对方的一招崩上四方固①给压制住了。

"形成压制。"权藤宣布道。鸢想要起身，两腿奋力乱蹬，然而高个子青鬼纹丝不动。这是一招完美的压制技。突然，青鬼叫了一声："好痛！"俯视着两人的权藤警告道："不许咬人！不许咬人！"

"好痛！混蛋！"青鬼再一次怒吼道。这次权藤仍然警告道："我说了不许咬人，不许咬人！"很快，他宣布："好，拿下一本！"压制技已经制胜。

鸢站了起来。他用袖子擦着脸。本以为他在擦汗，然而似乎并非如此。鸢莫非是哭了？洪作心想。鸢用两手抹了一把脸，对青鬼进行反击。他眼中的绿光更亮了。

洪作想知道正在和鸢进行练习赛的人是何许人也，于是问坐在旁边的杉户："和鸢对阵的是谁？"

"他叫富野，凭借寝技，在全国高专运动会上很有名气。他是三年级的，所以已经不用参加训练了，但他还是来。——真是比不上他啊。"杉户说。所谓比不上，意思似乎并不是柔道技术难以匹敌，而是说这种已经不必参加训练

---

①上四方固的变形，柔道中压制技的一种，属于寝技中的固技。即当对方呈仰卧姿势时，跪在对方头部上方，俯压在对方身上，右手从对方右腋下插入，绕到对方后背抓住其后衣领，同时左手从对方肩下插入，抓住对方的腰带，用抱压的力量将对方控制住。

却还加入到暑期集训之中的态度，是杉户这些低年级的学生所没有的。

鸢像刚才一样，再一次仰面倒地，被牢牢地压制住了。看上去他似乎完全放弃了抵抗。

鸢接连输了三四个回合。富野说道："你应该再好好练一练。像你这样的，我不用费劲就能搞定好几个。"鸢回到了自己的座位上，一脸懊丧。然而他仍没有被放过。

"如果只靠斗志就能打败对手，那柔道就简单了。有斗志是好事，但咬人可不行。如果是和狗对阵，那么上嘴咬也行，但既然对手是人，那么你也该尽量练习人类的柔道。"接着，权藤点名道："下一个，杉户！"

杉户被选中了。杉户不仅在寄宿处的大婶眼中呆呆傻傻，练起柔道来也是行动迟钝。鞠躬行礼后，他便一直傻站着。

富野伸手向前，杉户便把他的手挡开，向后退却。每当富野向前进攻，杉户便向后退去，所以不管时间过去多久，两人都构不成自由练习。

富野两次踏到了剑道训练场的地板上，每次作为裁判的权藤都会进行提醒："回到场地中间去！"终于，富野的手抓住了杉户的袖口，下一秒他便倒在了铺垫上，两脚向杉户的肩膀伸了过去。

杉户想要避开富野的脚，于是身体向着一侧转动，然而却没有成功。富野的腿转眼间便缠住了杉户的上半身。杉户想要挣脱,却被一招三角绞①控制住了,右臂被反扭。

然而,杉户手被反扭,却不发出认输的信号,仍然面无表情。

杉户迟迟不认输,权藤便向他确认道:"认输了吧?"杉户沉默着摇了摇头。

"我可要把你的胳膊拧断了!"富野说道。然而杉户仍是一声不吭。

"好!"富野似乎更加用力地反拧着杉户的手,然而杉户却满不在乎地用另一只手擦拭脸上的汗水。

"真是个怪胎!你不疼吗?"权藤俯视着杉户的脸,这样说道。

"没感觉。"杉户说。

"没感觉?那好。"富野似乎更加用力了,然而他发现这么做毫无效果,便说,"你这胳膊出毛病了。"

"之前断过一次,从那之后就没感觉了。"

"有这回事?来,让我看看。"富野解开了招式,站了起来,查看杉户的右臂,"你弯一下胳膊给我看看。"

"只能弯到这个程度。"杉户伸出了右臂。

"原来如此,你胳膊变形了。这样的话,反扭在你这儿就不起作用了。"富野颇为佩服,"另一只胳膊怎么样?"

"这只也是一样。"

"另一只也断了?"

---

①柔道绞技的一种,属于寝技中的固技。即用双腿夹紧对方的头颈和一只胳膊,以控制住对方。

"嗯。"

这时权藤提示道："什么叫嗯？回答是！"

"是。"杉户乖乖地改正道。

"好，重新开始。"

听到权藤的这句话，杉户不得不再一次迎战富野。

这一次，杉户眨眼间便倒在地上，和富野纠缠着翻来滚去，不久便被富野的一招送襟绞控制住了。

洪作听到杉户的喉咙里发出"嘶嘶"的怪声。洪作觉得他马上就要被勒昏了，然而他却并没有昏过去，也没有认输。

"你的脖子也跟别人不一样啊。"权藤说道。富野使劲勒着杉户，然而似乎终于坚持不下去了，放了手。

"你不难受吗？"

"难受。"

"我的这招不管用吗？"

"管用。"

"你这不是没昏过去吗？"

"我差点儿就要昏过去了。"杉户说。他站了起来，晕晕乎乎地朝着莫名其妙的方向走去了。

富野和杉户的练习赛一结束，权藤便喊道："南一挑十！"听到这句话，洪作虽然不明白一挑十究竟是怎么回事，但却猜到这位被命令以一挑十的名叫南的队员，一定就是那个以亲戚故亡为理由想要退出暑期集训的人。

"哦。"洪作听到一声傲慢的回应，只见一个身材异常高大的红鬼向训练场中央走去。他的体格实在可观。洪作还从未见过如此魁梧的青年，简直像那叫什么哼哈二将还是金刚力士的护法神。他的身板不仅宽，看上去还相当厚。

"这个人是几年级的？"洪作小声向坐在旁边的杉户问道。

"和我一样是一年级的。这人在立技方面是天才。中学的时候没正儿八经地练过柔道，就拿下了二段。"杉户说。听说南是一年级的，洪作很是惊讶。那不是一张一年级学生的脸。就在这时，权藤点名道："伊上同学！"

听见权藤叫自己，洪作大吃一惊。既然被点了名，便只得上场。

洪作来到南的面前，低头致礼后立刻站直了身子。两人互相抓住了对方柔道服的衣领。洪作感觉自己仿佛是站在一堵墙前，有一种深深的无力感。

这时，对方的身躯似乎动了动，洪作感到自己突然飞到了空中。这无疑是一招漂亮的内股①。洪作自己都不知道自己是何时中了对方的招。他轻飘飘地被提起来，又轻飘飘地被摔出去。虽然在空中翻滚了一圈，但这翻滚似乎是理所当然的，感觉十分自然。

"拿下一本。"权藤说道。因为是三局两胜，因此洪作不得不再一次与南对阵。南立刻右腿一挑，又来了一招内股。这次洪作有所防备，总算是扛了过去，没让南的进攻奏效。

----

①柔道摔技之一，属于立技中的足技。即双手牵拉对方的上身，转身用腰部将对方顶起，同时单腿撩挑对方大腿内侧，将对方摔倒。

然而南突然又来了一招左内股。洪作再次感到自己的身体飞了起来。

"拿下一本。"权藤的声音在洪作听来简直是美妙的。懊恼、遗憾之类的情绪，洪作一概没有。对手太强，自己与之没有可比性。虽然对方拿下两局，但却只用了一两分钟的时间。

洪作准备回到自己的座位上，这时权藤说道："你输了，因为对方比你强，这是没有办法的事。你被打败是理所当然的。弱者和强者对阵，弱者肯定会失败。"顿了顿，他继续说道，"你明年如果也进了四高，就要练以弱胜强的柔道。——南因为比你强，所以打败了你，如果南遇上了更强的对手，他就会被打败，这是显而易见的，然而这样的柔道我们不练。虽然南把你摔出去了，但这是理所当然的，一点儿也不光荣。他本人也许觉得光荣，然而这一套在无声堂行不通。"

权藤锐利的目光紧盯着南。然而南却像完全没听到权藤的话一样，面无表情地把指关节掰得"咔咔"直响。

很快，轮到下一个队员与南对阵。这个青年也有一个好体格，然而到了南的面前，还是相形见绌。他想运用寝技，然而却直接被南健壮的身体压制住了。第二回合，他刚站起来，还没回过神来，便同样被南用一招内股给摔倒了。

第三个人两局都被南以压制技打败，第四个人接连被南提起来摔了出去。第五个人是二年级的学生，体格与莲实相近，到了南的面前，显得十分寒碜。这人把南拖倒在地，之后拼尽全力不让南起身。然后他不停地攻击已经相当疲惫的南，进攻，进攻，再进攻，最终打成了平局。洪作瞪大眼睛，目不转睛地观看了这场比赛。

之后的三个人都是二年级的学生，他们似乎都是专门练寝技的选手，两个人用反扭关节的招式攻击南，还有一个人以送襟绞进攻。南已是筋疲力尽。他只守不攻，仍没有让对方取胜。

第九个与南对阵的是鸢。南那金刚力士般的身躯已经疲软，鸢紧紧搂住他，以压制技拿下一本。鸢毫不手软。他竭尽全力攻击虚弱的金刚力士，又以十字逆[1]制胜。直到第九人，南才第一次连输两局。最后一个人该选谁呢？权藤物色着南的第十个对手。最终他说道：

"好吧，我来跟你对练。来个人当裁判！"

权藤和南摆好了架势。这情形像是病弱的狮子与老鼠的对决。权藤和鸢一样，绝不手下留情。老鼠围着狮子迂回周旋，两局分别以绞技和关节技战胜了疲惫不堪的南。

这场单方面的比赛结束后，权藤回到了座位上，说道："南缺乏训练。不过才十个人，就累得筋疲力尽了，可谓前途堪忧。只依赖于立技，讨厌练寝技，就会导致这样的结果。以南的体格，如果专心练寝技，今天的这十个人，恐怕每个人只需要两三分钟就搞定了。十个人里，二年级的队员

---

[1] 腕挫十字固的别称，柔道寝技中关节技的一种。即当双方都仰面躺倒在地时，使自己的身体与对方的身体呈十字型，用腿压制住对方的头颈部，同时用双腿夹住对方的一只手臂，并用双手牵拉反压其肘关节。

有四个，但却没有一个人把南打败。真是惊掉了我的下巴。真想问问你们每天都在干些什么？不管你们进攻得多么猛，只要没拿下一本，就没有任何意义。第九个上阵的鸢终于勉强压制住了南。鸢也许觉得自己赢了，但那可不叫赢。那招压制技有什么技术含量？"

权藤把南以及与南对练的人统统教训过之后，吼道："继续训练！"柔道训练场转眼间又被扭打在一起的青鬼红鬼们给占满了。

洪作与杉户结为一组。杉户一直呆呆地站着。洪作想以立技攻击，杉户却立刻躺倒，紧贴在铺垫上。他舞动着两条长腿，缠住了洪作的上半身。洪作之前并不知道被对手的双腿袭击能够这样痛。那简直不是人类的腿，而像是钢铁制品。

一进入到寝技，洪作便毫无招架之力了。他时而被铁腿扼住咽喉，时而被扼住后再经受关节反扭。

洪作想要尽力以立技拿下一局，但每次尝试时，对方总是立刻坐倒在地，因此难以如愿。

洪作与杉户在地上翻滚扭打之际，三年级的富野走了过来，对洪作说道："你腰部力量很强啊。好好发挥这个优势，充分练习寝技，你会变成高手。刚才让你第一个和南对练，就是想让你放弃立技。我们也想让南放弃立技，可是他太厉害了。"富野笑了笑，继续说，"你怕是输给杉户了吧？"

"是。"洪作回答。

"杉户中学的时候可没练过柔道呢。"

富野以教诲的语气说道。洪作觉得富野看上去是个很好的人。

从训练场解放是在五点钟。这天大家在宿舍的浴室里洗了热水澡，又洗了柔道服。因为大家都洗了衣服，所以洪作也照做了。

从浴室出来后，洪作和杉户、鸢一起走出了校门。然后他们像昨天一样，在校门前文具店的门口每人喝了一瓶汽水。

"三瓶汽水！"杉户冲店里喊道，"店里好像没人啊。——也好。偶尔也白喝一次吧。"

"那咱们顺便每人再喝一瓶吧？"鸢说完，再次把手伸向了汽水。

"没有比白喝更便宜的事了。"杉户说着，也伸出手来。

"不用客气。"鸢说道。于是洪作也喝了第二瓶。

"六瓶汽水，记在我账上，记在我鸢永太郎的账上。我是鸢，知道了吧？"鸢冲里面喊完，又说道，"请客的心情真不错啊。"

三人离开店门口没走多远，文具店的姑娘追了过来。

"杉户三瓶，鸢六瓶，对吧？"姑娘问道。

"什么？你听见了？"鸢说，"你去数数空汽水瓶，我们只喝了六瓶，杉户请客。"

"可是，你刚才说了记到鸢的账上呀。"

"我那是逗一时之快。汽水记到杉户账上。"

"可以吗，杉户？"姑娘向杉户确认道，"那我把九瓶汽水都记到你账上了哦。"

"没喝九瓶啊我们。——是六瓶。"杉户一脸严肃地抗议道。

"不行，不行！"

"这可怎么办。我们明明只喝了六瓶啊。"杉户说道。

"所以我说先数一数空瓶子。"鸢说。

"空瓶子那儿有一大堆呢。刚才有人喝了汽水没吱声就走了。不是你们吗？"

"开、开什么玩笑。"形势对两人愈加不利，所以洪作开了口，"真的是六瓶。我们每人喝了两瓶。"

姑娘望着洪作，说道："那我就信你的话吧。——在杉户账上记上六瓶，对吧？已经快五十瓶了哦。"

"我知道，知道。"

杉户向前走去。

走到了香林坊，杉户像昨天一样，说道："有没有人来呢？"他停住了脚步，东张西望。

"我去石川屋看看。"鸢说完，便离开了两人。但他很快就回来了，说道："没人。没一个认识的。"

三人向前走去。

"这个城市也完全变成一个穷地方了。人民在挨饿。人民的炉灶里不冒炊烟。——杉户，你去烤鳗鱼店看看。"

"嗯。"杉户在这种时候很是顺从。他听从了鸢的话，走进了前面不远处的烤鳗鱼店，很快便走了出来，只说道：

"味道真香啊。"看来店里没有熟人。

"大家好像都在看着我们呢。"洪作说。来往行人的目光都聚集在自己一伙人的身上,这让洪作感到眩晕。

"和杉户走在一起,免不了这种命运。他这么脏,任谁都会盯着看的。"鸢说道。在邋遢这一点上,鸢和杉户其实不分伯仲。

"你知道杉户像什么吗?"

"像什么?"

"像清扫烟囱的圆头刷子。不是有种长长的圆头刷子,专门用来清理烟囱的吗?喏,你仔细瞧瞧,怎么看都是!"

听鸢一说,洪作觉得确实有点儿像。把杉户倒过来,把他的头塞进烟囱里,似乎真能当圆头刷子用。

然而,不管别人怎么说,杉户都是一副毫无反应的样子,仍是面无表情。

三人来到了犀川大桥下,走在岸边的路上。

"既然如此,咱们只能各自回到寄宿的地方,吃那没营养的饭了。"鸢说道。

"你的眼睛闪着绿光啊。"

"是吗?"

"今天和富野对练的时候,你真的咬他了吗?"

"这个嘛,真咬了。这两三天我不痛快,牙痒得很。"

"大家都被鸢咬过。"杉户说。

"我不是谁都咬的。我只咬三年级的队员。我觉得咬了他们也没什么。因为他们净说大话,可当年却没能拿冠军。"

鸢说道。

这天晚上,洪作和杉户睡在两张并排的床铺上。

洪作身上所有的关节都在作痛。白天和鸢粗暴地对练柔道,身体如今做出了回应。

"鸢这个人真粗暴啊。"洪作说。

"那家伙,练到今年年底,就会变得很厉害了。我觉得他明年就能参赛了。他还不懂柔道,所以只是一味地拼命,就像你说的那样,他眼冒绿光。那家伙是真的想把对手给打趴下,所以很难对付。"杉户说。

"他没参加今年夏天的比赛,是吗?"

"是,他没参加。一年级的队员里只有南和宫关被选为参赛选手。南很厉害的。你今天也和他练过,应该知道。京都大学学报上的高专运动会评论文章里,说南是个大人物。大家都说他要是认真训练,恐怕没人是他的对手。不过,我觉得他的缺点就是太厉害了。莲实他们也担心南会太强了。"

"莲实厉害吗?"

"现在的二年级队员里,有几个比他厉害的。但是,我们都喜欢他的柔道。因为他身体瘦弱,体能也不行,但却单凭训练成就了他的实力。那是真正的柔道。他立技完全不行,但是只要躺下来,基本上就不会输。虽然不一定会赢,但失败是不可能的。他的寝技实在漂亮。今年夏天的运动会上,他第一次作为选手上场,比赛打得很不错。他打败了一个人,和另外两个人打成了平手。"

"南成绩怎么样?"

"南是立技高手，把对手一个个地都摔出去了。第一轮比赛里，他摔出去了五六个人。对方的学校里不练寝技，所以他们都站着进攻。攻过来一个，南就摔出去一个。"

"那要是南和莲实对阵呢？"

"目前莲实会赢。但是，南如果稍微练练寝技，就不成问题了。关键是南会不会练寝技。"

"要是练就好了，是吧？"

"嗯。不过，一旦对立技产生自信，就不会练寝技了。不知不觉间就站着了。不管南多么厉害，我估计，只要他不下定决心舍弃立技，就敌不过莲实。"

"那权藤呢？"

"他是最弱的。虽然是最弱的，但却也是最懂柔道的。他是没有实力的理论家。他太唠叨，所以大家都不喜欢他，不过，他是个有名的领队。你明天试试把他摔倒。他会骨碌碌地翻个大跟头，最后肚皮先着地。拿下一本可不容易！"杉户笑着说道。

下卷

金色四角星

自从来到金泽,转眼间已经过去了五天的时间。洪作和杉户一样,每天上午都在床铺上度过。睡得再多,也还想再睡。洪作上午睡觉,下午去训练场,训练结束后喝瓶汽水,然后回到住的地方吃晚饭,之后便什么也不做了,钻进被窝。一天的时间非常短。

富野每天都指导洪作训练,告诉洪作寝技究竟是怎么一回事。富野的教学方法是理论性的,他耐心地进行详解。

洪作偶尔想和其他队员对练,富野却不允许。每当训练开始,富野便会走到洪作身边,说道:"来,洪作!"逃是逃不掉的。

训练过程中,洪作曾把富野摔倒过一次。当时富野想拖着洪作进入寝技的招式,洪作则降低重心,几乎要坐到铺垫上了,背起富野摔了出去。

"这局输得太彻底了。"富野笑着说道。自己被摔倒,似乎是一件无比快乐的事情。

接着,富野又说:"就算被你以立技摔倒,我也丝毫不会觉得佩服,但刚才是眼看我就要用寝技了,你却漂亮地把我摔了出去。立技这东西,就该这么用。你恐怕也没意识到吧。你是在一瞬间使出这招的，自然而然地使出了立技。不错，这很不错。——休息一会儿吧。——我有话跟你说。"

洪作就这样穿着柔道服，跟着富野走出了训练场。富野走到训练场旁边的草坪上，物色了一片树荫，在那儿坐了下来。

"坐吧。"富野说。洪作坐在了富野身边。凉风吹拂着汗淋淋的肌肤，很是惬意。

"跟你练了这两三天，我越来越想让你进四高柔道队了。你很听话。让你舍弃立技，你就真的老老实实地把立技舍弃了。一般人很难像你这样。擅长立技的人，一旦舍弃了立技，专练寝技，就会变成真正的寝技高手。你可能就会如此。南和宫关立技强得没边儿，不肯放弃立技。像我这样的人，寝技、寝技的练到现在，很遗憾从一开始就是专练寝技的，立技完全不行。说实话，这样的柔道是不完整的。我成不了真正强大的柔道运动员。"富野说。

"我已经三年级了，前不久的高专运动会是我最后一次参赛，以后我再也不会踏上武德殿的铺垫了。我希望在我参赛的时候能够打败六高，拿下冠军，但这个梦想却没能成真。但是，如果说四高还能再次进入全盛时代，那便是现在的一年级队员升入三年级的时候。这批人里有南和宫关这样的高手，此外还有三个凭立技拿下段位的人。这几年不曾见到过的优秀队员，都集中在一年级的学生里。这些家伙们要是刻苦训练，一定能赢。鸢和杉户他们，如果苦练一番，也会成为优秀的选手。不过鸢和杉户立技完全不行，多少有些局限。我一直觉得立技什么的不掌握也没关系,甚至只会寝技更好。但是我现在改变了想法。还是多少掌握些立技为好。立技的腰力还是有必要的。然而问题在于,擅长立技的人,总是千方百计地要站着把对手摔出去。把对手摔出去固然好,可摔技不见得奏效,也许反而会被对手摔出去。——在这一点上,寝技就没有这种不确定性。寝技强的人,一定会战胜弱的人,不会像立技那样,弱者能够侥幸战胜强者。"富野说。

"是这样的吗?"洪作脱口而出。

"嗯,没有以弱胜强的情况,绝对没有。决定胜负的是训练量。头一条是练习,再者还是练习,第三还是练习。"

"……"

"训练量决定一切的柔道,就是寝技。"

"……"

"但是,训练量相同的情况下,擅长立技的人技术更好。我想,如果能让擅长立技的人失掉对立技的信仰,转而练习训练量决定一切的寝技,那就太棒了。南和宫关如果专练寝技,达到我这种程度的训练量,就会成为了不得的高手。他会变得多强,简直难以想象。他将会寝技无敌,立技也无敌。但是,一决胜负的时候,当然必须要用寝技。——如果训练方式得当,也许后年高专运动会上升起的冠军旗,就会印着四高的金色四角星。"

"……"

"明年至少得再进来一个好的运动员。要是明年你也来了，后年就能跟南和宫关一起参加比赛。你会成为优秀的选手。"

"要是能进来就好了，可是……"

"考进来不就行了吗？"

"话虽如此……"

"你能考进来的。想着要考进来，从现在开始复习，一定能考上的。"富野说。

富野劝洪作加入四高柔道队，但对于洪作而言，即使没有富野的这番劝说，他也本来就想加入，因此才在暑假千里迢迢地来到金泽。问题只在于洪作能否考入四高。

"你只要好好学习，就能考上。不学习是考不上的。要是连四高都考不上，练柔道也成不了才。"富野说。"明年，除你以外还有一个必须考进来的。反正你们明年会在一处，不如现在就见个面。"

"是谁呢？"

"一个叫大天井的人。"

"啊，是大天井啊。"

"你们已经见过了？"

"不是的。他给我写过信。"

"嚯，这可真稀奇啊。他连给父母的信都不写，为什么会给你写信啊？"富野笑了。接着，他又说道，"总之让杉户或是谁带你去见见他。"

"他现在在金泽吗？"

"不止是现在，他在金泽已经三年了。"

"他不来训练场吗?"

"他不来训练场了。他下了决心,不看完一本参考书,绝不踏上训练场的铺垫。虽然希望不大,但他现在每天都在学习。"

"是吗?每天都在学习?真让人吃惊。"洪作说。

"没什么好吃惊的。备考生学习,一点儿也不奇怪。——大概你也是个散漫的人。——可是,你必须得竭尽全力,好好用功,考上四高。"富野说完便站了起来。两个人又回到了训练场。

第二天,训练结束后,杉户说:"今天咱们和鸢三个人一起去找一个叫大天井的人玩。明天不训练,所以今天不用急着回住处早睡。"

也许是明天不用训练的缘故,队员们换衣服、洗澡的动作似乎都有些欢快。

从浴室出来,再次回到训练场时,鸢来了,说道:"今天晚上给你开欢迎会。带钱了吗?"

"带了。"洪作回答。

"留下回家的火车票钱,剩下的全都拿出来。"鸢说。

洪作把小钱包递给了鸢。鸢打开看了看,问道:"全在这儿了?"

"是的。"

"那火车票钱也要从这里面扣喽?"

"是的。"

"呵,这就是你的全部财产了?真可怜呐。"不知有什么可怜，鸢说完这话之后，又开口道，"好吧，火车票钱等你走的时候我再想办法。这些钱暂时都由我保管。需要零花钱随时跟我要。你要多少，我给你两倍。"

这时杉户走了过来："哎呦，哎呦！"他瞅了瞅鸢手里拿着的钱包，"能吃顿牛肉火锅之类的吧？"这时又来了两三个队员，一齐说着"哎呦"、"哎呦"，窥探着钱包的内容。

其中一个人说道："虽然不知道你在谋划什么，但是我也要加入。"

"不行。"鸢摆手制止，"这不是我的钱。谁都不能动这些钱。我拿着，只是保管而已。一旦有什么事，这钱要为集体所用。"

说完，鸢把钱包放进粗布制服的内口袋，从衣服外面拍了一下，说道："指望着别人的钱可不好。你们也都有父母吧？父母寄来的钱呢？把自己的钱花个精光，然后就想用别人的钱吃牛肉火锅，这种想法很卑劣。正因为这么没出息，才一直赢不了六高。今年在武德殿的比赛，像什么样子？说起来——"

鸢突然把后面的话咽了回去。因为他发现富野不知何时来到了自己的身边。

"这个，敝人先走一步。"鸢冲杉户和洪作使了个眼色，想溜。然而富野拍了拍他的肩膀，说道："鸢精气神真足啊。——既然你这么有精力，明天你一个人来训练场吧。我陪你练。"

"不用了。"

"什么叫不用了?"

"是。"

"别得意忘形,说话这么大的口气。"

"是。"

"我让你像杉户一样,有个反拧肘关节都不奏效的胳膊,练柔道方便得很。明天过来!"

富野走了。鸢故意做鬼脸,使劲皱着眉头,但大家都知道他很沮丧。

"鸢,明天来道个歉吧。还是道个歉为好。"杉户说。鸢一声不吭地站着。

"不管怎么说,来道个歉吧。富野没有生气,他只是在吓唬你。"其他队员也说道。

"不,我不道歉。我只是说了事实而已。我没胡说。今年的比赛打得不好,所以我就实话实说了,仅此而已。即便是富野,比赛打得也不好看吧?富野是个傲视群雄的人物,可那比赛打得像什么样子?明明能赢,结果却没有赢,不是吗?如果认定自己能赢,就能够取胜。不管做了多少努力,如果没有取胜的信心,就会输。要是连那种不管不顾的精神都没有,那我就不愿意把这三年的时光献给柔道了。我可是每天穿着像抹布一样的柔道服,在摔来摔去中,度过了人生中最宝贵的三年高校时光。我不读书、不学习,每天只想着拿冠军这一件事。把父母给的胳膊弄折了,把父母给的耳朵蹭烂了,暑假也不回家,在训练场度过!"

鸢说着说着,情绪激动起来,脸色铁青。训练时鸢面相凶狠，但此刻的面容却更加可怖。

"鸢!"有人制止道。

"别管我!"鸢冲那人吼道。接着，他对杉户说，"我不会道歉的。我还没有向父母道歉过。我从未向任何人道歉过。我凭什么必须向富野道歉?"

"我明白，鸢!"杉户说。

"你不明白。你是乡巴佬家的穷儿子，不会明白武士的志气。我明天会来训练场。我要和富野对练。我恐怕马上就会输吧。我会被反扭关节。我会被锁喉。我会被他压在身下，被牢牢地压住，动弹不得。"顿了顿，鸢继续说道，"我在四高柔道队的生活还不到半年。我还没真正学会柔道。所以，富野会训我吧。腰没沉下去。胳膊没夹紧。腋下没用力。——尽管如此，有一件事，我要教给富野。那就是，再弱，也要有取胜的信念。"

鸢抬起胳膊，把眼睛埋进了袖子。泪水从他的眼睛里涌了出来。

杉户想带着情绪激动的鸢走出训练场，但鸢说道："你先去大天井那儿吧。我晚些再去。我现在心里烦躁，等心情平复了以后我再去。我会带牛肉，所以你让大天井先把干草准备好了。"

"那咱们先去吧。"杉户对洪作说。两人一起走出了训练场，像往常一样喝了汽水，然后向兼六园的方向走去。

"刚才鸢说的干草是什么?"洪作问道。

"是指蔬菜。"杉户说，"鸢那家伙，这么容易就激动了，这可不行。他是个好人，但太容易生气。不过，鸢说的，在一定程度上是事实。大家都对富野寄予厚望，以为他至少能拿下一两个人，可他却跟对方打成了平手。看了比赛就知道，他们俩实力悬殊。他的对手系着白带①，是个没名气也没实力的选手。那个人从一开始就以平局为目标，完全不进攻。但是，他很顽强。即使被富野压制住，他也想方设法地挣脱了。"

"连富野都没赢吗？"

"没赢啊。他几乎可以随意摆布对手，但却始终拿不下一本。"

"鸢明天会去训练场吗？"

"谁知道呢。"杉户说，"真是个傻瓜，道个歉不就行了吗？——一会儿我劝劝他。好不容易休息一天，怎么能去训练呢？"

"富野恐怕也很为难吧。话已经那样说了，就不得不去训练场了。"洪作说。

"富野可不一样。他不是一般人。他就是为练柔道而生的。他跟别人不一样，他很特殊。他现在应该正在为明天不在家休息、能去练柔道而高兴呢。"

"他这么喜欢柔道吗？"

"喜不喜欢不知道，这应该是一种习惯吧。每天都来训练场，从不休息，就会变成这样。不论是我还是鸢，到了三年级，恐怕也都会变成这样。你也该考虑考虑。我们已经没

---

① 没有段位的人在柔道服外系的白色腰带。

有别的路可走了,但你还可以选择。"杉户说。

两人在通往兼六园的上坡前向右拐弯。洪作至今也不知道兼六园究竟是个什么样的地方。不仅是兼六园,对于金泽究竟是一座怎样的城市,洪作也不大清楚。洪作知道的只有四高的训练场、杉户的寄宿处、犀川,此外便是每天从训练场往返时经过的路。

"这条路真清静啊。"洪作说。

"教会学校的女学生会走这条路。现在是暑假,所以能走,平常我们是不走这条路的。"

"不能走吗?"

"不是不能走。这里爱怎么走就怎么走,但是柔道队的人谁也不从这儿过。"

"为什么?"

"没有为什么,嗐,这是正常人走的地方。——我之前和鸢从这儿走过。真是艰难。"

"艰难?"

"嗯。"

"哦。"

杉户所说的意思不甚明了,但洪作也朦胧地感到他们一定受了磨难。

两人走在平时不能涉足的寂静的大道上,拐了两三个弯,来到了大天井寄宿的地方。这是一个烟草店。

"他住在二楼。"说完,杉户冲二楼的窗户喊道,"喂!"

不久,二楼的玻璃窗被打开了,一个红鬼探出头来:

"呦，这不是杉户吗？——上来吧！"

洪作跟着杉户，走进了烟草店，在店门旁边的楼梯底下脱掉了木屐。杉户冲店里说道："打扰了。"然后便走上了昏暗的楼梯。虽然楼梯很暗，但二楼的房间却很明亮。

二楼有两个相连的房间，在里屋的檐廊上，大天井正与一位老人在棋盘前对坐。

"现在正是关键的时候。——虽然不该使唤客人，不过不好意思了，你去楼下把茶端上来吧。"大天井说着，目光始终没有离开棋盘。

"端茶？"杉户问道。

"顺便拿点儿仙贝什么的上来。"

"跟大婶说一声就行了，是吗？"

"对。——麻烦你跟大婶说说。直接跟大婶说。就这儿，我落这儿！"大天井在棋盘上落下一个白子。

杉户下楼，把茶端了上来，问大天井道："还要下很久吗？"

"嗯。"

"鸢会带肉来。"

"肉？搞错了吧，应该是炸豆腐。"

"真的是肉。"

"马肉吗？"

"牛肉。"

"好，我来者不拒。要是带来了就放下，然后回去就行。"

大天井自始至终没有把头转向这边。他眼睛紧盯着棋盘，说出的话全都没经过大脑。

"真难办啊。就因为这样，我才讨厌下棋。"杉户说。没想到这次老人接话道："真难办啊，实在是难办。就因为这样，我才讨厌下棋。"老人也一边说着心不在焉的话，一边用指尖夹着棋子，起起落落。

"真是没办法。咱们去那个房间等等吧。"杉户说。洪作也跟他一起转移到了旁边的房间。

在旁边的房间坐下之后，洪作开始观察大天井这个人。他不像南那么高，但肩膀却更为宽阔，身材很是魁梧。他的脸很大，眼睛、鼻子和嘴也都很大。虽然是备考生，但怎么看都不像。他既不像是四高的学生，也不像是大学生，怎么看都是一个已经踏入社会的出色的成年人。他身上似乎有一种淡定从容，他坐在棋盘前，看上去悠然自得。他的大耳朵已是残破不堪。

房间的角落里放着一张书桌，但桌子上什么也没有。既没有墨水瓶，也没有笔记本，只有扇子和烟灰缸放在桌子的一旁。

过了一会儿，只听见棋子哗啦哗啦地响，那两人离开了棋盘。

"明天再一决胜负吧。"大天井说道。

"好。"老人说。"明天来我家吧？我叫四五个人来。"

"好啊，我明天去拜访。"

"那我告辞了。"

老人走了。

"哎呀,对不住,对不住!"大天井走到两人身边,说道:"你刚才说了些让我挂心的话。肉啊什么的。"

"鸢会带肉来。"

"是吗?真不错。我要喝个尽兴。你们也稍微喝一点儿,解解暑。"大天井说道。

"训练怎么样了?"大天井问杉户,"再过个两三天,我也要去训练场。可以吧?我也该去了。"

"参考书看完了吗?"杉户问道。

"看完了。"

"看的是什么参考书?"

"别问这么详细。"大天井笑着说,"权藤那儿拜托你替我说说好话。就说他让我看的书我已经看完了,好吧?"

"这可让我为难了。"

"这有什么为难的?"

"对方可是权藤啊,我撒不了谎。不如你真的把书看完,怎么样?反正早晚都得看完。"

"我看,我在看呢。"

"我可不敢信。"

"你怎么这么信不过我啊。考学是我自己的事,我也在认真考虑呢。"

"你做单词本了吧?"

"做了。不过,我做得不好。你能帮我做吗?"

"开什么玩笑。至少单词本得自己做,让别人做可不行。

是吧，洪作？"

杉户把脸转向了洪作。因为杉户还没向大天井介绍自己，所以洪作说道："我是伊上洪作。"

"你是备考生吗？"大天井问道。

"是的。"

"想进柔道队？"

"是的。"

"想进柔道队得先考上四高。考不上四高可不行。"大天井说道，"好好努力！"

"我之前收到过你写的信，夹在莲实的信里。"洪作说。

"啊，是嘛。——莲实夸的那个人就是你啊？确实是个小个子。小个子也没什么不好。哦，原来是你啊。——好，我陪你练个两三天。"大天井说道。

"洪作，至少单词本得自己做，是吧？"杉户说。

"是，没错。"洪作说道。

"别这么狂。你想给我劝告，这可不行。在落榜生里我可是前辈。因为我是和富野同一年考试的。一分之差，富野考上了，我落榜了。然后我又和莲实一起考试，今年我又和杉户还有鸢一起考。我基本上都是差一两分没考上。"大天井说道。

鸢提着用竹子皮包好的牛肉走进了房间。

"今天给洪作开欢迎会，所以我买了肉。"鸢说。鸢最初总客气地称呼洪作为"伊上同学"或"伊上"，不知何时也"洪作"、"洪作"的直呼其名了。

301

"不过，不是我请客。我之后会征收会费。现在我们身上都不可能有钱。我把洪作的全部财产都抢来了。洪作回去的火车票钱，我们必须得想办法。这一点得提前跟你们说清楚。都听明白了吧？"鸢嘱咐道。

"不过是火车票钱，好办。再过两三天我这儿就来钱了。先不说这个。——既然是抢了洪作的全部财产，买完肉应该还有余吧？"大天井问道。

"对，还有余。"鸢说。

"既然如此，就把剩下的钱全都拿出来吧。钱必须得好好算清。用这些钱买干草和酒，要是还有剩下的，就大家均分。"

"你啊，我从来都拗不过！"

"没什么拗得过拗不过的。钱的事要是处理不好，父子都能变成仇人。——把钱拿出来。"

鸢从口袋里掏出钱包，把钱倒在榻榻米上，把空钱包还给了洪作，说道："杉户，你和洪作住在一起，不能让他缺钱花。洪作，我们不是什么都让你掏钱买，只是暂时用你的钱垫一垫。"

"杉户，你去买干草和酒。今天破例让你们喝点儿酒。既然明天不训练，稍微喝点儿应该没事儿。"大天井说道。

"我不能喝。我明天必须去训练场。"

鸢向大天井说明了刚才和富野之间发生的事。

"你真是个傻瓜啊。难得放一天假，应该好好休息。"

"我也想休息，可事情已经到了这个地步。"

"那你不能喝酒了。"

"所以我要把肉吃个够。"鸢说道。

"你别吓唬我!"大天井说。杉户出门去买菜,鸢下楼与大婶交涉摆宴的事。

"你坐在这儿就行。你是客人嘛。我也什么都不干。我是这儿的主人嘛。"

大天井说道。身为备考生的大天井架子却是最大的。

宴席设在面向后院的房间里。鸢把小炭炉搬到了外廊上,用扇子扇火。这家的主人是个弓着腰的老太太。

"大婶,您不用动。有这么多人呢。"大天井说道。但老太太仍在厨房那边忙活着。杉户买来了蔬菜,也放在外廊上。老太太拿来了菜板和菜刀。

"切菜小心点儿。"大天井说道。

"没事的。"

"太危险了。来,我切吧。"大天井代替杉户拿起了菜刀。这时,店铺里传来了客人的声音。

"来了!"杉户走了出去,但很快就折了回来,说道,"不行,是个姑娘。大婶,你去吧!"

大婶出去了。

"嘴里说着是姑娘,心里害怕,这可不行。真是个没出息的家伙。对方是客人。姑娘也会来,孩子也会来。如果不对每个客人都和颜悦色,就做不成生意了。自从我在这儿寄宿,这个店也终于有客人光顾了。从前根本没人来,因为大婶待人很冷淡，笑也不笑一下。"

正在这时，老太太从店里回来了，说道："怎么能笑得出来？他们可是买烟的客人。"她脸上的确连一丝笑容也没有。

"你也会去店里吗？"洪作问大天井。

"我不想去，可是不去不行啊。这位大婶，心情不好的时候，客人问话她都不答，一副事不关己的样子。"

"你说什么呢？"老太太说道。

"呦，想装糊涂可不行！"

"跟你装糊涂有什么用？"

从大天井和老太太之间的对话中，洪作感受到了一种说不出的暖意。那是一种不同于亲子之间的爱、但却可以称之为爱的温情。

渐渐地，肉香从外廊上飘了过来。老太太把草席铺在榻榻米上，鸢搬来小炭炉，杉户端来盛着蔬菜的大盘子。

"来，先让敝人尝一尝咸淡。"鸢说着，拿起了筷子。

店铺的方向又传来了客人的声音。

"来啦！"大天井起身出去了。

"等彻底煮熟了再吃！"老太太一边在小院子里打水，一边说道。

不久，大家就围坐在小炭炉旁，动筷子吃起了锅里的牛肉。鸢、杉户和洪作都只穿着长裤和无袖运动衫，大天井把浴衣的袖子褪了下来，半裸着身子。老太太不能脱衣服，只得一个人不停地扇着扇子。

鸢负责往锅里下肉，老太太负责往锅里放菜。杉户则负责照看炭火，不时端起锅来，用火筷子拨火，或是添一块新炭。

洪作想要接替鸢的工作，结果大天井说道："你什么也不用干。因为这肉是用你的钱买来的。只管端起架子来，专心吃！"

说这话的大天井，倒是什么也不干，喝着啤酒，偶尔给杉户和洪作的杯子里添酒。只有鸢因为明天要去训练，所以不能端酒杯。

"只有你和富野两个人训练，真惨呐。"杉户说道。

"我明天不会那么快就让富野遂了心愿的。"鸢说。

"不，不行的。不管你怎么奋力反抗，既然对方是富野，你就敌不过。他会任意摆布你的。在技能方面，你们俩是天壤之别。就像相扑选手和小孩儿打架一样。"大天井说道。接着，他又说："明天可有好戏看了。能见到鸢的哭脸了。鸢真的会哭的。"大天井用双手捂住眼睛，抖动肩膀，模仿鸢哭泣的样子。

"开什么玩笑。"鸢说。

"我说的不对吗？你和我对练的时候也哭过。我用立技连续拿下了五六个一本，你就哭了，不是吗？之前还有一次，你被宫关的扫堂腿绊倒了，一骨碌爬起来，结果又挨了一记扫堂腿。那时候你也哭了。"

"明天我是不会哭的。之前那几次我也不是哭了。我只是觉得不甘心，心里面恼怒，眼泪就出来了。流眼泪在我这儿是个生理现象,和流汗一样。看上去像是哭了,但其实我没哭。"鸢说道,"喏,你们看,我流了这么多的汗。我不像你们那么干燥,我身上湿气重。"

说着,鸢挺起了胸膛。的确,他的胳膊上、脖子上都滚着汗珠。

"擦擦吧。"杉户说。

"吃了肉就消汗了。现在肉还没吃足,等吃足了汗就消了。"鸢说道。

"长了这么大的个子,怎么还会哭鼻子呢?真的吗?"老太太一边用扇子给鸢那壮实的身体送风,一边说道。

"他哇哇地哭。"杉户说。

"你不是也哭过吗?"大天井对杉户说道,"因为训练而动弹不得的时候,你哭了吧?"

"我没哭。"

"不,你哭了。我当时在旁边看着,心想,杉户那家伙不会是哭了吧?大约是你进柔道队第二个月的事。你因为训练的时候总是反应迟钝,所以进队半个月的时候胳膊就断了,对吧?"

"对,右胳膊。"

"右胳膊?不是左边吗?"

"不,是右边。左边是之后断的。"杉户说。

"别说这些啦。——让别人听到多难听啊,什么胳膊断不断的。既然是四高的学生,总该有些正经话说。"老太太说道,"鸢,那块还没煮熟吧?你别着急嘛。"

"这家伙没教养。"杉户说。

"你也没资格说别人。不许用筷子按着肉。"老太太说道。

"不这样的话,这肉就被别人抢走了。"

"别胡说。"鸢说道。

"我没胡说,刚才我正要吃,却被一股脑儿地全捞走了。"

"我才没有呢!"

"一股脑儿把肉全捞走的不是你,而是这位。"杉户把下巴冲大天井扬了扬。

"用什么方法都行。肉必须吃。比赛必须赢。要是抢不到别人的肉吃,也就赢不了比赛。"大天井说。

"呦,这人好大的口气。"老太太开口道,"你考试不是从来都及不了格吗?"

"别说这个。"

"我偏要说。连我都觉得太丢人了。年年考,年年考不上!"

"行了,我明白。"

"你怎么会明白?"

"我真的明白了。我会铭记在心。明年等着瞧吧!"

"既然如此,我还要再说一句——你别再下棋了。能不能把下棋的时间用来学习呢?"

"好,不下了。"

"光嘴上答应可不行。"老太太说道。在老太太这里,大

307

天井完全没了气势。

眼见战况对大天井愈加不利，鸢像追击一般，说道："我觉得大婶说得对。不管怎么说，得先考进四高。努力个半年就行了。这半年，做好消瘦的心理准备，努力学习，准能考上。"

"大天井怎么会瘦呢？"老太太再度开口，"何止是不会瘦，一到了快要考试的时候，反而会胖呢！"

"别说这些，让别人听见了不好。"大天井说道。

"鸢和杉户，我觉得都不靠谱。我觉得你们多少也该辅导辅导他的功课。你们到了这儿，净谈柔道。你们也该多少谈一谈考试的事，他要是有不懂的地方，你们就给他讲讲。我想，你们要是用心辅导，大天井也是能学会的。"

"这个嘛，大婶，"鸢说道，"他要是肯听我们的话，倒是没什么问题。可是，您觉得大天井会乖乖地听我们的话吗？"

"不管他听不听，你们只管说就行了！"老太太说道。

"大婶说的话越来越蛮横了。这是战斗精神。大婶如果是个男的，恐怕会成为优秀的柔道选手。"杉户说道。

"谁要进你们柔道队？一个个都脏兮兮的。"

"吃肉吧，大婶。"鸢说道。

"上了年纪以后，不太爱吃肉了。"

"那您吃菜。"

"我在吃。"老太太说道，"唉，明年一定要让大天井考上四高啊。拜托了，求求你们了！"

"别说这么催人泪下的话,大婶!能考上的,明年我能考上。——因为比起现在这样,肯定是考进四高更好。别担心,我会考上的。不辜负大婶,也不辜负父母。"

"不然就太不像话了。"

"嗯,我知道。"

大天井说完后,老太太又转向洪作:"你也很有可能变成这样,一定要小心。明年一定要考上。明年要是落榜,以后就成了惯性了,多少年都考不上。"

"不会的。"洪作说。

"好好学习,好好学习!"老太太说道。

鸢站起身来,又出门买肉去了。

第二天,杉户和洪作都睡到了将近中午才起床。两人在楼下吃完了迟延的早餐,一回到二楼的房间里,杉户便说道:"不用训练的日子真是没意思啊。根本无事可做。"杉户看上去很是无聊。"无事可做,真让人为难。大家都在干什么呢?"杉户一边说着,一边把刚放进柜子里的被褥又搬了出来。

"你又要睡?"洪作吃惊地问道。

"嗯。"杉户只穿着运动裤和无袖运动衫,在床上摆成一个"大"字,说,"失陪了!"

"你能睡着吗?"

"能睡着。只要想睡就能睡着。"

"真的吗?"

"真的。你试试看。集中精神,什么也不想,自然就会进入休息状态。这样一来,意识便会渐渐模糊,很快就睡着了。"

"我可不行。昨天晚上睡得很足,现在想睡也睡不着了。"

"虽说睡足了,但这不过是你自己认定的判断而已。想法这么狭隘可不行。你不需要有任何顾虑,这不会给别人添麻烦的。自己只不过是睡觉而已,不是吗?再说了,还有睡午觉这一说呢。虽然都是睡觉,但睡觉的地方好像不一样。——对了,我让大婶准备好西瓜吧。睡醒之后吃西瓜,实在是件美事。吃完西瓜,就去洗澡,然后吃晚饭,吃完了再睡。"

杉户下了楼,很快便回来了,说道:"今天晚上好像吃炖泥鳅。"

"西瓜的事呢?"

"我说了。大婶说会用凉水给我泡着。"

杉户再一次躺倒在床铺上,说道:"凉风吹进来了。你也睡吧!"

杉户再度摆成一个"大"字,闭上了眼睛。他似乎很快就集中了精神,大约五分钟后,他便开始呼呼大睡了。

洪作在榻榻米上躺了下来。他倒没有集中精神,但却也感到了困意。窗户没关,风吹进来,很是舒爽。不知不觉间,洪作也睡着了。

睡了大约两个小时,洪作睁开了眼睛。他看向杉户,只见他抱着胳膊，端坐在床铺上。

"你什么时候醒的？"

"刚醒。"

"我也睡了。原来真的能睡着。——真是不可思议。"

洪作也坐了起来，打了一个大哈欠。之后他便和杉户一样，抱着胳膊坐着。也许是睡得太多，他感到特别乏力。

"我脑子有点儿发昏。"杉户说。

"是睡得太多了。我也昏昏沉沉的。"洪作说。

"那怎么办呢？"杉户把脸转向洪作。

"什么怎么办？"

"这么下去不是个办法。还是去训练场吧？"杉户说道。

"去训练场？"

"对。现在是两点。鸢那家伙，一个人怪可怜的。咱们去给他助威吧？"杉户猛地站起身来。"虽然我也很想吃西瓜，但西瓜还是一会儿再吃吧，我要马上去训练场。你就不用去了，吃了西瓜，再洗个澡，好好休息吧。我自己去。"

"我也去。比起吃西瓜，我更愿意去训练场。"

"是吗？那咱这就走。"

杉户迅速地穿上了裤子，披上了外衣，把帽子扣在了鸟窝似的头上。

两人冲到了楼下。

"轻点儿下楼梯！"大婶的声音传了过来。

两人走下玄关时，大婶过来了："你们要去哪儿？"

"我们去训练场看看，马上就回来。"

"我正要切西瓜呢。"

"等我们回来再切吧。"

"你说要去训练场,可今天不是休息吗?"

"是的。"

"那为什么还要去呢?"

"因为鸢要训练,我们去观摩。"

"骗人。是你们自己想练吧?肯定是!"

"不,我们去观摩。"

杉户说着便走出了大门。洪作正要跟去,大婶说道:"你这头型也越来越难看了。别光睡觉,去理发店剪剪头发!"

到了无声堂,只感到训练场里静悄悄的,仿佛一个人也没有。进去一看,只见鸢穿着柔道服,一个人坐在训练场的正中央。

鸢望向杉户和洪作,说道:"呦,你们也来了?"

"富野呢?"杉户问道。

"还没来。"

"他是不是忘了?"

"不可能。"

"要不然就是他昨天说的是玩笑话。我总觉得他是开玩笑。"

"玩笑!有那样的玩笑吗?——不过确实很奇怪。我已经在这儿坐了三十分钟了。他一直没来。"

"他不会来了。我觉得他不会来。"

"是吗？"

鸢站了起来，"哈"地一声大喊，做了一个受身动作，自己把自己摔在了铺垫上。身体叩击铺垫的声音在训练场上回响，铺垫颤动起来。

"哈！"

鸢一次又一次地让自己跃入空中，一次又一次地让自己跌落在铺垫上。这时杉户说道："那，我替富野跟你对练吧！"

杉户马上去更衣室换上了柔道服。回到训练场后，杉户也做了好几个受身动作。

"三局两胜！"洪作喊道。那二人走到训练场中央，面对面坐了下来。

"不许咬我。"杉户说。

"我不咬。你又不好吃。"鸢说道。两人站了起来。鸢突然张开双臂，眼冒精光，喊道："来呀！"杉户则像往常一样，无精打采地站着，嘴里嘟哝着什么。杉户每次比赛的时候，在抓住对方的衣领之前，嘴里都会一直嘟嘟囔囔的。他究竟在说些什么，没人知道。杉户自己似乎也不清楚。对于杉户的这番嘟哝，其他队员称之为"念佛"。

"来呀！"

鸢大幅度地向右迂回。在鸢所画的这个大圆圈的中心，杉户一边念佛，一边一点点地改变着身体的朝向。

这时，富野走进了训练场。

"停！"洪作喊道，中止了两人的比赛。

"真了不起！杉户也来了？"富野说着，走进了更衣室。

鸢和杉户坐在训练场的角落里，等待着富野回来。富野换上了柔道服，一走进训练场，便冲洪作说道："喂，你是怎么回事？"

"我观摩。"洪作说。

"哪儿不舒服吗？"

"没有不舒服。"

"没有不舒服，来了训练场却不换衣服，哪有这样的人？换衣服去！"

和以往不同，富野的语气很是严厉，怎么看都像是心情烦躁。洪作也换上了柔道服，坐到了鸢和杉户的旁边。

富野在训练场中央坐了下来，说道："鸢、洪作、杉户，按照这个顺序，我一挑三。杉户，你来当裁判。"

鸢仍照他的习惯，张开双臂，迎战富野。鸢立刻便被富野拖拽着进入了寝技的姿势。虽然他一下子就被拽倒了，但却一直没有输。每当富野想要压制住他，他便使出浑身的力气将富野推开。鸢看上去就像是由能量凝结而成的固体。富野多次想要压制住他，但他每次都挣脱了。

他们整理了两次凌乱的柔道服。鸢每次站起来重新摆好架势，都大喊道："来呀！"主动向富野靠近。之后鸢立刻就会转为守势，富野发起进攻，但始终难分胜负。就这样，时间到了。

"停！"杉户宣告双方打平了。

"嚯，到头来还是让你给跑了。"富野擦着汗说道。接下来与富野对阵的是洪作。眨眼间洪作便被拽倒了，富野以一招崩上四方固将洪作压制住了。富野刚与善战的鸢进行了一番苦斗，洪作本以为自己能多坚持一会儿，然而却这么快就输了，连自己都觉得大意了。

下一个是杉户。鸢代替杉户充当裁判。

杉户的准备姿势仍然净是破绽。他一边念佛，一边等待着对方出击。富野每向前一步，杉户就后退一步。

"回到场地中央！"鸢提醒道。两人回到训练场中央后，情形还是一样。杉户不断后退，甚至退到剑道训练场去了。

"回到场地中央！"鸢再次说道。这时，洪作看到两人互相抓住了对方的袖子。刹那间，杉户倒在了剑道训练场的地板上，发出一声巨响。眼看富野似乎就要压到杉户的身上，但却突然停住了。富野被杉户的三角绞控制住了。

洪作不知道变故是如何发生的。成功使出三角绞的是杉户，而脖颈和一只手臂被牢牢地夹在杉户的两条长腿所构成的三角形里的，却是富野。

身为裁判的鸢冲洪作说道："来搭把手！"鸢是想原样不动地把杉户和富野拖回到柔道训练场的铺垫上。

然而并没有这个必要。

"拿下一本！"鸢宣布杉户获胜。富野昏过去了。鸢在富野的后背上拍打了一两下。富野缓过气来之后，鸢用平静的语气，缓缓地宣告了比赛的结束："到此为止。"杉户不知是高兴还是不高兴，此时嘴里仍叽叽咕咕地念叨着什么，与富野相对而坐，低头致意。

"到头来被你给拿下了。"富野笑着说道,"我没打败鸢。不仅如此,我还被杉户打败了。你们俩都变强了。能打出今天这样的比赛,说明你们两个都很优秀。我们不用只仰赖南和宫关了,明年武德殿的比赛真让人期待。明年应该会以你们两个为中心,选拔参赛选手吧。就看你们的了,嗯?"

对于富野的问话,鸢和杉户都沉默着没有回应。因为他们感到富野的话有些异样。果不其然。

"我啊,"富野的语气多少有些忧郁,"从明天起,不再来训练场了。我来年要考大学,必须多少做些准备。这是我最后一次陪你们训练。你们俩都大有长进,我也能安心地离开训练场了。洪作明年来了四高,也要帮助鸢和杉户。大天井最近好像也在学习,明年应该能考上吧。这样一来,重量级选手就有南、宫关和大天井三个人了。不过,光依靠这些高手是绝对不行的。我想,我要是继续严加训练的话,鸢和杉户都会成为大才。今年的高专运动会上,表现最为出色的柔道选手是六高的山根。他虽然是个身材矮小的白带选手,但他之前和某个大学预科的选手们对阵时,击败了三个黑带选手。他赢得十分漂亮,令人神往。他毫无勉强之感,赢得顺理成章,动作很有节奏,身手敏捷,而且大胆。看着他的比赛,我觉得这就是我们理想的柔道。"

顿了顿,富野继续说道:"鸢,昨天我受了你的责骂。你说,没见过那么不像样的比赛。原本能赢的比赛,结果却没有赢,不像话。——是吧,鸢?"

"是。"鸢挠了挠头。

"即便你不说，我自己也这么想。我必须赢，结果却没赢。至于事情为什么会变成这样，我知道原因。"

"是什么原因？"杉户抬头望向富野。

"训练得不够。——问题就在这里。"富野说。

"啥？"鸢发出一声惨叫。

"是真的。咱们训练得不够。从时间上来说，也许不一定不够。但是，要问我们的训练有没有充分地利用时间，可就不好说了。我觉得，应该增加研究的时间。要彻底地研究。研究的时间就是放在晚上也行吧。"

"是。"杉户一副厌烦的样子。

"你说呢，鸢？"

"是。"被富野问到，鸢的回答也很不情愿，"白天是柔道，晚上还是柔道。"

"这不是挺好的吗？"

"是。"

"在高校练柔道，进了大学便学习。"

"是。"

"要是能下这样的决心，就什么问题也没有了。要是下不了这样的决心，就会有各种各样的杂念。——好，就到这儿吧。我要坐傍晚的火车回四国。你们既然已经来了训练场，就继续训练吧。"

富野走进了更衣室。富野离开训练场时，三个人把他送到了门口。回到训练场后，杉户说道：

"喂，富野是不是故意输给我的？"

"不可能。"鸢说。他似乎略微思考了一下,又道:"不,不能自大!"他自己摔倒在铺垫上,发出一声巨响。站起身以后,他说道:"是这样吗?这也不是不可能。——恐怕我也是这样。"

鸢、杉户和洪作关上了训练场的窗户,正准备回家,这时权藤来了。

"你们怎么在这儿?"权藤眼冒精光,用怀疑的眼神打量着三个人。

"我们刚训练完。"杉户说。

"今天休息,你们还来训练?"

"是富野硬要我们来的。"

"噢。"

"鸢和他打了个平手,我用三角绞把他勒昏了。"

"噢。"这话明显出乎权藤的意料,他抱着胳膊,问道,"真的吗?"

"真的。"

这时鸢说道:"我觉得富野好像是故意让着我们。刚才我们还在谈论这件事,傲视群雄的富野怎么会被杉户的三角绞给锁住呢?"

"哦。"权藤一副感慨颇深的样子,"嗐,你们不用多想。富野不是那种耍花招的人。——是嘛,鸢打了平手,杉户拿下了一本?"权藤看上去很高兴,"练到今年年底,估计无论是南还是宫关,你们都能打赢了。你们的这副尊容是没什么希望了,但是在柔道方面还是有希望的。好,既然你们今天训练了,明天单独给你们放个假!"

"我明天也会来。"杉户说。

"让你休息你就休息。我这么做不是没道理的,是因为有必要休息,所以才给你们放假。就这一天,好好休养。"权藤说。

"怎么感觉以后好像会很累啊。"鸢说。

"你们这些一年级的毛头小子,根本不知道训练的艰苦。你们应该很快就会知道四高柔道队暑期集训的强度有多大。"

"……"鸢皱起了眉头。

"你身上多少有些赘肉,恐怕很快就会减掉,精瘦精瘦的了。"

"那我们明天不来了。"杉户说。

"给你们放假是为了让你们好好休养。别去街上闲逛,老老实实地在宿舍睡觉。"权藤说。

"你来这儿到底是为了干什么呢?"

"我?我来巡视巡视。有你们这样的人在,不来看看怎么行?"权藤说。

"听说你不管什么日子,都要来无声堂踩一踩训练场上的铺垫,这是真的吗?"

"什么?"权藤用犀利的目光看着杉户。"这话是谁说的?"

"大家都这么说。——是吧?"杉户把脸转向鸢。

"我不知道。"鸢说道。

"咦,你前几天不是还这么说过吗?"杉户说。

"我没这么说。我说的是来舔铺垫。不是踩,是舔。"

"你再说一遍试试。"权藤看着鸢,目露凶光,"别胡说八道!什么叫来舔铺垫!"

"这不是我说的。大家都这么说。"

"谁会舔铺垫?"权藤说完,伸出舌尖舔了一下下唇。权藤有时会一边说话一边用舌尖舔上下嘴唇,这是他的习惯。权藤的这个习惯,洪作也从第一次见他的时候就注意到了。舔铺垫云云,也一定是由此引发出来的。

"滚!"权藤吼道。

"那我们就先走了。"杉户和鸢异口同声,说完后拔腿跑出了训练场。从校门出来,走到了大路上,杉户说:"咱们把权藤惹恼了。"

"你不该说那些蠢话。"鸢说道。

"惹他生气的是你。有的话能说,有的话不能说!"

"可是,他好像确实舔过。他现在恐怕也正在啪塔啪塔地舔呢。"

鸢张大了嘴,伸出舌头,模仿着舔铺垫的动作。

"他真的会舔吗?"洪作问道。

"会舔。他从铺垫上摄取盐分。"鸢说。

"不会吧。"杉户说道。

"我没骗你们。舔完一块铺垫大约需要一个小时。现在权藤刚开始舔。你们要是不相信,咱们回去看看吧?"鸢停下了脚步。

"回去看看吧?"鸢一脸认真地重复道。

"被他发现可就麻烦了。"杉户说。

"要是被他发现了,就说手巾落在训练场了,回来取。我确实把手巾落在训练场了。"

"那就走吧。"杉户说。三人再一次穿过了校门。

"走路尽量轻点儿。到了训练场那儿,就把木屐脱掉,到西边的窗下,往里面看。看得久了会被发现,所以咱们就瞅一眼,瞅完就撤,听见了吗?"鸢说道。

三人到了训练场的侧面,便脱下了鞋,轻轻地向窗户靠近。这所谓的窗并不高,高度与铺垫相同,是用来换气的。

三人弯下腰来。

权藤坐在无声堂的铺垫上。盘着腿,两手放在腿上,挺着胸膛,闭着眼睛。权藤在坐禅。户外的天色还未变暗,但训练场内已经笼上了一层暮色。昏暗的光线之中,权藤的身影像是一个摆件一般,看上去仿佛悬浮在空中。

洪作立刻离开了窗户。一种感觉击中了他:他似乎看到了不该看的东西。洪作穿上木屐,独自向校门的方向走去。不久鸢也来了。最后追上来的是杉户。

三人出了校门,来到了大道上,沉默着走了一段路。

"他那是坐禅啊。"鸢说道。

"好像是的。"杉户说,"是谁说他在舔铺垫的?"

鸢没有回答这个问题:"我要不要也坐禅呢?要不要认权藤做师傅呢?——不能忘了修身养性。人,就是要不停地提高自身修养。"

"修养,修养,修养。"杉户也这样说道。

洪作还是第一次见到坐禅的样子。他觉得坐禅很好。他觉得自己见到了一个不一样的权藤，完全不同于每天训练时所见到的样子。

权藤坐禅一事，不仅出乎洪作的意料，而且也一定是鸢和杉户没有想到的。即便是鸢，当然也并不认为权藤会舔铺垫。他不过是故意说滑稽的玩笑话。去偷窥权藤在无声堂的行动，也是因为偷窥本身有一种毫无意义的乐趣。他觉得，既然是权藤，那么无非是在写柔道队的日志，或是清点柔道服的数量。然而令他感到意外的是，自己在那里见到的，是权藤坐禅的样子。

"我之前去过权藤寄宿的地方。那时我刚进柔道队，逃避训练没请假，结果他说有话要和我说，让我去他住的地方。去了一看，权藤和莲实两个人都在，他们俩狠狠地训了我一顿。当时我发现权藤房间里有很多书，基本都是有关哲学、宗教的书，我很是吃惊。我当时说话不小心，问他真的看这种东西吗，结果又把他惹恼了。'把不看的书堆在房间里，哪有这种傻瓜？我跟你可不一样！'"鸢模仿着权藤的语气。

"我也惹他生过气。"杉户说，"大天井叫我和他一起去权藤那儿玩。当时，我问他以后会当和尚吗。因为，不想当和尚的话，干嘛看那么难懂的书呢。结果他生气了。'你再说一遍试试！'"

"竟然能说出那种蠢话，理科生真让人伤脑筋啊。"鸢说，"不过，读有关哲学和宗教的书、坐禅、专心提高修养，这是好事，并不坏。要不我也试试吧。"

"你为什么要试试？"

"我不是说了修身养性吗？你这个理科生是不会懂的，人有各种各样的烦恼。"

"你也有烦恼吗？"

"有。"

"你骗人。"

"什么骗人，你别这么没礼貌。我最大的烦恼就是性欲。我每天都为性欲所苦。"

"你说性欲？你有这么奢侈的东西啊。"接着，杉户模仿富野的语气说道，"这也是因为训练得不够，训练不足。——要更专心地训练。这样性欲什么的就会无影无踪了。人，只要努力训练，就只剩下食欲和睡眠欲了。人，只要有食欲和睡眠欲就够了，其他的都不需要。"

三人像往常一样走在香林坊。街上几乎看不到四高学生的身影。偶尔见到的，也一定是家在金泽的学生。这些人衣着都比较体面，看上去都像是有教养的文雅青年。每次遇到这样的学生，鸢便会打招呼："小少爷！你好！"哪怕对方是二、三年级的学长，他也毫不在意。这时，对方往往会急忙躲闪。

"别这样！"杉户责备道。

"我又没干什么坏事。我只是向他们问好而已。——他们一副小少爷的样子，所以我才叫他们小少爷的。"鸢说。

323

与鸢同行，最让洪作感到尴尬的，就是鸢会突然停下，发出一声狮吼般的喊叫，然后大吼道："我饿了！"每当这时，来往行人中总会有几个人回过头来张望。

"别这样！"这时杉户也会责备他。

"我真的饿了。我只不过是在表明肚子饿了这件事时，声音大了一点而已。的确有几个闲着没事干的人回头看我。可是，回头看是人家的自由，我没有权利制止。"鸢这样说道。

但是，洪作不知何时已经习惯了和鸢以及杉户并肩而行。即便鸢不发出狮吼，也常有几个人的视线聚焦在这两位青鬼和红鬼身上。

"呦，大天井来了！"杉户说。洪作一看，果然，大天井正在向这边走来。他穿着飞白花纹的和服、粗棉布的袴装，卷起了和服的半边袖子，一边用一把大团扇扇着风，一边慢悠悠地走着。看到大天井的这副样子，刹那间洪作觉得大天井像是天狗①。他自然是体格强壮，但更绝的是他身上的气质，怎么看都像是从山上下来进入人间的天狗。

"呦！"

不约而同地，天狗和鬼怪们在路中央停了下来。

"来钱了。"天狗说。他似乎观察了一下鬼怪们的反应，然后又说道："有爹妈真是好啊。他们会按时寄钱。有爹妈真是太幸运了。我是来买参考书的。要是一本参考书都不

---

①日本传说中的妖怪，居于深山之中，形象与人类似，赤面、长鼻、有翼，身材魁梧，手持羽毛团扇。

买，也太对不起他们了。杉户，给我挑本好的。"

天狗说出了一些不像是出自天狗之口的老实话。

听说大天井有钱了，鸢和杉户都像是自己有钱了一般，现出愉快的神情。

"有爹妈真是太幸运了。不能把父母寄来的钱当成仇人，也不能乱花。爹妈是怀着对孩子的期待，把钱寄来的。——辜负了爹妈的期待可不行。大天井说要先买参考书。这是好事。不管怎么样，咱们先去买书。"鸢说道。

"买书的事不劳驾你。杉户，你给我选。"大天井说。

"好，我帮你选。不过，你要什么参考书呢？"杉户问道。

"你定。"

"我定？这可不行。你已经有好几本英语的书了，应该买语文的吧？"

"语文我不擅长。我只有语文不行。"

"正因为不擅长才要买呢。不过，语文的参考书你也有了吧？莲实给了你一本。"

"那本不行，太旧了。我就是因为用它复习，所以才没考上的。应该有更新、更管用的书吧？"

"那就去找找吧。"

杉户转身沿原路折回，朝书店走去。

"快点儿买来！"大天井说。

"你不跟我一起去可不行。"杉户说。

"你别提这种非分的要求。"说完，大天井似乎注意到了

325

洪作在旁边,"你也买一本吧。我出钱。"

"我就不用了。"洪作说。

"不要客气。不学习,明年可考不上!"大天井说。杉户独自走进了书店。

"夏天的傍晚真好啊。"鸢站在店门口说道。

"真好。傍晚以夏日为佳。有了钱,人就心情舒畅,懂得夏天傍晚的好了。"大天井说,"请大家吃什么好呢?鳗鱼?"

"今天吃天妇罗吧。鳗鱼明天再吃,怎么样?"鸢说道。他又发出一声狮吼,继而大喊道:"天妇罗!"

很快,杉户买了一本语文参考书,从书店里走了出来。

"我觉得这本是总结得最好的。只要把这本书完全吃透,所有的题目就都会做了。"杉户说。

"好,好。"大天井把杉户递来的纸包塞进了怀里。

"必须从第一页开始看。不许跳过任何一页。"

"好,好。"

"我是说真的。这种书必须仔细看。"

"我知道。"

"你才不知道呢。"

"你真啰嗦啊。——你这不是摆谱吗?不就是一两本参考书吗,有什么会看不会看的?——我不请你吃天妇罗了。"大天井说道。

"真拿你没办法啊。"杉户说。"天妇罗今天就免了吧,家里有炖泥鳅等着我呢。——我有别的事想拜托你。明天我想出去玩一玩。要是不带洪作出去逛逛，他也太可怜了。来了一趟金泽，却只去过训练场。"

"哦。"大天井沉思片刻，说道，"那明天去看海吧。观日本海，养浩然之气，如何？"

"今天吃天妇罗，明天去看海，不错！"鸢说道。

杉户和洪作在书店门口告别了大天井和鸢。

"大天井真是个豪放的人啊。"洪作说。

"他明年要是能考进来就好啦。"杉户说。

"明年应该没问题吧。"

"这个嘛，他对自己的事不上心，是个散漫的人。"

"他是个好人。"

"说到好人，几乎没有像他这么好的人了。学力如何不清楚，但人品极好。像他这样坦荡而有气势的备考生，恐怕哪儿都没有吧。"

"是，恐怕没有。"

"四高的老师们也都很欣赏他。他要是稍微用点儿功就好了。——不过他今年好像比去年用功。但这也是他自己说的，不知道有几分可信。"

"他那样的人，只要努力就会有成效吧。"

"在柔道上确实如此，但在学习方面就难说了。就连考试之前，他都说，如果睡眠不足，脑子就不清醒。今年冬天，他因为睡眠时间的事和莲实大吵了一架。莲实想让他缩短睡眠时间，多学习。结果他吼道，别说这么小气的话。"

听着大天井的这些传闻，洪作觉得连自己都变得豁达了。

第二天,杉户和洪作比平时更早起床,十点钟就到了鸢寄宿的地方。鸢在后院的泵水井边,裸着上身,只穿了一条运动裤,抱着一个大水盆,正在洗衣服。

"怎么样,佩服我吧?你们要是有什么要洗的,也拿来吧。我帮你们洗!"鸢说。

"你赶紧洗吧。今天要去金石①玩,大天井应该正在等着我们呢。"杉户说。

"别这么着急,运动衫马上就干了。我没有别的衣服可穿。"鸢说。

"不需要穿什么运动衫。不穿也行。"洪作说。

"呦,你可真会开玩笑。你没穿运动衫吗?"

"没穿,我才不穿运动衫呢。因为是夏天,所以没必要穿。"

"真的吗?你把外衣脱了,让我看看。"

听到鸢的话,洪作便脱了外衣。他从两三天前就不穿无袖运动衫了。

"这家伙,前途堪忧!"

"我还不穿鞋上过体育课呢。"

"体育课是指普通的体育课吗?"

"是军事训练。"洪作说。他并没有说谎。有一次军事训练的时候,他的鞋底掉了,他便光着脚扛枪。他当然受到了

①位于金泽市西北部犀川入海口右岸,是面向日本海的港区。

教官的训斥，但最终还是光着脚坚持完成了训练。那是中学五年级时的事。

"你可真行。"鸢用钦佩的语气说，"你明年考不上还好，要是考上了，我们恐怕就有累受了。"

鸢穿上了还没干透的运动衫。

三个人来到了大天井的住处。大天井也在洗衣服。他和老太太合作，大天井负责洗，老太太负责晾。大天井也裸着上身。

"你们要是有什么要洗的，就都拿来。我顺便帮你们洗。"大天井说了和鸢相同的话。

"咱们还是快点儿去海边吧。"杉户说。

"好，你们稍等。——我去准备一下。"大天井回到了二楼的房间，不久便穿着平时穿的和服和袴装走下楼来。

"你们要去哪儿？"老太太问道。

"我们去看海，傍晚再回来。"

"要是只知道玩，明年还会落榜！"

"我知道，我知道。"大天井说着，从店里的玻璃柜里抓出了两盒烟，"好，咱们走吧。"

"真方便啊。"洪作有感而发。

"什么方便？"大天井问道。

"你毫不费劲就有烟抽，取之不尽。"

"那可行不通。这是商品。"

"你付钱吗？"

"这不是废话吗？"接着，大天井又说道，"你这人太小家子气。你以为我从店里白拿烟？我一分钱也没少付！"

"你什么时候付钱？"

"月底。月底结算销售额的时候，就知道究竟卖出去了多少烟。——剩下的缺口，由我掏钱。"大天井说。他说的的确合乎道理。

"原来是这样。"洪作很是感佩。

"你连这种事都不能一下子算明白，这可麻烦了。——你的代数、几何都不行啊。"

"没这回事。"

"是吗？我看你倒很有这种倾向。"大天井说道。

四人决定走到火车站。只有大天井穿着和服和袴装，其他人都穿着粗棉布外套，但四个人都穿着木屐。鸢和杉户那鸟窝般的头顶上戴着学生帽，大天井和洪作则没有戴帽子。

四人走到了武藏辻，在火车站附近的小餐馆吃了亲子盖饭。鸢和大天井吃了两碗，杉户和洪作吃了一碗。

"你们吃饭真够斯文的。行，没吃的那份，也折成零花钱给你们。"大天井递给杉户和洪作几枚硬币。洪作也毫不客气地收下了。他并没觉得自己受了多大的恩惠。仔细想想，洪作身上的钱全都被收走了，如今相当于是返还了其中很小的一部分。"

"吃份红豆刨冰吧？"大天井问道。

"我不要。"鸢说。除他以外，其他人都享受了一份冰凉。

"给，刨冰钱。"大天井把刨冰钱递给了鸢。

"对不住。"鸢把硬币装进了上衣口袋。

四人出了餐馆,走向位于火车站附近的电车站,打算乘坐开往金石的电车。

四人已经走到了车站附近,鸢却突然停了下来,说道:"等等。——那辆卡车是去金石的?那上面写着'金石运输'。"

马路对面果然有一辆卡车正在干货店门口卸货,车厢上写着"金石运输"四个大字。

"写着'金石运输',不见得就一定是往金石去的。"杉户说。

"等等,我去问问。"

鸢独自横穿马路,向卡车的方向走去。不久,一直在车厢上忙着卸货的年轻人便放下了手中的工作,和鸢说着什么。

三人隔着一条马路望着鸢。看到他没有很快回来,大家便都知道那辆卡车也许正如鸢所料,是开往金石的。

鸢伸手摸了摸货箱,又试着把货箱搬了起来。年轻人们则暂时停止卸货,从车上下来,嘴里叼着烟,和鸢面对面说着什么。

"看来挺有希望。"杉户说。

"这车看上去挺不错!"大天井也说道。

终于,鸢举起右手示意,三人走了过去。

"他们说再去三家店铺,然后就回金石。——咱们要不要搭车?"

"他们说了我们可以搭车，是吗？"大天井确认道。

"他们说可以搭车，不过还有三家店铺要去。多少会耽误些时间。"鸢说道。

"要耽误多久？"

"他们说大约一个小时。"

这时，一个年轻人说道："一家店铺大约需要十五分钟，三家得花四五十分钟，而且我们还得吃饭。"

"好，我们都来帮忙。这些货物五分钟就能卸完。"大天井说，"就卸这些吗？"

对方点了点头。

"卸这些货是小菜一碟。——好，那咱们就搭车吧。"大天井爬上了车厢。洪作和杉户也跟着上了车。

"等等！"年轻人撇着嘴说道。

"现在说什么都晚啦，我们已经上来了。"这样说着，鸢也爬上了车厢。

四个人虽然爬上了卡车车厢，但车却迟迟不开。两个年轻人，一个是司机，另一个像是他的助手，嘴里叼着烟，在路边商量着什么。

"快点儿吧！"大天井说。一个年轻人走了过来，说道："你们还是下来吧。"

"别开玩笑了。让我们坐吧。货物全都由我们搬。我们四个人一起上阵，这些货物眨眼间就卸完了。"鸢说。但那年轻人却始终不同意。这时大天井下了车，向那两个年轻人走去。

"我们打算去金石的海边,玩到傍晚。你们也加入我们,一起去玩一天吧。饭我请客。偶尔也该休息休息,解解乏。别光知道赚钱。"大天井擅自说道。"怎么样,行吧?"大天井拍了拍一个年轻人的肩膀。那年轻人向后退了两三步。

"回去之前我们想在金石吃顿鱼。你们介绍一家又便宜又好吃的店,咱们一起喝啤酒!"这次大天井又拍了拍另一个人的肩。这人也向后退了两三步。

两个年轻人又商量了一会儿,似乎终于商量出了结果。其中一人走到大天井身边,说道:"我有个朋友,家里是打鱼的。想吃鱼的话,我觉得可以去他家。"

"哦。那倒方便了。就在那儿吃吧。"

"你们要是去那儿吃的话,就可以搭车。"对方说道。他提出交换条件,看上去是个精明的人。

大天井爬上了车厢,两个年轻人也坐进了驾驶室。卡车很快便启动了。

四个人各自在啤酒箱大小的货物上坐了下来。

鸢把货物扫视了一圈,说道:"二十二个,小菜一碟嘛。杉户一个人就能搞定。"

"别啊。我不想一个人搬。"

"你不想也没办法。交涉是我和大天井做的。卸货这点儿小事就你干吧。"

"嗯,要不就拜托杉户和洪作了?"大天井也这样说道。卡车载着四个青鬼红鬼,开始在金泽的街道上行驶。虽然阳光越来越强烈,但因为卡车上清风吹拂,所以并不难挨。

卡车在浅野川大桥附近的干货店前停了下来。

"嘿！"杉户和洪作立刻从卡车上跳了下来。大天井和鸢搬起货物越过车尾的围栏，杉户和洪作则把货物接住。眨眼间货物就卸完了。干货店的老板娘说道："学生们干活真麻利。谢谢你们啦！"说着便拿来四瓶冰镇好的汽水和杯子。他们没有立刻喝掉，而是拿上了卡车。

"别喝！一会儿到海边喝。"大天井说。

驶过犀川大桥，卡车又在河对岸的一家干货店前停了下来。

"到了我住处附近了。"杉户的语气中多少有些感慨。卸货转眼间就完成了。鸢本来期待着在这里也能得到一些犒劳，然而不但没有，对方甚至连一句谢谢都没说。

"这家店离倒闭不远了。"鸢说。

"恐怕也就再撑个两三年了。"杉户也说。

"坚持不了那么久，今年年关都挺不过去。到了明年春天，我考进四高的时候，这个店面恐怕就在出售了。"大天井也这样说。

第三家店铺在寺町。这次离杉户寄宿的地方更近了。杉户把货物扛进店里，只听到店里的一位中年女人轻呼了一声"咦"。她好像是住在这附近的主妇，来这里买东西。

"你是不是寄宿在这附近的学生？"主妇问道。这时一位像是店里老板娘的女人走了出来，也说道："咦，是你？"杉户赶忙逃进了车厢。老板娘拿来两个牛肉罐头送给杉户他们。

"这家店生意会比较红火。"大天井说,"留着到海边吃。先忍忍。不过,怎么不给四个呢?"

大天井卷起飞白花纹的和服袖子,他满脸是汗。他的头发被风吹乱了,天狗不知何时变成了阿修罗。

载着四个年轻人的卡车驶出金泽市区,是在刚过一点钟的时候。一离开市区,大片的农田立刻在道路两边铺展开来。

道路并非有多么坑洼不平,但有时卡车会剧烈颠簸,每当这时,四个年轻人就会飞起来。杉户铺开了卷在车厢角落里的草席,大家都在上面坐了下来,但却难以坐稳。

"喂,停车!"大天井冲驾驶室吼道。卡车一停,四人都从车厢里跳了下来。驾驶室里的年轻人也下了车。

"你们能不能开得稳一点儿?"大天井说。

"可是我已经开得很慢了。"司机说道。

"没法开得更稳了。"助手也说道。

"今天已经不用工作了,对吧?那就慢慢开。车开得再慢,只要在开着,早晚都能到达目的地。"杉户说了一些自成一派的话。

卡车再一次开动了。这次车速很慢,谁都能感觉出来。大天井仰面躺倒,说道:"这样就能睡个午觉了。你们也睡吧。不用客气。"

"谁都不会客气的。"鸢说。鸢也躺倒了。杉户也躺了下来,于是洪作也照做了。除了大天井,其他人都脱下了外衣，盖在脸上遮挡直射的阳光。

大天井打了三个哈欠便不动了。很快，鼾声响起。洪作觉得，这或许正是大天井之所以成其为大天井的原因。即便车速很慢，但在正在行驶的卡车上、在阳光的直射下睡觉，一般人也很难做到。

"大天井果然是个了不得的人物。他悠然自得，已经睡着了。"洪作说。

"他现在肯定正做梦呢。他说不管什么时候，只要睡着了，就会做梦。用他的话说，看电影还要买票，做梦却不花钱，没有比做梦更划算的事了。"鸢说。

"有时候也会做噩梦吧。"洪作说。

"不会的。我觉得大天井只会做逍遥快活的梦。可怕的梦，伤心的梦，他是绝对不会做的。他不会做这种划不来的梦。我觉得他只会做美梦。"鸢说。

"他像是正在做梦吃好吃的。"杉户也说道。

"我可在听着呢。"大天井突然说道。既然他这样说了，别人自然以为他要起来了，然而大天井却依然发出鼾声。

"梦话？"鸢说道。

"这才是大天井了不起的地方。"杉户说。

"别看他睡得这么香，咱们一旦聊聊开罐头之类的事，他一下子就会睁开眼睛。"鸢说完，立刻拿起刚才从干货店那里得到的罐头，走到大天井身旁，在他耳边弄出"咔嚓咔嚓"的声响。大天井仍打着鼻鼾，怎么看都不像是装睡。

"咱们吃吧？"杉户看到鸢手中的罐头，这样说道，"把大天井的那份留出来就行了。"

"说的也是。只要留下他的那一份，他应该就没什么好抱怨的。打开吧。"鸢说。

"没有开罐器吧？"洪作说道。

"开罐器这东西对我们来说是必需品，片刻不离身。光靠宿舍的伙食，补充不了营养。可以说我们是吃罐头长大的。"鸢一边说着，一边从上衣口袋里掏出了开罐器。

"靠吃罐头，也能胖成这样。"杉户指着鸢说道。

鸢打开了一个罐头，递给杉户："每人吃一半。"

杉户从口袋里掏出一封信，打开信封取出了几张信纸，快速浏览了一遍，然后便把看完的信笺递给了鸢一张，又递给了洪作一张，说道："用这个当盘子吧。"这话太不讲究。

杉户把罐头里的东西倒在信纸上，但还是说了一声："我用手分了哦。"算是在征求洪作的同意。

"好。"洪作说。杉户马上用他的大手把罐头里的东西分成了两份。鸢也如法炮制。

大天井哼唧了一声，与此同时睁开了眼睛，缓缓地坐了起来。

"啊，睡了个好觉。——是罐头吗？给我也来点儿。"大天井说。

"瞧，厉害吧？"鸢说道。

"有什么厉害的？"大天井说，"我梦见我妈了。我妈说有好吃的，让我起来。"他看上去并不像是在开玩笑，让人觉得他说的全都是实情。

"是牛肉罐头啊。"大天井大口嚼着自己的那份,两口就吃光了。

"留着汽水!"大天井命令道,却并没有针对某一个人。

卡车在北陆的田野中穿行。农田和村落都洒满了盛夏的阳光,但却没有在沼津的夏天所感受到的那种令人目眩的闪耀。宁静的夏天!这是洪作的直观感受。

可以看到,远处有辆电车正在行驶着,它的轨道与卡车所行驶的道路平行,电车远远望去像是一个玩具。洪作他们原本应该乘坐那辆电车到达金石,走到沙丘遍布的内滩町。然而不知是幸运还是不幸,他们搭上了这辆卡车。

卡车终于驶入了金石。这是一个飘荡着海腥味的渔港。

卡车在街上停了下来,司机下了车,说道:"你们还是在这儿下车吧。"

"之前可不是这么说的。带我们去海边嘛!"大天井说。

"海就在那边,很近了。"司机的助手说道。

"谁会大老远跑来,就为了看这么小家子气的海?我们是要去沙丘连绵的海滩上看海。把我们带到那里去吧!不是还说要带我们去吃鱼吗?"大天井怒气冲冲地说道。那两个年轻人嘴里嘟哝着什么。似乎是因为在这笔交易中得不到什么好处,他们想要反悔。

"那就下车吧。"鸢说着,率先从车厢里跳了下来。

"咱们白坐人家的车,不能提那么过分的要求。要是再让人家请客,还收人家的礼物,那可过分了。"说完,鸢又冲那两个年轻人说道:"谢礼应该不用了吧?因为我们帮你们卸货了。"

"不需要。我们从一开始就没打算要谢礼。"司机说。

"你们这么说,我倒想好好谢谢你们了。"大天井从卡车上下来,走向两个年轻人。

那两人向后退去。他们也许觉得大天井又要用大手拍打自己的肩膀。

"既然你们不需要,那我就不谢你们了。我们奉送四瓶汽水,外加一个牛肉罐头。在车厢里放着呢。——这么热的天,辛苦你们了。"大天井说道。他那从容不迫的语调,让人感到一种天狗般的威严。

"那咱们走吧。"鸢迈步向前。

从金石到沙丘连绵的海岸,约有十二里的路程。一行人穿过了几个村庄,每个村子都有很多松林,好像都离海很近。据此推断,他们是从金石出发,在与日本海海岸线平行的方向上行进。

洪作提出了自己的疑问,没想到鸢回答道:"这么想完全没问题。"

"是吗?咱们是这么走吗?"杉户也含含糊糊。

这时,大天井开口了:"你们这算是什么回答?——亏你们还是四高的学生呢,离开金泽一步,就辨不清东西南北了吗?"接着,他又冲洪作说,"虽说是什么四高学生,说起来智力水平也不过如此。净是些偶然走运考进去的家伙。没有常识,更没有对真理的追求。——咱们进去以后,必须从根本上改变这种现状。"

"真是惭愧!"鸢说道。

"你用不着惭愧。有这工夫,不如去哪儿搞瓶汽水来。"大天井把手伸进怀里,似乎想要掏出钱包。"咦!"他惊呼一声,变了脸色,"钱包没了!"

变了脸色的不止大天井,鸢和杉户也一齐变了脸色。

大天井挽起裤腿,解开腰带,脱掉了和服。然而,钱包还是没有出现。

"落在卡车上了?"鸢问道。

"不。刚才走着路,我把手伸进怀里摸了摸,当时的确还在。"大天井说。

"那就是丢在路上了。"

"有可能。"

一行人转身折返。大家都一边走,一边低头搜寻。

沿来路走了十来分钟,洪作突然大叫一声:"在这儿!"他看到路边一个大松树的树桩上,放着他们所寻找的钱包。

"啊,原来在这儿!"大天井长舒一口气,"谢天谢地,谢天谢地!"他双手合十,随即向自己丢失的物品走去。

"是谁捡到了,放在这里的吧?"杉户说。

"不,是我放在这儿的。当时我在这儿重新系了系裤装的带子,随手把钱包放在这儿了。它确实还在我当时放的地方。"大天井说道。

"可不能再弄丢了,钱包由我来保管吧。"鸢说。

"让鸢拿着也很危险。杉户就更靠不住了。——还是我保管吧。"大天井说道。

"那让我拿着吧。"洪作毛遂自荐。

"不行，不行。"杉户连声反对，"大家可能都不知道，在这种事情上，洪作君比我们还要差劲呢。打眼一看，他好像挺靠谱的，对吧？可实际上，他很是吊儿郎当。只有我和寄宿处的大婶知道。就连他现在穿的木屐，都是我住处的！"

"是吗？"洪作的目光落在自己的脚上。果然，这无疑是寄宿处的木屐。

"真没想到。"洪作说，"不过，我把钱包放在口袋里，不会有事的。"

"恐怕你连上衣一起丢了。"杉户说。

最终，钱包还是收入了大天井的怀中。

脚踏的地面变为白沙之时，鸢唱起了四高的舍歌。他的声音十分粗犷，节奏音调却把握得很好。

"北国之都秋意浓，我等青年梦正酣。芸芸众生居于此，人生再无少年时。"

大天井应和着鸢的歌声。

没想到杉户唱起了另一首舍歌。就连初次听到这首歌的洪作，也知道杉户跑调了。大天井正要和着杉户的歌声一起唱，鸢"嘘"了一声，制止了他。

"让他唱完吧。他现在正在努力练习呢，唱得已经好多了。跑调是天生的，无论如何都改正不了，但那些拗口的地方基本已经顺过来了。"

不管鸢说什么，杉户都不予理会，仍放声高歌。跑调与否，杉户并不在意，只自顾自陶醉地歌唱。这正是杉户的风格。

"啊,夜雾尽消散。惊涛咆哮,浪清水寒,北国之海。航路遥指,亘古永存启明星。"

很快,潮湿的海风迎面吹来。脚下已经完全是白色的沙滩了,行走十分不便。沼津的千本滨,沙滩面积很小,稍走一段便能看到蔚蓝的海面。这里的沙滩则一望无际,前方是一座又一座沙丘。

"简直像沙漠。"洪作说道。

"长途跋涉,骆驼走过月下沙漠。"鸢再一次放声高歌。

大天井褪下了衣服,裸着上半身,把和服麻利地卷在胃部。

"小心钱包!"杉户提醒道。

"我别在腰带里了。"大天井说。他那裸着上身只着袴装的样子很是怪异。看到大天井半裸的样子,杉户也脱了上衣,卷起来用手巾绑在了腰带上。

鸢也像他们一样脱了上衣,但他把衣服顶在头顶上,又把手巾搭在上面,盖住两颊,在下巴上打了一个结。

洪作脱掉上衣便是半裸了。他也学着杉户的样子,用手巾把上衣系在了腰上。

这时,大天井说道:"真不好走啊。"说着,他脱下了袴装。

"钱包,钱包!"杉户再一次提醒道。

"你可真能操心啊。——放心!"

"你这句放心可靠不住。"

"那这样总行了吧。"大天井不仅脱掉了袴装,还把和服也彻底脱掉了,只穿着一条内裤,把腰带缠在光溜溜的肚皮上,把钱包别进了腰带。然后他把脱下来的衣服裤子一起紧紧地卷成了一个小卷,用在附近拾得的一截绳子绑了起来,说道:"有人愿意拿着这个吗?"

"开什么玩笑。"鸢说。

"我是备考生,正准备明年报考四高。你们要好好对待备考生。我要是考不进去,你们就麻烦了吧?——拿衣服这种小事,帮帮忙!"大天井说。

"我也是备考生。也帮我拿着衣服吧!"洪作说。

"咦!"杉户发出一声怪叫,"洪作这家伙,开始显山露水了!很快就要拿他没办法了。"

两个四高学生和两个备考生向着前方的沙丘走去。

四人登上了一座沙丘,没想到前方进入视野的是另一座沙丘。

"真远啊,大海。"洪作脱口而出。

鸢随即说道:"翻过一座沙丘,又是一座沙丘。前往海边的路很遥远。——人生亦如是。"

"人生?别说这种婆婆妈妈的话。是柔道亦如是。获胜的路途还很遥远。"大天井说。对于大天井而言,获胜的路途确实还很漫长。首先,不管怎么说,如果考不上四高,再怎么想要获胜也不能如愿。

四人登上了第二座沙丘。在那里,洪作第一次看到了日本海蔚蓝的波涛。从那里到海滨，还有相当长的一段距离。这一片沙滩微微倾斜着，呈现出很小的坡度。

波涛翻腾，气势十分雄伟。沼津的千本滨也是无论何时都波涛汹涌，但相较而言，这个海岸的浪涛更为澎湃。这里的海岸线也更长，以这长长的海岸线为目标，波涛一浪接一浪地奔涌而来。奔涌而来的浪涛发出震天动地的巨响，在海岸上迸裂、飞散。刚才鸢唱道："啊，夜雾尽消散。惊涛咆哮，浪清水寒，北国之海。"洪作如今心想，啊，这便是所谓的"浪清水寒，北国之海"。

"浪清水寒，北国之海。"

洪作迎着日本海的海风，凭着对曲调的模糊记忆，唱出了这一句。鸢和杉户纠正了洪作的调子，把这一句反反复复唱了好多遍。

四人向海滨走去。鸢担心头顶上的那卷衣服被风吹飞，把手按在上面。

"钱包还在吧？"杉户冲大天井提醒道。大天井把手伸进腰带间，说了一声："咦？"大家闻声都停下了脚步。大天井把缠在肚子上的腰带解了下来，钱包掉在了沙滩上。

"看，这不是好好地在这儿吗？"大天井说。

"果然还是应该让我拿着。"鸢说道。他拾起沙滩上的钱包，塞进了自己的裤子后兜。大天井可能也觉得这样更安全，这次没有表示反对。

鸢和杉户也在沙滩的一角脱掉了裤子，身上只剩一条内裤。洪作觉得在这里游泳不太合适，但既然大家都脱掉了裤子，他便也照做了。

"这里危险，得小心。"洪作说。

"你要游泳？"鸢问道。

"这，大家不是都要游吗？"

"我不行。我不会游泳。"鸢说。

杉户也接口道："我也是个旱鸭子。"

"大天井，你呢？"洪作问。

"我不游。"大天井说。

"什么嘛，真没出息。那我就代表大家游一个吧。第一次在这片海里游泳，不知道是个什么情况，姑且先留个遗言吧。——我要是再也没浮上来，你们不要找我的尸体。放在沼津寺院里的东西，全都送给我的朋友远山。就这些。"洪作说道。

"就这些？——怎么也该给父母留句话吧？他们把你拉扯到这么大。"大天井说。

"说的也是。留句什么话呢？那，就这么说吧。——别难过。就当没生过我。"

洪作说完，向海滨走去。与骏河湾相比，这里的浪涛更加汹涌。比这更大的浪，洪作在夏天的骏河湾也经历过很多次，而这里的浪虽然不那么大，却让人感到非常滂湃。拍打在岸边、涌上沙滩的潮水，也有一种说不出的犀利，给人以阴郁之感。这阴郁的感觉，也许是因为海滨的沙子是黑色的。洪作用海水沾湿了身体，坐在海边，迎面受了一次海浪的拍打。海水冰凉。洪作站了起来，这次他真的要跃入潮水之中了。

"洪作,别跳!"鸢走了过来,这样说道。

"没事的,不用担心。"洪作说。

"不行。"鸢用命令的语气说道。

"在这儿跳下去,也没什么好自夸的。你这个人,真是有点儿鲁莽。做事欠考虑。前途堪忧。——别跳!"鸢的眼睛里闪着绿光。

大天井和杉户走过来了。

"你要是无论如何也想游的话,我们在你身上拴一根绳子,怎么样?去哪儿找根绳子。"大天井说。

鸢马上回道:"别出馊主意。我好不容易制止了他!"

"我也没赞成他游泳啊。我只是说,如果洪作不听劝,非要游泳的话,就这么办。要是拴上了绳子,即使他溺水了,咱们也能把他拉上来。"大天井说。

"要是绳子断了,怎么办?"鸢说道。

"要是断了,就没办法了。不用担心绳子断了以后的事。甭想那么远!"

杉户望着大天井的脸,自言自语道:"我开始担心了。"

"这两个人打算明年考进四高。他们俩三年后恐怕会作为主帅和副帅,参加高专运动会。想到那时候的事,就不由自主地担心起来了。"杉户说。

"担心什么?"大天井问道。

"你问担心什么,我说不上来。总之我觉得担心。"

"什么让你担心?"

这时，鸢说道："不只是杉户，连我都担心。一个人打算一头扎进这波涛汹涌的大海里，另一个人不去制止，而是提议给他拴根绳子。"

"嗯……"大天井沉思片刻，说，"总而言之，是思维方式有问题。"接着，他又说，"你们都太没有胆识了。洪作觉得，既然已经脱光了，不游泳便不像话，所以虽然不想游泳，但还是代表大家准备冒险。其志不可谓不壮。我知道他的这种想法，觉得不能一味地阻止他，所以才提议在他身上拴绳子。不过，嗐，这个问题就到此为止吧。——既然咱们都脱光了，不如来场相扑吧？"大天井环视四周，"既然要相扑，去海滩上比较好。找个没有石头的地方。"

"相扑？"杉户面露愁容。

"多少让你喝点儿海水。"大天井说着，摆出柔道前的准备姿势，双脚交替抬高，用力地踏着沙滩。

四人沿海滨走着，寻找没有石子的地方。每当海浪拍打在海岸上，他们便退回沙滩，避开浪花的飞沫。潮水退去，他们便再一次走上濡湿的海滨。

"这里挺不错。"大天井停下了脚步。的确，这里没有散落的小石子，只有一层层的细沙。鸢出于谨慎，翻了翻这里的沙子，结果石子立刻显露了出来。

"不行，这儿危险。"鸢说道。

"真可惜。只要没有石头，就能一边受着海浪的拍打，一边格斗了。"大天井看上去十分遗憾。

在海滨相扑的愿望破灭了，杉户便说道："没办法。咱们找个地方,听着海浪声,睡个午觉吧。"

"你们能做这个动作吗?"洪作助跑了四五米,"呀"地大叫了一声,身体向空中一跃,翻了一圈,又笔直地站定了。

"嚯,身手不错!——来!"大天井把手中的那卷衣服放在了沙滩上,准备也做个空翻。

"你以前做过吗?"

"没有。"

"这是第一次?"

"对。"

"那你别做了。"

"你不是做了吗?我也能行。"

"不行!"大天井正要开始助跑,为了制止他,洪作紧紧抱住了他的腰。洪作担心他重蹈远山的覆辙,摔断骨头。

"放开我!"大天井甩动洪作的身体,想要摆脱他。这股力量十分强大。洪作的身体被甩到了大天井的面前。洪作看到,大天井的手抓住了自己的两只胳膊,下一秒,大天井便使出了一招右扫腰[1]。如果穿着柔道服,洪作也许难以挣脱,然而洪作光着身子,因此敏捷地逃脱了。紧接着又是一招左扫腰。柔道队的队员南从左右两侧都能出色地使出扫腰,大天井也是如此。这次洪作压低身子加以躲避。

---

[1]柔道腰技的一种,属于立技中的投技。双手牵拉对方的上身,旋转身体使自己与对方面向同一方向,一只脚横扫对方小腿内侧,使之失去平衡,用腰部力量顶撞对方身体并将其投摔出去。

"等等!"鸢制止道,"光着身子真是有好处啊。大天井的扫腰这不是不管用了吗?好,我替洪作跟你练练!"

"好。"大天井放开了洪作,向沙滩上走去。

"是练柔道,还是相扑?"大天井问道。

"柔道。"鸢回答。

"好。"

两人都保持着张开双臂的姿势,向着沙滩的方向一点点地调整自己的位置。杉户和洪作坐在沙滩上观看。很快,大天井飞身扑了上去,抓住了鸢的一只胳膊,眨眼间就以一招利落的背负投制胜。鸢那壮实的身体轻飘飘地从大天井的后背上翻过,头朝下跌落在地。

鸢立刻跳了起来,紧紧搂住了大天井的腿。大天井屈膝跪地,鸢马上压了上来。之后两人便纠缠在一起,在沙滩上翻滚着。有时两人也会在沙滩上站起来,他们的脸上和身上都沾满了沙子。两人喘着粗气,互相瞪着对方,转眼间便又扭打在一起。他们都光着身子,所以凭立技难分胜负,使用寝技也不见成效。

"应该制止他们了。"洪作对杉户说。在洪作眼中,这场格斗是不会有结果的。

"可不能制止。"杉户说,"我觉得不等到哪一方筋疲力尽,他们是不会停下来的。让他们打吧。等哪一方差不多要没力气了,我就去叫停。"

杉户说完,打了一个大哈欠。杉户也许真的在等待着他们筋疲力尽的那一刻。

大天井和鸢越滚越远。在这个过程中,这两人的格斗怎么看都既不像是柔道,也不像是相扑了。有时大天井跑,鸢追;有时鸢跑,大天井追。

"要是穿着柔道服,差距会很大,但光着身子,就势均力敌了。"杉户说着,站了起来,冲那两人的方向大声喊道:"喂!"

"真拿他们没办法!"杉户向前迈进,洪作也跟了上去。他们走到那两人扭打的地方,只见鸢压在一动不动的大天井身上。

"怎么样,我赢了吧?"鸢说。

"你说什么?"大天井嘴上不服气,但身体却动弹不得。这是身为备考生的大天井和正在经历暑期集训的现役柔道队队员之间的差距。大天井已经动不了了,但鸢似乎还有几分余力。

大天井只是大口大口地喘着粗气,躺在地上动弹不得。他已经精疲力竭了。而鸢则仍压制着大天井的上半身,问道:"怎么样,认输吗?"鸢也气喘吁吁。两人都大汗淋漓,又有沙子沾在身上,因此宛如泥人一般。

大天井不发一言,于是杉户宣告了鸢的胜利:"拿下一本,停!"

压在大天井身上的鸢猛地起身,站得笔直,冲着大海的方向喊道:"嗷!"他发出的是胜利的呐喊。

过了一会儿,大天井坐了起来,好不容易才说出话来:"我最后的确是输了。我动不了了。这就是每天练习的人和不练习的人之间的差距。鸢那家伙,不管我怎么摔、怎么踩,他都转眼间就能站起来。真让人惊讶!"

大天井的语气里流露出发自内心的惊叹。对于大天井的这番话,鸢没有回应,而是又一次冲着大海喊道:"嗷!"

"别这么高兴!"杉户说。

"这怎么能不高兴呢?我把魔鬼般的大天井给压制住了。——总之我赢了!"鸢说。

"别说什么'赢了'、'赢了'。我只输了最后一局。我靠背负投拿下了一个一本,靠扫腰拿下了两个一本,还凭一记扫堂腿拿下了一个一本。"大天井说道,"你记得吧?"

"这当然记得。我的确被摔出去了两三次。大海和天空都颠倒了。但是,最后总归是我压制住了你。"鸢说完,再次吼道,"嗷!"

在洪作眼中,此时的鸢有一种美感,而且令人感到可靠。就实力而言,鸢不是大天井的对手。光着身子、没有裁判、没有时间限制,再加上大天井没有参加暑期集训,这些因素让鸢获得了胜利,哪怕只是最后一局。

鸢唱起歌来。

"举目仰望,前辈所筑之华塔,华塔之上有鸣钟。"

鸢陶醉了。他不是陶醉于歌唱,而是因为使得魔鬼般的大天井不得动弹而陶醉了。

四人这才在沙丘上休息。大天井和鸢似乎已经用尽了体力,仰面躺倒。杉户和洪作则望着日本海汹涌的波涛。

杉户用低沉的声音唱起了宿舍舍歌。不同于鸢怒吼般的唱法,杉户稍微有些跑调,有时没唱好,便重来一遍。

"啊,北国之海起狂澜,惊涛拍岸,波浪翻涌无际涯。看,北辰清冷,北国之都沉睡于,永恒寂静中。"

在迄今为止所听到的四高舍歌之中,洪作觉得这首最好。正如这首歌中所唱的那样,此刻,自己的眼前是北国之海汹涌的波涛。不知不觉间,太阳将要西沉,一望无际的海面上巨浪翻腾,浪头上闪着粼粼白光。

杉户反复唱着这首歌。

"这首歌只有这么几句吗?"洪作问道。

杉户回答:"这是第一段。后面还有,但我不太记得了。——怎么唱的来着?"这时,鸢猛地坐了起来:"我来唱吧。杉户唱歌跑调,我唱的准,你听着。"

鸢以自己独特的风格,大声唱了起来:"白山山麓风萧萧,尾山城①下暮冥冥。宿舍内,青年伫立灯火旁,摇曳光影映墙上。青年思友人,阔别三载终不忘。"

没想到大天井坐了起来,说道:"别唱这种小家子气的歌,别唱这种没出息的歌!"接着,他又说道:"来,让洪作听听我最喜欢的一首歌。等我们夏天南下京都作战结束,就唱这首。这首歌只能在胜利的时候唱。这是胜利之歌,是凯歌,是属于胜利者的歌,是获胜后的欢呼。"

大天井站起身来。他似乎已经完全恢复了体力,还能和鸢再战一局。他挺起裸露的胸膛,两手叉腰,用洪亮的声音唱道:

---

①金泽城的别称。

"今日寒冬打胜仗，敌人魂飞胆魄散。比叡山下风呼啸，冲破颓败敌军阵。"

一曲歌罢，大天井说道："以前四高柔道队的队员们曾经连续七年唱着这首歌。现在是六高那帮家伙们唱了。我就是因为想唱这首歌，所以才每年应考，每年落榜，受尽了辛苦。别这么小气，快让我进四高吧！"

说完，他又用尽全力嘶吼道："快让我进四高！"

"不是让你进，是你得赶紧考进，拜托了！"杉户说。

来的时候搭乘卡车很是轻松，回去的时候可是颇为凄惨。杉户说，与其回到金石坐电车，不如往前直走，直接走到沿线的电车站更省时间。大家不该听信他的话。

四人离开遍布沙丘的海岸踏上归途，是在日落时分。他们穿过了几个不知名的村子。

"这条路对吗？"鸢问道。

"对着呢，咱们背朝日本海往前走，方向没问题。"杉户回答。

"背朝日本海？你说胡话呢。日本海不是在右手边方向吗？"鸢说道。

"是吗？这不可能。跟我走就行了，少废话。"杉户说完，仍一味地往前走。走着走着，天黑了。道路两旁成了田野，有时还要渡过小河。小河附近，总有萤火虫飞舞。

杉户走在最前面，后面依次是洪作、鸢、大天井。不知不觉间，他们之间拉开了距离。

杉户和洪作暂且停住脚步,等着鸢和大天井赶上来,但却迟迟不见他们的身影。

"他们怎么回事?真不让人省心!"杉户说。

"这条路没错吧?"洪作终于说出了方才一直萦绕在心头的疑惑。

"就算是错了,都走到这里了,已经没办法了。"杉户这样说道。

"这里连一个村子也瞧不见啊。"

"是啊。"

"这可麻烦了。"

"别说泄气的话。"

"前面要是有电车车站,至少附近能看见电车跑吧?"

"是。"

"还要继续往前直走吗?"

"你来定吧。"

"先再等等鸢他们吧。"

"好。"

两人坐在了路边的草丛上。仰望天空,星星像要坠落似的,散在夜幕上。

"咦,电车!"

洪作不自觉地站了起来。他看到很远的地方,有灯光在缓慢地移动,像是电车的车灯。

"那是电车吧?"

"好像是的。"

"咱们完全走错方向了。"洪作语气中含着指责。

"要走到那儿可远了!"杉户说。

"不管怎么说,必须得走到有电车的地方。"洪作说。虽然距离相当远,但洪作觉得,只能向那个方向前进,坐电车回到金泽,除此以外别无选择。

"咱们和电车平行,朝着电车前进的方向走就行了。这样会更快。"杉户说。

"真的吗?"

"这不是显而易见吗?咱们已经走了很远的一段路,到金泽应该不远了。不过,我肚子饿了。"

杉户向前走去。洪作也只得迈步向前。

"真不该和大天井他们走散。咱们等等看吧?"

"他们不会来了。"

"他们干什么去了啊。"

"恐怕两个人都坐电车到了金泽,现在正在吃天妇罗盖饭呢。"

"那家伙不喜欢天妇罗,恐怕吃的是亲子盖饭。啊,真后悔!"杉户说。

前方有一盏自行车车灯,穿过田间小路向他们靠近。骑车的是一个穿着工作服的中年人,似乎是个农民。杉户问他走这条路能不能去金泽。

"金泽?——方向完全错了!就算走到明天早上,也到不了金泽。你们是学生吗?"

杉户回答自己是四高生后,对方又说道:"原来四高生里也有蠢蛋！瞧，那边很远的地方，有一片灯火，能瞧见吧？那儿就是金泽。你们但凡稍微留点儿意，总该意识到那儿就是金泽吧？"

两人无言以对。遥远的右手边方向，在比刚才看见电车车灯的地方更远的方位，的确可以看见一片光亮，像是城市的灯火。

那位农民大叔随后絮絮叨叨地告诉了他们去金泽该怎么走。

"明白了吧？"

"明白了。"

"真明白了吗？可够悬的！"

"没问题的。再瞎操心，小心秃顶！"

被冷嘲热讽了一通的杉户，作为报复，最后恶语相向。和自行车分别后，杉户说：

"真是个招人烦的家伙！"

之后两人便默默走路，不再说话。他们已经没有精力交谈了。

无声堂

去看日本海的第二天，洪作去训练场，只见训练场的情形大为改变，来了很多柔道队的前辈们——东京大学的学生有两人，京都大学有四人，九州大学有一人，本地的金泽医科大学也来了两个人。三年级的队员也来了四五个，对于洪作而言大部分都是陌生的面孔。来训练场的前辈们半数穿着柔道服，半数穿着大学制服。洪作一眼就看出他们是前辈。他们以前应该也是一群青鬼红鬼，如今却都有着凡尘之中普通人的面孔。他们没有一个人头顶鸟窝。

大天井也被允许从这天起来训练场训练。他魁梧的身躯被柔道服包裹着。莲实也来了。

大家进了训练场，各自在固定的位置上坐了下来。已经毕业的前辈们，穿柔道服的和没穿柔道服的分别聚在一起坐着，三年级的队员和现役队员之间多少拉开了一点间隔，他们和前辈们相对而坐。现役队员们的最边上，坐着大天井和洪作。

权藤走到中央，说道："从今天开始，训练强度会很大。我希望你们能充实地度过暑期集训的最后一周。前辈们为了让暑期集训更有意义，专程来到了无声堂。从明天开始，一挑五、一挑七、一挑十的练习都可以尽情地开展。我丑话说在前面，训练强度越大，也就越疲劳。大家都是一样的艰苦，别以为难捱的只有你一个。别胡乱编理由逃避训练，我是不会批准的。拉肚子之类的，都不是理由。听明白了吧？——鸢，听明白了吗？"

"听明白了！"鸢大吼着回应道。

"杉户，你没问题吧？"

"嗯。"杉户含糊地应了一声。

"鸢和杉户好像都精力过剩。今天开始就要加大训练强度了，所以我昨天给他们放了一天假，结果他们不仅没好好休息，反而跑到内滩町去玩，半夜才回来。"

"我不是半夜回来的。"杉户说。

"我不是说你。我说的是鸢。你倒不是半夜回来的，我听说你是从内滩町走回来的。真了不起！"

"嗯。"

"你别这么喜滋滋的。我不是在夸你。是在夸你还是骂你，你总该分清。"权藤说道。

大家都开始了训练。洪作挑了一个前辈作为自由练习的对手。这个身材矮小的大学生从一开始精力就异常充沛。洪作在保持站姿的情况下，三次遭到关节反拧。

"净是破绽啊你。——你是不是一直没训练啊？"

"我训练了。"

"你的动作没有张力。绷紧！"

"是。"

"看，你是一下子冲进来的。脑袋先进来，脑袋！"

"是。"

"脑袋先进来，蹭着我的胸膛攻进来。——你耳朵没破啊。"

"是的。"

"就是因为这样练寝技，所以耳朵才没破。我们那些人，进柔道队的第十天，耳朵就破了。"

这位前辈一边练习，一边针对洪作的每一个动作大发牢骚。洪作很想说明自己不是柔道队的正式队员，但对方一直喋喋不休，洪作便放弃了。

自由练习进行了大约十分钟，这位大学生开始喘粗气了。他仍是不停地挖苦、批评，但说的话由于气喘而变得断断续续。

对方刚摇摇晃晃地站起身来，洪作就以一招扫堂腿拿下一本。对方再一次站起来，洪作立刻又用一招跳腰技制胜。

"呦，你立、立技挺不错啊。"

对方气喘吁吁地说道。洪作觉得他夸赞自己为时已晚。洪作想要再次使出立技之时，对方紧紧地趴在了铺垫上，洪作压了上去。在短暂的一段时间里，对方死死地贴在铺垫上，几乎令人感到不可思议。他最初的充沛精力哪儿去了？如今他只一味地喘着粗气。

洪作从对方的背后紧紧地搂住了他，伺机送上一招送襟绞。洪作的右手终于要伸到对方的下颌下方，这时对方说道："停，不练了。"

洪作感到此时的自己很是卑劣。他装作没听见对方的话,仍然勒紧了对方的咽喉。

对方右手拍打了几下铺垫,发出认输的信号,洪作这才放开他。

"呼。"他大口地喘着气,在铺垫上坐起身来,一声不吭地中止了训练,走向了训练场的另一端。他仰面躺在角落里,解开柔道服,露出胸膛。一个现役队员拿着一块湿手巾走了过去,放在这位大学生的胸膛上。

洪作接下来仍然选择了一个前辈作为对手。这个大学生是个高个子,很绅士。他说:"你很快就会成为柔道高手了。——你很率直,真的。"

当洪作使出立技时,他巧妙地避开了,说道:"呦,好险!你要是再往前一点,我就飞出去了!"他说洪作率直,而他才是真的坦率。洪作几乎没有意识到,不知不觉间就被对方从立技带入了寝技。开始练寝技后,对方便一直防守、躲避。之后,仍在不知不觉间,两人由寝技进入了立技。

最终,洪作在寝技中打败了对方,在立技中也获了胜。他的身体活动自如,异常敏捷。

两人正在自由练习时,莲实走了过来,向前辈搭话道:"久住兄,怎么样?"

"很不错,赢我三局了。——真的很不错。不是三局,是四局吧?他赢了我四局。"前辈对莲实说道。洪作感到说不出的愉快。虽说都是前辈,但眼前这位和刚才那位可大不相同。输了便坦然地说输了,毫不遮掩。

然而，就是这位让洪作颇有好感的高个子前辈久住，在三十分钟后让洪作大开眼界。这是因为洪作观摩了这位前辈和南的对练。

洪作的目光接触到这两人之时，久住正好以一招崩上四方固压制住了南魁梧的身躯。南试图把久住掀翻，只见久住的身体悬浮了起来，眼看就要翻倒在地了，但却又复归原位。这样反复多次，没过多久，两人突然分开，各自站了起来。洪作这时才第一次意识到，所谓寝技原来是这样的。这有一种清爽利落的美感。

两人站起来后，南立刻使出一招大跳腰，像是把自己连同对手一起摔了出去。久住虽然飞出去了，但两人倒在铺垫上时，久住却从背后紧紧地搂住了南。使出立技时南是攻势，但倒在铺垫上时久住却成了攻势。

"厉害啊。"洪作脱口而出。

"真是厉害。"旁边一位名叫樱的二年级队员说道。

"久住前辈真是太强了。"

"久住强是理所当然的。因为他是神嘛。让我吃惊的是，南能和久住势均力敌。等南上了三年级，打败久住是小菜一碟。"樱说道。

高强度的训练进行到第三天时，穿着柔道服来到训练场的前辈只有三四个人了。其他前辈穿着学生制服来到训练场，只负责口头批评。

现役队员却不能这样随心所欲。胳膊、腿和脑袋上缠着绷带的人不在少数。换作平时，这样就该见习了，但如今监督者太多,即便瘸了腿,也要参加练习。

二年级的队员里最弱的是一个名叫川根的小个子青年。川根身材矮小,看上去体格纤瘦,几乎让人想不通他是如何混进柔道队的。

训练强度增大之后,大家都选川根作为对手。因为在和川根对练的过程中,身体能够得到休息。洪作从旁看着,觉得川根很是可怜。川根根本没时间休息,总是充当别人的对手。

第三天的训练将要结束时,权藤大声喊道:"鸢和川根战十局!其他人停止训练,见习!"

大家都停止自由训练,并排坐在训练场的一侧。

头、腿上缠着绷带的鸢和胳膊上缠着绷带的川根走到了训练场中央。川根上二年级,鸢上一年级,但无论是从体力还是精力上来说,川根都不是鸢的对手。

经过了一天高强度的训练,两人都很疲惫。两人神情厌倦,相对而坐。然而,一站起来,鸢就又变成平时的鸢了。

"来啊!"

鸢这样喊着,张开双臂,向看上去很弱小的对手发起挑战。两人都不会立技,所以一开始就是寝技。谁都觉得,花费不了多长时间,鸢就会拿下十局。洪作自然也是这么想的。既然鸢有着在内滩町的沙滩上压制住大天井、使其动弹不得的力气,川根之辈应该不在话下。

洪作对身旁的杉户说道:"会花多久呢?"

"十分钟吧。"杉户说。意思是鸢十分钟就能解决川根。

要想十分钟内拿下十局,就得按照一分钟一局的节奏掌控比赛。但这对鸢来说应该也不是什么难事。

正如杉户所料,鸢很快便压制住川根,拿下一本。第二个一本是凭一招送襟绞拿下的。之后鸢又压制住了川根,但这次川根逃脱了。

鸢最终仍以压制技拿下第三局,但颇费了一番功夫。鸢多次压制住川根,但却总被挣脱,花费了大约五分钟的时间,才终于拿下第三个一本。

从这时起,鸢喘息的幅度开始增大,招式也变得粗暴。而与此相反,川根却毫无变化。他一定也很疲惫了,但却看不出来。鸢一直主动出击,川根则自始至终都在防守。川根原本就没有攻击鸢的实力,摆脱鸢的进攻已经让他竭尽全力了。

没过多久,两人摇摇晃晃地站了起来。突然,川根使出一记扫堂腿,成功地把鸢扫翻在地。这一招着实漂亮。

"拿下一本!"

裁判宣告了川根的胜利。重新站起来的鸢变了脸色。

"来啊!"鸢瞄着川根的腿,飞身扑了过去,将对方掀翻在地,眨眼间便以一招上四方固①获胜。

就这样,鸢赢了四局,川根赢了一局。然而这之后鸢一味地大喊大叫、行动粗暴,却始终没能拿下第六局。

---

①柔道压制技的一种,属于寝技中的固技。即当对方呈仰卧姿势时,跪在对方头部上方,俯压在对方身上,双手从对方肩下插入,抓住对方的腰带,用抱压的力量将对方控制住。

训练场上只能听到鸢急促的喘息声,川根却很安静。他并没有喘粗气,行动也没有变得迟缓。

很快,进攻方与防守方对调了。川根不紧不慢地向鸢发起进攻,瞅准时机,使出一招十字逆。第六回合成了川根的胜局。

紧接着,川根又用三角缔攻击摇摇晃晃的鸢。川根纤瘦的双腿紧紧夹住鸢那阿修罗般的头。裁判判定川根获胜。

两人站了起来。川根绕着受了伤而动弹不得的鸢缓步迂回,鸢不时喊道:"来啊!"但只是喊叫而已,并没有发起进攻。与这样的鸢相比,身材矮小的川根所采取的行动在所有人眼中都显得有些可怖。

很快,川根拖着鸢进入寝技的姿势,眨眼间便压制住了鸢。鸢动弹不得了。

此后,川根不停地向鸢发起进攻。他以压制技拿下了第十局。

"鸢拿下四个一本,川根拿下六个,川根获胜!"

权藤宣告了川根的胜利。看了这场比赛,洪作感到自己不得不对川根这个瘦弱的队员另眼看待。川根不知何时练就了不知疲倦的惊人体力。

第四天洪作和川根对练。和鸢的情况一样,洪作一开始无论用立技还是寝技,都能轻松战胜川根。然而,两人自由练习约三十分钟后,疲劳加剧,洪作渐渐不能打败对手了。因为感到疲劳的只有洪作,川根毫不疲倦。最终局面扭转,一本被川根拿下。

训练结束后，洪作问川根："你不累吗？"

"累啊。"川根回答。

"我坚持不了三十分钟。立技多少还能撑到三十分钟，但一练寝技，因为没法休息，所以三十分钟就筋疲力尽了。可你好像很轻松。"

"不是的。我也是筋疲力尽呐。"

"是吗？"

"是啊。是人谁都会累的。但是，我每天训练的时候都不休息。我自己发誓，至少训练量要是别人的两倍。如果不这样做，我练柔道就没有意义。我既成不了参赛选手，也不会变强。"

"可你昨天不是赢了鸢吗？"

"要是正式比赛的话，我就输了。因为比赛是一局定胜负。——虽说昨天赢了鸢，但那不能算是胜利。我并不觉得自己赢了。"

接着，川根又说道："总之柔道这东西很有意思。像我这样完全没希望变强的人，也有自己的打法。我是在和自己对练。我不是战胜了对手，而是战胜了我自己。这是我和自己的战斗。"

顿了顿，川根又开口道："看，这样歇着很轻松吧？想一直这么歇下去吧？但是不能这样。要战胜对休息的渴望。虽然很痛苦，但我还是要站起来。"

这样说着，川根起身，走到正在对面休息的宫关面前，坐了下来。他想和宫关对练。

洪作观看了宫关和川根的自由练习。川根站起来就会被投摔出去，躺倒就会被压制住。在这位与南一同被视为高手的宫关面前，川根毫无抵抗之力。

之后洪作和别人对练，结束后疲惫不堪地坐在训练场的角落里，而宫关和川根的训练仍在继续。这时，洪作眼中的川根和刚才截然不同，变得机敏起来。每当宫关试图将他压制住，他便骨碌碌地逃脱了。宫关累了，而川根没有。即便没能战胜宫关，他也出色地防住了宫关的进攻。

洪作每天都在无声堂训练，就这样跟一年级、二年级的队员都熟络了起来。至于谁强谁弱，洪作也自然而然地都知道了。两个年级的队员相较而言，一年级的队员净是猛将。除了南和宫关这样的强手之外，还有好几个有段位的。也有人进入四高之后才第一次穿上柔道服，在这些人之中，鸢和杉户很突出。

虽然开始练柔道还没过多久，但鸢和杉户都被寄予厚望。鸢的斗志，杉户的韧劲，都是其他队员望尘莫及的。

谁都不愿意和鸢对练。鸢会拼上性命冲过来，所以受伤是常事，疲劳程度也是同别人对练时的好几倍。

杉户因为别的原因，也不是个受欢迎的对手。杉户的腿很长，他总是利用这双长腿，夹住别人的头，使出三角绞。他只以此为武器，让人几乎想说他除此以外别无是处。

"杉户的腿，夹人很疼！"

大家都这么说。一年级队员们红肿的耳朵，有一半都是拜杉户所赐。被那火筷子般的腿夹击两三次，人的耳朵基本上都会肿起来。

在每天的训练中，前辈们都格外关注鸢和杉户。他们似乎觉得，虽然两人才刚开始练柔道，但都有成才的潜质。

和这些一年级的队员们相比，二年级的队员们便相形见绌了。他们虽然都很不错，但见不到出类拔萃者。他们都身材矮小，靠不断的训练磨炼了出来。大家都是莲实那种类型的。也正因如此，他们的技术都十分精湛。

莲实在二年级的队员中，属于那三四个一级选手之中的一位。如果二年级的莲实他们，和一年级的南、宫关他们比赛，哪一方会更强，洪作猜不出来。只看训练时的情况，洪作觉得南和宫关他们似乎更强。洪作把心中的想法说了出来，杉户回答道："再练一年，恐怕是南他们要厉害得多，但现在还真不好说。还是莲实他们更有优势吧？"而举办一年级队员和二年级队员间的练习赛，是在暑期集训只剩下一两天的时候。

一年级和二年级的队员们分别派出十个人参加对抗比赛。裁判由久住前辈担任。

二年级的队员中连瘦弱无力的川根都被迫上阵，全员参与比赛。一年级队员人数多，所以并没有全员上场，有几个人在一旁见习，洪作自然也坐在见习区。但唯独大天井特殊，被纳入参赛选手之列。

从见习区看去，一年级队员更具优势。南、宫关和大天井都是二段，除此以外还有四名初段队员，没有段位的只有三人，其中有鸢和杉户。

然而，二年级队员却都是白带选手。这次暑期集训结束后，有几个人会成为黑带，但目前没有一个有段位的。

在训练场中央，两队各十个青鬼红鬼并排坐着。二年级的主将是莲实，一年级的主将是大天井。显然，一年级队员让大天井担当主将，作战策略是让到副将南为止的参赛队员们打败对方的所有选手，最终留下大天井夺冠。洪作觉得这会成为现实。不论莲实多么善战，也不可能解决副将南和三将宫关。

一年级的先锋是鸢，二年级的先锋是川根。川根一站起身，鸢就把他抢了起来，反拧胳膊按倒在地，很快便拿下一本。接下来二年级名叫伏木的高个子队员起身应战。他动作缓慢，好几次被鸢压制住，在危急关头惊险脱身，虽然鸢有八分胜算，但在即将达成平局之时，不知是怎么回事，鸢反倒被压制住了。一旦被压制住，鸢便丝毫不能动弹了。

接下来杉户代替鸢上阵。杉户也是一样，不断发起攻击，好几次以三角绞夹住了对方，但又被对方挣脱，眼看就要打成平手之时，眨眼间杉户反而被三角绞扼住了。杉户动弹不得，就这样输了。

第三个出场的是擅长立技、身材矮小的初段选手，最终也被压制住，输掉一局。接下来迎战的是另一个黑带选手，他进攻、进攻、不停地进攻，攻势很猛，但最终却轻飘飘地翻倒在地，被紧紧压制住了。伏木几乎是机敏的反义词，慢吞吞的，但一旦压住了对手，却似铜墙铁壁一般。

第五个队员和连战四人的伏木打成了平手。接下来二年级一位名叫三保的小个子队员出战，压制住了一年级的一位黑带选手，和第二个黑带打成平局。这两个一年级的黑带都是立技高手，但三保绝不给对手任何使出立技的机会。

至此，二年级莲实之下还有七人，一年级只剩下大天井、南和宫关三员大将。

看了前面的比赛，洪作感到二年级的队员们虽不显眼，但果然不乏高手。第一个上场的川根暂且不论，伏木和三保二人都稳扎稳打。不愧是年长一岁的前辈，洪作心想。

此后，宫关击败了二年级的一个队员，和第二个人打成了平手。南也一样，一局胜，一局平。南和宫关体格都十分出众，技术也出类拔萃，但和二年级的选手竞技之时，连一半实力都没能发挥出来。

最初的构想落空了。一年级原本还想最终剩下大天井不战而胜，没想到大天井如今不得不迎战三人。

这是洪作第一次看大天井比赛。没有人知道大天井、南和宫关谁最强，然而既然大天井是备考生，那么虽说他在无声堂训练了三年，他的训练也一定是有限的。

大天井不光会立技，寝技也擅长。寝技是在他定居金泽、开始按时来无声堂训练之后才掌握的。

二年级一位叫光村的选手迎战大天井。大天井和光村的这场比赛，就像几天前洪作所看到的南和久住的比赛一样，有一种难以言喻的美感。

大天井以漂亮的扫腰技，两次放倒了光村，但每次光村都后背不接触铺垫，而是在倒地时紧贴着大天井的背。之后光村转为进攻方。有一次光村压住了大天井，大天井多次试图把他掀翻，他都抗住了。然而，最终两人像是飞身躲避对方一般站了起来。时间到了，久住宣告两人打平："停！"就在这一刻，大天井使出一招小外刈①。也许就因为这一瞬间的大意，光村的身体呈水平状飞了出去，就这样跌落在铺垫上。

"拿下一本！"久住宣告了大天井的胜利。光村看上去很是懊恼，但却无可奈何。接下来迎战大天井的是身材矮小的副将相乐。大家都看出大天井累了。相乐突然把大天井拖入寝技，之后便不停地发起进攻。相乐紧紧压住了身材魁梧的大天井的上半身，绝不让他站起来。大天井无法进攻了。应该说他无暇进攻了。他一直在承受相乐的进攻。

最终相乐使出崩上四方固。矮小的相乐紧咬住大天井庞大的身躯，两具躯体就这样一动不动。

一二年级队员的对抗赛结束之后，是久住的点评。

"今天的比赛中，伏木的奋战十分突出。他干掉了四个人，和第五个人打成了平手，是二年级制胜的重要因素。我以前觉得伏木很迟钝，成不了才。一年不见，他如今充分利用自己的迟钝，无论是进攻还是防守，都稳扎稳打。——除了伏木以外，再没有让我由衷感到佩服的。宫关和南让我觉得看不下去。我觉得他们训练得不够。南和宫关进了四高，

---

①柔道立技中的足技，双手牵拉对方上身，单脚伸到对方脚后跟处，猛钩对方脚踝，破坏其平衡，将其摔倒。

是高专柔道界的一个重大事件。然而，看了他们今天在赛场上的表现，就觉得他们的加入根本算不上什么大事。要是就这水平，明年的高专运动会上，四高柔道队恐怕会沦为笑柄。再怎么猛攻对手，拿不下一本，就毫无意义。没拿下一本，就没什么可说的。大天井的表现还勉强说得过去。干掉了光村，败给了相乐，想来他正在备考，肯定很疲劳，所以就不期望他能有更好的表现了。"

久住说完，大天井挠了挠头，说道："我没那么拼命学习。"

"你这么说，可让我为难了。你以后只在星期六练柔道，其余时间学习。"

"只在星期六训练？"

"对。"

"其余时间学习？我会运动不足，神经衰弱的。"

"神经衰弱？别学别人说话。你要是能神经衰弱，那可太好了。你倒神经衰弱一个试试。——所谓神经衰弱，是神经变得衰弱，有神经的人才会得这毛病。没有神经的人，再怎么想神经衰弱，也衰弱不了。"久住说，"不甘心的话就努力学习。明年要是再考不上，你啊，就放弃吧。总不能让你那么多年都过着落榜生的日子。四高这样的学校，稍微学习学习就能考上。连鸢都能考进来。"

"这话过分了。"鸢开口道。

"有什么过分的！我说的不是事实吗？你是靠使蛮劲儿考进来的。考试能这样考过，柔道可不行。看你的比赛，让我想起了斗鸡。使劲，使劲，上！——柔道乃柔之道。只凭力气和斗志是不行的。"

被久住这么一说，鸢不吭声了。

暑期集训的最后一天，当权藤喊道"停止训练"时，队员们纷纷松了一口气。暑期集训结束，权藤做了致辞。

"至此，今年的暑期集训结束了。在九月份的训练开始之前，大家都各自回乡，不要闲逛，在家里好好学习。进入第二学期，训练强度会更大，想学习也不能了。所以，要用暑假的时间把学习预先补上。此外，大家各自把柔道服洗干净。一年级的队员打扫训练场。去年暑期集训结束那天，有人满身酒气走在大街上，太不像话。今年不能再出现这样的事，务必注意！"

权藤的训话结束后，队员们列队，合唱队歌：

"举目仰望，前辈所筑之华塔，华塔之上有鸣钟。遥望穹苍，我辈壮烈血沸腾，专于柔道勤用功。"

队歌总共有五段，曲调舒缓，所以全部唱完颇费时间。

随着一众队员冲着"无声堂"匾额的方向鞠躬，暑期集训正式结束了。在去更衣室的路上，大家有说有笑，很是热闹，这番情景与往日大不相同。

"哈！"

鸢翻了个跟头，摆出受身姿势，大喊道："结束啦！"

"什么结束了？"权藤问道。

"一想到往后好多天都不能练柔道，我就感慨万千。"鸢笑眯眯地说。

"你真有精神啊。你的力气这不是还没用光吗?"

"至少还能再练个两三天。"

"别说大话。"权藤说道。他自己的表情也喜气洋洋。

更衣室十分热闹。有人要坐今晚的火车回九州,还有人要坐明天一早的火车回北海道。大家都吵吵嚷嚷地聊着这些话题。

洪作和鸢、杉户一起洗了柔道服,在更衣室里拉上了晾衣绳,把衣服晾在上面,然后就开始打扫卫生。鸢和杉户负责擦拭铺垫,洪作则承担了擦拭玻璃窗的工作。大天井悠闲地到处巡视,说道:"认真干活儿。"大天井没来由地成了监督人。

洗完衣服,打扫完卫生,一年级的队员们便去洗澡了。大天井和洪作也加入了一年级队员的行列。不再负责打扫训练场的二年级队员们早已不见踪影。

浴室里的情形也与往日多少有些不同。平时的这个时候,大家都会一门心思地洗头,而现在却有几个人在剃胡子。鸢洗着脸,不时大声唱起一首奇怪的歌:"踢他,啃他,咬死他。"

杉户刮掉了胡子,把脸转向洪作,问道:"怎么样?"

"怪模怪样的。"洪作说。

"再把头发剪短半寸,我就恢复原貌了。"

"你还要剪头发?"

"肯定得理发呀。顶着这样的头发回去,我妈会昏过去的!"杉户一脸认真地说。鸢则决定胡子不剃,头发也不理,就这样回乡去。

"就这样回乡，可够邋遢的！"杉户说。

"不劳您操心。我还是这样为好。我回老家以后，要去煤矿监工。"

"什么？你要当资本家的爪牙？"

"开什么玩笑，我无论何时都站在劳动者这边。要想知道煤矿工人真实的生活状态，最好的办法就是当监工。"鸢也一脸认真。鸢平时偶尔也会说一些左倾的话，或许他真的关心这类运动。听说鸢的哥哥是左翼斗士，经常被关进拘留所，但鸢从未提过他哥哥的事。

"那我可怎么办呢？"大天井一边说着，一边从浴池里走了出来，"这个也回家了，那个也回家了。我是不会回的。"

"至少该回去一趟吧？"有人说。

"傻话！要是回了家，就再也来不了金泽了。我爸会哭着央求我，我妈也会，弟弟也会，妹妹也会。——我和你们可不一样，我家里人都可喜欢我了。大家都齐声央求我不要去金泽。——是吧，洪作。"大天井向洪作寻求赞同。

"嗯，一定是这样。"洪作说。

"洪作，你怎么办？"

"我？我也回去。"

"回哪儿去？"

"回沼津，然后去台北找爸妈。"

"嚯，好像挺有意思。——带上我吧！"大天井说。

"去台湾，可真好啊。带上我吧！"大天井又一次说道。

"不行，不行！"杉户从旁插嘴道，"你要是去了，明年也考不上了！"

"别说什么考不上考不上的，真难听！"

"可我说的没错。明天我给你列一个学习计划，你照着做。久住也拜托我，权藤也拜托我，大家都拜托我给你列计划。"

"别这么着急忙慌的。四高这样的学校，稍微学习学习就能考上。——看看鸢就行了，看看！"大天井模仿着一二年级对抗赛后久住点评时的语气。鸢听见了，立刻说："久住那老家伙，根本没有资格说别人脑子不好。没错，我也没有这样的资格，但比起久住还是强些。他是真的没有资格。你把柔道从他那儿拿走，就会发现什么也剩不下。那家伙脑袋的构造和别人不一样。我觉得他脑袋里只象征性地有点儿脑浆，其余地方都塞着棉花之类的东西。我有一次脚后跟踢到了久住的头。一般人被踢了都会喊疼，可那老家伙却毫无反应。我问他，不疼吗？他说不疼，让我再踢一次试试。我就又踢了一脚，他还是什么感觉也没有。他的脑袋就是这样。我的脚后跟踢到他的时候，感觉就像踢皮球一样。皮球里面只有空气，但我觉得他脑袋里不是空气。要是空气的话，再怎么说也太可怜了，感觉对不起他父母。所以我想多少往里面塞点儿东西。那塞什么好呢？——我觉得该塞棉花，破棉花。他训练的时候总是拿头撞人吧？脑袋里全是破棉花，所以舍得拿来撞人。"鸢把久住骂得体无完肤了。

"是吗？这我就明白了。"大天井说，"我也总觉得那人的脑子不正常。原来是棉花啊，这样我就明白了。而咱们这些人，脑袋里装的可都是纯正的脑浆。"

"纯正过头了。"有人说道。

"恐怕多少有这样的倾向。总之，我的脑浆就交给杉户了。你要好好研究，好好利用。我全权委托你。明年能考上就行了。让我考上。明年就是第四次了，要是还不让我进来，可就是四高柔道队的耻辱了。让我进来，顺便也捎带上洪作。要是只有洪作落榜，就太可怜啦。"大天井随心所欲地说道。

浴室里不同于往日，一片喧闹。暑期集训结束了，大家都喜不自禁。这时，莲实突然出现了。

"洪作在吗？"

"在。"洪作答道。

"我在训练场等你，你洗完澡到训练场来吧。"只留下这句话，莲实便走了。

"喂，莲实！过来一下。"鸢说。他确认莲实真的已经离开了更衣室，便继续说道："喂，莲实！过来一下。你把柔道训练放在次要位置上，总说什么研究、研究。研究什么研究！你这个夏天逃掉了一个星期的训练，去当教练。有当教练的闲工夫，不如好好训练。——你对柔道好像多少有些误解。你总说练柔道靠的是头脑。靠什么头脑！怎么可能有这种柔道！练柔道永远是靠体力。"

"鸢，等等。"杉户站在浴室的正中央，打断了鸢的话，"我觉得莲实的思路做法没什么不好。他的想法基于不相信自己。他觉得自己体力不足，所以只能靠研究。他以前曾经说过，依赖于研究的柔道是有局限的。他不知道研究柔道这条路的终点在哪里。但是，虽然可能赢不了，但至少能做到绝对不输。"

杉户的语气十分严肃，鸢也默不作声，不再插科打诨了。

"莲实的确去能登中学当教练了，但他不是当中学生的教练，那儿办了一个县①内中学柔道教师的培训班。听说还有从武术学校来的。莲实在那里每天和专业教师进行高强度的训练。金泽的中学老师们都惊呆了。听说没人能抓住那么矮小的莲实，大家反而都被他给打败了。他们说莲实的柔道真是不可思议。"

这时，鸢说道："好，我明白了。那我就原谅他吧。——莲实，你可以回去了。不要骄傲自满，要在研究上更下工夫。明年让你当主帅。二年级的队员们，我全都安排到高位。南和宫关，还有大天井——如果他能考进来的话，这三个人当中坚骨干。在他们仨这里，对手就已经败了。"

"你坐什么位置？"大天井问。

"我当先锋。久住说我练柔道是打架，但我从一开始就认为柔道就是打架。咬，咬死三个人，这口牙是我的看家本领。"鸢说。他的神情真的像是在咬牙切齿。

出了浴室，洪作走向训练场，去见莲实。更衣室已经被晾着的衣服占领了，莲实在训练场上等他。

---

①日本行政区划单位，其下包括市、町、村三级，相当于中国的"省"。

377

"你一直待到了暑期集训结束啊。什么时候回去呢?"莲实讲话一如既往地很有礼貌,和其他柔道队员不一样。

"我打算明天或者后天走。"洪作说。

"你跟沼津那边联系了吗?"莲实问道。

"没有。"

"我想也是。至少得寄一张明信片啊。"接着,莲实又说,"你的中学里有一位叫宇田的老师写信给柔道队,让你尽早回去。为了不让他担心,我给他写了回信。"

"嚯,来信了?果然。"

"说起来,你也太悠闲了。"

"他寄来的是什么信?写了些什么?"对于宇田来信的内容,洪作突然担心起来,"他生气了吧?"

"他信里没有说生气。你还是不要看了。不过,我已经把责任归到柔道队,写了一封郑重的道歉信,应该没事了吧。"莲实笑着说,"明天也行,后天也行,总之要尽快回去。你不用往杉户寄宿的公寓交钱。我已经让杉户先垫付了。你明年要是考进了四高,就到那时再还给他吧。火车票钱我让鸢出。一样,等你考进了四高再还他。"对于洪作来说,身上的钱全都被搜刮了去,让他们筹措火车费和住宿费是理所应当的,然而他没有提及此事。

"还有,大天井说要多少借你点儿零花钱。"莲实说。这也是应该的。

"大家都很喜欢你。总之,从现在开始,你要拼命地学习,明年无论如何也要考进四高。回到沼津,马上就去台北，去你父母身边。睡觉以外的时间里，都要在桌子前学习。"

"我会的。"

"柔道队的暑期集训都熬过来了，备考不可能熬不过去吧？"

"没问题的。"洪作说。他真的打算拼了命地在桌前学习。

洪作和莲实正说着话，鸢和杉户走了进来。

"你们什么时候走？"莲实问道。

"明天我想带洪作去兼六园看看。后天把洪作好好地送上火车，我再走。"杉户回答。

"我本来打算明天回去，不过还是延后一天，把洪作送走之后再回去吧。"鸢说。

"真不明白你们又打的什么算盘。——尽快回家去！"

"我们会回家的，但是不把这家伙送走我们不放心。"

"还为人家操心呐？先操心操心自己吧。"

"可是，"鸢说，"这孩子不吭声，很难说他不会一直在这儿待下去。因为他可是一个异乎寻常的吊儿郎当的人。无论是有钱还是没钱，他都不在乎。父母担心他也好，老师担心他也好，他一概不放在心上。自己的东西和别人的东西，在他那里没有分别。在这些方面，他跟一般人多少不太一样。"

"开什么玩笑。"洪作抗议道。然而鸢并不买账："莲实，你不了解洪作。把大天井和洪作一起留在金泽可就不得了了。得尽快把他俩分开。——对吧?"鸢向杉户寻求认同。

"嗯。"杉户一如既往,含糊地点了点头,"明年两个人一起考进来,可就有好戏看了。"

"我有那么吊儿郎当吗?"洪作表情很严肃。他多少感到意外。

"那洪作就交给你们俩了。总之要替我把他送到沼津去。我坐今晚的火车出发。"莲实说。他再一次转向洪作,"要好好学习,学习。"

"没问题。"

"要从早学到晚。"

"明白。"

"不可以在沼津游手好闲哦。"

"知道了。"

"明年要是考不进来,我可看不起你。要是连四高这样的学校都考不上,柔道也肯定不行。那,你能发誓吗?"

"发什么誓?"

"发誓能考进来。"

莲实把手伸了过来,洪作只得握住了他的手。

莲实走了出去,训练场上只剩下鸢、杉户和洪作三人。

"那咱们重新做回正常人,去街上走走吧?明天不训练,后天也不训练,可以回到爸爸妈妈的身边。——哇!"鸢喊完,做了一个受身动作,训练场内一声巨响。他紧接着又一下子站了起来,说,"走吧!"杉户和洪作关上窗户,走出了训练场。

轻松愉快的心情简直难以形容。洪作在这一天里，第一次在望着这栋红砖建筑时心怀些许感慨。洪作觉得，既然已经与莲实发誓，那明年无论如何也得考进来了。

三人走进香林坊一家店面颇大的咖啡馆。他们和大天井相约在这里会合。鸢环视着周围的桌子，说道："今天咱也尝尝正常人吃的东西吧。"

"嗯，那我要苏打水。"杉户说。三个人都点了苏打水。一杯蓝色液体被端上了桌，鸢把吸管插了进去。只听得"啾"的一声，杯子里的液体便不见了。

"这东西没滋味儿。"鸢说，"接下来吃个冰淇淋吧。"冰淇淋上了桌，又被鸢一扫而光。"这个甜，好吃！"鸢舔着嘴唇说道。

"还点吗？"杉户问道。

"我要一次点俩。"鸢说。最终鸢干掉了五个冰淇淋，杉户和洪作克制着只吃了三个。

"果然，吃这种东西是不会凉到肚子的。"鸢说。这时，大天井慢悠悠地进来了。他那神情仿佛对他们所吃的东西很是惊讶："吃点儿好的！今天两个人都带了钱，对吧？"他冲鸢和杉户确认道。

"带了。"两人异口同声。

"那你们两个都把必要的钱留出来。反正要回家了。只把买火车票和便当的钱留出来就行了。还有洪作的车费，也要留出来。钱这东西很容易就花没了，所以一开始要好好分配。这样就可以毫无顾虑、放心大胆地花剩下的钱了。"大天井说道。

"留出必要的钱来，剩下的都给我。我不是抢你们的钱。今天晚上尽情地花，剩下的钱我会还给各人。"大天井说。他看鸢和杉户似乎都不是很赞成他的提议，便又说："真小气啊。你们在这十天里，不是用我的钱又吃又喝吗？鸢连裤衩都是用我的钱买的。我说的没错吧？"

听了大天井的话，鸢说："好，就在你那儿寄存一晚。我可把话撂在这儿，不许没节制地花钱。"

"真没办法，好吧。"杉户也把兜里的纸币毫无保留地全都掏了出来。

"把必要的钱留着。也给洪作留出买车票和便当的钱。"大天井命令道。鸢和杉户各自拿出了等额的钱，放在桌子上。

"这是你的。"

"真不好意思。"

"没什么不好意思的。就当是还之前从你那儿卷走的钱。估计还不够，不过你就别计较了，因为你也跟着我们吃吃喝喝了。"

的确如此。洪作算不清自己是亏了还是赚了。大概差不了多少。

"住宿费不需要。莲实已经给你付了。"杉户说。

"咦，不是你替我付的吗？"

"我才不会呢。我没那么好。本来就是莲实让你来住的，他付钱是理所当然。"

　　既然杉户这么说，那事实一定如此。洪作因为刚刚听莲实说了住宿费的事，因此这时颇感不可思议。洪作把事情跟大家讲了，鸢说道："那家伙就是这样。既然是自己付的钱，那就照实说嘛，可他却偏不。莲实就是这一点让人讨厌。"然而洪作并不这么想。他觉得，莲实当时没法说钱是自己付的。

　　"那，就这样了，行吧？"大天井说。鸢和杉户各自把必要的钱重新装进了口袋。

　　"可不能私藏！"大天井提醒道，随即数了数那两人放在桌子上的纸币，"杉户的钱更多一些。这样不好算账，我收你们俩一样的钱。"说完，大天井还给杉户几张纸币，之后便把两人的钱合在一起，随意地塞进了袖兜。

　　"危险啊。"鸢和杉户同时说道。

　　"咱们走吧。这顿我来付账。"大天井说着，走向了付款台。

　　三人走进了夜色笼罩的街区。无论男女，多数人都身着浴衣。

　　"去吃寿喜锅！行吧？"大天井环视着每个人的脸。

　　这时，杉户好像突然想起来似的，说道："我妈让我买点儿点心。"所谓点心，指的是这座城市的特产，干果子[①]。

　　"我妈让我买两大盒。"

　　"这钱你已经留出来了吧？"

[①]和果子的一种，指水分较少的干点心。

"没有。"杉户摇了摇头。

"真拿你没办法啊。那我出钱。顺便也给鸢买一份。"

"我不要。这次带特产回去,以后就也得买了。"

"这叫什么话?我要让你尽尽孝心。给你妈买一盒,再给你爸买一盒。——对了,也给洪作买一份。"

"我不要。我没人可送。"

"要是没人送的话,就自己吃。对了,听说你的中学老师给柔道队写了一封信,他很生气。"

"你连这个都知道。"

"不光是我,大家都知道。——你把点心送到你老师家里去。你老师一盒,你一盒,我给你买两大盒。也顺便让我孝敬孝敬父母。我想寄回去三四盒。先去把点心买了。"

一行人向与寿喜锅店相反的方向走去。虽然肚子饿了,但他们走在街上,心情并不差。在暑期集训结束的日子里,一种悠然自得的情绪溢满了大家的心。

距离买干果子的老店还有相当一段距离。

"大家有没有想买的东西?想要什么我都给你们买。尽管提出来,不要客气。"

大天井一边走一边看着店铺的橱窗。他在菜店门前停下了脚步,说道:"给公寓大婶买两三个西瓜。"大家制止了他。没人愿意提这么重的东西。

在药铺门前,大天井再一次驻足:"给大婶买点儿治肩周炎的膏药。"这次没人反对。大天井独自走进店里,很快便出来了。"我给你们也每人买了一份。"大天井把几个非常扁平的小纸袋分别递给三人。

鸢、杉户和洪作,都把大天井递过来的东西装进了外衣口袋。虽然是用不着的东西,但价格便宜,而且是个小物件,所以他们不至于抱怨。

"谁都不能多花钱。今天晚上要讲公平。"大天井说,"有想买的东西就说。不要客气。——洪作,买衬衣吗?"

"不用。"洪作说。

"不用不用。"杉户也说道。鸢也几乎同时这样说道。

"有人要买吗?我也一起买。"

"不用不用。"这次三个人异口同声。

一行人走得十分疲倦之时,终于来到了目的地点心铺。大天井买了八盒最大盒装的点心,分给了每个人。

"这样应该可以了吧?还有羊羹呢。黑的白的都有。"

"不用不用。"鸢说道。

"有撒红色小豆豆的点心,也有撒白色粉末的点心。这个点心也很有名。我虽然没吃过,但是看上去好像很好吃。"

"不用不用。"杉户说道。一行人走出点心铺,沿着刚才的来路往回走。

"坐电车去吧。"鸢说。

"不行,不行。"大天井说,"不许乱花钱。人有双腿,怎么用都是免费的。有这个钱,不如喝瓶汽水,如何?"

对于喝汽水的提议,没人反对。大家走进冷饮铺,每人喝了两瓶汽水。

"这个比苏打水好喝。"过了一会儿,鸢又说,"胃里咕噜咕噜直响。"鸢的胃里装着五个冰淇淋，一杯苏打水，两瓶汽水。咕噜咕噜响是应该的。连洪作的胃里都咕噜咕噜地响着。

接下来的时间里，一行人沉默着向前走。大家彼此之间隔开了一点距离，各自以自己的步调走着，快到寿喜锅店的时候，才稍微恢复了生气，凑在了一起。

"咱们先点八人份的牛肉，十人份的干草？"大天井说。

"嗯。"鸢含含糊糊，之后便陷入思考。鸢认为是多还是少，谁都不知道。鸢自己好像也不知道。

"就先点这些试试吧。"鸢说。

寿喜锅店在从香林坊通往其他街道的拐角。这家店的店面很大，在入口处铺地板的地方，有通向二楼的楼梯。

"喂！来客人了！"鸢一边大声喊着，一边快速地走上了楼梯。洪作他们跟在鸢的后面。

二楼是一个大房间，里面约有十张桌子，其中五六张被客人围绕着。

杉户用力吸着鼻子，说："真好闻呐。"的确，煮肉的香气笼罩着整个房间。

四人围坐在角落里的一张空桌子前，大家都脱掉了外衣，只穿一件衬衫。两个女服务员走了过来。

"你们这些人，都放暑假了，还在这儿闲逛，真不让人省心。"其中一人说道。

"让我们吃牛肉吧。"鸢说。

"这是生意，当然会让你们吃，但你们可得老老实实地吃哦。"

"我们吃饭不是一直都老老实实的吗?"

"胡说。之前把火盆藏在袴装里想要带走的,不是你吗?"

"还有这回事?"

"不行,不行,别想蒙混过去!"说完,她又看着杉户,"欸,这个人当时也和你一起!"

"哪有这回事。"杉户说。

"你把水壶带出去了。"

"是吗?"

"我先提前说明,今天可不许擅自把店里的东西带出去。"

"不会的,不会的。"

"你说的'不会的',可信吗?"

"总之快让我们吃吧,肚子饿了。"

"吃寿喜锅是吧。"

"牛肉八人份,干草十人份。"大天井说。

"咦,你是备考生,对吧?"

"这无关紧要吧?赶快把肉端来。八人份的牛肉和十人份的干草。"

"我一会儿就端来。"

"不够的话我们再点。"

"你们这体格真是多少份都能吃得下。恐怕你们都是些不孝顺的人。"

两个女服务员一起走了。

四个人饱饱地吃了一顿牛肉。啤酒也被端上了桌,但他们暂且顾不上,只不停地吃牛肉。每个人分得两份牛肉,但这还远远不够。

"再点八人份吧?"大天井说。

"好。"鸢说。洪作也赞成。自己是从什么时候开始吃这么多的,洪作也感到不可思议。

"我以前没这么能吃。"洪作说。

"进了柔道队以后,大家都一下子变成大胃王了。知道是为什么吗?"鸢说。

"不知道。"洪作答道。

"因为脑袋变空了。脑袋空洞的部分,就得靠胃来填补。真可悲啊。"

这时,一个女服务员走了过来,说道:"你们别吃了。真不像样。我不想再跟厨房说加菜了。虽然不是我吃,但负责这桌的是我呀。"

"负责我们这桌怎么了?"

"我觉得丢脸。你们别吃了。"

"那再给我们每人上一份吧。"

"真拿你们没办法。"女服务员走了。

吃完了牛肉,大家喝起了啤酒。他们的肚子里没法装太多啤酒了。

"喂,我要休息。"大天井向后一倒,说,"能让我稍微睡一会儿吗?"

鸢也向后一倒，洪作和杉户也躺了下来。大天井马上打起了呼噜。暑期集训的疲劳似乎都在这一刻释放出来了。好想睡觉啊——洪作也一边这样想着，一边进入了梦乡。

洪作醒过来的时候，听见了鸢和女服务员的交谈。

"起来吧！"

"他们很可怜的。让他们再睡一会儿吧。他们俩都是备考生，成天复习功课，累得不行了。"

"哎呀，这个也是备考生？怪不得好像没见过。即使受累考上四高，也是变成你这样的人，他真该重新考虑考虑。咦，这个人也睡着了。"

她说的好像是杉户。

"他们很可怜的，让他们睡吧。这家伙在勤工俭学。这个夏天里，他每天都干活儿。"

"他在干什么活儿？"

"好像是清理烟囱。"

"我说呢，怪不得这么脏兮兮的。"

女服务员走了以后，洪作坐了起来。一直在说话的鸢开始睡了。

四人在十一点左右走出了寿喜锅店。

"买点儿礼物带回寄宿的地方吧。"大天井说。

"不用带什么礼物。"杉户说。

"你老是说什么'不用'、'不用'，偶尔也该给人家买点儿什么。——还是买西瓜好吧？"

"菜店已经关门了。"

"不，我知道他们营业到很晚。"

大天井说完，就这样走了。果然如他所说，虽然已经很晚了，但还有一家菜店在营业。

大天井在那里买了四个西瓜，让大家每人拿了一个。除此以外每人还有两大盒点心，因此十分不便。

没走多久，一行人碰见一家正要关门的洋货铺。大天井在店里买了八件无袖运动衫，每人分了两件。运动衫塞进了外衣口袋，因此不成负担。

"那，就买这些吧。"大天井说，"还剩很多钱。"

杉户说："该还给我们了吧？"

"我会还给你们的。这是你们的钱，当然会还给你们，但是还有明天一天的时间。这钱在我这儿寄存到明天晚上。要是早还给你们，你们就挥霍掉了。今天多亏由我保管，所以既给父母买了特产，又给房东买了礼物。回乡的时候也有干净的运动衫可穿。钱这东西就应该这么花。"大天井说，"明天咱们怎么过？"

"让洪作逛逛兼六园。"鸢说。

"这样啊。那我来当向导。晚上，咱还吃寿喜锅吧？"

"嗯……"鸢沉吟着。

"我想吃别的。"杉户说。

这之后，这四个人的小团体越来越冷清。先是不见了鸢，之后大天井也走了。杉户和洪作在樱桥上稍作休息。他们把点心和西瓜放在脚边，从桥上俯视着深夜之中犀川的水流。

"马上就要到秋天了。到了秋天,你也得学习了。"杉户说道。他的语调从未如此沉静。

"犀川真美啊。"洪作说。

"嗯。"杉户含糊地点了点头,"已经入秋了。"顿了顿,他又说,"得学习了。"

"我会学的。"

"你真的得学。"

"我真的会学的。"

"你这人异常地吊儿郎当。"

"再怎么吊儿郎当,该学习的时候也是会学的。"

"好不容易成了朋友,明年想和你一起生活在这座城市啊。"接着,他又一次说道,"已经是秋天了。——从进入柔道队起,我今天第一次感受到季节。考进四高的时候是春天,但是立马就被拉进柔道队了,一下子就感受不到春天的气息了。之后春天是什么时候结束的、夏天是什么时候来临的,我没工夫感受。今天晚上第一次感受到了季节。真好啊。"

杉户的话中流露出他是真的从心底感受到了秋天的临近。

洪作注视着深夜里的犀川水流。只有在浅滩处,水面才闪着波光。洪作想起自己曾和宇田老师站在沼津的御成桥上俯视狩野川的水流。当时洪作说狩野川恐怕是日本最美的河,遭到了宇田的嘲笑,宇田骄傲地夸赞家乡的筑后川是多么壮阔,多么优美。

现在的洪作不认为狩野川是日本最美的河了。狩野川无疑也很美，但洪作觉得如今自己眼中的犀川在规模上更胜一筹，令人感到很有格调。浅滩的水声悦耳动听，以淙淙流水形容再合适不过了。

"犀川真好啊。"洪作再次夸赞。

"你的审美真奇怪啊。你真的觉得这条河有那么好吗？"

"有啊。"

"来到金泽以后，你还没夸赞过什么呢。今天晚上你第一次夸了犀川。我不知道犀川是不是一条好河，但是河这东西，不过只是水流而已。我对河没有任何感觉。不过，听你这么一说，我觉得这可能真的是一条不错的河。"

这番话很符合杉户的风格。

"只剩明天一天了。明天带你去逛兼六园。"杉户说。

"你之前不是说那里没意思吗？"洪作说。

"的确是个没意思的地方。我之前想着那儿是日本三大名园之一，好奇究竟是个什么样的地方，去了一看，有树，有池塘，一点儿都不好玩。——所以我没想带你去。去那样的地方溜达，还不如去吃一碗乌冬面呢。——没想到我这种想法让莲实和权藤很生气。他们说，至少兼六园得带你去看看。"

"……"

"嗐，去看看吧。大天井和鸢也都说要一起去。鸢那家伙对兼六园也不怎么熟。也许只去过一次。"

"不会吧？"

"是真的。说起来，大天井说他每年发榜都去那个公园走走。听说那时候樱花开了，游人络绎不绝，落榜之春，让人说不出的感伤。那公园就是这样。"杉户说道。杉户对兼六园毫无赞赏之情。不仅是不欣赏，恐怕是感到厌恶。

"那咱们回去吧。"

两人重新拎起西瓜和点心，走上了W坡。刚走了一段路，两人就停下了。在训练场上摔来摔去也丝毫不觉得疲倦，然而走上这个坡道，却很快就迈不开腿了。

"果然不练跑步是不行的。我觉得应该每次去训练场之前都跑三十分钟。"洪作说。

"没错。我们都是这么想的。但是也有人认为，要是有跑步的时间，不如用在训练场上。这种想法从很早之前一直贯彻至今，很难改变。不过，普通的训练方法已经行不通了。因为训练量已经没法再增加了。"杉户说。

杉户和洪作回到公寓，轻轻地打开了玄关的门，把两个西瓜并排放在地板的横框旁，蹑手蹑脚地走上了楼梯。

第二天下午，杉户和洪作叫上了鸢，三个人一起去了大天井寄宿的地方。

为了一起去兼六园，四个人两点刚过便从大天井的住处出发了。

"金泽这城市真不错啊。"鸢说道。他这句话说得仿佛他这才发现金泽这座城市的好处，但洪作听着却并不觉得怪异。洪作也觉得金泽不同于昨日，仿佛变成了另一座城市。

"一想到不用去训练场，就觉得悠闲极了。这不是完全无事可做了吗？"杉户说。杉户的话也让洪作深有同感。他们的确无事可做。"像是盂兰盆节和新年凑到一块儿了似的。"

听了杉户所言，鸢说："还真像是过节过年。这里那里，到处都是漂亮姑娘。为什么会有这么多姑娘走在大街上？平时也有这么多姑娘吗？"

洪作的眼前也不断闪现着女孩子的身影。既有穿水手服的女学生，也有穿和服的姑娘。

"吼一嗓子吧？"鸢说。

"别！别！"杉户连忙制止。

大天井则有自己的一套理论："我可不许你像发情期的狗一样。我讨厌你动不动就叫。再怎么说你也是四高的学生。你没家教，这可不行。再怎么对人家姑娘感兴趣，男子汉也要有凛然之气。要摆出一副对女人不屑一顾的样子。"

"我不是因为想要女人才吼的。"

"那你打算吼什么？"

"我只是想'嗷'地吼一声。'嗷'一嗓子可以吧？"

"不可以。"

"'嗷'一嗓子也不行吗？"

"我真不愿意和你走在一起。恐怕没人愿意跟你和杉户一起走吧。人家为什么不愿意和你们一起走，你们要好好想一想。要用一句话来说，就是因为你们太脏了。你们总让人觉得脏兮兮的。我因为和你们一起练柔道，所以没有办法，只得和你们一起走。要是你再大吼大叫,谁能受得了?丢脸!"

"哦吼吼吼。"鸢怪声怪气地笑起来,"没错,我和杉户可能的确很脏。虽然脏,但也有姑娘说我们这样脏兮兮的就很好。——和谁一起走都行,就是别让我和大天井一起走。他像个抓孩子的妖怪,吓死人啦!"

后半句是鸢模仿年轻女子的口吻说的。

"抓孩子的妖怪?什么叫抓孩子的妖怪?"大天井说道。

"你不能客观的认识自己,真愁人。你随便找个人问问。'我看上去像什么?'哼,恐怕大部分人都会说你像是抓孩子的妖怪。"鸢说。

"我公寓那儿的大婶说他像人贩子。我觉得人贩子比抓孩子的妖怪更形象,恰当极了。——我跟大天井一起走,有时候会发现带着孩子的母亲急急忙忙地把孩子往身后藏。她们应该是害怕孩子被抢了去。"杉户说道。

"你说什么呢?那不是因为我,而是因为你。一个脏兮兮的家伙,像是清扫烟囱的圆头刷子似的,从对面走过来,哪个母亲不把自己的孩子往身后藏?别把脏水泼到我的身上。"大天井说,"再这样胡说八道,我就把你们放在我这儿的钱全都花光。我这个人,言出必行。我说的话从未落空过。没错吧?"

"你花点儿钱没什么,但是花光可不行。"鸢说。

"我既然说要花,就会全部花光。洪作,你是个备考生,却不学习,这个夏天净练柔道了。你父母一定很伤心吧。为了安慰你那不幸的父母,至少要多带些特产回去。"

"我的父母是很可怜,不过,你的父母也很可怜吧?"洪作说道。

"别说狂话。我爸妈非常满足。跟那些一般的父母可不一样。等着带你们去见一见。"

"好啊。"鸢说。

"恐怕你父母很厉害。我是绝对不会去的。总觉得会有人身危险。"杉户说。

不知不觉间,四人走上了兼六园入口前的坡道。

"这儿就是兼六园吗?"

"没错。"

"蝉在叫。"洪作说道。只有蝉鸣传进了洪作的耳朵,"还有蜻蜓呢。"

"别说这种幼稚的话。所以我说带你来兼六园也是白费。这可是俸禄五百石的加贺藩藩主的庭园。除了蝉的叫声,你还能听见水声吧?好好听水声。泉水沙沙。"大天井说道。

"没有泉水沙沙这个词吧。"杉户说。

"那泉水滔滔?"

"滔滔也不对啊。"

"这两个都一样。总之就是这么回事儿。洪作,好好记住。考试会考的。"大天井说。

洪作听着蝉鸣,走上了公园的高地。从宽阔的池塘水面映入眼帘之时,洪作就意识到兼六园完全不同于自己的想象。说起来,这还是洪作第一次走进公园。既然是公园,那就应该有花坛，有草坪，到处都是长椅，洪作在脑海中这样描绘着。然而兼六园却是一个纯日本式的庭园。

此时正是炎热的正午时分，除了单穿一件运动衫的孩子之外，几乎不见人影。

"这园子真好啊。完全是个人工庭园。"洪作说道。洪作觉得一石一木都被安置在应该安置的地方。站在高地的至高处，可以看到一部分市区，而在这处高地的对面，还能看到另一座小山丘，两丘相对，似乎要把街区夹在中间。不愧是所谓的森林之都，金泽树木繁茂，整座城市都被掩映在树荫之下。

"真热啊。"鸢说。

"就是这么个地方，该看够了吧？咱们走吧。"杉户也说道。这两个人似乎都完全感受不到兼六园的任何魅力。

"别这么说嘛，带着他逛一圈。说不定明年春天他会没精打采地在这儿游荡。知道自己落了榜，怀着厌世情绪的时候，这里是个踱步的好地方。虽然有池塘，但是即便投了水，恐怕也只能没过腰。"大天井说道。

"那就带洪作看看瀑布什么的吧。"鸢说。

"啊，是那个小瀑布吗？那个瀑布的水声也会让落榜生颇感凄凉。听了那水声，让人觉得这人世说不出的没意思。世间正是春天，人们都在赏樱花，只有自己被驱逐在这春天之外。自己周围的人都很幸福，只有自己是不幸的。拼命学习了一年，最终却辜负了父母的期望，也辜负了学长的期望。事已至此——"

"别这么早下结论!"鸢正色说道。

"不,你别打断我。"

"学校不止四高这一所,别钻牛角尖。"

"不,你别打断我。事已至此,别无他法。——我只能砸了训练场,放火烧了学校。"

听到这句话,洪作笑出了声。他说道:"到时候我帮你。"

他们在兼六园里绕完一圈,之后便漫无目的地走在大街上。四个人都已经浑身是汗,但停下来的时候,凉风从敞开的外衣衣襟吹进来,很是惬意。

"好累啊。"鸢说道。然而实际上没人觉得累。想想柔道训练,就觉得走路这种事根本不会让人觉得疲倦。

走到浅野川的桥上,洪作从那里眺望着浅野川。和犀川相比,浅野川的河面要窄得多,也没有犀川那种坦荡的威严。

"沿着这条河往上游走,有一个景色很不错的地方。去看看吗?"大天井提议道。然而无人赞成。他们觉得如果当真听了大天井的话往上游走,情况会很糟。

四人走进了电车站旁的一家店面颇大的乌冬面馆。泥土地面上搁着一口大锅,店内光线昏暗。洪作他们走上了二楼。和昨晚去的寿喜锅店一样,这里的二楼也是一个大房间,到处摆着桌子。这里一个客人也没有。

四人把乌冬面、红豆年糕粥和红豆刨冰统统收入肚腹。热的和冷的都混在了一起。

"想吃什么点什么,不用客气!"大天井十分大方。

"都这时候了,是不是该把钱还给我们了?"鸢说。

"急什么?钱哪儿也去不了。我好好地保管着呢。今天晚上再吃一次寿喜锅吧。"大天井说道。然而没有人做出回应。

"寿喜锅这东西,如果不连续吃两三天,就滋养不了身体。陪我再吃一次!"

"那咱们就吃寿喜锅当饯行宴吧。"

鸢表示了赞成,杉户模棱两可地说:"这样也行吧。"

"洪作,没问题吧?"大天井确认道。

"没问题。——还吃八人份吗?"洪作问。

"吃几人份都行,不用客气。因为你明天就要被赶出这座城市了。"大天井说。

离开了这里,四个人又开始走。他们必须腾出肚子来,为今晚的寿喜锅做准备。

街上亮起灯火的时候,四人走进了昨天光顾过的寿喜锅店。

"你们又来了?"昨晚那位女服务员的声音立刻传了过来。

"你会让我们吃吧?"鸢说。

"这是生意,想吃多少都让你们吃,可是——能行吗?"

"我们有钱。"

"我不是说钱,我是说你们身体受得了吗?"

"别婆婆妈妈的。"

四人走上二楼,在桌前坐下了。这时的大天井不知为何有些无精打采。

"点几人份?"鸢问。

"你们想吃多少就吃多少。我先不吃。"

"你怎么了?"

"没怎么。我趴一会儿。"

大天井趴在了榻榻米上。

"你肚子疼?"

"嗯。"

"从什么时候开始的?"

"已经半个小时了。好像是因为昨天晚上吃的肉。"

大天井正说着,那个言辞刻薄的女服务员来了。

"怎么了这是?"

"肚子有点儿疼。"

"我就说吧。昨天晚上,你吃得太没节制。我好心劝你一句,今天就先回去吧。"

"我已经说了,今天我不吃。"

"你这是逞的什么能!"女服务员走了,很快又拿着一瓶胃药和一杯水回来了。除她以外,还有两三个女服务员也来了,嘴里说着"哎呀,真的欸"或是"果不其然",仿佛是来观赏大天井的。

"那我们就先吃了,对不住!"鸢说。

"我好心劝你们一句,每人吃一份。一份就足够了。你们自己的身体可不能胡来。"

"给我们上两人份。"

"不行,不行!"

服务员只给每人端上了一份肉。锅里的东西煮熟之后,杉户说道:"肉我也不吃了。"他虽然肚子不疼,但对于吃肉似乎也是有心无力了。鸢和洪作则满不在乎,吃得比昨晚还香。

第二天下午,洪作下楼,对公寓大婶这么长时间的关照表示感谢。

"好好学习哦。到头来这个夏天一点儿也没学习,可得补回来!"大婶说道。

"我知道。"

"你这表情可不像是知道。"

"您不相信我啊。"

"杉户好像不学习也行,但你可不行。"

"我除了学习还是学习。"洪作说。

"只会嘴上说好听的。想骗我,我可不会上当。你如果真心想进四高,就好好学。还有,要是考上了四高,我好心劝你一句,别进柔道队。我经常跟杉户这么说。但是杉户已经没办法了,你还来得及。"大婶说。

洪作从住了十几天的公寓里走了出来。他的行李只有一个包袱。来的时候空着手,回去的时候多了一个包袱。杉户懒得带回家,所以把两盒点心给了洪作,如此一来点心就有四大盒,此外包袱皮里还包着杉户给的三册参考书。杉户把洪作送到了火车站。

在车站，洪作见到了鸢。

"这个你拿着。"鸢也递上了一盒点心。

"你不带回家吗？"

"一盒给了房东。另一盒你拿走。"鸢说。

"对不起你母亲呐。"

"带这样的东西回去，我妈会昏过去的。万一真因为这个昏过去了，那才叫对不起呢。"鸢说。这样一来洪作包袱里的点心变成了五大盒。

这时如天狗般魁梧的大天井出现了。

"这就要走了吗？要保重身体，好好学习。吃太多肉，就会变成我昨天那样。要注意！"大天井说道。大天井的右手也提着一盒点心。

"这个你带走。"

"我不要了。"

"别辜负别人的好意。"

洪作把点心装进了包袱。

"什么，你有这么多？都可以开点心铺了。"

四人向检票口走去。杉户替洪作提着大包袱。杉户在这方面很周到。

开往米原的火车进站了。洪作上了车。

"那就明年三月再见了。来的时候发个电报，我们来接你。"杉户说。

"不学习可不行哦。我们也没学习，但是可不能学我们。

因为我们已经考进四高了。"鸢说。

"既然鸢都考进来了,那就谁都能考上。但是,如果完全不学习,根据我的经验,是无论如何也考不上的。——好好学习。学习,学习,一直学到明年三月。听明白了吗?"大天井告诫道。

"你也加油啊。"

"别操心别人的事。我什么都不干也能考上。我已经适应考试环境了,而且我已经学了三年。今年总不会还是净出我不会的题吧。也该轮到全出我会的题了。"

火车开动后,三人一齐举起了右手。洪作把身子探出窗外,注视着形象奇异的三人渐渐远去。

——真好啊。

这是与三个伙伴分别时最初的感受。虽然不知道究竟哪里好,但是除了"真好啊",似乎再没有其他合适的表达。

洪作在座位上坐下了。他暂且任凭自己沉浸在离开金泽这座城市的兴奋之中。然后,他想到:"十分奢侈、快乐的几天过去了。接下来要学习了。要备考了。"

他感到一种紧迫感,似乎一刻也不能耽搁了。

明天一早,杉户就要回老家爱知县了。明天晚上,鸢也要出发,回到自己的家乡北海道。金泽这座城市里将只剩下大天井一个人。

杉户很好,鸢很好,大天井也很好。洪作觉得大家都很好。还有莲实,也很好。权藤也很好。富野也很好。

洪作闭上了眼睛,久久没有睁开。在金泽度过的十几天时光,现在回想起来,简直像是一场梦。无声堂铺垫的气味。日本海汹涌的波涛。杉户公寓里的大婶。

火车在平原上飞驰,农田一望无际。也许是心理作用,洪作看到晴空上飘着秋日的白云。

洪作一直望着北陆的田园风光。明年无论如何也要考上四高,在这个填涂着静谧色彩的北陆大自然中度过三年的青年时光。

夏日落幕

从金泽回来后的第二天，洪作出门拜访藤尾。来到街上，他感到沼津这座暂别了一些时日的集镇似乎全然变了模样。沼津之前是这样的吗？洪作感到纳闷。

沼津这座集镇的夏天就要结束了。曾在夏天占领这座集镇的男女们，大部分已经撤离，剩下的人也一定会在这几天内消失无踪。尽管如此，街上仍随处可见都市男女的身影。他们都戴着大草帽，穿着休闲衬衣和短裤。还有人身穿泳衣，披着浴巾，直接以千本滨海滩上的装束走进了街区。

这样的夏天就要结束了，洪作在这座集镇上走着。与金泽相比，沼津轻快明丽。洪作没想到同在日本，不同城市的面貌差异竟然如此之大。这里不是自己和鸢、杉户以及大天井一同漫步的那座城市。

洪作从御成桥上俯视着狩野川的水流。这双眼见过了犀川，便觉得狩野川是条小河了。狩野川自有狩野川的美，但她没有河滩，也不见粼粼波光。不仅狩野川成了一条小河，整座集镇看上去也变小了。与金泽相比，沼津虽然轻快亮丽，但却没有北国城下町那种沉静的厚重感。

洪作一走进藤尾家的店面，藤尾的姐姐立刻就冲里面喊道:"洪作回来了!——回来了,回来了!"这样喊完以后,才又对洪作说道:"你去了金泽就杳无音信了,大家都很担心你。你可真是没心没肺!"

"你们这么担心吗?"

"听说金泽的学校那边给宇田老师寄来一封信,从那以后就不担心了,但之前大家都不知道你怎么样。——不管给谁,至少该寄张明信片呀!"

这时,藤尾顶着一张被晒得黝黑的脸走了出来。

"呦。"藤尾打了声招呼,"欢迎回来。您能平安归来,真是太好了。"说完,他怪笑一声。

"听说我让你担心了。"

"我可没担心。是宇田担心。你去宇田那儿了吗?"

"还没。"

"他不会轻饶你的。所谓烈火般的暴怒,说的可能就是宇田那种。你不该骗他。"

"我哪有骗他?"

"人家可觉得自己被骗了。嗜,你还是暂时别靠近他为妙。"藤尾说。

洪作拿出两盒从金泽带回来的点心,递给了藤尾的姐姐:"这是金泽的特产。"

"哎呀,我们两盒都收下不太好吧?"

"收下吧,反正是别人送我的。"

"那,我们收下一盒,另一盒你送给宇田吧。"

"我给宇田留了两盒。"

"……你拿回来这么多啊。"顿了顿,她又说,"寺院那边呢?"

"寺院那边我也给了两盒。"

"你真是捡了大便宜。"藤尾的姐姐说。

"木部和金枝在吗?"洪作问藤尾。

"大家应该都在。不过都好久没见了。"藤尾说。中学时代每天厮混在一起的伙伴们,果然不会像以前一样频繁地往来了。

"约上他们,一起去千本滨吧?"洪作说。

"好啊。我去准备准备。"

藤尾立刻跑上了二楼。

"你回来了,从明天开始又要麻烦了。"姐姐说。

"为什么麻烦?"

"你每天都会来约藤尾吧?"

"不会的。我很快就要去台北了。"

"我才不信呢。你之前说要去台北,宇田给你钱了行,你老家的外公也给你办了饯行宴,没错吧?在那之后,都过去这么久了,你还没走呢。"

不止是宇田家的饯行宴,藤尾的姐姐连洪作家乡办饯行宴的事都知道,真是不可思议。洪作说出了心中的困惑,藤尾的姐姐答道:"你外公来了。咦,他是什么时候来的来着?总之他惊得目瞪口呆,说他自己真是无话可说了。真是过分,你那样骗你外公。"藤尾的姐姐说。

"大家都太性急了。真烦人。"

洪作真心这样觉得。无论是宇田还是外祖父，都太性急。去台北已经是决定好的事了，不过才晚了半个月一个月，而且还不是洪作有意耽搁，只是自然而然地延迟了而已。更何况藤尾的姐姐总说饯行宴、饯行宴，这饯行宴又不是自己拜托别人办的，难道不是那些人自作主张办的吗？

　　洪作和藤尾前往千本滨。洪作还想见木部和金枝，但藤尾说："今天就咱们两个人走一走不好吗？这么久没见了，攒下了好多话，今天聊个痛快。"洪作觉得这样也挺好。要是再加上金枝和木部，四个人吵吵嚷嚷，肯定没法好好交谈。

　　"你可真悠闲呐。——你有没有多少复习复习功课？前一阵儿碰见宇田，他也很担心。"

　　藤尾一边在街上走着，一边平心静气地说。

　　"还没，但从现在起，我要努力了。"洪作说。

　　"你打算考哪儿？"

　　"四高。"

　　"别考乡下的高校。再说了，公立学校不适合你。"

　　"可我已经决定了。我不打算去别的学校。"

　　"你要是在金泽那种地方度过青年时代的三年时光，可就在文化上落伍了。电影也许能看到，但没有什么像样的音乐会，想看新潮的话剧也看不着。我是好心劝你。选东京的私立大学吧。不然就像我一样，去京都。跟东京比起来，京都也是乡下，但还没有落后于时代。除了东京和京都以外的地方，可就真的都是乡下了。"

所谓落后于时代、在文化上落伍，听藤尾这么一说，洪作也觉得的确如此。在金泽生活的半个月时间里，谁的嘴里也没蹦出过文化、时代之类的词。也许金泽真的已经落后于时代、落后于文化了。

"你在金泽到底干什么了？"

"我参加了四高柔道队的暑期集训，成天练柔道。除了练柔道就是睡觉。"

"真是个傻子。成天这么干，都没时间思考问题了吧？"

"完全不思考。我交了两三个朋友，大家都不思考。除了柔道，大家都什么也不想。我总感觉这很适合我。"

"在我的学校里，柔道队的人也和别人两样。他们不和任何人交流，脑袋空空，单纯得要命。"

"我觉得四高的柔道队队员恐怕脑袋更空，更单纯。"

"你为什么想和他们混在一起？"

"这我也不知道。"

"啊，木部和金枝左倾，你右倾，真是没辙！"藤尾说道。

藤尾说金枝和木部左倾，藤尾口中所出的左倾一词，洪作听来觉得十分新鲜。关于左倾究竟是怎么一回事，洪作并没有正确的认识，但他朦胧地感到金枝和木部将来恐怕是会左倾的。

"他们真的是左倾吗？"洪作问。

"木部说他进了什么研究会。那家伙，和今年春天之前的他已经判若两人了。他说，身为学生还喝酒抽烟，像什么样子，想想那些吃不上饭的人！我被他批评了。"藤尾说。

"不喝酒不抽烟，四高柔道队的队员们也是这样。"

"你骗人。"

"没骗你，是真的。禁烟禁酒。什么也别想。就当这世上没有女人。"

"真是一群怪物。他们是禁欲主义啊。这样也好吧。酒，烟，女人，都不能碰吗？简直像是修道院。不过，什么也不想可不行。这不是把人当傻子吗？"

"如果不变成傻子，就练不成柔道。"

"不变成傻子就练不成，那为什么要练这种东西？"

"不知道。不光是我不知道，大家好像都不知道。大家都说不知道。"

"你想和这些人为伍啊？"

"是的。"

"金泽那座城市好吗？"

"应该算得上好吧。"

"学生受欢迎吗？"

"这个嘛。"

这对于洪作而言是个难题。即便是要奉承鸢和杉户，也没法说他们是受欢迎的。但是，街上的人也未必见了他们就皱眉头。如果要准确地评价，只能说他们不能以受不受欢迎来界定。

"跟别人的看法没关系。柔道队的队员们很特别。"

"有什么特别的？"

"哪里特别，不亲眼见见柔道队的家伙们是不会知道的。总之他们很特别。金泽这座城市和城市里的人都与他们无关。他们心里只有训练场。"

"练柔道的目的是什么？为了变强吗？"

"没错。虽然没错，但并不是仅此而已。因为大家考上大学以后都不会再练柔道了。"

"只练上高校的三年？"

"对。"

"为了修身养性？"

"修身养性算不得什么。"

"我想也是。因为你说他们不思考问题。"藤尾说。

"你刚才说金枝也是左倾。"洪作说。

"金枝还和以前一样。那家伙梦想将来能当医生，在贫民区的免费诊所里工作。他这半年说的话净是些大道理。见了他你会吓一跳的。"藤尾说。洪作很想见一见现在的金枝。

"大家都变了。只有你没变。"

藤尾马上回应道："改变这件事，本来就不正常。人不是那么容易改变的。大家都扭曲着自己，硬要自己改变。他们都想找出人生的意义。金枝和木部参加左翼运动，以此来为自己的人生赋予意义。从这一点来说，他们俩都是浪漫主义者。你恐怕也是一样吧。想给练柔道这件怪事找出些许意义。"

"意义啥的，恐怕没太有吧。"

洪作说道。鸢和杉户应该不会去思考意义之类的东西。

如果问他们练柔道的意义是什么，两人恐怕都会露出滑稽的表情。鸢一定会发出"哦吼吼吼"的怪笑，说道："你问练柔道的意义？要是考虑这种问题，还会穿着抹布一样的柔道服张牙舞爪吗？"杉户则会露出由衷感到困惑的样子："哪本书上写着这个问题的答案？我还没读过呢。等有时间找来看看。"

"那你呢？"洪作问。

"我没变啊。哪会那么容易改变啊。我现在正恋爱呢。"

"和她吗？"

"她是指谁？"

"那个炸猪排店的……"

"你说玲子？你真是呆子。我怎么会迷上那种姑娘？你去京都看看。更好的姑娘多得是。"

"你之前不是很迷恋她吗？"

"我怎么可能一直喜欢一个人呢？对女人的鉴赏力和对美术的鉴赏力一样，会不断提高。"

"那你还是变了。"

洪作的话中多少混杂着非难。短短半年时间，藤尾对玲子的执着便不知去向了，洪作心想。

两人走在千本滨的松林里。洗海水浴的人们的身影数都数得过来。到了八月下旬，波涛变得汹涌，以此为信号，千本滨的夏天落下帷幕，每年都是如此。中学时代，洪作他们每到这个时期，都会觉得千本滨终于又成了自己的地盘，每天都会飞身扑进海浪里。

"去年夏天的这个时候,咱们每天都在这儿游泳。"洪作说道。

"今年没这个精力了。大家都是大人了。"藤尾说。的确,纵身跃入骏河湾夏末汹涌的波涛,也许过了中学生的年纪就做不出来了。

"我去看日本海了。"

"是吗?我这个夏天也去若狭国①看海了。我觉得还是太平洋数第一。"

"是吗?我更喜欢日本海。"洪作说。

"可那儿没什么像样的海水浴场吧。"

"虽然没有海水浴场,但我觉得无论是潮水的颜色还是飞溅的浪头,日本海都很出众。"

"你去哪儿看的?"

"一个叫内滩的地方,那儿有很多沙丘。"

"你游泳了吗?"

"怎么可能游泳呢?那儿一个人也没有。巨大的沙丘连绵不绝,能撼动整座沙丘的巨浪拍碎在海岸上。躺在沙丘上听海浪声,会陷入一种悠远的思绪,难以形容。"

"你别说这种诗人似的话。你是练柔道的。想练柔道的家伙,可不能说这种话。"藤尾笑着说道。对此,洪作没做任何辩解。他想,那天和自己一起去内滩的鸢、杉户和大天井,都离着诗人十万八千里。洪作的眼前浮现出日本海那深蓝色的波涛。一想起鸢和大天井在那里进行的决斗,洪作便

---

①日本旧国名,位于今福井县西南部,靠近金泽,与金泽同临日本海。

感到自己体内涌起一股异常强烈的亢奋。俯瞰内滩的沙丘地带，鸢和大天井的身影都如同豆粒一般大小。这小小的两粒豆子，时而扭打在一起，时而分离，你摔我我摔你。而决斗的最终结果，是鸢压制住了比自己强大的大天井。

在躺倒在地的大天井身边，鸢一下子站了起来，用自己最大的声音唱起凯歌。现在想来，自己下定决心要投身四高柔道队，似乎就是在目睹这一幕的时候。

洪作从未像今天这样，感到藤尾离自己那样遥远。恐怕对于金枝和木部，洪作也会是相同的感受。

第二天，洪作出发去宇田老师家。虽然知道他一定在生气，但既然无论如何也要去打个招呼，肯定是越早越好。

在寺院里吃过午饭，洪作抱着从金泽带回来的两大盒点心，慢悠悠地走向宇田老师家，大约走了三十分钟。

在宇田老师家门前，洪作站了一会儿。屋里传来说话声，似乎有客人。这个时候，有客人也许是最好不过的。自己应该不会被大声训斥了吧。

洪作走进了玄关，精神饱满地喊道："有人在家吗？"纸隔扇的对面立刻传来回应："哎呀，是洪作吧？"很快，宇田太太便探出头来："啊，果然是洪作！"

"什么？你说谁来了？怕是走错门了吧！"宇田洪亮的声音传了过来。

"那我回去了。"洪作说。

"别这么说嘛，请进吧。"宇田太太笑着说道。这时远山走了出来。

"你怎么来了?"洪作惊讶地说道。

"'你怎么来了',你就这么问候我?我可是被叫过来替你挨训呢。而且今天不是第一次。已经是第三次了。你到底去哪儿瞎逛了?别说是宇田老师,我首先就不原谅你。"

"行啦,先进来吧。"

听到宇田太太的话,洪作进了门。

"行了,进来吧。"远山说。

"你先进去。"洪作说。

"你在那儿磨蹭什么?"宇田的声音再一次响起。果然在生气,洪作心想。

洪作一进屋便向宇田鞠了一躬:"我前天回来了。"宇田穿着浴衣坐在檐廊上,面朝院子的方向。

"你可算是回来了。我正打算拜托远山去金泽找你呢。说自己只出去两三天,结果过了那么多天都没回来。连一张明信片也不寄。我写了信,也不给我回。我也见识过各种各样的学生了,但你这样的我还是第一次见。"

宇田的脸始终朝向院子。

"对不起。"洪作只能道歉。

"哪怕寄来一封信,我们也就不担心了。——你住在伊豆的外公也在担心,住在台北的父母也在担心。他们一担心就写信寄过来,可我们完全不知道你的状况,没法回复呀。"宇田太太说道。

"对不起。"洪作再一次道歉。

远山接话道："说起来，你这人啊，想过自己多少有点儿不正常吗？没想过吧？我跟你说过好多次了，你做的事真是不同寻常。说的好像第二天就要去台北一样，让大家都给你办了饯行宴，结果却突然不见了，这叫什么事？你也多少考虑考虑自己身边的人。像你这样的人不见了，别人也是会担心的。"

"说得好啊，远山。——切中要害，水平一流。你替我再训训他。"

"我会好好训他一顿的。"

"被远山这样的人训斥，洪作真算是无可救药了。"

"可别这么说，老师！"说完，远山又训斥道，"洪作，知道自己错了吧？"

"……"

"知道自己错了，就赶紧道歉。跟宇田老师道歉，跟宇田太太道歉。这段时间所有的信，包括你妈妈写的，都寄到老师这儿来了。给你写信都石沉大海，一点儿用也没有，所以大家都给老师写信。不仅是你妈妈，你外公也是这么干的。向老师道歉，向太太道歉，向我道歉！"

"我道歉，我向老师和太太道歉。可是对你也得道歉吗？"

"这不是废话吗？连我也被你牵连了。我受到了很多误解。宇田老师他们从一开始就认为你这次的行为是受我挑唆。"

"我并不完全这样认为，但这也不是没影儿的事吧。我前些天听藤尾说,那个四高学生来的时候,远山也一起去千本滨的炸猪排店喝了酒。怕是那时候出了什么馊主意吧?"宇田说。

"洪作这次的事儿跟我可没有关系。说起来,我还生气呢。你这人不值得交朋友。你完全可以给我打声招呼,那样的话,我会帮你把事情处理好的。说你在金泽生病了之类的,帮你把事情圆过去。可是你却瞒着我走了。"远山说。

"不是的,我一开始也没打算在金泽待那么久。不知不觉就过了好多天。老师的来信柔道队的人帮我回复了,我以为这样就行了。"洪作说。

"所谓柔道队的回信,压根不算是回信。说什么暑期集训一结束肯定让你赶快回来,不要担心。——你到底在金泽干什么了?"

宇田这时才将脸转向洪作。

"参加柔道训练。"

"那也不可能只练柔道。"

"只练了柔道。"

"多少干了点儿别的吧。"

"别的什么也没干。没那工夫。除了练柔道就是睡觉。"

"哼。那倒没什么,可你是个备考生。为什么不赶快回来?"

"没法回来。"

"为什么没法回来?"

"大家都很辛苦,我觉得他们都很可怜,我不想自己一个人先回家。"

"嚯,你这备考生陪着他们?你可真行,真是个了不起的备考生。这样的备考生世界上恐怕没有第二个。"

"不,除了我还有一个。这个人柔道很厉害,他对四高的学生全都直呼其名,四高的学生们对他倒用尊称。他三年前就是备考生了,明年和我一起参加考试。"

"嚯,真是豪杰啊。他也和你一样,没少让父母担心吧。"

"他从三年前就住在金泽了,听说每年练柔道练到夏天,从秋天开始着手准备考试。"

"嚯,这家伙真不错。一直住在金泽啊。"远山十分佩服,"他很厉害吗?"

"很厉害。真想让你看看。"

"一边练柔道,一边备考。连续三年落榜,他也没灰心吗?"

"这些他根本不在乎。他说考个五六年,到时候一定会让他进去的。"

"厉害啊。你也用这种精神去备考。"

这时,宇田说道:"你们在说些什么乱七八糟的?"

洪作想起自己把两盒从金泽带回来的点心放在门口了,便起身要去拿来。

"你不会是要走吧?"宇田问。

"不是。"

"重要的话我还一句也没说呢。"

"没事的，我不会溜的。"

"我可信不过你啊。"

宇田笑了。

洪作拿来了点心，递给了宇田太太，说："我带回来了这个。"

"这是什么？"宇田的眼里放出光芒。

"这是金泽的点心。具体我不太清楚，好像是很有名的点心。"

"这么大盒的点心，你拿来了两盒？"接着，宇田又说，"你还有这个优点，知道买特产呐？"

"这个很贵吧？这么大盒的点心——竟然买了两盒，这像是洪作的风格。"宇田太太说。

"这真是你买的吗？怕是把人家送你的东西拿来了吧？"远山开口道。真是个讨厌鬼。在这种事情上，远山十分敏感。

"这是我买的。"洪作说。

"那花了多少钱？"

"我怎么会记得？"

"真可疑啊。我觉得你压根就不会想到买特产。"

"你说什么呢。我还给了寺院两盒一样的点心，还给了藤尾两盒。"

"嗬，越来越可疑了。"远山说。

"那一定很沉吧？这么大盒的点心，竟然带了那么多……"宇田太太一边说着，一边拿着点心起身走了。

没过多久，宇田太太把红白两色的干果子盛在盘子里端了过来。

"这点心真漂亮。难得洪作带来了特产，咱们快尝尝吧。"宇田太太再次起身，这次端来的是茶。

"去了台湾，应该会有很多稀奇的东西，到时候我寄过来！"洪作说。

"你不用寄什么稀奇的东西。比起这些，你应该先保证自己真的去了台湾。你不去台湾，我很为难。不知不觉这份责任已经落在我肩上了。"宇田严肃地说。

"洪作真是个不孝的家伙。"远山说。

"你也不孝顺，不过他比你还不孝顺。"宇田说着，拿起了一个点心。

"你现在就把去台湾的日子定下。你在沼津已经没有别的事要做了吧。"宇田说。

"没有了。"

"随时可以出发是吧。"

"嗯。我觉得老家伊豆也不用再去了。"

"这不是废话吗。你去你外公家露个脸试试。他会骂死你的。"

这时，宇田太太插话道："你外公动了好大的气。真想让你见识见识。"

"他还到这儿来了？藤尾家他也去了。上了年纪的人，真是没办法。"洪作说。

"不许说这样的话，会遭天谴的哦。他是因为担心你才会这样。"宇田太太说。

"是不是担心我可不好说。只是我住在台北的父母让他充当监护人,不把我打发到台北他就会一直觉得自己有责任。我觉得他就是想早点儿把麻烦送走。"

"说的没错。像你这样的人,就算是亲外公也不会担心你。担心也没用啊。担心是自讨苦吃。你倒是无忧无虑。去一个明年考不考得上都不知道的学校,练什么柔道,还买了一大堆点心,做的事没一件是通情理的。想一出是一出。"

"没错。"远山说。

"你虽然说没错,可你也是一样。"宇田顺势也把远山训斥了。

"老师,请搞清楚批评的对象。您是因为洪作的事把我叫来的,对吧?不是为了批评我。您别搞错了。"

"是啊,远山受了连累。"宇田太太说。

"没错。"远山说,"我觉得老师也是天真了。你这不是完全被洪作给耍了吗?听信了洪作的话,还给他办了饯行宴,真是犯傻。说什么赶快定下去台湾的日子——这种话说了也没用。他怎么可能去台北呢?他压根没打算去台北。要是我的话,就让他去金泽。不管明年能不能考得上,先让他去金泽比较安全。"

"你露出狐狸尾巴了。你俩是一伙的吧?"

"开什么玩笑。"

"不,你们就是一伙的。我不说话,听你说,就发现全是些歪理。"宇田说完,又对太太说,"拿啤酒来。"

"不行,你们看,这位老师,——正如远山所说,天真得很。明明很生洪作的气,可一见了面就没气势了。一开始喝啤酒就不行了,对吧?这位老师输定了。"宇田太太说。

"不会的。我还没开始劝他呢。也没训他。这就要开始了。——拿啤酒来。"

"你不摆架子我也会拿来的。你想给洪作第二次饯行吧?"宇田太太虽然嘴上讥讽着,但看她的表情,她自己似乎也觉得未尝不可,起身去拿啤酒了。

"太太说的没错,宇田老师太天真了。洪作可不是个按常理出牌的人。"远山说,"这样可不行,得把藤尾叫来。"

"藤尾?!"

"没错。要是让他劝人,他能滔滔不绝,说得头头是道。——我把他带来吧?"

"他在家吗?"

"应该在。我打个电话试试吧?"

这时候厨房传来了夫人的声音:"不行哦,不许带那种人来。"然而宇田却充耳不闻,说道:"你把藤尾叫来。他在这件事情上也多少受了冤枉。大家一起立个字据怎么样?把从沼津出发的日子定下来,把从神户坐船的日子也定下来,然后给他父母拍个电报。"宇田说。

"您还是要送他去台北?"远山说完,又转向洪作说,"清算的时候到了。你死心吧。归根结底,还是这样对你有好处。这样一来你就会明白家庭是怎么一回事了。父母的心情,弟弟妹妹的心情,你应该都会理解了。"

"远山,来拿啤酒!"宇田太太的声音又传了过来。

"一会儿我再接着说。"

远山起身去拿啤酒,一回来便说:"那我去联系藤尾了,可以吧?"

"你真啰嗦啊。"

"因为太太不同意嘛。"

"她怎么会不同意?她和藤尾意外地合得来。"宇田说。

等远山给藤尾打完电话回来,宇田把洪作的杯子斟满了酒,说道:"远山还是中学生,不能喝酒。"

"当然,我不会喝啤酒的。"远山果然机灵。

"毕没毕业就在这种时候有差别。"洪作说,"你明年可一定得毕业。"

"你说什么呢。"

"我是认真的。无论如何得毕了业。这次要是再道普鲁特,可就要被开除了。道普鲁特奥特。"

"啥?道普鲁特是啥意思?"

"道普鲁特就是不及格的意思。道普鲁特奥特指的是连续两年考试不及格被开除学籍。这是德语。我在金泽的时候学会的。"

洪作今天被远山骂了个狗血喷头,打算以此扳回一局。

"一喝起酒来,你就来精神了。"宇田说。

"不是的老师,您不要只关心我,也关心关心远山。远山也有十分优秀的地方。之前他好像在训练场把腰骨弄坏了,躺着动不了了。当时远山说,'我变成现在这样都是自作自受，是没办法的事，可我妈知道了肯定会伤心，我倒没什么，我妈太可怜了。'这么说着就哭了。"

"哭了？"宇田追问道。

"哎呀，远山真的哭了吗？"宇田太太也看向远山。

"我怎么可能哭？"远山说。

"你不是哭了吗？"洪作说。

"我哭了吗？"

"你两只手捂着眼，直吸溜鼻子。咦，这不叫哭吗？"

"我哪这样了？"

"'我倒没什么，可我妈太可怜了。'你这么说着，就哭了。"

"什么！你胡说八道！好啊——"远山变了脸色。

"真讨厌。不许在这儿打架。"宇田太太说。

"我们不打架。之前已经分出胜负了。"洪作说。

"好啊，那咱们再打一次？"远山活动着自己的手指，骨节发出响声。远山怒气冲冲，好像真的要站起来了。

"嗯。"宇田看看远山又看看洪作，一脸钦佩，"原来如此，你们俩的大脑构造很简单，遇到事情马上就会诉诸暴力。——原来如此啊。"

"希望你们打架能有更上得了台面的理由。男子汉因为什么哭没哭动拳头，不是值得人佩服的事。以暴力决胜负的事以后再说，我必须先把洪作的问题解决了。"

宇田起身走到房间角落的书桌旁，从抽屉里拿出信纸，说："我说你写。"

"写什么?"洪作问道。

"我说了,我说什么你就写什么。有钢笔吗?"

"没带。"

这时远山说道:"这家伙怎么会带着钢笔?恐怕有生以来还没摸过钢笔呢。没有手表,也没有钢笔。毕竟连衣服和鞋都是我们跟毕了业的那帮人要来给他的。"

洪作没吭声。事实的确如此。

"真不让人省心啊。"

宇田又一次走到书桌旁,拿来了钢笔。

"行了,现在写吧。趴在榻榻米上写不得劲吧。写字的时候要在书桌上写。"

洪作起身到宇田的书桌旁坐了下来。宇田开口道:"从沼津出发的日期,定在九月三号还是十号?三号或者十号都无妨,给你选择的自由。如果三号从沼津出发,就坐四号从神户启航的香港丸。如果十号出发就坐十一号从神户启航的扶桑丸。论船的规模,好像扶桑丸更大。不过也都差不多。"

洪作大吃一惊。宇田什么时候了解到了这些?

"我选十号。"洪作回答。

"十号啊。那就十号从沼津出发,十一号在神户坐上扶桑丸。这样挺好。"

"是。"

"那就写下来吧。——我本人决定于九月十日乘坐夜行列车从沼津出发,十一日乘坐从神户启航的扶桑丸前往台湾。"

洪作按照宇田的口述，用宇田的钢笔，在宇田的信纸上写了下来。

"写下来了？"

"写下来了。"

"那另起一行。"宇田说着，把啤酒杯移到嘴边，"另起一行。——关于我赴台一事，一直以来，由于我考虑不周、优柔寡断，在各个方面都造成了相当大的麻烦。"

"这句也要写吗？"

"闭嘴。写。"

宇田再一次端起了啤酒杯。洪作只得照宇田所言落笔。

"……我再三改变主意，违背约定，时光荏苒，尽都虚度，原定夏日赴台，如今秋风已至。"说到这，宇田停住了，问，"知道荏苒这个词吗？"

"知道。"

"是什么意思？"

"就是什么也不干，混日子。"

"哼，果然对这种事情明白得很。——远山知道吗？"

"荏苒吗？"远山挠了挠头，"完全不知道。"

"继续写。"宇田说。"——至今仍未向各位长辈、友人表示歉意，我深感愧疚。"

洪作的笔在信纸上游走着，按照宇田所说写了下来。正在这时，玄关传来了藤尾的声音："我可以进来吗？"

"请进！"宇田太太应道。藤尾进了屋，一副不明白这里正在干什么的表情，在远山身边坐了下来。

"写下来了吧？再另起一行。——如今我决意赴台，为了不再给周围的人增添麻烦，我定下自沼津出发以及于神户乘船的日期，向天地神明起誓，无论发生什么，都绝不更改。"

洪作仍照宇田所说落了笔。

"写下来了吧？写下来了就签上自己的名字，收件人写我，你老家的外公，寄宿寺庙的住持，藤尾，远山——还有谁吗？"

宇田把脸转向远山和藤尾。藤尾站了起来，走到洪作旁边，看了看洪作写的信，随即说道："言辞再严厉些也无妨。——再三改变主意，违背约定，忘记自己备考生的身份，与街上的不良少年争斗，最终赴了北国无赖之徒的约。"他稍作思考，又说，"这信应该寄给所有人。我让店里的小伙子油印。学校里也应该留几份。"

洪作写完誓言后，宇田说道："签上字。"

"只签字可不行。得按血手印。"藤尾说。多了这一个人，顿时喧闹起来。

"血手印？好，拿菜刀来。"洪作说。

"别这样。"宇田太太皱着眉头说，"用普通的印章不就行了吗？"

这时远山说道："印章是聪明人会带的东西吗？碰到需要印章的情况，这家伙都用橡皮刻。"

大家你一言我一语，最终决定按指印。宇田太太拿来印泥。洪作把大拇指按在印泥上时，太太说道："真可怜啊，洪作终究要被赶出沼津了。"

"那咱们庆祝庆祝吧?"藤尾拿起酒瓶,发现里面空了,便说,"太太,麻烦您拿啤酒来,咱们好庆祝。"

夫人很快便拿来了啤酒。宇田、藤尾和洪作喝了啤酒,远山却在喝水,十分老实。

"这啤酒可不一般。这是庆祝的啤酒。你也喝嘛。"藤尾说。

"对啊,这是庆祝的啤酒,不是普通的啤酒。既然如此,我就只喝一杯吧。究竟是什么味道呢?"远山说着,端起了杯子。

"远山不能喝。"宇田的声音扑了过来。

"是。"远山又把杯子放下了。

"老师,只喝一杯还是可以的吧?这家伙经常喝酒。"藤尾说。

"经常喝酒?这可不行啊。"宇田说,"那让远山也写一份保证书吧?就写以后绝不让酒精入口。"

"有意思。就这么办吧。不是为了别人,而是为了他自己。远山,你写吧。"藤尾说。

"我要是写的话,能让我明年毕业吗?"远山一脸认真地问宇田。

"写一份禁酒的保证书就让你毕业,学校恐怕是不能这么干的。"

宇田笑了。

临近黄昏的时候,三人同宇田夫妇告别,走了出来。

"留级生很惨的。"远山说。也许是因为只有他自己没能喝啤酒,他前所未有地无精打采。接着,他又说,"洪作也要去台湾了。船行远,只剩烟,对吗?"

"你在说什么乱七八糟的?你说了这种话,大家都会把你当弱智。说点儿正常的。"藤尾说。

"那我该说什么呢?你告诉我。朋友坐上了船,要远走了。只剩下我一个人。而我自己明年还不见得能毕业。真是说不出的寂寞。'船行远,只剩烟',我借用这句歌词来表达我现在的心情。"远山说。

"洪作去了台湾,你真的会寂寞吗?"藤尾问。

"我可就没有伙伴了。想到洪作也在,我心里还踏实些。洪作要是走了,我会觉得不安的。"远山一脸认真地说道。他从未如此严肃。对洪作而言,这番话并不令他高兴,但他并非不能理解远山的心情。

"我也想陪着你,可是要是一直陪着你,我这辈子就算完了。"洪作说。

"咦,你跟我妈说了一模一样的话!我妈说,不能一直跟你混在一起,不然我这辈子就算完了。"

"你妈真这么说的?"

"我骗你干什么?她真是这么说的。一边哭一边说的。"

"真讨厌!"洪作说。

"嗐,大家对洪作的评价差不多都是这样。我妈没说得那么严重,但也是这么个意思。"藤尾说。

429

"连宇田老师的太太都说了。"远山说。

"说什么了？"

"不好吧。"

"没关系。"

"不是对你，是对太太不好。"

"说吧，她到底说什么了？"

"那我可说了。——他成天在想什么呀？他像个蜻蜓似的，什么也不想，成天自由自在地飞。"远山说。

又是蜻蜓，洪作心想。谁说他是蜻蜓他都无所谓，但被宇田太太说成是自在飞翔的蜻蜓，却让他大受震动。洪作彻底感到厌烦了。

"说起来，我去了金泽一直没回来，就那么不可饶恕吗？对，我应该寄一张明信片回来。没寄明信片，也许是我的过失。可是，不也仅此而已吗？因为这点儿事，就被人说是蜻蜓，怎么能受得了？"

这时藤尾突然笑出了声。

"你恐怕不认为自己是蜻蜓吧。可是一般人都觉得你像蜻蜓。问题就在于这个分歧。你从小时候到现在，一直都自由自在地飞着。往哪儿飞，都是你的自由。没人会担心你。"

"不是这样的。"

"不，你先听我说——父母在不在身边监督，差别非常大。我想，你要是和我们一样在所谓的家庭中长大，就不会变成蜻蜓了。然而你的成长过程中没有父母在你身边监督。在这一点上你和我们不一样，你很幸运。你一直是蜻蜓，这很好。从小时候起你就是蜻蜓。现在也是。你自己可能不认为自己是蜻蜓，但是在一般人的眼中，你就是。"

"你说什么！"

"嗐，你别生气嘛。"

"什么蜻蜓！"

这时，远山说道："藤尾说的恐怕没错。藤尾这么一说，的确，我也觉得你像蜻蜓。宇田太太说的没错啊。你确实是蜻蜓。连玲子都觉得你是蜻蜓。"

远山突然说出了玲子的名字，洪作心中一震。

"玲子这么说了？"

"没，她没说。她只是嘴上没说，但心里是这么想的。她一定是这么想的。你要是不信的话，就去问问。——怎么样，藤尾，你请客，咱们这就去玲子那儿。"远山提议道。

"你要是无论如何都想去的话，我也不是不能带你们去小玲那儿。"藤尾说道。藤尾昨天曾口出狂言，说自己怎么可能一直觉得玲子漂亮，此刻对于远山的提议却流露出未尝不可的表情，一脸坏笑。这一点令洪作厌恶。

"不过，不管怎么说，洪作要去台北，去父母身边了。故事告一段落了。洪作不能再自由自在地想飞到哪儿就飞到哪儿了。他不能再当蜻蜓了。真可怜。但这是没办法的事。"藤尾说。

进入集镇的繁华地带，远山提议把金枝和木部也叫上，今天晚上给洪作饯行。没有人反对。

约定好七点在千本滨的炸猪排店集合，三人暂时作别。

远山有事要去一趟亲戚家,藤尾也要回家一趟。

"我去叫木部和金枝,你先去把二楼的房间占下。"藤尾对洪作说道。

只剩洪作一人,他终于能静下心来在街上走走了。很快就要和沼津暂别了,洪作心想。

多亏宇田,从沼津启程的日子定了下来,这对洪作而言是件好事。洪作觉得如果不让自己写下保证书,自己恐怕很难为现在的生活画下句点。

距离在千本滨炸猪排店集合还有一个小时的时间。洪作正想着要不要去书店看看,忽然听见有人喊道:"喂,洪作!"

是身着和服的教导主任釜渊。上次因为远山的事,两人深夜在训练场碰见,那之后便再也没见过面。碰见了不该见的人,洪作心想。

"最近怎么样?"

"还那样。"

"还那样可不行啊。得有点改变。"接着,釜渊又说,"已经是秋天了啊。"釜渊口中竟然会蹦出和季节相关的感慨,洪作感到很意外。没想到另一句紧接着赶了上来:"有首歌唱道,秋日至,引人思。对吧?"

"嗯。"

洪作不知道这首歌。

"实际上,人一感觉到秋天的到来,就会想很多。"

"连您也是这样吗?"

"'连您',这个说法真伤人啊。"釜渊笑了。他平常总是一副猛虎般的面孔,因此一笑起来,让人感到格外地和蔼。

"夏天过得怎么样?"

"我去金泽了。我打算明年考四高。"

"哦,因为想考四高,所以先去学校的所在地看一看,是吧?"

"嗯,算是吧。"

"准备得真周全啊,没想到你也有这一面啊。"

"这话真伤人啊。"洪作笑了,釜渊也笑了。釜渊这次笑出了声。

洪作并不觉得正在和自己说话的是全校学生所畏惧的、以严厉闻名的教导主任釜渊。他感到自己仿佛在和另一个人说话。

"知道你也有备考的心思,我就放心了。明年可能够呛,但是到了后年,再没地儿上学可不行。"釜渊说。

"这话也很伤人。"洪作笑着说道。

"可你自己也是这么想的吧?"

"我可没这么想。"

"是吗?前一阵和宇田聊起你,他夸你了。"

"……"

"他说你脑子好像缺根筋。一般人一辈子有六十年,你好像觉得一辈子有一百二十年似的。"

"真服了。"

"我也觉得你像是这样。去四高参加柔道训练,能做出这种事,别人真是无法企及。很了不起。对此只有一种解释,就是你觉得自己的人生是别人的两倍。"

"你知道我练柔道的事?"

"知道啊。——但是我把这些看作是你的优点。你在校期间我也是这么认为。比那些成天想着考试、考试,眼冒金光、脸色铁青的家伙们强。不学习就不可能考上。你虽然考不上,但却很有志向。一般人都会选择没有入学考试的私立大学,但是你却想考公立高校。而且,我问了宇田,听说你考四高还不是为了学习,而是为了练柔道。"

"……"

"真是气度不凡。"

"……"

"很不错!"

"真讨厌啊。"

"不,我不是在贬低你,我在夸你,你这样很好。然而问题是你能不能考上。"

"是啊。"

"你自己意识到了吗?"

"意识到了。"

"意识到了,却不为考试而努力,这一点也很了不起。"

"真服了。"

"不,我没有讽刺你,我是在夸你。——很不错。只是你父母恐怕很糟心吧。不过,自己生的孩子,没办法。"

不知不觉间，两人开始并肩向前走了。

"老师。"洪作对心情不错、一直喋喋不休的釜渊说，"我会学习的，从现在开始。"

"这很好。"

"我真的下定决心要学习。在沼津待着学不好，所以我决定去台北，去父母身边学习。"

"这很好。"釜渊的语气仿佛完全不相信洪作的话。

"其实，我今天去宇田老师家写了一封保证书。我十号从沼津出发。"

"嗯。不是主动写了一封保证书，而是被迫写的吧？"

"是的。"

"我就说嘛。我觉得不可能是你主动写的。不管怎么说，这是好事。宇田也是煞费苦心啊。"

接下来，釜渊稍微改变了语气，说道："我顺便说一句，你必须得谢谢宇田。宇田因为担心你，完全代替了你父母，操碎了心。——他说你太没心没肺，所以不能放任不管。"

"……"

"你天生就是要麻烦别人的。你自己不操心，而让别人替你操心。——你命真好。"

"是吗？"

"是啊，就是的。宇田他们因为担心你，替你操碎了心，不仅是替你，连你父母的那份忧心，他也承担了。——你必须得谢谢他。"

"我明白。"

"最近宇田好像为了你的事频繁地和你父母通信。听说连钱都寄到宇田那儿去了，不是吗？"

"是吗？"洪作大吃一惊。他第一次听说。原来如此啊，也许的确已经发展到这种程度了，洪作心想。

"钱真的寄到宇田老师那里去了吗？"

"我可不知道。——宇田是这么说的。无论是回沼津还是去台北，都需要钱吧。你原本打算怎么办？"

"我觉得很快就会寄来。要是没寄来，我就借。"

"跟谁借？"

"跟谁都能借。"

"你看，这就是你和一般人有些不同的地方。真了不起。"

接着，釜渊又说道："去哪儿喝杯咖啡吧？"釜渊和咖啡是一个奇妙的组合。釜渊也喝咖啡吗？洪作心想。

洪作带釜渊去了一家最近新开业的西点屋。店里的一个角落是喝咖啡的地方，摆着两三组桌椅。

"你平时出入这种地方吗？"釜渊一边环视四周，一边说道。

"这是第一次。"洪作答道。

"你还知道这种地方。"

"坐火车走读的同学经常来这儿，所以我知道。"

"这可真不像话。竟然有学生放学路上来这种地方。"釜渊说。但他脸上并没有在学校时所表现出的严厉神情。两人围着一张小桌子相对而坐。

"喝咖啡吧。"釜渊说。于是洪作点了咖啡。

"您喜欢喝咖啡吗?"

"每天早晨喝。去台湾之前来喝杯咖啡怎么样?用咖啡豆磨,让你喝杯正宗的。"

"这么跟您说话,感觉您和在学校的时候完全是两个人。"

"怎么会。"

"不,真的,完全不一样。学生们只要见了您,脸色就变了。"

"你也是吗?"

"我当时没到那个程度。"

"是吧。你和你朋友藤尾、木部他们都鬼得很。"

"但是,他们都是些好人。"

"那样的叫好人,世界上就没有坏人了。"

咖啡被端上了桌,釜渊品了一口,说道:"还行。"洪作尝不出咖啡是好喝还是难喝。咖啡这东西只偶尔在藤尾家喝过,很少有机会品尝,在金泽也一直没能喝到。

"您也来过这种地方吧?"

"不,这是第一次。"

"您去过中华面馆吗?"

"没有。"

"一次也没有吗?"

"没有。"

"真没想到!我们——"话说了一半,被洪作咽回去了。

他本来想说他们几乎每天都去中华面馆,但他忍住了。

"要是您想去的话,我带您去。"洪作说。

"嗯,你带我去一家吧。"釜渊说。

从西点屋里出来,洪作带釜渊去了他们每天都去的中华面馆。

在二楼小小的日式房间坐下来后,釜渊说道:"什么好吃就点什么。"

"您一次也没来过吗?"洪作再次向釜渊确认道。

"没来过。我要是来了,你们就难办了吧?"

"没关系的。在您上楼之前我们就逃走了。"

"从哪儿逃?"

"窗户。"

"哼。无论是什么时代的中学生,干的事情都是一样的。"

"以前的学生也这样吗?"

"我们当年也爬窗逃出去。"

"老师您?"

"对。"

"真没想到。您当年吃的是什么呢?"

"乌冬面。"

"我想象不出您慌慌张张的样子。会是什么样呢?"

"我不论什么时候都很冷静。从窗户逃跑的时候我也很从容,还能把碗盖盖上,防止灰尘落到碗里。这方面我和你们可不一样。"

说完，釜渊忍不住笑了。洪作看着釜渊的笑脸，再一次感到他非常和善。

"要是把这些告诉学生们，他们肯定很高兴。"洪作说。

"这些不能说。身为教师，必须一直保持威严。要是和学生关系亲密了，就没法教育了。你说是吧？"

"是。"

"你们很快就会轻看老师。稍微给你们点儿好脸，你们就得意忘形，和老师亲近起来了。"

釜渊用筷子夹起被端上桌的拉面，问道："这面你们吃几碗？"

"差不多两碗。"

"这么少。我们年轻的时候能吃三碗。"接着，他又说，"你们经常来这儿是吧。藤尾、木部和金枝。"

"这您都知道？"

"这我还是知道的。你们这些人叫拉面不良生。吃了拉面，自己也觉得做错了事，所以比较好对付。"

"拉面不良生？"

"我说的不对吗？"

只在这个时刻，洪作觉得釜渊的面孔不和善了。

走出中华面馆，在街上走了一会，两人来到刚才相遇的书店前，决定在这里分别。

"那就在这儿分手吧。你保重身体，好好学习。"釜渊说。

"到了台北，我给您写信。"洪作说。

"谁知道呢。你连给爸妈的必要回信都不写,我可不相信你。我这边倒无所谓,只是宇田,你一定得给他写信。"

这么说着,釜渊走了。洪作一时间没法把目光从釜渊的背影上挪开。洪作心想,为什么一旦要离开沼津,无论是谁,看上去都那么好呢。今天遇到的釜渊,和教导主任釜渊完全是两个人。他善解人意,令人感到说不出的温暖。

"这哪是冷血呢。"洪作心想。所谓冷血,指的是"冷血动物"的"冷血",釜渊的绰号。

其实,从毕业至今,在沼津无所事事的这些日子并不都是没有意义的,洪作心想。和宇田亲近起来,还重新认识了釜渊这位老师,这都多亏自己在沼津游荡。

洪作在这座逐渐被暮色笼罩的集镇,向着千本滨的方向走去。白天感到自己身处于夏末,然而灯火星星点点地亮起来,就完全是秋天的感觉了。秋天的寒气悄悄挨近行走着的洪作的脚边。釜渊说秋天来了,人会想很多。的确如此,洪作想。

来到了千本滨入口处的炸猪排店门前,洪作没有进去,径直走向海滨。没有走进炸猪排店,是因为洪作还想再独自待一会儿。想要独处,也许也是因为秋天来了吧。

海滩上没有人影。黑暗之中,只能听到海浪的声音。洪作向海滨走去。终于,和这千本滨也要分别了。

"洪作——"

洪作听到远处有人呼喊自己的名字。他觉得自己是听错了。

"洪作——"

的确有人在叫自己。是一个女人的声音。除了玲子,再没有哪个女子会呼唤自己的名字了。

"哎——"

这次发出呼喊的是洪作。他想告诉对方自己在这儿。

洪作离开了海滨,向着呼唤自己的人走去。没走多远,便又听到一声"洪作",这次的确是玲子的声音。

"你来接我?"洪作的语气很随意。

"我刚才看到你从店门口走过去了。远山和藤尾都到了。"

身着浴衣的玲子走近了。为了不让浴衣下摆被海风吹起来,玲子用一只手按着。

"木部和金枝呢?"

"我出来的时候他们还没到。"接着,玲子又说,"今天的海浪比之前平静。两三天前浪可大了。站在这儿都有水沫飞溅过来。"

"你不冷吗?"洪作觉得身穿浴衣的玲子看上去很冷。

"有一点点。"玲子说,"但是很舒服。这儿没有旁人。夏天已经过去了。千本滨也要安静下来了,真好啊。我喜欢秋天。"

"我也喜欢秋天。"

两人面对面站着,洪作感到不自在。

"走吧。"洪作说。

"木部和金枝都还没来呢。去那边走走吧。"

玲子向前走去，洪作也迈步向前。海滨和沙滩之间的地带净是石子，很不好走。

"啊，真舒服。我喜欢晚上的大海。"

玲子停住了，面向大海站着。洪作也停下了脚步，但夜晚单独和异性共处海滩的局促再一次攫住了洪作。洪作拾起脚边的石子，投向了漆黑的海面。没想到玲子也拾起一颗石子。

"你扔不到海里吧。"

"能扔到。我经常和弟弟玩投接球，很擅长投掷。"

玲子把石子扔了出去，那样子仿佛摇摇欲坠。洪作这次拾起一块扁平的大石头，以掷铁饼的技术要领，身体摆动一周后把它投了出去。

洪作不停搜索着扁平的石头，找到一块便投进漆黑的海面。

"再往前走走吧？"玲子说着，向前走去。洪作只得跟在她身后。

"听说你十号出发？"

"嗯。你听谁说的？"

"远山。——听说你被迫写了保证书，是真的？"

"嗯。"

"你写保证书的时候是什么表情呢，真想看一看。"

"写那种东西根本不算什么。要是让我写，写多少张都行。"洪作说。玲子听了，什么也没说。过了一会儿，她说："台湾的水果应该很好吃吧？"

"嗯。"

"都有什么水果呢?"

"香蕉,木瓜。"

"木瓜?没听说过欸。"顿了顿,玲子又问,"新高山①美吗?"

"不知道呢。"

"那是日本第一高山吧?学校里是这么教的。"接着,她又说,"真的再也不回来了?"

"谁?"

"你。"

"开什么玩笑,我回来,我会回来的。我明年春天要去金泽应考。"

"有人说这些都是谎话。"

"谁说的?"

"远山。"

"那家伙是这么说的?"

"嗯。他说你去了台湾,恐怕就不会再回来了。他说你会去那边上学,将来和台湾姑娘结婚,去砂糖公司工作。"

"他胡说八道。"

"不过,我觉得你还是留在那儿好。"

"为什么?"

"我觉得你很适合台湾。你很无忧无虑,对吧?——啊,

---

① 台湾日据时期,日本侵略者称台湾第一高山玉山为新高山,宣称其为日本第一高峰。

我也想去台湾啊。那儿一定很好吧。有椰子树,有美丽的月亮,在那种地方生活会多么美妙呢?"

"那你来吧。"

"不行的,我没钱。"

"在那边找个工作就行了。"

"那我也去砂糖公司好了。"玲子说,"去了台湾,连话也不能和我说了吧。你爸爸是军人吧?肯定很凶。不过,我觉得你妈妈一定很温柔。因为是洪作的妈妈嘛。"

"咱们回去吧。大家应该都在等着呢。"

洪作说道。不知有什么事情好笑,玲子笑出了声。她说道:"那你自己回去吧!我还要再走一会儿。"

听她这么说,洪作也不想自己回去了。

"远山那家伙恐怕正在生气吧。"

"我很喜欢远山。比起藤尾和木部他们,我更喜欢他。他很好心。"

"是吗?"

"是的。远山很有意思。他一看见我,就会说起你。前些天——"话说到这儿,玲子停住了。"不说啦。"

"前几天——前几天怎么了?"

"前几天……还是不说啦。说不出口呀。"过了一会儿,她才又说,"远山说了些莫名其妙的话。你问他吧。"

"好,我去问他。"

"别在大家跟前问。单独和他在一起的时候问。"玲子说道。她的这番话让人觉得另有隐情。洪作并非茫茫然想象不出远山嘴里会说出什么样的话来,但他还是坚持装作一副什么也不知道的样子。

这样和玲子说着话,洪作渐渐感到沉重的东西压上了心头。他想赶快到自由的地方去,自在地行动。不然的话,他会窒息的。

"要走到河口吗?"洪作说。不知从哪里蹦出这么一句话来。

"河口?那很远吧。"

玲子果然有些犹豫。所谓河口,指的是狩野川入海处,虽然不是很远,但在夜晚的海滩上得花费十到十五分钟的时间。

"要走多久呢?"

"十分钟,或者十五分钟吧。"

"来回要三十分钟啊。——我会挨骂的吧。不过,走吧。"玲子说。所谓挨骂,大概是挨老板娘的骂。

"别走了,回去吧。"洪作说道。玲子会挨骂,自己也不会被大家放过的。玲子说的"不过,走吧",在洪作听来十分悦耳,令他心情愉快。

洪作觉得必须要回去了。回不回去,完全取决于洪作的态度。如果洪作说要回去,玲子应该也会回去,如果洪作走向河口,玲子也一定会跟着去。

洪作被置于一个奇妙的境地,这是他从未经历过的。对方站在自己面前,仿佛在说,来吧,由你来决定。而且对方还是一个异性。

对洪作而言，眼前的玲子和平时自己所认识的玲子完全是两个人。她很大胆。明明即将是客人们陆续光临的时候了，她却一声不吭地跑了出来。虽然嘴上说着可能会挨骂，但看上去却并没有那么在意。

"回去吧。"洪作说。

"嗯，回去吧。"玲子这次也顺从地说道。

两人走进松林，来到了几栋别墅的后面。这附近仍是沙滩，没有像样的路。自从走进松林，玲子就没再说话。

能看到餐厅的灯光时，玲子说："我先回去了。"说完便跑出了松林。

洪作决定继续在松林里漫步一会儿。独身一人，洪作突然觉得自由的时间开始在自己周围流淌。感受和思想都变得自由了。就连行走都是自由的。向哪个方向迈步，都可以听凭己意。

洪作在松林中一张破旧的长椅上坐了下来。和玲子一起走的时候夜色很深，现在，月亮不知什么时候已经出来了，脚边开始荡起微弱的明光。

洪作觉得自己有很多不得不思考的事情，然而一开始思考，却又不知道该思考什么。

玲子对自己抱有好感，这是很明显的事了。从今晚玲子的态度来看，只能这么推断。可是，为什么会这样？在这样的情况下，自己该采取何种态度呢？

多种思绪掺杂在一起，洪作理不清。他像是被甘甜的雾气裹挟着，感到冲鼻。

"嗷!"洪作竭力嘶吼。这是因为他想起了金泽的鸢。他觉得,如果是鸢的话,此时一定会放声大吼的。

洪作比玲子晚十分钟走进餐厅。洪作正要上二楼,穿着围裙的玲子从厨房走出来,轻声说:"请当做刚才没见过我。"甘甜的雾气再次向洪作袭来。玲子的这句话,让两人之间有了秘密。

一走进房间,老板娘就说道:"明明是给你钱行,你去哪儿瞎溜达了?"除了藤尾和远山,金枝和木部也在,桌上已经有几瓶啤酒了。

藤尾和金枝都穿着带金属纽扣的学生制服,木部穿着飞白花纹的和服。也许是心理作用,裹着粗棉布制服的远山相形见绌,正是一副中学留级生的模样。

"才来啊。"藤尾说。

"在街上碰见了釜渊,所以来晚了。"洪作回答。

"釜渊?你怎么碰见那家伙了?他说什么了吗?关于我。"远山严肃地问道。

"他可一句也没提到你。他从宇田那儿听说了我要去台北,请我喝了咖啡,还请我吃了拉面呢。"

"釜渊请的你?"藤尾一副难以置信的神情,"别开玩笑了。"

"是真的。我今天第一次觉得这个老师是个好人。"

"你们一起吃了拉面?——去那儿吃的吗?"远山撇着嘴。

"对,我们干的事他都知道。都知道,却装作不知道,他是个好老师。"

这时,木部说道:"釜渊不错,我也喜欢他。他很出众。虽然对学生很严格,但是这种严格也很好。"

"你觉得自己毕业了,就说起大话来了。我一听见釜渊的名字就哆嗦。——别聊他了。——我怕他。一看到釜渊从对面走过来,我就走不动道。没办法,只能直挺挺地站着。他走过来说,你怎么还在学校,哎?"远山努嘴模仿釜渊。

金枝一直饶有兴味地听着大家讲话,这时把他那天生和善的面孔转向洪作,说道:"听说你终于要去台北了?"

"嗯。"

"也好。这样挺好的。多少复习复习,明年来东京吧。去哪个学校上学都一样。"

藤尾接口道:"这家伙好像打算考四高。四高柔道队劝他去,他轻易地就上钩了。"

"我听说了。四高也不错。——但是,柔道这东西啊。"金枝说道。

"柔道本身倒不错,但是柔道队的生活不行。我也喜欢运动,什么运动都喜欢。但是,团队生活不行。尤其是柔道队的生活。"木部说。

这时,老板娘插嘴道:"一提起柔道,就想到远山和洪作,这可不好。他们成天摔来摔去,留了级,任谁也不会觉得练柔道是好事。但是,也有好的柔道。我呀,喜欢四高柔道队。我甚至想关了这个店,搬到金泽,去照顾四高柔道队的人。我觉得啊,洪作和远山要是去那儿磨炼三年,也就成了人了。"

"哇。"藤尾大叫道。

"可了不得了。"木部也说道。

"真想让你们见一见四高那个叫莲实的人。身材很矮小，但是远山和洪作都完全不是他的对手。他俩眨眼间就会被反拧胳膊，到另一个世界去了！"

"怎么可能！"远山说。

"你说什么大话？在这个房间里，你不是一下子被他摔了个大跟头吗？说大话可不行！"

接着，老板娘又说道："那个叫莲实的人，说话让人佩服。——'就当这个世上没有女人！'"

"哦。"金枝附和道。

"'考上了四高，也不要觉得是来学习的。'"

"嗯。"

"他还说了一些很好的话。对了对了，'不能喝酒不能抽烟'，'什么也别想，只练柔道'。——如果真是这样的话，连我都觉得好。真让人向往啊。"

"原来如此啊。"金枝深深地叹了口气。

"来了个奇男子，单纯质朴得吓人啊。"藤尾说，"洪作的生活方式跟这些家伙们正相反，反而会被他们那一套所吸引。不过，我觉得不行。他没有约束过自己，所以觉得自律很有魅力，但是坚持不了太久。等到觉得无聊了，很快就会厌倦。"说完，他问老板娘，"炸猪排还没好吗？"

"别急，再等等。我听说今天是给洪作饯行，所以准备了特别高档的。"老板娘说。

"我啊,"洪作把脸转向藤尾,"并不是被自律所吸引。我想,我是在粗野的人身上感受到了魅力。"

"哦吼吼,啊哈哈。"木部发出几声怪叫,"别说这种奇怪的话。你自己本身就是标准的野人了。你怎么会被粗野所吸引?你身边的人会发愁的。我是这么认为的:你只是想要同伴。就像野狗想找同伴一样。你至今为止一个朋友都没有。我们虽然名义上成了你的朋友,但对于你来说,我们并不是朋友。没有任何人能理解你。对于这一点,你自己很清楚,你很孤独。你纯粹是条野狗。不知道是先天还是后天,总之你的确是野狗。孤独的野狗。你觉得四高柔道队的家伙们是你的同伴。然而,同样是野狗,四高柔道队的家伙们恐怕是被训练而成的野狗,是被打造而成的野狗。而你却是纯粹的野狗,是地地道道的真正的野狗。但他们却不一样。他们是假冒的。你和他们相处着试试吧,坚持不了半年的。你肯定很快就会厌倦。"

"别说什么野狗、野狗的。多难听啊?这个人确实有像野狗的地方,但你要是这么说的话,你们其实都是野狗。"老板娘说道。

"我并不是瞧不起野狗。我喜欢野狗。虽然喜欢,我却成不了野狗。野狗不是努力就能成为的。野狗有野狗的素质。在这一点上,洪作非常出众。他是天生的野狗。他有野狗的精神。虚无,颓废,反叛。"木部滔滔不绝起来。喝了啤酒,他的脸红了。

"我虚无，反叛吗?"洪作向木部问道。洪作从未被人这样评价过。

"是的。虚无，颓废，反叛。你随时随地按照自己的情绪生活着。"

"是吗?"洪作说。

"你自己不知道。因为你不是有意识要这样做的。要是意识到的话，你就不是野狗了。正因为你不是有意的，你才是野狗。你做的事，在别人看来，是虚无的，颓废的，反叛的。是吧，——大婶?"木部说完，向老板娘寻求认同。

"觉得自己成了高校生，就开始摆一些莫名其妙的艰深的理论，真是的。总之，我非常赞成这个人去台湾，去父母身边。在这儿和远山鬼混，是不可能考上四高的。"老板娘说。

"不用什么事都拉上我吧。"远山说。

"你啊，"老板娘转向远山，"大模大样地喝着啤酒，可你实际上不能喝酒，因为你还是中学生呐。"

"我明白。"

"你这表情可不像是明白。除了你以外的人都算是毕业了，可你——"

"明白明白。"

"你怎么可能明白呢。——说起来，你最近起了春心了。你要是拉玲子出去，我可不答应。"

"我不记得我干过这种事。"

"你前几天不是把她叫出去了吗?"

"什么？没有啊。"

"不行不行，你要是干什么坏事，我就告到你学校去。"

"真烦人啊。不是那么回事。是玲子对洪作有意思，所以我——"

"不行不行，——你胡说八道，闭嘴吧。"老板娘的言辞从未如此严厉。可见她是真的对远山动了气。洪作没想到远山的嘴里会突然蹦出自己的名字，大吃一惊，想说点儿什么，但却想不到合适的措辞。洪作觉得大事不妙。这便是远山让人信不过的地方。

这时金枝说道："据木部所说，洪作是条野狗，我也觉得大概是这样。"他似乎想要言归正题。

"我也觉得洪作随心所欲这一点，像是野狗。不过，想进四高柔道队就进吧。但是我也觉得不会长久。因为和高校柔道队的家伙们比起来，洪作更优秀。"

金枝的语气像是在陈述结论。上中学的时候，金枝一直都扮演着这样的角色。

"我更优秀？谢谢了。"洪作说。

"我倒不见得是在夸你，但你比他们优秀这件事是显而易见的。"

这时老板娘又插嘴道："怎么可能？你这么说是因为不认识莲实。莲实要是在这儿，你们就都哑口无言了。他脑子聪明，腕力也大。——是个小个子，长得很结实。因为脑子聪明，所以相貌也精神。最重要的是，有风度。"

"哇！"藤尾再次发出一声怪叫，"这是完全着了迷了！

远山，你也见过那个四高的贵公子吧？"

"嗯。"

"怎么样？"

"这个嘛，不好说啊。"远山一脸坏笑。

"无妨，说。"

"也就那样吧。"

"你说什么呢！"老板娘一副目瞪口呆的样子，"你们和他，就像月亮和鳖一样，没法比。"

"知道。"

"知道的话就别瞎说。"

"正如大婶所说，他是个好青年。但是，耳朵都烂成那样了，是吧。"

"耳朵烂了有什么？跟你的耳朵比起来，他的要好得多。再说了，那耳朵一点儿也不难看，很有男子气概，因为是练柔道的时候受的伤嘛。"

"您可真是双标啊。我骨折的时候，你不是说'身体发肤受之父母，竟然让身体受伤，岂有此理'吗？"

"骨头受伤不行，但是耳朵不要紧，耳朵没事儿。"老板娘说完，起身下楼去了。

玲子端来了饭菜。

"欢迎光临。"玲子笼统地对所有人招呼完后，又说，"前几天我看到木部在街上走。我差点就想喊你了，不过最后没有。"

"是吗？我没看到你。"木部说。

"小玲还是这么漂亮啊。"藤尾打趣道。玲子一出现,饭桌上的气氛立时变了。

洪作的身体僵硬了,他沉默着。玲子令他感到目眩,仿佛不是刚才与他一同漫步千本滨的那个人了。不知道玲子在想什么,她不把脸转向洪作,只和别人交谈。

"今天是给洪作饯行。"金枝对玲子说。

"人家知道,是吧?"远山坏笑着说道。

"洪作,你真的要去台湾吗?"玲子这时才望向洪作。

"真的啊,你以为是骗你吗?"远山说道。

"刚才听远山说你要去台湾,我真没想到。这是真的吗?"

洪作看着说出这番话的玲子,感到不可思议。这无疑是她的表演,然而却毫无破绽,十分自然。

"是真的。"洪作答道,感到很难为情。

"我觉得玲子对洪作有意思。根据我的观察,的确是这样。所以我想撮合他们俩,可洪作这家伙,不远万里去金泽了,事情就黄了。托他的福,我被大姊给误会了。"远山说。

"欸?!"藤尾表现得十分惊讶,"真的吗,小玲?"

"我喜欢洪作,但是并没有特别地喜欢。就像喜欢木部和金枝一样。"

"我呢?"藤尾问道。

"藤尾和远山我不太喜欢。因为你们是不良少年。"接着,玲子又说,"要是特别喜欢的话,我早就把他叫出来,去千本滨散步了。"

"你可真厉害。"

"厉害吧？但我说的是真的。"玲子说。玲子说这番话时，完全异于往常。

玲子下楼后，木部说道："这孩子变了。女孩儿半年不见就完全变了个样儿。今年春天的时候还是个少女，可转眼间就成熟了。"

"她有点儿兴奋，这么长时间没见了，见了我很高兴。"藤尾说道。

"你可不行，人家觉得你是不良少年。"木部说。

"女孩子啊，总是口是心非。"藤尾说。

"对，没错。"远山表示认同。

"我跟你不一样。和你归到一起，我可不愿意。"藤尾说。大家正吵嚷着，老板娘进来了。老板娘伸出双手，示意在座的人安静。

"有个叫釜渊的老师在楼下。"

一瞬间，房间里鸦雀无声。

"他说有东西要给洪作。不让他进来不好吧？人家特意过来。"

"釜渊？！来了个了不得的客人！——让他上来吧，可以吧？"藤尾问。

"不要紧，让他上来吧。"木部也说。

"等等。"远山已经站起来了，"我不行。让他看见我在这儿，我就完了。我要跑。"

远山走到窗边，看了看外面，说道："绝对不要说，好吧？拜托了！"

"你要从窗户跳下去？"老板娘问，"这么干太危险了。"

"没事。"远山视死如归。

"你别跳。——我去楼下见他。他肯定是来送饯别礼物的。"洪作说道。

然而远山仍说："不管怎样，我在这儿待不下去了。我去屋顶。"远山双手相合比出手势，模仿使出隐身术的样子，嘴里发出"咚隆"一声，便从窗户上了屋顶。远山的行为，大家都默默地看着。没人制止他，因为他的神情太严肃了。老板娘走到窗前，只说了一句："别掉下来啊。"

"不管怎样，我还是自己下去见他吧。"洪作说。

"那就这么办吧。远山怪可怜的。"金枝也说。

洪作下楼，只见釜渊站在店门口。

"让您久等了。"洪作向釜渊打招呼。

"你们在吃饯行宴吧。抱歉把你叫出来。我刚才回家以后，突然想起了晕船药的事。可能到处都有卖的，但是正好家里有，就想送给你。今年七月盂兰盆节，我内人回老家德岛了，药应该就是那时候剩下的。我内人晕船，每次回老家都要遭罪。她从大阪坐船，只坐一个晚上就被折腾得不成样子。晕船药有很多种，但既然我内人认可这种，我想药效一定不错。"釜渊说。这就是母亲来信中提到的晕船药吧？洪作心想。

"您不上来坐坐吗？"洪作问。

"不了，我走了。"釜渊说。

"您怎么知道我在这儿呢?"

"一想就知道了。——其实,我是和我女儿一起出门买东西,想顺便托藤尾把晕船药带给你,就去了藤尾家。然后我就知道你来这儿了。还是直接给你比较稳妥。藤尾也不是一个多么靠得住的人。"

"您上来稍坐一会儿也好。"

"不了,告辞。"

"那您等等。大家马上下来跟您打个招呼。"

"哦,那我在这儿等等。"

这时玲子端来了茶。

"楼上都有谁?"釜渊问。

"金枝、木部和藤尾三个人。"玲子回答。她没有说出远山的名字,洪作松了一口气。

洪作上了二楼:"釜渊说他马上要走。你们快下来打个招呼。"

藤尾起身走到窗边,说道:"喂,再坚持一下。别感冒啊。"

木部也起身走到窗边,但他说的却是:"这位同僚,今夜月光如何?"对此,远山没有回应。

大家一个接一个地下了楼。

"老师,好久不见,您好吗?"藤尾率先问候道。

"你好吗?"釜渊问道。

"好着呢。"

"也是,只要不死,你就好得很。"

"多谢夸奖。"藤尾幽默地鞠了一躬。接下来是木部。

"老师,久违了。"

"你这话说的可不像是久违啊。毕业以后,你来过学校吗?"

"一次也没有。"

"我想也是。这才叫真正的久违。偶尔也该回学校看看。"

"是。"

接着,釜渊转向金枝的方向,说道:"金枝脸色变好了。"

"是吗?我想是因为我今年夏天游泳了。"

"你每年都游泳吧,不是只有今年。"

"嗯,这倒是。"

"你去了医学院,对吧?"

"是的。"

"好玩吗?"

"嗯,我觉得很适合我。"

"三年级的时候,你说过,唯有医生,你坚决不想当。"

"我说过这话吗?"

"说过哦。说的时候一副了不起的样子,所以我记得。这就叫做自食其言。不过自食其言的不止你一个。藤尾在这方面也让人望尘莫及。"

"我?"藤尾小心翼翼地问。

"是啊,举个例子……"

"不——不用了。"

"那是什么时候来着……"

"您别说了。"

"你怎么这么害怕啊?"

"我不是您的对手。——在您面前,我一辈子都甘拜下风。"

"不要口是心非。"顿了顿,釜渊又说,"看到大家都挺好的,我很高兴。听说今天晚上你们要给洪作饯行。祝你们玩得开心。我就告辞了。我是来给洪作送晕船药的。"

"听说了。您只对洪作格外照顾。"木部说。

"因为洪作毕了业以后还一直来学校。一般人让他来也不会来,可洪作不请自来,每天都来。"釜渊说,"上学的时候经常旷课,毕了业却从不逃学,每天都来。真是让人佩服。听说洪作以后再也不来了,至少得给他备点儿晕船药什么的,关心关心他。"

说到这儿,釜渊笑了。

"喂,说话呀,说谢谢老师。"藤尾捅了捅洪作。

"谢谢老师。"洪作说。

"那你路上小心。"接着,釜渊又对其他人说,"你们家在沼津,有空来玩。"说完,釜渊走出了店门。

洪作他们也走出店门目送釜渊。釜渊的身影越来越小,这时,洪作听见"喵"的一声怪叫。他站在街上抬头望房顶,只见远山坐在房顶上。

"喵。"远山再次发出一声猫叫,随即大喊,"你们磨磨唧唧地说什么呢？快点儿回来不行吗？"

"你没听见吗？"藤尾问。

"他说你肯定来了，要抓你个现行。"

"喵。"

"他说你不是在房顶上，就是藏衣柜里了。"

"喵。"

这时，木部突然喊道："喂，釜渊好像又回来了！"一瞬间，远山站了起来。屋顶的瓦片发出哗啦哗啦的声响。

"别慌，我骗你的！"木部说。

"喵，喵呜，喵——呜！"

屋顶上的远山模仿着猫发怒时的叫声。

老板娘从店里走了出来，抬头一看房顶，说道："你怎么还在上面啊？"

"喵。"

"把瓦踩坏了，我可饶不了你！"

"喵。"

"别在这儿傻学猫叫，进屋！"

"喵，喵喵。"接着，远山说，"你们不会明白我在说什么。我在呼唤小玲。我最喜欢的小玲，快来！喵，喵！"

屋顶上的远山发出难以形容的甜音。

大家回到二楼后，便专心于把食物填进肠胃。

扫光了玲子接连端上来的三盘菜，藤尾和远山向后倒去，躺下了。

金枝和木部又喝起了啤酒。两人上中学的时候都只喝两三杯就会脸红，如今却不见反应了。不久，远山也开始把酒杯送到嘴边，但有时会突然想起釜渊，"嘘"的一声，示意所有人安静，自己竖起耳朵听楼下的说话声，或是走到窗边观望。走到窗边时，他总是先"喵"地一声模仿猫叫，再向窗外望去。不再上菜之后，玲子上楼来一个人一个人地收餐费。洪作正要掏钱时，玲子说："洪作今天就不用交钱啦。"

"大家要不要去海边？楼下已经没有客人了，我也能出去。"

听了玲子的这句话，躺着的藤尾一骨碌爬了起来，说道："好，我赞成，去海边吧！"

"小玲也一起去，真的吗？"远山确认道。

"嗯，老板娘也说我可以去。她说只和一个人出去不行，和大家一起的话没关系。"

"只和一个人出去不行吗？"

"我不要和谁单独走。"

"你没和谁单独走过吗？"

"没有呀。"顿了顿，玲子又说道："对了，只有过一次。很开心。虽然也很难过。"

"这话可不能当做没听见啊。——那人是谁？"这次是藤尾发问。

"喵呜。"

"你认真回答。"

"是喵呜君。"

"是远山？"

"怎么可能。"

"是谁?"

"我死也不会说的。"

洪作走出了房间。从未体验过的甘美把洪作包围了。甜蜜,悲哀,苦涩。洪作在楼梯上一脚踏空。

"年纪轻轻的,这么不小心!"老板娘的声音传了过来。

来到了沙滩上,金枝率先放声高歌。不知道这是一首什么歌,但歌曲的一部分却唱出了洪作心中所想。

"伤离别,今宵一别,远隔千里。"

已经有半年没听过金枝的歌声了。这独特的歌声在中学时代,每天都能在千本滨或香贯山听到。

啊,今夜一别,的确就要远隔千里了,洪作心想。沼津和台北之间,也许真的相距千里之遥。中学时代每天都见面的朋友,如今要一别千里了。金枝是不是怀着这样的惜别之情,为自己唱的这首歌呢?

藤尾等金枝唱完后,也唱起了来。

"若要去琉球,须得着草鞋,只因石子遍原野。"

这首歌之前听过。藤尾连唱了两遍。中途金枝跟着和唱起来。

木部突然说道:"好,那我展示一下我在东京学的歌。"

"漫步故乡柑橘山,仍治愈不了叹息声声,这是谁的馈赠[①]。"

[①] 出自日本诗人、小说家佐藤春夫的诗集《殉情诗集》,为爱情诗《叹息》中的一段,创作于1913年。

木部用他独特的调子吟咏着。洪作最喜欢木部的歌。木部自己能写短歌，吟咏短歌自然别具魅力。

"木部，再唱一遍吧。"玲子说，"真是首好诗。我也喜欢。"

"别假装老成。你明白是什么意思吗？"

"我明白呢。"

"好，那我再唱一首炽烈的。这首诗很古老了。"

木部唱了起来。

"惟愿降天火，烧尽漫漫君行路。①"

唱完，木部问道："明白意思吗？"

"真难懂啊。"

"我马上要去东京了。你听说之后，为了让我去不成东京，向神明祈祷降下天火，在我的去路上熊熊燃烧。这诗就是这个意思。"

木部反复唱着这首歌。

"还是之前那首歌好。唱之前那首吧。"玲子说。

"真是个麻烦的家伙。没办法，给你唱吧。"

木部又唱起故乡柑橘山那首歌了。中途玲子也开始和他一起唱。

突然，藤尾说道："好，那就唱感伤的歌吧。小玲，这首怎么样。听了会怦然心动哦。"

说完，藤尾竭力高声唱道：

---

①出自日本最早的诗歌总集《万叶集》，为中臣朝臣宅守与其妻狭野弟上娘子的赠答歌。

"闪闪白光耀冰面,候鸟无影踪,钏路寒冬海上月。①"

"这首也好。等会帮我写下来吧。"

"好,我写信送给你。只写诗太奇怪了,我再写点儿别的。"藤尾说。

"只写诗就行。"玲子说。

这时远山对洪作说道:"这样一来,我们可算是完了。真恨我妈,把我生的五音不全。"

"别把我和你归到一类。"洪作说。

"你快别说大话了。那这样,洪作,你唱一首试试。我可堵着耳朵呢。听你唱歌的人都替你害臊。你不管唱什么都像念经,让人最后想敲一下木鱼。"

"好,那我可唱了。"洪作说。然而一旦真要唱歌,他却没有自信。

"嗷!"洪作吼道。他也知道自己的怒吼不像鸢那样打动人。

"嗷!"洪作冲着黑暗的海面喊叫着。这样喊多少声都不在话下。

"嗷!"洪作连喊了好几声,正歇一口气时,只听见玲子在不远处发出一声纤细的喊叫:"哇!"玲子的声音传得很远。在黑暗的潮水之上,似乎能传到世界的尽头。玲子喊完,洪作便再次喊叫。没想到玲子又喊了一声。

洪作想,玲子该不会是疯了吧。洪作住声之后,玲子又

---

①出自日本诗人石川啄木的诗集《一握砂》,大约创作于1907年。钏路,位于日本北海道东部,濒临太平洋,冬季寒冷。

连续喊叫了好几声。

洪作感到心里很不舒服,便走近玲子。他感到自己的手突然被抓在玲子的手心里了。

洪作觉得事情变得难办了。自己甚至没怎么和年轻异性说过话,如今自己的手却在玲子的手中。这是第二次了。洪作既感到烦扰,又感到难以言说的陶醉。那么柔软而又让人不知所措的物体,正附着在自己肉体的一部分上。

玲子向前走去,洪作也不得不迈步。

"洪作。"洪作听到木部的声音从自己身后四五米处传来。他想甩开玲子的手,没想到玲子用上了力气。

"就这样往前走吧。"玲子口中说出了这样的话。对此,远山责问道:"你说什么?你们可不太对劲儿啊。为什么要往前走?"远山对这种事格外敏感。

洪作的手又一次想要挣脱。但这次玲子依然用力攥紧。

远山追了两三步,玲子突然放开了洪作的手,随即说道:"远山,你在吃醋啊。"

"不对劲儿,实在是不对劲儿。"远山插到玲子和洪作之间,"你们刚才是在牵着手走吧?"

"怎么可能呢?"玲子说。

"洪作,没错吧?"远山这次向洪作问道。

"怎么可能。"洪作说。

藤尾走了过来:"喂喂,你们吵什么呢?"

"洪作这家伙,刚才好像牵了玲子的手。"

"嚯。"

"我从后面赶上来,看到洪作走路的样子很奇怪。他紧跟着玲子,一声不吭。"

"你不是在撮合玲子和洪作吗?"

"嗯。"

"那不就没关系了吗?牵个手有什么。"

"没什么。虽然没什么,但偷偷摸摸的可不行。大家一起走着,他去悄悄地抓住女孩子的手,这叫什么事嘛。"

远山话中带刺。

"我怎么会偷偷摸摸地牵?"

"这么说,你牵了?"

"是牵了。"

"好。"远山飞身退后,看上去像是在脱上衣。

"来,打一架?"远山嘶吼道。洪作想,如果对方扑过来,自己就躲开。他并不想打架。被玲子握住的左手手指,现在还像麻木了一般,没有知觉。到有光的地方看一看,也许已经变色了,又或许五根手指的前半部分已经融化了。

洪作觉得这根本不是打架的时候。哪里都行,洪作只想在沙滩的角落里坐下来,一个人吹吹海风。

"来啊!"远山怒气冲冲的声音传了过来。这时藤尾说道:"真是没想到啊。真是个头脑简单的家伙。住手吧,别打架。——说起来,今天是给洪作饯行吧。你不是也出餐费了吗?真是个笨蛋。话说回来,你根本没理由打架,不是吗?——玲子的手,我也牵过。"

"你说你也牵过?"

"我是在中学四年级的时候。那是很久以前的事了。从那以后我时不时会牵玲子的手。今天晚上我正打算要牵呢。怎么牵她的手我都不会畏缩的。怎么牵她的手她都不会拒绝。只有你没牵过她的手哦。——木部也牵过,金枝也牵过。"

听了藤尾的话,远山没有任何反应。他完全呆住了。过了一会儿,他呻吟了一声:"好啊。"接着,他又说:"混蛋!"此时,危机似乎已经过去了。

"玲子呀。"藤尾发出奇怪的声音。

"闭嘴!恶心!"远山吼道。

"哎呀,远山,你嫉妒啦?"

藤尾模仿了女声。这可不妙。战斗在这一刻打响了。可以感觉到藤尾和远山的身体在黑暗中碰撞扭打。

终于,有一个人向海滨跑去。一定是藤尾逃走了。果不其然,只听见藤尾的声音从那里传了过来:"喂!远山!来啊!我可打了你两拳。不甘心的话,就来追我!"

没想到远山却仿佛放弃了藤尾,只听见他气喘吁吁地吼道:"洪作那家伙在哪儿!"洪作默默地站着。

藤尾和远山还在用语言激烈交锋。洪作不再理会那两人,独自朝松林走去。现在酒劲儿似乎开始发作了,洪作觉得脚下有些不稳。

不知道木部和金枝是不是朝相反的方向走去了,金枝的歌声从远处传了过来。玲子去哪儿了呢?自从远山开始大喊大叫,玲子的声音便听不到了。

一个人在濡湿的海滨漫步，海浪的声音一下子澎湃起来。驻足向黑暗的海面望去，只见两点渔船灯火。它们时隐时现，由此可见海浪涌得很高。

"洪作！"

洪作听见有人在呼唤自己。是藤尾吧。藤尾呼唤了好几声之后，又听见一声纤细的"洪作"。这无疑是玲子的声音。然而洪作没有转身返回。

洪作步入松林，从林间穿过，去往街市的方向。洪作觉得自己就这样告别了沼津的生活，也告别了金枝，藤尾，木部，还有玲子。藤尾和金枝他们，中学毕业的同时便告别了沼津的生活，但洪作却迟了半年的时间。

洪作走上了街道，向着寺院所在的港区走去。明天去宇田那儿，先取回那笔父母一定已经从台北寄过来了的钱，之后便不得不听凭宇田的指示，为台北之行做准备了。

洪作想，宇田对去往台北的船期那样清楚，一定是因为母亲在来信中写明了，否则宇田不会掌握这些信息。

明天不管怎样都必须要去宇田家一趟。去了宇田家，恐怕还要再挨一顿叱责。今天远山在场，所以叱责并不猛烈，明天可就不好说了。

然而，洪作对于拜访宇田一事却没有丝毫的厌烦。即便宇田每天训斥自己，能训斥的日子也没剩几天了。

在回寺庙的路上，洪作一半时间考虑着宇田的事情，另一半时间想着玲子。在即将离开沼津之际，发生了这么一件散发着青春气息的小事。

港

出发前的几天，洪作非常忙碌，宇田家也去了好几次。洪作给身在台北的父母和身在伊豆的外祖父母都去了信，之后他便每天都在寺院的井边洗衣服，因为他在房间的衣橱里找出了一大堆脏衣服，单是无袖运动衫就有将近二十件。他记忆中并没有买过无袖运动衫，这些恐怕都是藤尾、木部他们的。看上去像是借来穿脏了之后便直接扔进衣橱里了。

夏季、冬季的粗棉布制服也各找出了几身，无疑都是藤尾他们给洪作筹措来的。衣服的内衬上缝着寺田、门井等各种各样的名字。这些都是毕业生们的名字，有洪作认识的，也有不认识的。洪作把夏天和冬天的制服都一件件地塞进盆里，用脚踩踏。水很快变成了褐色，换了好几次水，洪作才把衣服晾到竹竿上。

鞋子也有很多。负责打扫寺院庭院的阿留老爷子，搬来一个啤酒箱，里面满满当当塞的都是鞋。所有的都是军鞋，鞋后跟都破了。

"这些都是我的吗？"洪作说。

"当然了。——这些你都要拿走吗？"阿留老爷子问。

"不要了。"

"你说不要，放在这儿可占地方啊。"

"那怎么办？"

"你倒问我？"

"要不我去扔到河口？"

"扔了可惜。只是鞋后跟破了，有的还能穿呢。"

最终，阿留老爷子决定把所有的鞋都改造成拖鞋。洪作刷鞋，他则在一旁着手改造。

"多好的拖鞋，在院子可以穿。"阿留老爷子一双巧手做出了好几双拖鞋。

洪作把洗好的衣服分成两箱打包，一箱寄到台北，一箱寄到伊豆的外祖父母家。

洪作正在忙这些事时，远山来了，说道："玲子好像确实对你有意思，你给她留点儿纪念。"然而，到处找也找不到能送给玲子的东西。

"没有钢笔吗？"

"没有。"

"笔筒呢？"

"没有。"

"小刀呢？"

"没有。"

"镇纸呢？"

"我怎么可能有那东西？"

实际上洪作什么也没有。

"你真是个一无所有的人啊。"

远山擅自翻找衣橱，拉开抽屉，突然说道："喂，你有一个还没拆封的小邮包。"

"小邮包？"

"看，这不是吗？"

远山拿出来的是一个油纸包裹，的确是从台北寄来的。

"这是什么时候寄来的啊。"洪作在记忆里搜寻。如此一想，今年春天好像的确收到过一个小包裹。似乎只是收到而已，之后便直接扔进衣橱了。

"好，我来拆封。会是什么呢？"远山拿着小邮包在榻榻米上盘腿坐了下来，"开父母寄来的邮包很让人期待。"

小邮包里有一件崭新的飞白花纹单层和服，一件和服衬衣，三条短裤，两盒巧克力，一打手绢，六块肥皂，还有一罐花生酱。

"这么多东西呐。有手绢，这个给玲子吧。巧克力现在就吃。肥皂也给玲子，她会高兴的。花生酱归我了。短裤也归我。"接着，远山又说，"和服和衬衣我穿小了。你带走吧。或者也给玲子吧。玲子说她哥哥身量和你差不多。她会高兴的。给她吧。"远山说。

"那我不是什么也没有了吗？"洪作说。

"你这就要去父母那儿了，应该不需要了吧。再说了，你爸妈费心给你寄来衣服，你却连穿也没穿，原封不动地带去了。你妈可是会哭的。你最好别带去。"

说的也有道理，洪作心想。

"那花生酱和短裤给你了。巧克力现在吃一盒，另一盒我带到宇田家去。其他的东西给玲子。"洪作说。

"真是不好意思，不好意思。"远山说。

"说什么不好意思，又不是给你。"

"我知道。我是替玲子谢谢你。"

"我亲手给她。"

"那可不行。你还是别再见她了。你必须得学习，时间金贵。我替你给她。"远山说。

终于要坐夜行火车离开沼津了。出发的前一天，藤尾来了。

藤尾将空无一物的房间环视了一周，钦佩地说："收拾得真干净啊！"他打开衣橱，发现里面同样空无一物，便问道："那些破烂儿呢？"

"全都处理了。我一直忙到昨天。剩下要运的只有我自己了。"洪作说。

"我家的垫子呢？"藤尾问道。洪作这才想起曾经从藤尾家拿来了三个坐垫。当时要考试，藤尾和木部都要住在寺院里，所以把藤尾家的垫子拿来了。

"咦，你不是送我了吗？"

"开什么玩笑。那是我家给客人备的垫子。一直都放在这个衣橱里的，哪儿去了？"

"我寄到台北去了。这可麻烦了。"洪作真心觉得糟了。

"还有棉袍吧？"

"棉袍也寄走了。"

"哼。"藤尾皱起了眉头。但他在这种事上并不计较。"哼。要是寄走了,那就没办法了。既然已经越洋去了台湾,那我也只能放弃了。我妈那儿我想办法糊弄过去。作为回报,你到时候寄点儿香蕉回来啊。"

"好。"

"你说好,可不靠谱。"

"放心,香蕉给你寄一筐。"

"除了这些,你这儿应该还有我家的东西。"藤尾想了想,"有个砂锅吧?"

"那个送给寺院了,现在已经拿不回来了。"

"还有个冷水袋吧。"

"那个我放在行李里,寄到伊豆了。"

"真拿你没办法啊。"

"好,香蕉给你寄两箱。两箱总行了吧?"

"还有,你去金泽的时候,我借过你一双鞋吧?"

"那个在。在外面晾着呢。"

"那你光把鞋还我。"

"恐怕不行。我要带到台北去。"洪作说。

"我得说你两句了。那是我的鞋。不是你的,是我的。"

"我知道。给你寄香蕉,寄香蕉。"

"鞋你不能带走。"

"都这时候了,别那么小气。——给你寄香蕉,寄香蕉!"

"我还借钱给你过。"

"钱我还你。我觉得还你三倍都够了。我马上就要去神户坐船了。坐船好像一分都不用花。我把剩的钱都给你留下。"

"我不要那么多。"

"你不要的话，我们今天晚上就花了它。去玲子那儿。"洪作说道。他算过很多遍，钱应该会剩很多。

"我已经没有需要买的东西了。把剩下的钱都花光也不要紧。"洪作说。

"不行，不行。你不能再去玲子那儿了。就像远山说的，玲子那黄毛丫头，明明有更好的人选，却对你有意思。神造人是公平的，像你这样的人，也会有姑娘喜欢。你不能再见玲子了。这不是我一个人的意见。木部、金枝和远山也都这么认为。"藤尾说。

"为什么不行？"

"无论如何也不行。你这人反复无常，玲子跟你一撒娇，你去台湾又要推迟了。"

"怎么可能？"

"不，很有可能。肯定是这样。——总之，不把你送出沼津，我们都没法放心。不只是不放心，还会觉得麻烦。对这寺院来说是麻烦，对我们来说也是，对宇田老师来说也是。对学校来说是个麻烦，对整个沼津来说也是。——总之，玲子你是不要想了。你不能见玲子。今天晚上在我家给你饯行，然后你就住我家里。"

"住是会住的。我本来就是这个打算。因为我的被褥也寄走了。"洪作说。然而，他还是想见玲子最后一面。不见就走，实在遗憾。从中学毕业到今天，明明想见每天都能见的，自己那些日子干什么去了呢？

傍晚时分，洪作向寺院里的人告别。

"一直以来给你们添麻烦了。"洪作说。

"说的没错。"寺里的大婶说。

"就此去到父母身边，一年过后，你也就成为正常人了。"住持这样说，"然而，离别还是很痛苦的。"

"是啊。——郁子要是还在的话，肯定会觉得寂寞的。"

寺里的郁子今年夏天嫁到另一个寺院去了，就在洪作去金泽期间。

"那算了吧。"洪作说。

"什么算了？"住持撇着嘴问道。

"去台北的事。不去也行的。还是不去为好，因为我把寺院当成是自己的家。"

"你一本正经地说这话，我们可害怕。——好了，走吧，走吧！"大婶说。看到大婶眼里的泪光时，洪作真的觉得自己不走也行。

出发那天，洪作也在藤尾家早早吃了晚饭。中学时代，洪作不知在这个地方吃过多少顿饭，然而却从没认真道谢过。如今是最后一次了，洪作郑重地说道："我在这里吃饭的次数实在是太多了。平均每月吃五顿，一年就是六十顿，从二年级起直到毕业，四年间我一共在这儿吃过二百四十顿饭。"洪作说。这样说完以后，洪作意识到自己的估算也许过于保守了。

"洪作啊，"藤尾的姐姐啪地拍打了一下洪作的背，"我们可不干了，你竟然说一个月五顿。"

"比这更多吗？"

"考试的时候，你不是一直住在这儿吗？吃早饭，吃晚饭，还带便当去学校。"

"啊，这可尴尬了。不过，考试期间是特殊情况，另算。"

"为什么另算？"

"要是把考试期间也算上，那就太多了。"

"不仅是考试期间呐。那是什么时候来着——大概是四年级的时候吧？你差不多在这儿住了一个月呢。"

"啊。"

"没错吧？"

"的确。——可是，我当时为什么住了一个月啊？"

"这我倒要问你呢。"

正说着，藤尾的父亲来了。他说道："这就要走了啊。"

"这么长时间，给您添麻烦了。"

"倒没什么麻烦的。——不过，这样一来，你父母就能放心了。明年一定得升学。"

"我会的。"

"你回话总是很乖。只听你的回话，会觉得你真是个听话的孩子。"

"我就是很听话的。"

"没错,你很听话。你这么听话,为什么一和犬子凑到一起,就净干坏事呢?真是让人想不通。你和犬子分开以后,一定能成为一个好孩子。犬子和你分开以后,也一定能变好些。你们俩一凑到一块……"

看起来,藤尾的父亲是把一直压在心中的话吐露了出来。

"就是的。我要是没交洪作这个朋友,现在已经考上一高了!"藤尾坏笑道。

"真讨厌,好像我一无是处似的。"洪作说。正巧这时藤尾的母亲来了:"说什么呢!洪作哪儿有不好的地方?两个人不在一处,什么事也没有。不过,一凑到一起……"

"是吗?"

"是的呀。"接着,藤尾母亲又说道:"呐,这是便当。明天早晨和中午吃的,两份。"

"是什么?寿司吗?"

"不是。两份饭都装进饭盒里了。"

"是铝饭盒吗?"

"对。"

"吃完了不好处理啊。我可以扔了吗?"

"不要什么都扔,带回家不好吗?——这是你的饭盒。"

"我的?我什么时候拿来的?"

"什么时候我不记得,放在我家好长一段时间了。"

"是寺院的吧,或者是木部家的。"

这时藤尾姐姐说道:"不是木部家的,就是金枝家的。"

这次藤尾的父亲发话了："这也是你和犬子不好的地方。自己的东西和别人的东西全都混到一起。借来的东西必须还。"

"我以后会注意的。你们要是碰见木部和金枝家里的人，麻烦替我道声谢。"洪作说完，把藤尾母亲做的便当装进了藤尾的手提包里。"这包借——"话说了一半，洪作改口道："这包送我了。"

在店里干活的小姑娘也过来了，说道："您这就要走啦？"洪作觉得自己一直以来也给这个小姑娘添了不少麻烦。

洪作和藤尾一家人作别，走出了藤尾家。藤尾替他拿着包。他很少替男士拎包，然而到了分别的时候，他展露出了自己的友善与体贴。

"好了，快走吧。磨磨蹭蹭地，你就不受待见了。"藤尾说。这话没错。

时间有点早，但两人还是朝着火车站的方向走去。

"咱们就要分别了。"洪作说。

"你也能体会到离别的悲哀吗？"

"不是舍不得你，是舍不得沼津这个地方。"洪作说。

一走进候车室，宇田夫妇的身影便映入眼帘。

"终于到了你伏法的时候了。"宇田这样说着，走近洪作。

"谢谢您来送我。"洪作说。

"送行根本不算什么。如果要道谢，有很多别的事可谢呢。"

"一直以来给您添麻烦了。"

宇田对洪作的话加以订正:"一直以来给您添麻烦了,如今我要一拍屁股走人了。"说完,宇田笑了。

"带钱了吗?"夫人问道。

"带了。"

"你不会全花光的,对吧?"

"不会的。"

"你就这一件行李?只有这手提包像个样。"

"这是我抢的藤尾的。"

"我想也是,你不可能有这样的东西。"夫人说道。这时远山来了。

"真是恋恋不舍啊。"远山暧昧地说,"人家让我代为问候。"

"是吗。"洪作只回应了这两个字,然而宇田的耳朵却很尖,"你们说的话不寻常啊。"

"没有,不是的。"远山慌了起来。等到宇田走开了,远山才说道:"我给她了。——和服,肥皂,还有……"

"她高兴吗?"

"肥皂有六块,我给了大婶三块。托你的福,我现在很受信赖。"

"你说清楚是我给的了吗?"

"我这么说了,可是她怎么也不相信。两个人恐怕都不相信东西是你给的。她们给了我汽水,作为感谢。嘻,无关紧要。到时候她们自然会明白的。"远山说。顿了顿,他又重复道,"她嘱咐我一定要代她向你问好。"

这时木部和金枝一起来了。

"啊,连你也终于要变成正常人了吗?可别感冒啊。野狗进了狗舍,都是会感冒的。"木部说。

"你是第一次被别人送吧。"宇田说,"什么心情?"

"这个嘛,怎么说呢,心里很不平静。大家都来送我,舍不得我走,让我觉得干脆别走了。"洪作说。

"没人舍不得你走。"宇田笑了。

"就是啊。这种家伙,谁会舍不得?是因为他要被流放到海岛上了,我们觉得可怜,才来送行的。他自作多情了。"木部说。

"这家伙真是自我感觉良好。"藤尾也说。

"这家伙一出发,沼津这地方马上就开始消毒。"远山说。

"这话说得好啊。"金枝对远山的这句话很是钦佩,"没有了洪作的沼津,飘荡着消毒水的味道。"金枝用朗诵腔说道。

一直以来,洪作听了金枝无数的诗作。这是最后一首了,洪作心想。

"题目是'朋友'吗?"藤尾问。

"题目是'秋'。'秋',不错吧。洪作一走,秋天一下子就到了。我想大约从明天晚上开始,冷飕飕的秋风就要流动起来了。"

这时,对诗毫无兴趣的远山说道:"我不知道来的是秋天还是什么，总之沼津这地方要变得清爽了。通风会变好，传染病也不会流行了。"

"被讽刺得真惨啊。洪作，你得说点儿什么。"宇田夫人说。

"他们说什么都不要紧。因为真的有人舍不得我走。"话一出口，洪作便吃了一惊。因为这时正好有一个姑娘走进候车室，酷似玲子。玲子不可能来给自己送行，然而远远看去，那姑娘实在像是玲子。

洪作的视线没有离开那位酷似玲子的姑娘。那姑娘往这边瞥了一眼，微微举起右手。洪作不能再怀疑那不是玲子了。

洪作不由自主地离开了其他人，向候车室的出口走去。玲子站在候车室外的薄暮之中。

"大家都在，远山和藤尾也在。到那边去吧。"洪作对她说。

"你中学老师在吧？"玲子问。

"在，宇田老师在。"

"那我不过去了。"

"老师在也没关系。"

"可是，我要是过去的话，远山会害怕的。——他总说自己很快就要被开除了。"

"那你别跟远山说话不就行了吗。你就装作不认识他。"

"能行吗？"玲子说，"我很想送你，不过就在这儿告别吧。台湾很远吧。你多保重。"

可是，玲子特意来送自己，却在这里告别，洪作觉得有些鬼鬼祟祟，心里不是滋味。而且，他觉得这无异于将一个柔弱的少女赶回去。

"去那边吧。送我去站台嘛。"洪作说。

"那好吧。"玲子应道。

洪作先一步走进候车室，说道："喂，有女性来送我了。"

"是寺里的大姊吗？"藤尾说。

"不是。"

"是谁呢？我妈应该不会来。"

正说着，玲子走进来了。

藤尾向宇田介绍道："这是我们所有人中学时代的梦中情人。"

"喔，真是个漂亮的姑娘，像是竹久梦二笔下的美人。"宇田说，"这就是千本滨的那位佳丽吗？"

"咦，老师您知道？"木部问。

"我知道哦。"宇田笑了。玲子僵住了。宇田太太紧盯着玲子的脸，问道："你是来送洪作的，对吧？"

"对。"玲子更僵了。

"怎么可能是来送洪作的呢。她是拿洪作当掩护，其实是为了我……"木部戏谑道。

"开什么玩笑。是为了我，对吧，小玲？"藤尾说。

"我倒是意外地觉得，玲子真是来送洪作的。"金枝说。玲子也许是心情放松了，笑着说道："这可难说。"

"总之，谢谢你来送我。"洪作说。

"我内人和玲子两位女性都与洪作依依惜别，想必洪作满足了吧。"说完，宇田问一旁的远山，"你怎么变得这么老实了？"

"这个，我有点儿认生。"远山的话包含着复杂的感情，不知他是认真的，还是开玩笑。

"你不认识小玲？"

"嗯。"说完，远山又立刻改口，"认识倒是认识。"

"不，远山不太认识她。他是留级生，还不能进餐馆呢。"洪作说。

"三年级的时候被我抓到过一次，四年级的时候被我抓到过两次。"宇田笑着说道。

"所以我不敢了，从那以后就没进过写着餐馆俩字儿的地方。以前是藤尾他们叫我去，他们毕业以后——"远山还没说完，藤尾便接道："全都是我的错。"然后他对洪作说，"喂，该去检票了。

远山对洪作说道："那你改过自新，好好学习，明年考上四高。我也会认真学习，明年毕业。"说完，他又对玲子说："小玲，跟他说句话吧。"但他立刻意识到宇田的存在，垂下了头："不行，我这方面太笨了。"大家一个个地走出了候车室。

站台很是昏暗。在等待火车进站的这段短暂的时光里，洪作任凭离愁在自己的全身奔涌。和宇田夫妇告别，和藤尾他们告别，和玲子告别，都让他感到痛苦。洪作的心被这种离愁别绪折磨，还是平生第一次。

列车终于进站了。洪作坐好后打开车窗，藤尾把手提包递了进来。

"你路上小心。"宇田向洪作伸出了手。洪作握了握。远山也同样伸出了手，洪作也握了握。

"你的手怎么这么暖和啊。"远山说。

"一会儿消消毒。"藤尾说。

这时玲子说道："洪作，路上小心。"她也把手伸了过来。洪作也握了握。这是洪作第三次握住玲子的手。玲子的手冰凉冰凉。在千本滨手牵手时感受不到的冰冷，如今正在玲子的手上。她的手很光滑，让人觉得彻骨的凉。

"你的手真凉啊。"洪作有点儿不好意思。

"我来我来。"藤尾想要握玲子的手，玲子却不肯，说道："人家不想和藤尾握手。"

"你可真行。"藤尾夸张地垂下了头。

"我来我来。"这次是远山伸出了手。然而他似乎立刻意识到宇田就在身边，急忙把手收了回来，这样说道："不行。我太傻了，这可不行。"

火车开动了。宇田太太说道："好好学习啊！"大家都随着火车的前进，在站台上走着。藤尾在挥手，木部冲着洪作微笑，远山则伸出舌头，张着大口做鬼脸。

洪作想在最后把视线投向玲子，然而却不见玲子的身影。送行的人群随着火车开动向前走，只有玲子不在其中。洪作从车窗中探出头来。

"危险！"宇田说道。话音一落，洪作便看到他们的身影被列车甩在身后了。

洪作关上窗户，把座位上的手提包放到行李架上，便在窗边坐了下来。四人坐席上再没有旁人。

洪作闭上了眼睛，眼前浮现出留在站台上的宇田、藤尾等人的身影。

终究和他们分别了，洪作心想。自己和宇田，藤尾，远山，还有玲子，都分别了。洪作的手上仍残留着玲子玉手的冰凉触感。

洪作不曾经历过爱情，如果说他有过与之相近的情感，那便是在此刻。洪作从未恋慕或思念过玲子，但如今，与所爱之人分别后的悲哀却浸润了洪作的心。

啊，终究分别了，和楚楚可怜的美人分别了。这个冰凉的念头一直浸湿着洪作的心。伤感执着地纠缠着洪作。

"伤离别，今宵一别，远隔千里。"

洪作想起金枝曾在千本滨唱过的一段诗歌。的确是一别千里了，洪作想。

"喂，学生哥！"坐在过道另一侧的老人对洪作说，"把窗户关紧了！"

窗户的确开着一条缝。洪作关上了窗。这时老人问道："你坐到哪儿？"

"神户。"洪作回答。

"是吗。我坐到大阪。你家在神户吗？"

"不，不是。我从神户坐船。"

"坐船？去哪儿的船？"

"去台湾的船。"

"台湾？！你怎么去那地方！你去台湾干什么？"

"我父母在那儿。"

"噢，你父母在那儿？既然父母在那儿，去台湾也没什么不可思议的了。不过，你父母怎么在那么远的地方？"老人说道。洪作讨厌被这老人搭讪，他现在想独自沉浸在自己的思绪里。

"你是学生吗？"

"是的。"说完，洪作从座位上站了起来。这是为了中止和老人的谈话。

洪作醒来的时候，火车正在琵琶湖畔行驶。天已大亮。他整晚都睡得不舒展，所以身上到处都疼。特别是脖子，稍微一弯便感到剧烈的疼痛。他去洗手间把已经变得黑乎乎的手和脸洗净了。

洪作睡眠不足，昏昏沉沉，回忆着昨夜在沼津站告别的宇田夫妇以及藤尾等人。他也回忆着玲子。自那之后并没有过去多久，然而他却觉得那已经是遥远的往事了。

尤其是有关玲子的事，洪作觉得宛如梦境。和玲子在千本滨手牵手漫步，玲子来沼津站送行，这些不是梦吗？他感到这些都不该是现实中会发生在他身上的事。

洪作打开从藤尾那里抢来的手提包，拿出了藤尾母亲做的便当。

望着琵琶湖的湖面，洪作动起了筷子。昨晚不断地折磨着洪作的伤感情绪已经无影无踪，不知去向了。

吃完早饭，洪作又睡了。再次睁开眼时，火车驶入了三宫站。洪作猛地站起身来，从行李架上取下手提包，急忙下车。踏上站台的同时，火车再次开动了。

走出三宫站，洪作拎着包，沿着低缓的坡道向海港走去。中途他看见一家挤满了顾客的牛奶店，便走了进去。每张桌子前都坐满了人，大家像是商量好了似的，都一边看着报纸，一边把牛奶和面包吞进肚子。这些是要去上班的人。无论是沼津还是金泽，都不见这样的风景。

洪作吃了面包，喝了牛奶。这是他的第二顿早餐。他头脑还不清醒，于是喝了两杯咖啡。

走出牛奶店时，热辣的阳光正在照耀。手提包并没有那么重，然而拎着它没走多久就出汗了。路边开了一家冰淇淋店，里面聚集着成群的人，洪作也成了那里的顾客。他觉得这里的冰淇淋比沼津的好吃。

洪作问了两三次路。他走进了大阪商船的事务所。一报名字，年轻的职员便把船票递给了他。是一等票。

"一位名叫佐藤的先生让我转告您，让您在此等候。"职员说。

洪作不认识姓佐藤的人。

"是不是搞错了？我不认识姓佐藤的。"洪作说。

"您是伊上洪作吧？"

"是的。"

"那就没错。总之请您在这儿稍等片刻。"职员说道。然而洪作还是认为对方认错人了。

洪作坐在事务所的椅子上,等了约三十分钟。他的嗓子很干。他有生以来从未觉得嗓子如此干渴,他想也许是睡眠不足的原因。然而仔细想想,在沼津坐上火车后,他便一直在睡觉,只有在琵琶湖畔吃便当的时候是清醒的,之后又一直睡到三宫站,不能说睡眠有多么不足。

洪作拎着包离开了事务所,走了很长一段路,回到了刚才的那家冰淇淋店,吞下了一个冰淇淋。冰淇淋的美味简直难以言喻。

之后他便回到了大阪商船的事务所。一走进事务所,一个身穿亚麻西服的肥胖男子便走过来,说道:"你是伊上先生的孩子吗?"

"是的。"洪作回答,但底气不足。小时候他也曾被人唤作"孩子",但已经好几年没有人用这个怪异的称呼来称呼他了。

"我和你坐同一艘船去台北。"顿了顿,他又说道,"我想你父母已经向你提起过我了。"说着,他递上了名片。他是一名医生,在台北拥有一家诊所。既然佐藤医生这样说了,那么母亲的来信上恐怕真的介绍过他,然而洪作却没有印象了。还有两三封没开封的信,也许是那上面写着。

"三点钟登船,时间还很充裕。你有什么打算?"佐藤医生问道。

"我有地方想逛逛。"洪作说。他想自由地度过这段时光。

"那咱们三点在船上见吧。我也要在上船之前去拜访拜访朋友。"说完,这位肥胖的人物走了出去。洪作心想,接下来要去哪儿呢?他再次拎着手提包走出了大阪商船的事务所。强烈的日光直射在马路上。洪作又想吃冰淇淋了。

洪作拎着包在街上走着。虽然嗓子仍十分干渴,但总不能每次都求助于冰淇淋。

在车站,洪作向一个老板娘模样的女人打听,说自己想爬到六甲山的半山腰,有没有巴士可坐。

"你是小贩吗?"对方问洪作。似乎是因为洪作拎着手提包,所以那女人以为他是行商。洪作意识到自己这副样子即使被误认为行商也并不奇怪。街上有很多学生来来往往,每一个都一看便知是大城市的学生。只有洪作例外。洪作笑了笑,没说话。对方又问:"是卖什么的呢?"

"你觉得我是卖什么的呢?"洪作问。

"是卖肥皂的吧?"那女人说。但她还是姑且耐心地告诉洪作该坐哪辆车,告诉他在终点站下车就行。

洪作坐上了那女人所指示的巴士,买到了终点站的票。洪作被巴士吐出来的时候,正站在能将神户这座城市尽收眼底的高处,附近是足以被称为高级住宅区的地方。拥有宽阔地皮的宅子,稀稀疏疏地散落着。

原来如此。这里的确适合一家一家地推销肥皂。也许销路会意外地好。

洪作从静谧的住宅区穿过,走向更高处,走到了一栋别墅式宅院的后面。再往上就没有人家了。

洪作在松林中发现了一处正适合俯瞰城市的小面积高地，便放下了手提包，坐了下来。神户的街区建在山麓上，从山坡直至海岸线，尽是密密麻麻的住宅。海湾对面，便是在九月阳光下闪着光亮的神户港。海港上浮着许许多多玩具一般的轮船。洪作本以为轮船的颜色都是相同的，然而现在在海港上漂浮着的轮船，却有着各自的色彩，他们的形状也各式各样。洪作要乘坐的船便是其中之一，然而却分辨不出究竟是哪一艘。

洪作叼着烟躺下了。时近正午，阳光直射下来，但洪作正好在树荫之下，所以不觉炎热。仰面躺着，洪作感到心情十分舒畅。

睡意向洪作袭来。昨天整晚都在火车上颠簸，很是疲劳，加之穿林风拂面而过，颇为惬意，好像一不小心就要睡着了。

"可不能睡着。睡着可就麻烦了。"洪作这样对自己说着，然而不久他就睡着了。他醒了一两回，但总觉得自己是在家乡的土仓房里睡午觉。

又一次睁开眼睛的时候，洪作坐了起来，心里估算着自己究竟睡了多久。俯瞰前方的港湾，洪作大吃一惊。那里仿佛完全不是刚才所见的那个海港了。刚才在灿阳的照射之下，翻涌的海浪和无数的船只都显得生气勃勃，现在却像屏住了呼吸一般，一片沉寂。

不知何时天空中出现了云彩，神户的街区一半被阳光照耀着，一半处在阴影中。

现在到底几点了？遇到这种情况，手表的确是必要的，洪作心想。早知道会这样，就该把藤尾的手表抢来。

洪作拎起手提包，返回车站。然而巴士却迟迟不现身。

洪作在那里站了约三十分钟，终于拎着包向前走去。走了约有十分钟，洪作迎面遇见了从山麓开上来的巴士。

洪作决定在下一个车站等着巴士到达终点后开回来。

"要是没赶上船，可怎么办呢？"等巴士的时候，这个念头向洪作袭来。如果误了船，洪作只能返回沼津，除此以外别无他法。

"要是再回沼津……"洪作的眼前浮现出昨晚告别的藤尾、金枝、木部、远山、玲子。宇田夫妇的面容也浮现在洪作眼前。大家的神情似乎都在欢迎洪作的归来。

"你回来了？既然回来了，那也没办法了。"宇田应该会这么说吧。"哎呀，你又回来了！我可不管你了。"宇田太太会这么说吧。洪作正想着，巴士来了。

洪作担心会误船，一路飞奔到海港，然而乘客才刚刚开始登船。

船身很大，舱门却非常小。洪作被裹挟在大批乘客之中，从那个小门走了进去。向船员出示船票后，只有洪作被船员拦了下来。洪作感到自己仿佛被拒绝登船了。

没过多久，不知从哪里来了一个服务生，看了看洪作的脸，又看了看船票，随即说了一句"请"，领洪作进了船舱。大部分乘客都走下了舷梯，但洪作却不必如此。狭窄的走廊两侧是几间单间，洪作被领进了其中一间。

房间里有两张相对的床铺，窗边放着一张小桌子。桌上甚至有一盏精致的台灯。

"这里只住我一个人吗？"洪作问道。

"您一个人。"服务生一边说着，一边把洪作的包放到了门框上面的行李架上，"您只有这一件行李吗？只有这一件是吧。"服务生确认道，"晚上六点开饭，到时我会来告知您。有事请按铃。"说完，他便匆匆忙忙地走了，好像把该说的说完了便夺门而出似的。

服务生连晚饭的时间都说了，然而现在离晚饭时间还早着呢，正是乘客忙着登船的时候，拥挤不堪。洪作走出船舱，来到了上甲板上。

神户这座城市出现在眼前。六甲山近在咫尺，然而却看不出哪里是刚才睡午觉的地方。

洪作再一次回到船舱，又再一次走上甲板，这时铜锣响了。洪作知道"铜锣"这个词。藤尾和金枝创办的誊写版诗歌杂志，就叫《铜锣》。

铜锣此刻正在响着。这金属和金属之间的撞击声，不可思议地让闻者感到匆忙和悲怆。

在铜锣声中，轮船缓缓启航。洪作不知道船是什么时候离岸的，等他意识到时，神户这座城市和六甲山都在向后退去。

暮色就要降临海港了。洪作望着渐渐远去的神户。轮船启航让人感到孤独，洪作想。海港上到处浮着各式各样的大轮船，然而它们也渐渐被抛在后面了。

"啊，你在这儿啊？"洪作应声转身，原来是上午在商船公司事务所见过的佐藤先生。

"咱们分手以后你去哪儿了？"

"我登到六甲山的半山腰了。"

"嚯，你去六甲山了？"佐藤脸上现出不可思议的表情，"我在事务所等了你很久。"

"不好意思。我在六甲山上俯瞰神户，看着看着就犯困了，睡了个午觉。"

"嚯，你睡了个午觉？"佐藤脸上再次现出不得要领的表情，"有人家可以借宿午睡吗？"

"不是的，我是在树林子里睡的。一不小心就睡过去了，醒了以后急忙赶来港口。"

"嚯。"佐藤这时变了表情，"你真是个好孩子。我之前有所耳闻，你真是不错。嗯，你爬上六甲山，睡了个午觉。嗯，真不错啊。"

他的语气饱含着赞佩。竟然会有人称赞这种不着调的事，洪作心想。然而，佐藤的话里多少有值得注意的地方。"有所耳闻"这个词很是怪异。然而洪作并没有说出自己的疑问。

"这之后的四天三夜，我们都会一起度过。这几天天气应该不错。祝愿咱们旅途愉快！"

"三夜？我们要在船上住三个晚上，是吗？"

"是的。"

"我还以为会更久呢。"

"你以为会多久?"

"我以为会在船上待五六天。"

"船票上写着呢,你没看吗?"

"没看。船票上还写着这些吗?"

没想到佐藤再次发出奇怪的赞美:"啊,真不错。你果然是个好孩子。"和这人打交道不太舒服,洪作心想。

洪作被佐藤催促着,来到下一层甲板上。这里净是那些对渐渐变小的神户恋恋不舍的乘客。

佐藤在人群中发现了熟人,和他说了些什么,随即把那人领到了洪作身边。

"他叫吉见,是个医生,也在台北开诊所。"佐藤介绍道。这人五十多岁,头发全秃了,瘦骨嶙峋。

"我内人和你母亲关系很好。你母亲真是个了不起的人。"这位名叫吉见的人说道,"你在哪儿上学?"

"我落榜了,在备考。"

"哦,那你正在为明年的考试复习?你想考哪儿呢?"

"还没决定。"

"一高不错。想考上很难,但是,高校毕竟还是数一高好嘛。我儿子也是复读了一年后考上了一高。一高确实不错。"吉见说。

"嗯。"洪作暧昧地应道。

"要考学的话还是一高好。我推荐你考一高。毕竟连我儿子都能考上。"他继续说道:"一高念完,考东大医学院。

这样好。这条路真是不错。"

"嗯。"洪作想离这个人远一点儿了。这船上怎么净是一些讨厌的家伙呢？

又一个讨厌的家伙出现了。这人似乎和佐藤、吉见都很熟。"嚯，都到齐了？"他一边说着，一边走了过来，"我在日本待了一个月。日本真是不行啊，冰淇淋难吃，水果也不行。说起来，所谓城市都脏兮兮的，年轻人也仪容不整，没人穿亚麻的衣服。——好在这就要回台北了。"

这是一个商人样子的中年人。洪作不由自主地走开了。在仪容不整这一点上，恐怕洪作是最为突出的那个。

洪作又回到了甲板上。濑户内海已经完全被笼罩在暮色之中了。铜锣又响了，这是开饭的信号。

洪作走进了餐厅，这里有五六张桌子，都是四人座的。洪作这桌坐着洪作和佐藤、吉见，此外还有一个中年男子，他是这艘船的乘务长。

洪作还是第一次和他们这种人物一同进餐。旅途中一日三餐都要和他们一起吃，洪作觉得受不了。然而他似乎又没办法独自进餐。

洪作模仿着别人的样子，把餐巾塞在粗布制服最后一颗扣子的位置。他穿的衣服怎么看都和餐巾不搭配。这衣服不知是藤尾从谁那儿要来的，袖口完全裂开了，每当洪作动起刀叉，破口便显现出来。

"今晚在濑户内海，没什么大不了的，不过也许会多少有些晃。"乘务长说。

"多少晃一晃，就当是运动，也挺好的。"佐藤说完，把脸转向洪作，"你晕船吗？"

"这个嘛，我不知道。我是第一次坐船。"洪作说。

"你是第一次？第一次可是会遭罪的。你最好别吃了。要是恶心的话，最好什么也别往胃里填。"吉见说，"晕船的人可真不好办。这是体质问题，没法改变。在这一点上，我很受老天眷顾。我不知道在台北和神户之间往返过多少次了，从来没有晕过船。"

"我一开始晕船，现在一般的摇晃不会让我难受了。对了对了，我一会儿给你药吧。"佐藤对洪作说道。

"不，不用了。我有药。"洪作说。他觉得之前教导主任给的那种叫做汐袭克的药，应该塞在手提包里的某个位置。

吃完饭，洪作走上了黑暗中的甲板。乘务长说船可能会晃动，果然天空一片漆黑，一颗星星都没有。也许是心理作用，海浪很高，船身开始大幅度地摇晃起来。

洪作一回到房间，便躺倒在床上。睡意猛烈地向他袭来。

半夜洪作醒了。船在猛烈地摇晃着。果然可以当做是运动，洪作心想。洪作又睡了。早上睁开眼睛，觉得真是宁静极了，原来是到达了别府港。

上午船一直停在别府港，下午三点驶入大洋。离开别府港没多久，船身就开始大幅度地摇晃起来。听服务生说，运气不好，遇上台风了。

晚饭的时候，走进餐厅，只见佐藤和吉见都是一副愁容。之前说大话的吉见饭吃到一半,突然站了起来,说道:"我先回去了。"他迈着软绵绵的步子摇摇晃晃地走出了食堂。

"最好不要跟晕船的人说话,因为他们回话很吃力。——嗬,晃得厉害了。"佐藤说。

"明天的早饭会吃得很香,如果今天晃一整晚的话。"

"佐藤先生可真厉害。"乘务长说。

"需要的话我给你药吧。我的药很管用。"

"坐船是我的工作,我很少晕船。不过,说起来,我十年前在印度洋晕过一次船。"听了两人的话,洪作心想自己不会也晕船吧。走出餐厅,洪作回到房间,到处搜索汐袭克,把手提包都翻过来了,然而到处都没有汐袭克的影子。

洪作放弃了想要吃汐袭克的想法,拿着一本英语参考书走进了休息室。上次学习已经是几个月前的事了。

休息室里一个人也没有。沙发很高级,桌子也很高级。在沙发上坐下,翻开参考书,服务生马山端来了茶。洪作喝完后,服务生又过来把茶杯收走了。

服务生说道:"今天晚上会有点儿晃哦。"

洪作在休息室里待到了半夜。参考书从桌子上掉下来了两三次。把铅笔放在桌子上,很快就会滚落下来。

船务员过来巡视,说道:"真厉害啊,在这种暴风雨里还能学习,真让人佩服。"洪作从未受过如此夸奖,不知该如何回应。

午夜,洪作回到了船舱。船身剧烈摇晃,洪作每走一步都十分艰难。然而,不知为何,洪作毫无反应,丝毫没有感到头晕恶心。

躺在床上,任凭身体随着船身晃动,洪作就这样睡着了。半夜他醒过一次。波涛撞击甲板的声音震耳欲聋。"啊,北国之海起狂澜,惊涛拍岸。"——杉户在日本海的沙丘上唱过的这首四高舍歌涌上洪作的心头。然而这只是一瞬间的事,很快,洪作又沉入了深深的睡眠。

译后记

对于洪作为何一心想要进入四高柔道队，书中人物曾有过一番争论。藤尾认为洪作的生活方式与四高柔道队队员的截然相反，所以才会被他们自律的生活所吸引。木部则认为洪作是在寻找同伴，但洪作是纯粹的、天生的"野狗"，四高柔道队队员其实并不是他的同类。

吸引洪作的究竟是什么？木心有言："人是导管，快乐流过，悲哀流过，导管只是导管。……疯子，就是导管的淤塞和破裂。"鸢在日本海的沙滩上战胜了强大的大天井，冲着波涛汹涌的北国之海，发出一声又一声狂喜的呐喊。后来洪作回到金泽，在感受到玲子的爱意之时，他也模仿鸢的样子，冲着大海嘶吼。他想，如果是鸢，一定会把此时的甜蜜、苦涩与愁烦，通通喊出来。然而他毕竟不是鸢，这些复杂的心绪在他的身体里仍淤积了一段时间。

但不可否认的是，洪作和他们很像。迎头受到北国之海清冽浪涛的拍打，洪作整个人就澎湃了起来。宇田曾向洪作剖析自己"性格别扭"：自怜、嫉妒、不忿……这些情绪，却都不曾出现在洪作身上。而洪作与四高柔道队队员的另一个相似之处，在于他们虽然是畅通的导管，但却并不是完全中空的，其中充溢着一种莫名其妙、没有来由的热爱与执着。书中久米老爷爷说过："人啊，一生之中必须得迷上点儿什么。不管是什么，为之着迷，是人最好的活法。"当其他人都在为人生赋予意义时，洪作和柔道队的伙伴们却愿意将所有时间都花费在柔道练习上，即便自己并不想成为柔道家。这看似十分荒谬，但爱我所爱，何尝不是生而为人最大的意义？

在翻译这本书的八个月时间里，我经历了毕业与就职，无数我应该做的事挡在了我想做的事之前。有时我会想起莲实对洪作和远山说的话："你们也权当人生中没有这三年，在四高的训练场上度过这段时光，如何？"这话实在豪气，也提醒我们，不要说一生都随心所欲，即便是拿出几年时间专心做自己喜欢的事情，也是一种奢侈。如此自由的《北之海》，却没能迎来一个忘我的译者。文本与现实的应照，令人遗憾。

二〇二〇年冬　于青岛

附录 井上靖年谱

1907年（明治四十年）
5月6日,出生于北海道上川郡旭川町,父亲井上隼雄,母亲八重,井上靖为二人的长子。

祖父井上洁。井上家是伊豆汤岛的医生世家。母亲八重是家中的长女。父亲隼雄为井上家赘婿。

1908年（明治四十一年） 1岁
父亲井上隼雄出征前往朝鲜,井上靖同母亲搬至伊豆汤岛。

1909年（明治四十二年） 2岁
因父亲调动工作,迁居至静冈市。

1910年（明治四十三年） 3岁
9月,妹妹出生,和母亲一起搬至汤岛。

1912年（明治四十五年） 5岁
父母离开汤岛，将井上靖交由其户籍上的祖母加乃抚养。加乃是已故的祖父井上洁的小妾，此时已入籍井上家，在法律上是井上靖的祖母，平时独居于仓库中。井上靖与加乃的感情十分深厚。

1914年（大正三年） 7岁
4月，入读汤岛寻常高等小学。

1915年（大正四年） 8岁
9月，曾祖母阿弘去世。

1920年（大正九年） 13岁
1月，祖母加乃去世。2月，来到父亲的任地滨松，和父母一起生活。转学至滨松寻常高等小学。4月，入读滨松师范附属小学高等科。

1921年（大正十年） 14岁
4月，以第一名的成绩考入静冈县立滨松中学，担任班长。同年，父亲前往中国东北工作。

1922年（大正十一年） 15岁
3月，因为父亲被内定为台湾卫戍医院院长，所以寄居于三岛町的姨妈家中。4月，转学至静冈县立沼津中学。

1924年（大正十三年） 17岁
4月，因家人全都去了台湾的父亲身边，所以被托付给三岛的亲戚照顾。夏天,旅行去台北看望父母亲。此时,受老师和友人的影响,开始对诗歌、小说等产生兴趣。

1925年(大正十四年) 18岁
学校发生了学生闹事事件,被认为是带头闹事者之一,被强制搬入了附近的农家,处于老师的监视之下。

1926年(大正十五年·昭和元年) 19岁
2月,在沼津中学《学友会会报》上发表短歌《湿衣》九首。3月,从沼津中学毕业。前往台北的家人身边,但因父亲调任,又搬家至金泽,为高中入学考试做准备。

1927年(昭和二年) 20岁
4月,入读金泽第四高中理科甲类。加入柔道部。同年,征兵检查甲种合格。

1928年(昭和三年) 21岁
5月,应召加入静冈第三四联队,但因为在柔道活动中肋骨骨折,退伍回家。7月,参加在京都举行的柔道高中校际比赛,进入半决赛。8月,拜访住在京都的远亲足立文太郎,初见其长女足立文。从这一时期开始创作诗歌。

1929年(昭和四年) 22岁
2月,在诗歌杂志《日本海诗人》上发表《冬天来临之日》。此后,到1930年年底为止,一直在该杂志上发表诗歌。4月,担任柔道部的队长,但不久便退出了柔道部。5月,加入由福田正夫主办的诗歌杂志《焰》,到1933年5月左右为止,一直在该杂志上发表诗歌。同时还活跃于《高冈新报》、《宣言》(内野健儿主办的无产阶级诗歌杂志)、《北冠》等刊物上。

1930年（昭和五年） 23岁
3月，从四高毕业。4月，入读九州帝国大学法文学部英文科，搬至福冈，但是不久就对大学生活失去了兴趣，前往东京，醉心于文学。从9月开始，放弃使用笔名井上泰，改为自己的本名。10月，从九州帝国大学退学。12月，在弘前，与白户郁之助等人一起创刊同人杂志《文学abc》。

1931年（昭和六年） 24岁
3月，父亲在军医监(少将)的职位上退休，在金泽住了一段时间之后，退隐于伊豆汤岛。

1932年（昭和七年） 25岁
1月，杂志《新青年》上征集平林初之辅的未完遗作——侦探小说《谜一般的女人》的续集，以冬木荒之介的笔名参加征集并入选。此后，不断参加《侦探趣味》《SUNDAY每日》等主办的有奖小说征集活动并入选。2月，应召入伍，半个月后退伍。4月，入读京都帝国大学文学部哲学科，但是基本不去听课。从同年夏天开始，诗风发生改变，从分行诗转向散文诗。

1933年（昭和八年） 26岁
9月，以泽木信乃为笔名，小说《三原山晴夫》参加《SUNDAY每日》的"大众文艺"征集活动，被选为优秀作品。11月，《三原山晴夫》被大阪的剧团"享乐列车"改编成剧目并上演。

1934年（昭和九年） 27岁
3月，以泽木信乃为笔名，参与《SUNDAY每日》的"大众文艺"征集活动，小说《初恋物语》当选。4月，以大学在读的身份加入新成立的电影社脚本部，往返于京都和东京之间。

1935年（昭和十年） 28岁
6月，在《新剧坛》创刊号上发表首部戏曲创作《明治之月》。8月，与友人创刊诗歌杂志《圣餐》。10月，以本名参加《SUNDAY每日》的"大众文艺"征集活动，侦探小说《红庄的恶魔们》当选。《明治之月》在新桥舞剧场上演。11月，与足立文结婚。

1936年（昭和十一年） 29岁
3月，从京都帝国大学文学部哲学科毕业。7月，参加《SUNDAY每日》的"长篇大众文艺"征集活动，《流转》当选为历史小说第一名，并获第一届千叶龟雄奖。以此获奖为契机，8月就职于每日新闻大阪总部。在《SUNDAY每日》编辑部工作。10月，长女几世出生。

1937年（昭和十二年） 30岁
6月，成为学艺部直属职员。9月，应召为中日战争候补人员。《流转》被松竹公司拍成电影。被编入名古屋第三师团派往中国北部，11月，患上脚气病，被送进野战预备医院。

1938年（昭和十三年） 31岁
3月，因病提前退伍。4月，回到每日新闻大阪总部学艺部工作。负责宗教栏目。10月，次女加代出生，但不久就夭折了。

1939年（昭和十四年） 32岁
除宗教栏目外，开始同时负责美术栏目。专注于对佛典、佛教美术等相关内容的取材。

1940年（昭和十五年） 33岁
与安西东卫、竹中郁、小野十三郎、伊东静雄、杉山平一等诗人交往。9月，因职务调整，转至文化部工作。12月，长子修一出生。

1942年（昭和十七年）35岁
在出版社工作的同时，还在京都帝国大学研究生院进行研究活动。

1943年（昭和十八年） 36岁
1月，《大阪每日新闻》与《东京日日新闻》合并，成立《每日新闻》。4月，与浦上五六合著的《现代先觉者传》发行，所用笔名为浦井靖六。10月，次子卓也出生。

1945年（昭和二十年） 38岁
1月，成为每日新闻社参事。因为学艺栏被裁掉，4月，调动到社会部工作。岳父足立文太郎去世。5月，三女佳子出生。6月，家人被疏散到鸟取县。每天从大阪茨木出发去上班。8月15日，撰写终战文章《听完玉音广播之后》。12月，将家人托付给妻子娘家足立家照顾。

1946年（昭和二十一年） 39岁
1月，就任大阪总社文化部副部长。再次开始诗歌创作。

1947年（昭和二十二年） 40岁
以井上承也为笔名,参加《人间》第一届新人小说征集活动,9月,小说《斗牛》在当选作品空缺的情况下,入选优秀作品。4月,兼任大阪总社评论员。8月,家人迁居至汤岛。

1948年（昭和二十三年） 41岁
1月,完成小说《猎枪》的创作,参加了《人间》第二届新人小说征集活动,但没有入选。2月,协助竹中郁等人创刊诗歌童话杂志《麒麟》,负责挑选诗歌。4月,任东京总社出版局书籍部副部长,独自一人前往东京,暂居于葛饰区奥户新町妙法寺。

1949年（昭和二十四年） 42岁
10月、12月,接连在《文学界》上发表《猎枪》《斗牛》。

1950年（昭和二十五年） 43岁
2月,《斗牛》获第22届芥川文学奖。3月,就任东京总社出版局代理负责人,专注于创作。4月,在《新潮》上发表短篇小说《漆胡樽》。5月开始在《夕刊新大阪》上连载第一部报刊小说《那个人的名字无法说出》。7月,长篇小说《黯潮》开始在《文艺春秋》上连载。8月,《井上靖诗抄》发表于《日本未来派》。

1951年（昭和二十六年） 44岁
1月,开始在《新潮》上连载长篇小说《白牙》(至5月)。5月,从每日新闻社辞职,成为社友。专心从事文学创作。8月,开始在《SUNDAY每日》上连载《战国无赖》,在《文艺春秋》上发表《玉碗记》。10月,在《新潮》上发表《某伪作家的一生》。

507

1952年（昭和二十七年） 45岁
1月,开始在《妇人画报》上连载《青衣人》(至同年12月)。7月,开始在《新潮》上连载《黑暗平原》。

1953年（昭和二十八年） 46岁
1月,开始在《ALL读物》上连载《罗汉柏物语》。5月,开始在《周刊朝日》上连载《昨天和明天之间》。7月,在《群像》上发表《异域之人》。10月,开始在《小说新潮》上连载《风林火山》。12月,在《别册文艺春秋》上发表《古道尔先生的手套》。

1954年（昭和二十九年） 47岁
3月,开始在《朝日新闻》上连载《明日将至之人》,在《群像》上发表《信松尼记》,在《中央公论》上发表《僧行贺之泪》。

1955年（昭和三十年） 48岁
1月,在《文艺春秋》上发表《弃媪》。从昭和二十九年度下半期(第32届)开始担任芥川文学奖的选考委员。8月,开始在《别册文艺春秋》上连载《淀殿日记》(后改名为《淀君日记》),开始在《小说新潮》上连载《真田军记》。9月,开始在《每日新闻》上连载《涨潮》。10月,由新潮社出版新著长篇小说《黑蝶》。

1956年（昭和三十一年） 49岁
1月,开始在《新潮》上连载长篇小说《射程》。11月,开始在《朝日新闻》上连载《冰壁》。

1957年（昭和三十二年） 50岁
3月,开始在《中央公论》上连载《天平之甍》。10月,开始在《周刊读卖》上连载《海峡》。正在连载的《冰壁》引起了社会热议,成为畅销书。10月末,开始了首次中国之旅,为期近一个月时间。

1958年（昭和三十三年） 51岁
2月,凭借《天平之甍》获艺术选奖文部大臣奖。3月,在《中央公论》上发表《满月》。5月,在《世界》上发表《幽鬼》。7月,在《文艺春秋》上发表《楼兰》。10月,在《群像》上发表《平蜘蛛釜》。

1959年（昭和三十四年） 52岁
1月,开始在《群像》上连载《敦煌》。2月,凭借《冰壁》等作品获日本艺术院奖。5月,父亲井上隼雄去世。7月,在《声》上发表《洪水》。10月,开始在《文艺春秋》上连载《苍狼》,在《朝日新闻》上连载《漩涡》。

1960年（昭和三十五年） 53岁
1月,开始在《主妇之友》上连载《雪虫》。7月,受每日新闻社派遣前往罗马奥运会采风,周游欧美各国,11月末回国。《敦煌》《楼兰》获每日艺术大奖。

1961年（昭和三十六年） 54岁
1月,与大冈升平就《苍狼》产生论争。在《东京新闻》晚报等连载《悬崖》。6月末开始进行为期约半个月的访华。10月开始在《周刊朝日》上连载《忧愁平野》。12月,《淀君日记》获野间文艺奖。

1962年（昭和三十七年） 55岁
7月,开始在《每日新闻》上连载《城砦》。

1963年（昭和三十八年） 56岁
2月,开始在《妇人公论》上连载《杨贵妃传》,在《ALL读物》上发表《明妃曲》。4月,为创作《风涛》,前往韩国进行为期约一周的采风。6月,在《文艺》上发表《宦者中行说》。8月,开始在《群像》上连载《风涛》。9月末开始,进行为期约一个月的访华。

1964年（昭和三十九年） 57岁
1月,成为日本艺术院会员。2月,《风涛》获读卖文学奖。5月,为创作《海神》,前往美国进行为期约两个月的旅行采风。9月,开始在《产经新闻》上连载《夏草冬涛》。10月,开始在《展望》上连载《后白河院》。

1965年（昭和四十年） 58岁
5月,在苏联境内的中亚地区进行了为期约一个月的旅行。11月,开始在《朝日新闻》上连载《化石》。

1966年（昭和四十一年） 59岁
1月,分别开始在《文艺春秋》上连载《俄罗斯国醉梦谭》,在《世界》上连载《海神（第一部）》,在《太阳》上连载《西域之旅》。

1967年（昭和四十二年） 60岁
6月,开始在《每日新闻》晚报上连载《夜之声》。夏,受夏威夷大学邀请担任夏季研究班讲师,前往夏威夷旅行。诗集《运河》刊行。

1968年（昭和四十三年） 61岁
1月,开始在《SUNDAY每日》上连载《额田女王》。5月,前往苏联进行为期约一个半月的旅行,为《俄罗斯国醉梦谭》采风。10月,《西域物语》开始在《朝日新闻》周日版连载。12月,《北之海》开始在《东京新闻》等刊物连载。

1969年（昭和四十四年） 62岁
1月,分别开始在《世界》上连载《海神（第二部）》,在《太阳》上连载《西域纪行》。4月,就任日本文艺家协会理事长。《俄罗斯国醉梦谭》获新潮日本文学大奖。7月,在《海》上发表《圣者》。8月,在《群像》上发表《月之光》。

1970年（昭和四十五年） 63岁
1月,开始在《日本经济新闻》上连载《榉木》。9月,开始在《读卖新闻》上连载《方形船》。

1971年（昭和四十六年） 64岁
1月,开始在《文艺春秋》上连载美术游记《与美丽邂逅》。3月,前往美国进行约两周的旅行,为《海神》采风。5月,开始在《朝日新闻》上连载《星与祭》。诗集《季节》刊行。

1972年（昭和四十七年） 65岁
9月,开始在《每日新闻》晚报上连载《年幼时光》。由每日新闻社主办的"井上靖文学展"举行。10月,开始在《世界》上连载《海神（第三部）》。新潮社版《井上靖小说全集》(共32卷)开始出版发行。

1973年（昭和四十八年） 66岁
5月,前往阿富汗、伊朗等地进行为期约一个月的旅行。11月,母亲八重去世。沼津骏河平开设井上文学馆。

1974年（昭和四十九年） 67岁
1月,开始在《文艺春秋》上连载游记《亚历山大之道》。开始在《每日新闻》周日版上连载随笔《一期一会》。9月末开始为期约两周的访华。

1975年（昭和五十年） 68岁
5月,作为访华作家代表团团长,在中国进行了为期约20天的旅行。

1976年（昭和五十一年） 69岁
2月,前往欧洲进行为期约一周的旅行。6月,前往韩国进行为期约10天的旅行。11月,获文化勋章。进行为期约两周的访华。诗集《远征路》刊行。

1977年（昭和五十二年） 70岁
3月,用约10天的时间历访埃及、伊拉克等地。8月,进行为期约20天的访华,前往新疆维吾尔自治区。11月,开始在《每日新闻》上连载《流沙》。

1978年（昭和五十三年） 71岁
1月,开始在《文艺春秋》上连载《我的西域纪行》。5月至6月间访华,首次到访敦煌。

1979年（昭和五十四年） 72岁
3月,每日新闻社主办的"敦煌——壁画艺术与井上靖的诗情展"在大丸东京店等地举行。从夏到秋,跟随电影《天平之甍》摄影组、NHK丝绸之路采访组等多次前往中国、西域等地旅行。

1980年（昭和五十五年） 73岁
3月,和平山郁夫一起参观印度尼西亚婆罗浮屠遗址。4月末开始,和NHK丝绸之路采访组一起行走于西域各地。6月,任日中文化交流协会会长。8月,访华。10月,和NHK丝绸之路采访组一起获菊池宽奖。获佛教传道文化奖。

1981年（昭和五十六年） 74岁
1月,开始在《群像》上连载《本觉坊遗文》。4月,开始在《太阳》上连载随笔《站在河岸边》。5月,任日本笔会会长。9月末,在夫人的陪伴下前往中国旅行,为创作《孔子》采风。10月,就任日本近代文学馆名誉馆长。获放送文化奖。

1982年（昭和五十七年） 75岁
5月,《本觉坊遗文》获新潮日本文学大奖。5月末、11月末、12月末到次年初,三次前往中国旅行。出席巴黎日法文化会议。

1983年（昭和五十八年） 76岁
6月(两次)和12月访华。

1984年（昭和五十九年） 77岁
1月至5月,由每日新闻社主办的展览"与美丽邂逅 井上靖 无法忘却的艺术家们"在横滨高岛屋等地举行。5月,作为运营委员长主持国际笔会东京大会。11月,访华。

1985年（昭和六十年） 78岁
1月,获朝日奖。6月,在夫人的陪伴下,和《俄罗斯国醉梦谭》摄影组一起访问苏联。10月,访华。

1986年（昭和六十一年） 79岁
4月,访华,被授予北京大学名誉博士称号。9月,因食道癌在国立癌症中心住院,接受手术治疗。

1987年（昭和六十二年） 80岁
5月,在夫人的陪伴下前往法国,并游历欧洲各地。6月,开始在《新潮》上连载最后的长篇小说《孔子》。10月,访华。

1988年（昭和六十三年） 81岁
5月,前往中国进行为期10天的旅行,访问孔子的家乡曲阜,为创作《孔子》采风。这是他第27次中国之行,也是最后一次。诗集《旁观者》刊行。

1989年（昭和六十四年·平成元年） 82岁
12月,《孔子》获野间文艺奖。

1991年（平成三年） 84岁
1月29日,在国立癌症中心去世。2月20日,在青山斋场举行葬礼,戒名:峰云院文华法德日靖居士。